국문장편 고전소설의 인물론과 생활문화

정선희 지음

보고사

머리말

작년 여름『고전소설의 인물과 비평』을 내면서, 국문장편 고전소설에 대한 좀 더 심화된 연구 즉 다각적인 인물론과 서사기법론, 생활문화론에 관한 연구 성과는 조만간 따로 출간할 예정이라고 했었다. 부족하지만 중간 결과물을 내놓는다.

필자는 2005년부터 국문장편 고전소설들을 현대역하고 주해하는 일을 하였다. 몇십 권에 이르는 장편이라 혼자서는 엄두를 못 내던 일이었지만 뜻이 맞는 분들이 있어 즐겁고 알차게 해나갈 수 있었다. 그 과정에서 국문장편 고전소설의 묘미에 빠져들어 연구의 중심도 이 분야가 되었다.

국문장편 고전소설은 읽을수록 재미가 있다. 다양한 인물들이 다양한 사건을 만들어 내면서 다양한 감정을 불러일으킨다. 착하고 순한 사람, 착하면서 당찬 사람, 악하지만 약한 사람, 악하면서 강한 사람, 솔직하고 자유로운 사람, 규범에 순응하는 사람 등등 실로 다양한 유형들이 존재하기에 지금의 우리와 같다는 생각을 하면서 읽을 수 있다. 또한 단편소설과는 다르게 몇십 명에서 몇백 명에 이르는 인물이 등장하기에 서사의 규모가 크고 복잡하다. 중심 가문의 중심 세대가 있기는 하지만 이들과 혼인으로 연결된 가문들이 등장하고 중심 세대의 아들, 딸, 손자대가 등장하기에 가능한 일이다. 여기에 여승, 도사, 상궁, 유모, 시비 등 보조적인 인물들과 적대자들이 더해지면서 더욱 흥미로워진다. 이러한 인간 군상들이 살아나가는 모습은 당시 사람들의 삶의 다양한 국면들이 반영되거나 굴절되어 있어 그들의 생활과 욕망을 보여주기도 한다.

이에 국문장편 고전소설의 특징이라고 할 수 있는 인물과 생활문화에 초점을 맞추어 연구를 진행하였다. 제1부 '국문장편 고전소설의 인물론'에서는 소설의 주인공이라고 할 수 있는 인물들에 관한 논의, 그들의 관계에 관한 논의, 적대자나 보조자에 관한 논의를 하였다. 소설 연구에서 인물이 중요하지 않은 경우가 있겠는가마는, 위와 같은 이유 때문에 특히 국문장편 고전소설에서는 더욱 중요하다고 생각하여 천착해 보았다. 특히 어떤 인물의 위상이나 평가는 가족 관계 내에서 이루어지기에 부자관계, 부부관계, 형제관계 등을 고려하면서 분석하였다. 아울러 서사를 흥미롭게 진행하는 데에 기여하는 악녀 유형이나 보조 인물들에 관해서도 관심을 가졌다.

제2부 '국문장편 고전소설의 생활문화'에서는 이들 소설 속에 형상화된 생활문화의 양상이 어떠한지, 서사적 기능은 무엇인지, 교육적으로 활용할 방안은 무엇인지 등에 관한 논의를 하였다. 국문장편 고전소설에는 공적인 역사서에서는 드러나지 않는 삶의 다양한 양상들과 보다 솔직하고 정확한 정보들이 들어 있기도 하였다. 여성들의 의생활과 주거 생활, 집안에서의 임무, 여가 활용, 자녀 교육, 부부간의 예의나 갈등 등 일상적인 생활이나 문화에 대한 중요한 정보를 추출할 수 있었으며, 당대의 예법 실천 방식 등도 엿볼 수 있었다.

국문장편 고전소설에 대한 연구는 상당한 성과가 축적되어 있다. 최근에는 창작 방법이나 서술 방식, 서사 미학 등에 대한 세밀한 접근도 시작되고 있어, 그동안 비슷비슷하다고 막연하게 생각하던 오해를 줄여가고 있다. 하지만 국문장편 고전소설은 길이가 방대하고 필사체로 남아 있는 것이 대부분이어서 한 연구자가 여러 작품을 읽고 연구하는 데에 어려움이 있다. 그렇기에 작품들 간의 차이와 변모 양상을 밝히는 연구는 여전히 활발하게 전개되지 못 하고 있으며 연구 쟁점을 공유하거나 담론을 활성화하기도 힘든 상황이다. 앞으로 더욱 많은 국문장편 고전소설들을 읽고 심도 있게 분석하여 이러한 연구사적 상황에 돌파구를 마련할 수 있었으면 한다.

올봄 목원牧園에 새 둥지를 틀었다. 따뜻하고 평화로운 이곳에서 사랑의 정신을 배우고, 연구의 깊이도 더해가고 싶다. 무엇보다 제자들이 생겨서 좋다. 가르치면서 배운다는, 은사님의 말씀처럼 이들과 함께 성장해가고 싶다. 오랫동안 공부할 수 있도록 도와주고 격려해 준 가족들께 감사드린다. 20년이 넘는 시간 동안 한결같이 힘이 되어 준 남편, 엄마보다 더 어른스러운 딸 서영, 건강하게 자라준 아들 동욱에게 미안하고 고맙다. 마지막으로, 늘 흔쾌히 출판해 주시는 보고사의 김흥국 사장님, 박현정, 황효은 님께도 진심으로 감사드린다.

2012년 8월
정 선 희

차례

제1부

국문장편 고전소설의 인물론

17세기 후반 국문장편소설의 딸 형상화

〈소현성록〉연작을 중심으로

1. 들어가는 말

고전소설을 여성중심적 시각으로 연구하기 시작한 1990년대 초반 이후, 여성 인물의 형상을 여성중심적 시각에서 다시 본다든지 여성 주인공의 자아실현 및 성체성 탐구에 대해 평가를 내린다든지, 여성 을 소설의 주된 독자나 작자로 보고 여성 심리와 여성적 글쓰기 양상 등을 고찰하는 연구 등이 다양한 작품을 대상으로 하여 심도 있게 이루어지고 있다.[1]

특히 한 가문의 흥망성쇠에 관한 이야기를 뼈대로 하고 부부 갈등 을 다양하게 변형함으로써 각 작품의 주제의식을 구현하고 있는 조 선후기 국문장편소설은 주된 독자층이 사대부 여성이었고 몇몇 작품 은 작가도 사대부 여성들이었으리라 추정되고 있는 작품군이기에 여 성중심적 시각으로 연구하는 흐름이 지속적으로 있어 왔다. 이들 소

---

[1] 이에 대해서는 다음의 논문에 정리되어 있다. 김정녀, 「고소설의 '여성주의적 연구' 의 동향과 전망」, 『여성문학연구』 15, 한국여성문학학회, 2006.

설에서 드러나는 여성소설적 성격을 탐구하거나[2], 작중 여성 인물 특히 어머니로서의 형상화에 대해 탐구했으며[3], 부부간의 관계양상 이나 아내 형상화에 대해 탐구하기도 하였다.[4]

소설 속의 여성 인물 한 사람은 남성의 아내, 자녀의 어머니, 손자 의 할머니, 부모의 딸, 시부모의 며느리, 조카의 고모나 이모 등의 관계 속에 놓여 있음에도 불구하고, 지금까지의 여성 인물에 관한 논의는 주로 '아내'나 '어머니'로서의 형상화 방식과 의미 탐구에 초 점이 놓여 있었다. 이에 본고에서는 17세기 후반의 국문장편소설인 〈소현성록〉연작[5]을 대상으로 하여, 여성 인물이 한 가정(가문)의 '딸'

---

2) 정병설, 『완월회맹연 연구』, 태학사, 1998; 정병설, 「옥원재합기연의 여성소설적 성격」, 『한국문화』 21, 서울대 한국문화연구소, 1998.; 정창권, 「소현성록의 여성주 의적 성격과 의의」, 『고소설연구』 4, 한국고소설학회, 1998; 정병설, 「완월회맹연의 여성주의적 상상력」, 『고소설연구』 5, 한국고소설학회, 1998.

3) 이지하, 「여성주체적 소설과 모성이데올로기의 파기」, 『한국고전여성문학연구』 9, 한국고전여성문학회, 2004; 한길연, 「장편고전소설에 나타나는 어머니의 존재방식 과 모성」, 『한국고전여성문학연구』 14, 한국고전여성문학회, 2007.

4) 최호석, 「옥원재합기연의 남과 여」, 『고전문학연구』 23, 한국고전문학회, 2003; 장시광, 「대하소설의 여성반동인물 연구」, 서울대 박사학위논문, 2004; 정선희, 「소 현성록에서 드러나는 남편들의 폭력성과 서술 시각」, 『한국고전여성문학연구』 14, 한국고전여성문학회, 2007; 최수현, 「현몽쌍룡기에 나타난 친정/처가의 형상화 방 식」, 『한국고전여성문학연구』 15, 한국고전여성문학회, 2007; 한길연, 「몸의 형상화 방식을 통해서 본 고전대하소설 속 탕녀 연구」, 『여성문학연구』 18, 한국여성문학학 회, 2008; 정선희, 「조씨삼대록의 악녀 형상의 특징과 서술 시각」, 『한국고전여성문 학연구』 18, 한국고전여성문학회, 2009.

5) 이 작품은 국문장편소설의 하위 장르 중 '삼대록계 연작형'에 분류된다. 이 유형은 한 가문의 삼대(三代)에 걸친 이야기를 담은 연작형 소설군인데, 소현성록·소씨삼대 록 연작, 유효공선행록·유씨삼대록 연작, 성현공숙렬기·임씨삼대록 연작, 현몽쌍 룡기·조씨삼대록 연작 등이 있다. 이들은 연작형이기는 하지만 합철되어 있기도 하 고 분리되어 전승되기도 했으며, 서사 전개 방식이나 서술자의 의식에 차이가 있기도 하여 전편(본전)과 후편(별전)을 따로 연구하기도 한다. 하지만 본고에서 연구 대상

로서 어떻게 형상화되어 있는지, 그것이 어떤 의미를 지니는지를 고찰하여 당대인들이 여성에게 요구한 가치관, 삶의 방식, 여성 향유층의 심리와 욕구 등을 추출해 보고자 한다.

17세기는 여성의 삶과 위상에 있어 큰 변화가 있던 시기이다. 특히 17세기 후반 이후 성리학적 도덕관념과 종법적인 부계 가족 질서를 이상으로 하면서 남녀균분상속제가 장자상속제로, 윤회 제사와 외손 봉사는 장자 중심의 제사로, 남귀여가혼男歸女家婚이 친영親迎제로 바뀌어, 여성(딸)은 친정에서 점점 멀어지고 시가 중심의 삶을 살게 되며 일상에서도 여성 차별적 요소가 강화되기 시작한 것이다.[6) 아울러 이 시기는 소설사적으로도 중요한 시기인데, 〈소현성록〉이 창작되어 국문 장편 가문소설 향유의 시작을 알린 때이기 때문이다. 특히 〈소현성록〉은 17세기 후반에 양반 가문에서 널리 읽혔던 작품으로, 남성과 여성 독자 모두에게 수신서修身書, 교훈서로 인식되어 귀하게 보존되기까지 했던 소설이다. 작품의 위상에 맞게 연구 성과도 풍부한 편이지만[7), 여성 인물에 관한 논의는 주로 부부관계 내에서 이루

으로 삼은 이대 소장본 소현성록·소씨삼대록 연작은 합철되어 있기에 전체를 함께 논하면서, 그 연구 결과를 토대로 하여 본전과 별전의 서술 의식의 차이도 가늠해 보기로 한다. 따라서 이 둘을 특별히 분리해서 논할 필요가 없을 때에는 〈소현성록〉이라고 지칭한다.

이대 소장본은 총 15권 15책이며 선본(善本)으로 인정되는 이본이다. 겉표지의 제명은 15권까지 모두 〈소현성록〉으로 되어 있고 5권 이후의 내제(內題)에 '소현셩녹권지오 별뎐삼디록', '소현셩녹권지팔 소시삼디록' 등으로 쓰여 있으므로, 권수를 표시할 때에는 별전도 연결하여 '소현성록 5권' 등으로 쓰기로 한다.

6) 이순구, 「조선시대의 성리학과 여성」, 『우리 여성의 역사』, 청년사, 1999; 황수연, 「17세기 사족 여성의 생활과 문화」, 『여성문학연구』 6집, 2003; 김경미, 「18세기 여성의 친정, 시집과의 유대 또는 거리에 대하여」, 『한국고전연구』 19, 한국고전연구학회, 2009.

어졌기에 아쉬운 감이 있었다. 이에 본고에서는 〈소현성록〉연작이 17세기 후반의 여성의 삶, 여성에 대한 의식의 일단을 보여준다는 점을 유념하면서 이 작품에서 나타나는 딸의 형상화 양상을 검토하려 하는 것이다.

고전소설의 인물 중 '딸'에 주목한 연구는 그리 많지 않다. 〈창선감의록〉의 성부인, 〈사씨남정기〉의 두부인, 〈숙향전〉의 여부인, 〈소현성록〉의 소부인 등 중심 가문의 딸이자 주인공의 '고모'로 불리는 여성들의 친정 살리기 양상과 영향력을 분석한 연구8), 〈현몽쌍룡기〉의 조무의 아내 정부인이 친정 일에 적극 개입하거나 조성의 아내 양부인이 친정을 그리워하는 모습 등을 살피면서, 사위인 남주인공들이 처가를 정치적 우호관계로 인식하지만 감정적으로는 적절한 거리를 유지하려 했던 점을 논한 연구9)가 있다. 또 딸 형상화에 초점을 맞춘 논의는 아니지만 18세기 국문장편소설에서의 여성의 효의식의 차이를 논하면서, 남주인공 위주의 서사 진행을 통해 절대적 효를 부각시키는 작품인 〈유효공선행록〉에서는 여성의 효가 철저히 시댁 중심의 것으로 그려지고 있는 반면, 〈옥원재합기연〉에서는 여성의 효의식이 자연적이고 보편적인 감정으로서 친정부모에게도 해당되는 것임을

---

7) 박영희, 「소현성록 연작 연구」, 이화여대 박사논문, 1994; 임치균, 『조선조 대장편 소설 연구』, 태학사, 1996; 정창권, 앞의 논문, 1998; 장시광, 앞의 논문, 2004; 한국 고전연구학회에서 2005년과 2006년에 진행한 '소현성록 기획 특집 I, II'에 수록된 논문 7편; 정선희, 앞의 논문, 2007; 정상희, 「소현성록 쟁총담의 서사 구성 방식 연구」, 서강대 석사논문, 2008; 조혜란, 「소현성록에 나타난 가문의식의 이면」, 『고소설연구』27, 한국고소설학회, 2009.
8) 박영희, 「17세기 소설에 나타난 시집간 딸의 친정 살리기와 '출가외인' 담론」, 『한국 고전여성문학연구』13, 한국고전여성문학회, 2006.
9) 최수현, 앞의 논문.

보여준다고 한 연구[10]가 있다.

그런데 이들 기존의 연구에서는 딸이 시집간 후에 친정과 어떤 관계를 유지했는가, 친정 부모에 대해 어떻게 생각했는가에 초점을 맞추었기에 그 여성의 품성, 심리, 외모, 성장과정과 교육 등에 대해서는 주목하지 않았다. 따라서 본고에서는 〈소현성록〉연작의 본전本傳에 등장하는 월영과 교영, 별전別傳에 등장하는 수아, 수빙, 수주 등 5인의 딸에 대한 묘사와 서술을 좀 더 섬세하게 고찰해 보고자 한다. 본전은 주인공 소현성이 가문을 일으키는 내용을 주로 하면서 소현성의 누나인 월영과 교영의 이야기가 곁들여지며, 별전은 소현성의 자녀 10남 5녀가 혼인하고 가문의 번성을 유지하는 이야기로 구성되어 있는데, 딸 중 수정과 수옥은 4~5줄 정도의 극히 소략한 언급만 이루어지므로 제외하고 세 딸에 대해서 논의하기로 한다.

2. 〈소현성록〉연작의 딸 형상화 양상

2.1. 가족들의 신임을 받아 집안을 중재하는 딸 – 월영

월영은 주인공 소경(소현성)의 누나이자 양부인의 장녀이며 주로 '소부인', '소씨'로 불리는 인물이다. 골격이 시원스럽고 눈빛이 빛나며 조용하고 곧은 기질이 가을 서리 같고, 화려하고 시원시원하여 재주 있는 여성이 될 기상이 많다고 서술된다. 아울러 글을 읽는 재주가 빠르고 필법이 정묘精妙하였으며, 사람됨이 견고하지만 아울러 우

---

10) 이지하, 「고전장편소설과 여성의 효의식」, 『한국고전여성문학연구』 10, 한국고전 여성문학회, 2005.

스운 이야기하기를 좋아한다.[11] 이러한 성품은 곧이어 소개되는 교영과 비교했을 때에 그 차이점이 확연히 드러나는데, 교영은 온화하고 아담하면서도 기발하며 약한 듯하면서 실은 너무 활발하고 성격이 부드러워 굳은 결심이 없다[12]고 되어 있다. 월영은 겉으로는 화려하지만 그 마음이 얼음 같고 외모는 유순하고 활발하나 그 속은 돌 같으니, 비록 날카로운 칼끝 같은 쟁기로 위협해도 그 곧은 마음은 고치지 않을 아이[13]라고 평가되는 것이다.

여기에 더하여 그녀는 외모도 온 가족들 중 가장 **빼어난** 3인 안에 들어갈 정도인데, "곱지만 요염하지 않고, 맑지만 윤이 나며, 넉넉하되 진하지 않으며, 정정하고 씩씩하니 이 진정 숙녀이며 가인佳人"(1권 18면), "온갖 자태가 빛나는 것이 신부 화씨보다 세 배는 더하였다."(1권 48면), "맑고 **빼어나며** 눈을 어지럽게 할 정도의 자태가 모장毛嬙, 서시西施와 태진太眞, 비연飛燕을 비웃으니, 진실로 물고기가 물속으로 숨고 기러기가 날다가 떨어질 만한 얼굴과 달이 무색하고 꽃이 부끄러워할 만한 모습이었는데 이들은 바로 소부인과 윤부인"(6권 33면)이라고 한다. 양부인의 양녀인 윤부인이 소부인과 대적할 만한 미

---

11) 양부인 댱녀 월영이 댱셩ᄒᆞ야 십삼의 니ᄅᆞ니 골격이 쇄락ᄒᆞ고 안광이 윤퇴ᄒᆞ야 창희예 명쥬 소ᄉᆞ며 낙일이 약목의 걸닌 듯 거울 ᄀᆞᆺ튼 눈쁴와 원산 ᄀᆞᆺ튼 아미와 유환 정명ᄒᆞᆫ 긔질이 튜상 ᄀᆞᆺ튀 화려상활ᄒᆞ여 직녀가인의 긔샹이 만터라. 아오 교영으로 더브러 일방의 쳐ᄒᆞ야 녀공을 다ᄉᆞ린 여가의 글을 닐그니 직죄 신속ᄒᆞ고 필법이 졍묘ᄒᆞ야 사두운의 ᄂᆞ리디 아니ᄒᆞ고 인물이 견고ᄒᆞ듸 희희를 됴히 너기고. 〈소현셩록〉 1권 17면.

12) 인물이 잔졸ᄒᆞᆫ 듯ᄒᆞ나 기실은 너모 활발ᄒᆞ기 극ᄒᆞ야 쳥ᄒᆞ기의 갓갑고 셩졍이 브드러워 집심이 업ᄉᆞ니. 〈소현셩록〉 1권 17면.

13) 댱녀ᄂᆞᆫ 밧그로 화려ᄒᆞ나 기심은 빙상 ᄀᆞᆺ고 외모ᄂᆞᆫ 유슌 활발ᄒᆞ나 그 속은 돌 ᄀᆞᆺ튼니 비록 셜봉 ᄀᆞᆺ튼 잠기ᄅᆞ 저하나 그 명심은 고티디 아닐 아히. 〈소현셩록〉 1권 17~18면.

모라고는 하지만 소부인이 더 낫다고 하는데, 그 이유는 그녀의 두
눈에 흐르는 빛이 밝고 엄숙하며 위엄이 있으면서 화려하고 덕량이
크기 때문이다.14) 그래서 남편 한어사가 방탕한 풍류를 누리거나 창
녀를 십여 인이나 두고 둘째 부인 영씨를 더 총애해도 조금도 거리끼
지 않으니 나중에는 남편이 더욱 중하게 여겨 아끼는 데에 이른다.15)
특히 영씨에게 혹한 한어사가 자기 자식을 잡아다가 때리기도 하고
자기 방에 와서 다섯 가지 잘못한 죄가 있다며 크게 꾸짖기도 하여
매우 힘든 시기가 있기는 했지만 대범하게 넘기면서 오히려 영씨에
게 굴하지 않고 그녀의 죄를 다스리기도 한다.16)

---

14) 소부인은 풍영윤퇴ᄒᆞ셔 옥 ᄀᆞ툰 긔부와 봉황 눈섭이오 ᄀᆞᄂᆞᆫ 명목의 블근 입시울이
금분의 화왕 ᄀᆞᆺ고 윤부인오 긔비 믈구 어름 ᄀᆞᆺ고 나븨 눈섭과 슈졍으로 갓근 흰 니오
도화 ᄀᆞ툰 냥협이 연〃ᄒᆞ고 ᄌᆞᄐᆡ 샹랑ᄒᆞ오미 ᄶᅥ날 줄을 모를 퇴되시ᄃᆡ 냥안의 엉긔여
발혜ᄒᆞ셔 별 ᄀᆞᆺ고 잠간 ᄀᆞᆫ눌고 긴 거시 소부인만 못ᄒᆞ시니 다른 ᄌᆞᄐᆡᄂᆞᆫ 소부인쯰
더나시ᄃᆡ 냥안의 흐르ᄂᆞᆫ 빗치 밋디 못ᄒᆞ고 윤부인은 싁〃 냥졍ᄒᆞ시며 소부인은 넘위
ᄒᆞ고 화려ᄒᆞ시ᄃᆡ ᄯᅩᄒᆞᆫ 어위차 니른 바 어딜고 너르시나 소부인 ᄀᆞ 업슨 웅댱은 결우디
못ᄒᆞ시리니. 〈소현셩록〉 10권 71면.

15) 소시ᄂᆞᆫ 총명 샹활ᄒᆞᆫ 녀ᄌᆞ라 부녀의 ᄉᆞ덕이 흠흘 곳이 업스므로 한혹ᄉᆡ 방탕풍뉴로
가듕의 홍장 챵녜 십여인이오 지취ᄒᆞ야 둘재 부인 영시를 통이ᄒᆞ되 소부인이 조곰도
거리끼디 아냐 가지록 긔쇠이 쳥졍ᄒᆞ고 원위에 거ᄒᆞ야 가권을 젼일히 ᄒᆞ며 여러 ᄌᆞ녀
를 싱산ᄒᆞ니 한 혹ᄉᆡ 소년 허랑으로 챵녀를 모흐나 본ᄃᆡ 부인긔 졍이 듕ᄒᆞ던 고로
ᄯᅩᄒᆞᆫ 부인의 지극ᄒᆞᆫ 현셩을 보매 씌둣고 감동ᄒᆞ야 졔녀를 믈니티고 다시 옛 졍을
니으니 소시 실소ᄒᆞ고 졔 미인을 가듕의 머믈워 의식을 후히 치고 버금부인 영시를
관ᄃᆡᄒᆞ야 형뎨ᄀᆞ티 ᄒᆞ며 티가ᄒᆞ매 위덕이 겸견ᄒᆞ니 구괴 샹랑ᄒᆞ믈 ᄌᆞ녀의 더나고
한싱의 은졍은 태산도 경홀디라. 〈소현셩록〉 2권 18~19면.

16) 둘재 부인 영시를 어더 즐길ᄉᆡ 날노 ᄒᆞ야곰 영시를 샹원위로 셤기라 ᄒᆞ며 영시
시녀로 능욕ᄒᆞ고 ᄯᅩ 샹셰 영시로 더브러 내의 ᄌᆞ식을 잡아다가 샹셔는 티며 영시ᄂᆞᆫ
도〃티 그 어미 사오나오니 샹공은 믜이 티라 빅단 능욕이 비홀 ᄃᆡ 업스ᄃᆡ 내 죠곰도
셥디 아니코 분티 아냐 ᄒᆞᆫ갓 우어 뵐 ᄲᅮ름이오 일〃은 영시 샹셔로 더브러 안자 날을
브른다 ᄒᆞ거늘 아니 가니 부체 ᄉᆞ매를 잇글고 내 방의 와 영시 다ᄉᆞᆺ 가지로 날을
수죄ᄒᆞ고 샹셔는 겨틔셔 영시의 말을 도으니 그 경샹이 진실노 한심ᄒᆞᄃᆡ 내 다시

더하여 월영은 총명하고 필법이 정묘하며, 여가에는 종일토록 시사詩詞를 화답하고 바둑으로 소일하여 시인詩人의 모습과 풍류가 있다.[17] 또한 그림을 매우 잘 그려 붓 끝이 닿는 곳마다 신선이 돕는 것 같으며,[18] 글도 잘 써서 그림을 그린 뒤에는 그 위에 글을 지어 써두거나 유명한 글귀를 쓰면서 한 시도 붓을 손에서 놓지 않는다.[19] 그래서 조카 운현은 그녀에게 그림을 얻어 배우고 싶어 하기까지 한다.

또한 그녀에게는 서재書齋가 있는데, '선적루'라는 방이다. 수십 간이나 되는 큰 마루 가운데에 산호와 유리와 옥으로 된 책상과 문방구를 놓았고 각종 서책을 차례로 쌓아 놓았는데, 이름 모를 것이 수없이 많다. 정묘하고 특별한 수만 권의 서책이 있는데, 다 찍어낸 것이 아니고 소부인이 친히 써서 꾸며 만든 것이라서 그 특별함이 소승상의

싱각ᄒᆞ니 내 팔지 역시 긔특ᄒᆞ야 뎌 긔귀ᄒᆞᆫ 경상을 귀경ᄒᆞᄂᆞ도다 시븐디라 노흡디 아냐 도로혀 대소ᄒᆞ고 다만 닐오디 영시의 전통흠과 교만ᄒᆞ며 한낭의 무식 방탕ᄒᆞ미 가히 일세예 긔담이 되염죽 홀 분 아냐 죡히 천슈의 뎐ᄒᆞ리로다 ᄒᆞ고 다시 말을 아니 〃 저희도 이시토록 ᄯᅮ짓다가 도라가거늘 내 이제 그 형상을 그럿더니 일 〃은 영시 쟈근 매롤 들고 드러와 날을 티고져 ᄒᆞ니 내 비록 잔약ᄒᆞᆫ 녀지나 엇디 뎌의게 굴ᄒᆞ리오 시녀로 ᄒᆞ야곰 잡아내고 수죄ᄒᆞ야 도라보내니 일노브터 더옥 보채디 실노 셟디 아냐 잇다감 뎌의 ᄒᆞᄂᆞᆫ 일을 싱각고 웃더니, 〈소현셩록〉 7권 49~51면.

17) 종일토록 시ᄉᆞ롤 챵화ᄒᆞ고 박혁을 쇼일ᄒᆞ야 시인의 틱와 풍아의 거동이 이시디, 〈소현셩록〉 4권 125면.

18) 소부인이 화법이 정묘ᄒᆞᆫ디라ᄆᆞᄂᆞᆫ 딜아의 향염ᄒᆞᆫ 싀틱 풍광을 보고 이에 쵹깁을 극틱ᄒᆞ야 빅깁으로 죡ᄌᆞ 다ᄉᆞᆺ 민돌고 모든 딜녀로 ᄒᆞ여곰 단장을 일워 화계 ᄉᆞ이예 셰우고 친히 치필을 드러 ᄒᆞᆫ 번 눈 ᄀᆞᄐᆞᆫ 죠조롤 펴매 붓 긋티 니ᄅᆞᆫ 곳마다 신션의 도오미 잇ᄂᆞᆫ 둣ᄒᆞ야, 〈소현셩록〉 12권 94~95면.

19) 소부인이 ᄇᆞ야흐로 왕우군의 난뎡을 노코 글 쓰거늘, 싱이 쇼왈 슉뫼 쇠년의 계시ᄃᆞ록 공을 졀녁ᄒᆞ야 일시도 손의 붓 노ᄒᆞ신 적이 업ᄉᆞ니 도혹션싱이 되염죽ᄒᆞ이다. 부인이 잠쇼 브답이어늘, 싱이 ᄯᅮ러 주왈 슉모의 그림 ᄒᆞᆫ 댱을 어더 빅화지이다. 〈소현셩록〉 12권 100~101면.

장서각藏書閣보다 더하다고 한다. 그래서 그녀를 동생 소승상은 '여자 중의 학사'라고 칭찬한다. 또 거북으로 만든 상자 수십 개 속에는 옛날 명화들이 수없이 들어 있고, 그 위의 궤에는 그녀가 만물萬物을 그려 놓은 그림이 무수히 들어 있다.[20]

이렇게 성품, 용모, 학식, 예술적 재능 등이 뛰어난 여성으로 묘사되는 월영은 혼인한 후에도 친정에서 친정식구들과 거의 같이 지내는데 1년 중 8개월 정도를 와 있는 것으로 되어 있다.[21] 출가한 상태이지만 늘 소씨 집안에서 가족들과 즐기니 당시의 사람들이 부러워했으며(4권 99면), 과묵한 소승상이 사람들과 장난치는 것을 싫어했지만 동기 사랑함이 지극했기에 누나들과 함께 대화하기를 좋아 했다(4권 122면). 뿐만 아니라 월영은 소승상이나 양부인 등 다른 가족들이 직접 말하기 어려워하는 대상에게 대신 말을 전달하거나 마음을 놓이게 하는 역할을 하는데, 소승상이 운경 등 아들들이 이른 나이에 과거 보는 것을 반대하던 때에도 그녀가 나서서 과거를 보게 하라고 권하자 곧바로 그렇게 한다(5권 97면). 또 이씨를 박대하며 죽이려고까지 했던 운명의 처사를 듣고 화가 난 소승상이 운명에게 매를 가하여

---

20) 션덕누 방[을] 여러주니 싱이 드러가 보매 수십 간 톙듕의 산호 뉴리 옥셔안과 췩거리를 노코 각식 셔칙을 츠례로 싸하 일홈 모를 거시 쉬 업고 졍묘ᄒᆞ며 긔특ᄒᆞ야 수만 권 셔칙이 다 박은 거시 아냐 다 소부인의 친히 뼈 장칙ᄒᆞᆫ 거시라 공녁이 ᄒᆞ대ᄒᆞ고 긔이ᄒᆞ며 거룩ᄒᆞ미 승상의 장셔각도곤 더ᄒᆞ니 가히 녀듕ᄒᆞᆨ식라 싱이 칭찬ᄒᆞ믈 마디 아니ᄒᆞ고 북녁히 듸모로 민든 궤 수십이 노혀시니 열고 보니 온갓 녜 명홰 쉬 업고 우히 ᄒᆞᆫ 궤예 무수ᄒᆞᆫ 그림이 다 부인의 만믈을 그려 녀흔 거시라, 〈소현셩록〉 12권 102면.

21) 소시 편모와 흔낫 오라비를 닛디 못ᄒᆞ야 일년의 팔구삭을 친당의 도라오니 한싱이 ᄯᅩᄒᆞᆫ 쯸와 니르러 부인과 ᄒᆞᆫ가지로 디내니 이러므로 ᄆᆡ양 주운산의 이시니 양부인의 이듸흠과 사랑의 깃거ᄒᆞ미 비길 듸 업ᄉᆞ듸, 〈소현셩록〉 2권 19면.

100여 대에 이르자 그를 살리기 위해 가족들이 찾아간 사람도 월영(소부인)이다(12권 34면). 즉 그녀는 집안의 해결사 노릇을 하는 것이다.

아울러 그녀는 며느리들에 비해 높은 위상을 지니면서 당당하게 할 말을 하고 집안을 다스리는 모습도 연출된다. 소승상의 첫 번째 부인인 화부인이 양부인과 소승상이 없는 사이에 운명의 아내 이씨를 심하게 박대하고 집안을 제대로 다스리지 못한 일이 있었다. 여행 가 있던 양부인이 이를 편지로 나무라자 또 화부인이 반박 편지를 보내면서 뜻을 꺾지 않는데, 이때에 월영이 먼저 집으로 돌아와 엄하게 꾸짖는다. 화씨가 또 반박하자 더욱 매섭게 꾸짖은 후 화씨의 아들 다섯을 다 꿇어앉히고는 어머니의 잘못을 대신하여 맞으라면서 20대씩 때리고 훈계하는데 그 모습이 모발이 송연할 지경이었다고 되어 있다.[22] 말의 요지인 즉, 첫째 부인인 너보다 둘째 부인인 석씨가 행실이 훨씬 나은데도 아우 소승상이 조금도 편애하지 않고 오히려 조강지처로 대접해 주었고 어머니께서도 네가 못남을 감추고 아끼셔서 석씨와 차별하지 않았다. 만약 어머니가 편애하셨다 하더라도 감히 어머니께 글로 따지지 못할 텐데 너는 어찌 그럴 수가 있느냐는 것이다. 그랬더니 화씨가 앞에 놓인 상을 박차고 일어나 따지기를, 자기가 시녀도 아닌데 어떻게 이렇게 능멸하느냐고 하면서 어머니가 이유 없이 책망하시니 아뢴 것이라고 한다. 그랬더니 또 월영이 비웃으며, 서모에서부터 나까지 욕하는 것에서 더하여 어머니까지 욕하니 이는 칠거지악七去之惡을 다 범하는 것이다. 반성할 줄은 모르고 나와 겨루려고 하는데 내가 아무리 약해도 너에게 굴하지 않는다.

---

22) 〈소현성록〉 11권 89~90면.

어찌 남편이 외지로 근무 나간 지 일 년도 안 되어 시어머니를 욕하느
냐고 꾸짖는다.[23]

가문의 큰 며느리인 화씨가 조급한 성미와 투기 때문에 시어머니
에게 자주 책망 받기는 하지만 시누이인 월영에게까지 이렇게 심하
게 책망 받는 장면을 보여주는 것은 편파적이라고 느껴진다. 이렇게
서슬 퍼렇게 올케를 나무랐지만 위엄과 더불어 너그러운 마음을 지
녔음을 보여주는 장면이 이어지기도 한다. 마침내 잘못을 뉘우친 화
부인이 시어머니에게 사과의 편지를 쓸 때에 월영에게 자문을 구하
자 성심껏 편지의 초안을 써서 주는 것이다. 월영의 이런 모습을 보고
서모들이 "사람의 무게 있고 넓고 큰 것이 이와 같으니 여자 가운데
성인군자다. 어찌 한갓 온순한 여자이겠는가?"라고 한다. 나중에 소
승상이 이 일에 대해 화씨를 꾸짖자 곁에서 그녀를 두둔해주고 변명
해줌으로써 아량 넓음을 다시 한번 보여준다. 이렇게 친정어머니와
남동생의 신임을 전폭적으로 입으면서 친정에서 1년의 2/3를 살던
딸 월영은 어머니에게서 가권家權을 물려받기에 이른다. 이에 대해서
는 3장에서 상술하도록 한다.

2.2. 정절 이데올로기에 희생되는 딸 - 교영

양부인의 둘째딸이자 소경의 누나인 교영은 온화하고 아담하면서
도 기발하여 봄비가 촉촉하게 내린 푸른 이끼 같다고 소개된다. 하지
만 사람됨이 약한 듯하면서 너무 활발하여 지나치게 맑고 여려 굳은
결심이 없으니, 어머니가 늘 안 좋게 여긴다. 밖으로는 냉담하고 뜻

---

23) 〈소현성록〉 11권 90~91면.

이 팽팽하게 선 듯하나 그 마음이 바람에 흔들리는 거미줄 같아, 소씨, 양씨 두 가문의 맑은 덕을 떨어뜨리지는 않을까 걱정스럽다[24]고까지 한다. 13세 정도 되었을 때에 이미 이런 언급이 있으니 딸의 성품을 보고 후일의 일까지 예견하는 양부인의 안목이 부각되는 부분이기는 하지만, 여성에게 권장되는 성품 중의 하나가 '강직함'이라는 것을 알 수 있다. 그런데 이 강직함은 절개 지키기와 관련되어 있으니 주목할 만하다.

교영은 이상서의 아들 이생과 혼인하는데, 이생도 그녀의 단정치 못한 성품 때문에 걱정하고 경계한다. 얼마 후 이상서가 간신에게 잡혀 역적으로 모함당하여 삼족三族이 다 죽임을 당하고 이생도 17세의 젊은 나이에 형장刑場에서 죽게 되며, 아내인 교영은 멀리 서주徐州 땅으로 유배를 가는 사건이 터진다. 이때에 서술자는 이미 "그녀에게 결단력이 있었다면, 슬하에 자식 하나 없이 외롭고 약한 몸이 만리타향에서 떠돌게 될 터이니, 어찌 살 생각을 했겠는가? 그러나 교영은 마음이 약한 탓에 부질없는 목숨을 구태여 살아 서주로 향했다.[25]"라고 하면서 즉시 자결하지 않음을 탓한다. 유배 떠나는 날 양부인이 딸에게 여러 가지를 당부한 후에, 옆에 있던 『열녀전烈女傳』한 권을 가져다가 교영에게 주며 다음과 같이 말한다.

---

24) 교영은 온아경발ᄒᆞ야 벽틱츈우를 씌임 ᄀᆞᄐᆞ되 인물이 잔졸ᄒᆞᆫ 듯ᄒᆞ나 기실은 너모 활발ᄒᆞ기 극ᄒᆞ야 쳥ᄒᆞ기의 갓갑고 셩졍이 브드러워 집심이 업스니 부인이 ᄆᆡ양 낫비 너겨 탄식ᄒᆞ고 …… (중략) …… 교영은 밧그로 닝담ᄒᆞ고 ᄯᅳᆺ이 죄듯 ᄒᆞ나 그 ᄆᆞᄋᆞᆷ은 붓치는 거믜줄 ᄀᆞᄐᆞ니 내 근심ᄒᆞᄂᆞᆫ 배 소양 이문의 쳥덕을 이 아ᄒᆡ 써러ᄇᆞ릴가 두려ᄒᆞ노라, 〈소현셩록〉 1권 17~18면.

25) 만일 결단이 이실딘대 슬하의 ᄒᆞᆫ 주식이 업고 외로온 약질이 타향만니의 표령ᄒᆞ니 엇디 가히 투싱ᄒᆞ리오마는 심긔 브드러온디라 초로 ᄀᆞᄐᆞᆫ 잔명이 구ᄐᆞ야 사라 셔쥐로 향ᄒᆞᆯ식, 〈소현셩록〉 1권 20면.

　　"이 가온대 녀종편과 도미의 안해며 빅영공쥐며 녁되 졀부의 힝젹
이 이시니 네 맛당이 덕소의 가져가 좌우의 써나디 아니면 심산궁곡의
호랑 ᄀᆞᆺ튼 무리 비례로 구박ᄒᆞᄂ 즈연 몸이 십만 군병이 옹위흠도곤
구드며 도호미 옥 ᄀᆞᆺᄐᆞ야 졀을 일티 아니려니와 만일 이룰 어그릇츠면
가문의 욕이 밋츠리니 구쳔의 가나 서로 보디 아니리라"26)

　　여종女宗은 송宋나라 포소라는 사람의 아내로 남편이 둘째 부인을
얻었음에도 불구하고 남편과 혼인한 의리를 지키려 집을 떠나지 않
고 시어머니를 잘 모신 여인이다. 도미都彌는 백제 개루왕 때 사람으
로 의리에 밝았으며 그 아내는 절개가 굳고 아름답기로 유명했다고
한다. 『삼국사기』열전列傳에 수록되어 있는 인물이다. 백영공주는 춘
추시대 초나라 평왕의 아내이며 진나라 목공의 딸로, 오나라 군대가
초나라 도읍에 이르렀을 때 오나라 왕 합려가 평왕의 후궁들을 모두
데려가려 하자 칼로 자결한 여인이다. 이렇듯 양부인은 절개를 지키
기 위해 목숨까지 버린 여성을 거론하면서 딸에게 이들을 본받으라
고 경계하고는 만약 절개를 잃어서 '가문에 욕이 미치면' 저승에서도
보지 않을 거라고 엄포하는 것이다.
　　하지만 교영은 유배지에 머물면서 상처喪妻한 홀아비 유장이란 사
람과 뜻이 맞아 사통하여 함께 살게 된다. 3년이 지난 후 시아버지의
무죄가 밝혀져 유배에서 풀려나게 된다. 유장과 헤어져야 한다는 생
각에 기뻐하지 않던 교영은 혼자서 가족들이 있는 서울로 오면서 그
도 따라올 것을 당부한다. 10여 일 후에 유장이 그녀를 찾아왔으나
소현성이 지혜를 발휘하여 돌려보낸다. 하지만 결국엔 양부인이 딸

26) 〈소현성록〉 1권 21면.

이 실절失節한 것을 알게 되어 독주를 주면서 마시고 죽으라고 한
다.[27] 살려달라고 애원하는 딸을 꾸짖는 말을 보자.

> "네 스스로 네 몸을 싱각ᄒ면 죽으미 타인의 지쵹을 기ᄃ리디 아니
> 려든 어ᄂ 면목으로 용샤 두 지 나ᄂ뇨? 내의 ᄌ식은 이러티 아니리니
> 날ᄃ려 어미라 일ᄏᄃ 말나. 네 비록 덕소의셔 약ᄒ므로 졀을 일허시
> 나 도라오매 거졀ᄒ미 올커늘, 믄득 서ᄅ 만나믈 언약ᄒ야 거듀를 ᄀ
> ᄅ쳐 이에 ᄎᄌ 와시니 이는 날을 토목ᄀᄐ티 너기미라. 내 비록 일 녀지
> 나 ᄌ식은 쳐티ᄒ리니 이런 더러온 거슬 가듕의 두리오. 네 비록 구쳔
> 의 가나 니싱과 네 부친을 어ᄂ 눗ᄎ로 볼다?"[28]

절개를 잃은 것도 잘못이지만 집에까지 데리고 왔다는 것에 대해
더욱 화가 나 말을 마치자마자 약을 빨리 마시라고 재촉한다. 월영
이 애걸하고 석파 등도 슬피 울며 그녀를 살려주기를 바라지만 양부
인의 노기가 등등하고 기세가 매서워 어찌할 도리가 없는 상황이 된
다. 이때에 소현성은 눈물을 비같이 흘리기는 하지만 한 마디 말도
못한 채 어머니의 처사를 바라만 볼 뿐이다. 양부인은 월영과 석파
등을 들어가게 하고 끝내 교영을 죽인다. 장례를 치를 때에 현성이
누나를 시댁 선산에는 묻을 수 없을 것이니 소씨 가문의 선산에 묻
자고 제안해도 들어주지 않고 다른 산을 골라 묻으라고 한다.

---

27) 네 타향의 덕거ᄒ나 몸을 조히 ᄒ야 도라올 거시어늘 믄득 실졀ᄒ야 죽은 아비와
　사랏ᄂ 어믜게 욕이 미츠며 조션의 불ᄒ힝을 깃치니 엇디 ᄎ마 살와두리오? 친가의
　불쵸 녜오 구가의 더러온 겨집이 되여 텬디간 죄인이니 당〃이 죽엄죽ᄒ 고로 금일
　ᄌ모의 졍을 긋쳐 ᄒ 그릇 독쥬를 주ᄂ니 쾌히 먹으라. 〈소현성록〉 1권 39면.
28) 〈소현성록〉 1권 39~40면.

이렇게 정절 때문에 딸을 죽이기까지 하는 어머니는 고전소설에서 거의 찾아보기 어려운 인물형이다. 하지만 이 작품에서는 그런 어머니를 원망하는 언급이나 시선은 없고 그를 두둔하거나 침묵하는 경우가 많다. 이후에 맞이하게 되는 며느리들에게도 감출 만큼 이 사건에 대한 언급을 자제하고 수치스럽게 생각하지만, 이를 우연히 듣게 된 둘째 며느리 석부인도 양부인의 처사가 옳았다고 말함[29]으로써 양부인의 처사에 힘을 실어준다. 자식이 사나운 행실을 한다면 마음이 아프더라도 그를 죽일 수밖에 없다는 것이며, 집안을 다스리려면 이 정도의 희생은 감수해야 한다고 생각하는 것이다. 여기서 가장 중시되는 것은 여자의 정절이며 가문의 위상인 것이다.

2.3. 드센 어머니를 닮아 투기하는 딸 – 수아

앞으로 살펴 볼 수이, 수빙, 수주는 〈소현성록〉연작 중 별전別傳에 등장하는 인물들이므로 월영, 교영의 조카이자 소현성의 딸들이다. 수아는 소현성의 첫째 부인인 화부인의 둘째딸이며, 딸 다섯 중에서는 셋째이다. 그 위의 두 언니에 대해서는 매우 소략하게 언급된다.[30]

---

29) 사룸이 주식 ᄀᆞ르치기 어려오니 요슌지짓 다 불쵸ᄒᆞᆫ디라 만일 사오나온 힝실을 홀딘대 어딘 어버이 통히ᄒᆞ야 죽이디 아니코 엇디ᄒᆞ리오. 죽엄죽ᄒᆞᆫ 거슬 살와 두면 이ᄂᆞᆫ ᄆᆞ음이 너모 인약ᄒᆞ야 ᄡᆞᆯ 디 업ᄉᆞ미니 셔모ᄂᆞᆫ 주식을 제 죄예 죽여도 사오납다 ᄒᆞ시ᄂᆞ니잇가, 〈소현성록〉 4권 100면.

30) 승상의 장녀는 '수정'인데 화부인 소생이며 얼굴과 풍모(風貌)가 흡사 꽃 중의 왕인 모란 같아 그 모친과는 품격이 달라 온화하고 양순하며 공손하였기에 소승상이 매우 사랑하였다. 그러나 그녀에 대한 언급은 매우 소략하여, 15세에 오빠 운숙의 처인 성씨의 오라비 성준과 혼인을 시켰다고만 되어 있다(12권 88면). 승상의 차녀 '수옥'은 승상의 둘째 부인인 석부인 소생이고 나이 16세에 유평장의 정실부인이 된다. 그녀는 부모의 어질고 영웅다운 모습과 기풍을 타고났기에 빼어난 얼굴과 위엄 있는

'수아'는 화부인의 막내딸인데, 투기하는 여성으로 등장한다. 얼굴은 옥 같은 매화가 눈 위에 빗겨 서 있는 듯하며 태도는 얼음같이 정결하고 기질이 빼어나게 아름답고 탐스럽다. 하지만 성품과 도량이 강하고 세며 말이 민첩하지만 거칠고 드세 덕이 적으니 승상이 이를 나쁘게 여겨 항상 엄하게 타일러 경계하기를 다른 딸들에게보다 더한다.[31] 그 어머니 화부인도 성품이 강하고 센 것이 흠인데, 딸도 그것을 이어 받았고 어머니를 닮아 투기까지 하는 것으로 설정되어 있다.

수아 소저가 16세가 되자 승상의 문하생 가운데 정화라는 사람과 혼인을 시키는데, 그는 어려서 부모를 잃고 친척을 따라와 승상에게 학문을 배우고 있었는데 승상이 그의 재주와 용모를 사랑하여 사위로 삼은 것이다. 정생의 기질이 옥 같고 문장과 학문과 덕행이 특출하기는 했지만, 성품이 너무 온화하고 착하며 마음이 담백하며 연약하여 장부의 기상이 없는 면이 있었다. 그래서 수아와 혼인하고 나서는 그녀의 빛나는 얼굴과 태도를 보고 매우 혹하여 그 손 안에 휘어 잡혀서는 남자로서의 체통을 잊고 사리에 어두운 말단의 선비가 되어버린다. 게다가 수아가 '모친의 성품 그대로여서' 정생이 만약 나가서 형제들과 함께 놀지라도 의심하여 시녀를 보내 행동을 살피게 하거

행실이 유씨 가문의 보배가 되어 칭찬하는 소리가 귀에 쟁쟁할 정도였다고 되어 있다 (12권 88면).

31) 승샹의 제 삼녀 슈아는 화부인 필녀라. 얼골은 옥미 눈 우희 빗긴 듯 틱되 빙뎡ᄒᆞ고 긔질이 슈려소담ᄒᆞ야 쟈약경영ᄒᆞᆷ믄 모친 ᄀᆞ투되 염″쇄락ᄒᆞᆷ믄 소시 풍쳬룰 어드시니 졀셰지뫼라. 다만 셩되 강″ᄒᆞ고 말슴이 민쳡ᄒᆞ나 쵸쥰ᄒᆞ야 덕이 젹으니 화부인은 깁히 사랑ᄒᆞ나 승샹은 낫비 너겨 샹″의 엄칙 경계ᄒᆞ미 졔녀의 지나게 ᄒᆞ더니, 〈소현셩록〉 12권 88~89면.

나, 조금이라도 마음에 들지 않는 일이 있으면 그가 들어오기를 기다
렸다가 비단으로 목을 매 자결하려 하며 칼을 빼어 죽으려 하는 시늉
을 한다. 정생이 마음이 약하고 심지가 굳지 못한데다가 부부 사이의
간절한 정 때문에 소저의 이런 행동을 보면 넋이 나가 그녀를 백방으
로 달래면서 규방에만 있는다.

이 같은 상황을 안 소승상이 딸을 엄하게 꾸짖었지만 고칠 길이
없자 더욱 화가 나, 이렇게 심하게 투기하여 집안의 명성에 욕을 먹이
려면 눈앞에서 사라지라면서 정생의 본향本鄕으로 떠나 살라고 한
다.32) 화부인이 말려도 듣지 않고, 수아가 친정아버지와 오빠들을
믿고 남편을 멸시하니 멀리 보내 살기가 힘들어지면 그때에야 여자로
서의 도리를 알 거라면서 보낸다. 사위에게도 여자에게 얽매이지 말
고 학업에 힘쓰라고 당부하면서 옥 고리가 달린 서진書鎭33)을 준다.

정생이 멀리 옮겨가 사는데다가 친구가 권하여 창기와 놀기도 하
는데 수아가 이를 들으면 매우 화를 내면서 한바탕 싸우고 열사흘을
굶어 죽을 지경에 이르기도 한다. 그러면 정생이 백 가지로 애걸하여
화를 풀게 하는데, 특히 아내가 명망 있는 집안의 귀한 딸이기 때문에
그녀의 말을 듣는다고 되어 있다. 그러나 그녀의 투기가 온 세상에
유명해져서 서울의 소승상에게 전해지니 승상이 듣고 탄식하기를,

32) 녀ᄋᆞ를 엄칙ᄒᆞ되 곳칠 길히 업ᄉᆞ니, 공이 노ᄒᆞ야 ᄀᆞᆯ오되 네 이직 아비 ᄀᆞᄅᆞ치믈
듯디 아니ᄒᆞ고 투악을 과히ᄒᆞ야 가셩을 욕먹이니 ᄲᆞ리 안젼의 뵈디 말라. 드듸여
티힝ᄒᆞ야 명셩을 주어 듕산으로 보내니, 〈소현셩록〉 12권 91면.

33) 등불이 타다 꺼질 때 책상에 놓아두면 밝은 빛이 일어나 글 읽기에 유익하니 반디를
잡는 수고로움을 덜어줄 것이므로 글공부를 도울 것이라고 하면서 주는데, 이 옥
고리 즉 옥환(玉環)과 서진이 나중에 정생의 딸 정환과 설규의 아들 경운의 혼인
시에 빙물(聘物)이 되고 이에 관한 이야기가 〈옥환빙(玉環聘)〉이라는 소설이 된다(12
권 92면).

"까마귀나 까치가 봉황을 낳지는 못하는구나."[34]라고 한다. 즉 딸의
못된 행실이 그 어머니에게서 왔다는 의식이 표출되는 것이다. 얼마
지나지 않아 정생이 과거에 급제하여 다시 서울로 오니 승상은 딸을
크게 꾸짖는다. 승상이 이후로도 이 딸을 깨우치려 했지만 끝내 투기
를 그치지 않으니 부모도 어찌할 수가 없을 정도라고 생각한다. 즉
이 작품에서는 못된 딸 교영을 통해 절개의 중요성을 말하고, 수아를
통해서는 투기 금지를 이야기했다고 할 수 있다. 그런데 소승상의
자녀 중 가장 못된 아들과 딸이 모두 화부인 소생임을 볼 때에 자녀의
잘못의 근원을 어머니에게 돌리는 시각이 드러남을 알 수 있었다.

2.4. 시가에서 수난 당하지만 당당한 딸 – 수빙

수빙은 석부인의 둘째 딸이다. 소승상의 세 부인 중에서 가장 추앙
받는 부인이 석부인이며, 소승상이 죽고 나서 가문을 다스리는 것도
그녀의 아들인 운성이다. 딸은 셋 있는데, 모두 어머니를 닮아 무척
빼어나고 덕성도 있는 여성들로 설정되어 있다. 특히 둘째 딸 수빙과
셋째 딸 수주는 〈소현성록〉 별전別傳 마지막 세 권의 서사를 이끌어
갈 정도로 비중 있는 인물이다. 수빙은 선한 여성이 갖은 수난을 당하
면서도 덕을 잃지 않는 모습으로, 수주는 검소하고 덕이 있는 황후의
모습으로 그려진다.

수빙이 소개되는 장면을 보자.

승샹의 뎨 스녀 슈빙은 셕부인 초녜라. 곳다온 나히 십삼의 니르매

---

34) 승샹이 듯고 탄왈, 오쟉이 봉을 낫티 못ㅎ도다. 〈소현성록〉 12권 93면.

식모염틱와 낭즈혜질이 모친으로 다른미 업서, 옥골선부는 딘애의 쒸
여나고 산쳔슈긔는 미우의 어리여 물근 골격과 녕농혼 틱되 쇄락흐야
혜월슈화지용과 팀어낙안지틱롤 겸흐야 경셩경국홀 식이 이시니35)

13세에 이르자 아름다운 생김새와 아리따운 태도, 난초처럼 아름
다운 자질이 나라를 기울게 할 미색이 있다고 묘사된다. 이렇게 아름
다우니 그녀를 그린 그림만 보고도 김현이라는 유생이 상사병에 걸
리고 친구의 아들인 그를 살려야 한다는 소승상의 의리 때문에 그의
둘째 부인으로 시집가게 된다. 소씨 가문처럼 혁혁한 가문의 딸이
가난하고 벼슬도 낮은 집안과 혼인하는 것은 이례적인 일이라 식구
들이 슬퍼하고 수빙 자신도 펑펑 울며 시댁으로 간다.

그녀의 남편 김현은 재능이 특별하고 기이하여 만 권의 시와 글을
외웠으며 마음에는 큰 포부를 가지고 계획성 있게 일을 진행하는 사
람이다. 또한 효심이 깊고 골격은 천지간의 정기와 혈통을 이어 받은
듯하며 아름다운 얼굴은 흰 옥을 깎은 듯하고 재주와 지혜가 있는
모습은 물 위에 피어 있는 부용 같아 아버지 김시랑侍郎이 편애했
다.36) 그런데 그 편애 때문에 억눌려 있던 형 김환이 아버지가 죽고
나자 어머니 왕씨를 부추겨 그와 그 아내 소수빙을 핍박하게 된다.

김씨 가문에 시집온 수빙은 검소하고 소박하고 공경하는 태도로

---

35) 〈소현성록〉 12권 94면.
36) 오직 현이 특이흐여 눈의 만권 시셔롤 [외오고] 흉듕의 경뉸지직롤 간스흐고 쏘혼
효힝이 쌔혀나 흅〃히 증슘의 뜻 바듬과 왕상의 나모 안고 울기롤 효측홀 쓰디 이시
니, 흐믈며 골격은 텬디 졍긔롤 니어 산쳔의 빗난 거술 오롯흐고 용화는 빅옥을 갓근
듯흐며 풍신은 니젹션을 웃는디라, 아〃히 브람 알픽 옥나모 곳고 교〃히 슈듕[의]
웃는 부용 ᄀ틱니 김시랑 지시의 편이흐미 과도혼디라. 〈소현성록〉 12권 95~96면.

시어머니를 받들고 남편의 첫째 부인인 취씨를 대한다. 좋은 가문의 딸임을 생각하지 않고 스스로를 비천하다고 여기면서 여인으로서 지켜야 할 덕을 실천하려 한다. 하지만 남편 김생이 정실인 취씨보다 자신을 더 자주 찾고 아끼는 바람에 취씨의 질투를 받자 남편에게 공평한 처사를 당부한다. 그러나 예쁜 그녀의 용모와 아름다운 태도에 반한 김생이 그녀가 단장하는 모습을 보고 시를 읊는다든지 손을 잡는다든지 애정 표현을 하니 취씨의 투기는 날로 심해져 결국에는 수빙을 모해하여 시어머니를 죽이려 한다는 누명을 씌운다. 이를 믿은 시어머니 왕부인이 자식 잘못 가르친 죄로 스스로 목을 매 죽겠다고 연극하기도 하고 깊은 후당後堂에 가두고 고초를 겪게 한다. 그러던 중 김생이 과거에 급제하여 지방의 어사로 가게 되고, 낙방한 형 김환과 그의 장인, 취씨의 아버지 등이 공모하여 계교를 부리는 등 수빙 소저를 더욱 힘들게 하다가 급기야는 간통하는 남자가 보낸 편지를 위조하여 모해한다.

하지만 소장訴狀을 들고 법사法司에 가던 김환을 수빙의 오빠인 병부상서 운성이 만나 심문하여 거짓임을 자백 받아 여동생을 구하게 된다. 김환을 귀양 보내고는 수빙을 집으로 데려와 버리는데, 이를 본 소승상이 시비를 공적으로 가린 후 데리고 왔어야 했다고 책망하기는 하지만 일단 집에 그대로 둔다. 다음 날 황제께 아뢰어 김환을 귀양에서 풀어내 주지만, 외지에서 돌아온 김현은 운성이 마음대로 자기 형을 귀양 보냈다고 비난한다. 그러면서 둘이 몇 차례에 걸쳐 말싸움이 오가다가 곁에서 말리니 겨우 그칠 정도로 팽팽한 긴장감이 돈다. 일이 정리되자 왕부인이 소저를 집으로 다시 데려오라고 하지만, 소저는 두 차례에 걸쳐 돌아가기 싫다고 당당히 반박하고,

그래도 계속 달래는 남편에게 다음과 같이 말한다.

> 첩이 비록 불민ᄒ나 ᄯ흔 녯사름의 녈의를 아ᄂ니 부인은 삼죵지의
> 듕ᄒ나 금일 첩의 형셰로뻐 비길딘대 공지 이에 겨셔도 감히 삼죵을
> 칙ᄒ야 다시 김가의 가라 아니시리니, 첩이 간초ᄒ믈 괴로와 ᄒ미 아
> 니오 군ᄌ를 염피ᄒ미 아니며 존고를 원망ᄒ미 아니라, 당초의 녕형이
> 블힝ᄒᆫ 말노 첩을 훼방ᄒ미 참혹ᄒ니 일퇴의 쳐ᄒ야 서ᄅ 보미 ᄒᆫ갓
> 슈괴ᄒᆯ 분 아니라 ᄯ흔 혐의예 크게 쵹ᄒ니 첩이 삼죵을 직희고져 아
> 닛ᄂᆫ 배 아니로ᄃᆡ, 조물이 슌ᄒᆫ 거ᄉᆯ 막으니 임의 보라미 긋쳣ᄂᆞᆫ디라
> 다만 냥젼ᄒᆯ 도ᄅᆞᆯ 싱각ᄒᆯ딘대 첩이 스스로 죵신을 심규의셔 ᄆ차 단댱
> 시ᄅᆞᆯ 외올디언뎡 귀퇵의 나아가 픙화ᄅᆞᆯ 어즈러이고 비례의 얼골을 보
> 디 아니리니 엇디 군ᄌ의 명견으로뻐 군ᄌ의 나약ᄒᆫ 소견을 아디 못ᄒ
> 리오[37]

부인네에게 삼종지도三從之道가 중요한 것은 알지만 자신의 상황이
라면 이를 지키지 않는다고 해서 공자孔子님께서도 책망하지 않을 거
라는 당돌함을 보이면서, 혼자서 규방에서 늙을지언정 자신을 해치
려 하고 참혹한 일을 만들었던 시숙과 다시는 같은 집에 살지 않겠다
고 하는 것이다. 이를 들은 남편은 '그 절도 있는 태도에 존경하고
복종하지 않을 수 없어 말문이 막혔다'라고 되어 있다. 여기에 더하여
늘 여인의 순종하는 도리를 강조하던 소승상마저도 딸이 못된 시숙
김환이 있는 집에 돌아갈 수는 없다고 하면서, 수빙을 그곳으로 보내
지 않는 것이 여필종부女必從夫와 삼종대의三從大義를 모두 그만 두는

---

37) 〈소현성록〉 13권 73~74면.

것이라고 해도 못하겠다고 버틴다. 그러자 시어머니가 뉘우치고 오히려 자신의 아들에게 처가인 소씨 집안으로 가서 살라고 하기에 이른다.

결국 절충안으로 소씨 집안과 가까운 곳에 집을 따로 지어 어머니를 모시고 살기로 하는데, 형제들이 집을 지어주고 석 달 월급을 모아주어 풍족하게 살 수 있게 해준다. 친정어머니와 할머니, 숙모 등이 금, 은 등 재화를 많이 주고, 오빠 운성은 자신의 식읍에서 오는 것의 반을 나누어 누이에게 주니 풍요로움이 공주보다 못하지 않게 된다. 이렇게 하여 따로 나와 시어머니를 모시고 사는데, 김현의 형 김환이 어머니를 보러 올 때면 소씨 형제들에게 들킬까봐 밤에 몰래 와서 뵙고 가는 등 처가의 눈치를 심하게 본다. 소씨 형제들이 김현의 재주와 성품을 아껴서 잘 대해주고 서로 아꼈다지만 사위의 위상이 실로 낮다고 할 수 있다.

수빙이 시가보다 친정 가문이 높음에도 불구하고 겸손하려 했다지만 위에서 본 것처럼 매우 당당한 태도를 보였으며, 남편의 말이 마땅하지 않으면 굽힘없이 의견을 피력하니 남편은 그녀가 자신을 얕잡아 본다고 느낄[38] 정도였다. 아버지나 오빠들도 그녀를 적극 두둔해주고 해결사 노릇을 하였으며, 자신은 친정에 가서 한 달 중 열흘은 머물면서 남편을 홀로 두기도 했다.[39] 하지만 착한 여성의 후덕함은 잃지 않았으니, 자신을 박대하여 죽이려 하던 취씨를 찾아낸 김현이

---

38) 어시 텽파의 어히업서 강잉 쇼왈, 부인이 흑싱을 어린 소ᄂ희로 묘시ᄒᆞ야 이러틋 방ᄌᆞ하시니 참괴홀 ᄯᆞ롬이라. 〈소현성록〉 13권 121면.

39) 부인은 뎌 고딕 가 일삭의 열흘은 날을 뭇츠시고 흑싱이 공방 딕희기 괴롭더이다. 쇼졔 미쇼 왈, 이 지쳑의셔 ᄇᆞ릭시ᄂ디 아니 가리잇가. 〈소현성록〉 13권 115~116면.

그녀를 죽이려 하자 조강지처를 죽일 수는 없다면서 같이 살게 하고 심지어 첫째 부인의 자리도 되돌려준다. 요컨대 소현성의 딸인 수빙은 착하고 현명하지만, 아내인 석부인처럼 고난을 당해도 끊임없이 참기만 하거나 남편에게 순종하기만 하는 태도와는 다른 면모를 보인다는 면에서 차이가 있다.

2.5. 황후가 되어 가문의 위상을 높인 딸 - 수주

수주는 석부인의 셋째딸이자 소현성의 막내딸이다. 석부인이 그녀를 잉태하였을 때 꿈에서 태음성太陰星을 삼키고 태양의 정기를 쏘였으며 20개월이 지나서 황후를 낳으니 산실産室에 기이한 향기가 가득하였다[40]고 한다. 수주는 어렸을 때부터 조용하여 말이 없고 엄숙, 단정하며 출입出入의 법도를 지키면서 눈을 들어 사람 보기를 가볍게 하지 않는다. 또 아주 우스운 일이라도 가볍게 웃지 않고, 이진 일을 보거나 부정한 일을 보아도 평정심을 유지한다. 그렇게 하는 이유는 사람마다 각자 뜻을 가지고 행동하는 것이니 자기 마음에 맞지 않는다고 해서 책망할 필요가 없다[41]는 것이다.

또 그녀는 어려서부터 문학을 좋게 여기면서 글을 쓰고 읽는 것을

---

40) 션인황후 소시는 승샹 강능후 소현성의 필녜오 됴국부인 셕시의 소싱이라. 명은 슈쥬니 일즉 셕부인이 잉틱할 젹 꿈의 태음셩을 숨끼고 태양 졍긔를 쏘여 뵈더니 스므돌 만의 후를 나흐니 산측의 긔이흔 향내 옹비ᄒ고, 〈소현셩록〉 14권 1면.

41) 휘 어려겨실 제븟터 팀묵언희ᄒ시고 단엄졍슉ᄒ샤 출입의 법되 겨시고 눈드러 사름 보기를 경히 아니시며 극흔 우은 일이라도 가보야이 웃디 아니시고 어딘 일을 보나 아디 못홈 ᄀ투며 브졍흔 일을 보나 됴히 너김ᄀ투 ᄒ시니, 사름이 고이히 너겨 그 연고를 무른즉 디답ᄒ되, 사름이 각〃 ᄆ옴을 힝ᄒ니 부모 유례와 싱흉지신을 내 ᄆ옴과 맛짓디 아닌들 긔 므슴 흔단이리오. ᄒ시니, 〈소현셩록〉 14권 1면.

게을리 하지 않았는데, 그 이유는 재상가의 딸로서 그렇게 하지 않으면 사람들의 업신여김을 받을 것이기 때문이라고 한다. 이렇게 소씨 가문의 딸들은 모두 재주와 학식이 있었지만 규방에서 지은 것이기에 감추고 숨기기는 하였다.[42]

생활 태도는 매우 검소하여 진주, 금은보화, 화려한 옷을 좋아하지 않았으며, 아름다우면서도 무게가 있고 윤택하면서도 상쾌하고 깨끗하였다. 용모를 단정히 하고 앉아 있으면 흡사 중국의 제왕 여와씨女娲氏가 용상龍床에 앉아 있는 위풍과 같아 아름답고 고운 것이 보통 사람들보다 뛰어나다. 그 고운 것이 특이할 뿐만 아니라 타고난 용모와 품격이 맑고 깨끗하다고 극찬 받는 여인이다. 비록 나이가 적지만 매우 여유가 있고 시원스러워 위풍이 저절로 솟아나 넉넉해 보인다.[43] 그녀가 밝은 눈으로 사람들을 바라보면 두려운 마음이 저절로 일어날 듯하였으니 언니, 오빠들도 감히 농담을 가볍게 건네지 못한다. 단정하며 부끄러워하는 듯한 모습이 있었지만 한편으로는 엄숙하면서 씩씩하여 그 마음이 큰 바다와 같아 깊이를 측량하지 못할 정도여서 가히 '여자 가운데 성인군자聖人君子'[44]라고 하였다.

인종황제가 태자 시절일 때에 30,700여 명의 여자 중에서 피택되

---

42) 휘 주유로 문혹을 됴히 너기시며 글 쓰고 닑으시믈 게얼리 아니시거놀 사름이 그 연고를 뭇즈오니 답왈, 내 샹문녀즈로 고스를 아디못호야 사름의 업슈미 너기미 될가 호미로다. 모든 형이 다 지혹이 이시되 규방의 소작이라 호야 금초고 긔이니, 〈소현성록〉 14권 2면.

43) 념용단좌신즉 흡 〃 히 녀와시 농상의 안즌 위풍 굿투여 미려호미 범뉴의 소사나니 혼갓 고온 거시 트이홀 분 아니라 주연 풍광이 쇄락호여 비록 그 모부인이라도 찰난혼 광치는 밋디 못홀 배오, 〈소현성록〉 14권 3면.

44) 팀엄 싁 〃 호야 그 무움이 하히 굿고 그 깁히 탁냥티 못홀씨니 가히 녀듕 성인군지라, 〈소현성록〉 14권 15면.

어 태자비가 되었다가 태자가 황제가 될 때에 10년 후에야 복이 퍼질
듯하다는 관상가觀相家의 말에 따라 정궁正宮이 되지 못하고 귀비로
봉해졌다. 정궁은 곽 황후인데 성품이 좋지 않고 투기가 있는 여인이
다. 소 귀비는 궁궐에서도 연지臙脂, 백분白粉을 사용하지 않고 눈썹
도 그리지 않는 등 소박하게 지내며, 황제가 총애하여도 곽 황후의
화를 돋우지 않으려고 늘 홀로 공손히 있었다. 또 황제가 그녀를 사랑
했지만 예를 갖춰 공경하는 것이 황후에게보다 더했다.

곽후가 투기를 하여 후궁들을 후당에 가두어 황제를 보지도 못하
게 하므로 귀비는 6년 동안이나 남편 즉 황제의 얼굴을 보지도 못하
고 외롭게 지낸다. 나중에 황제가 자신을 아끼자 곽후를 두려워하여
태후太后를 봉양하는 일을 맡겠다며 태후전에 가서 지내면서 태후와
정사政事를 의논하기도 하는데, 깨끗하고 위엄 있으면서 광명정대하
게 정사를 처리한다. 그러나 태후전에 물러나 있어도 황제가 자주
찾아오자 멀리 북궁北宮에 숨어 살면서 목숨을 부지하겠다고 하여 여
러 번 간청한 끝에 그곳에 들어가 살게 된다. 떠나는 그녀 앞에서
황제가 눈물을 흘리며 오열하고 일찍 돌아오라고 부탁하는 등 황제
도 그 앞에서는 쩔쩔매며 그 뜻을 따르고 매혹될 지경에 이르는 것으
로 되어 있다. 그곳에서는 자유롭게 부모님께 소식도 전하고 한가롭
게 시사詩詞를 지으며 세상을 잊었고 구슬 같이 아름다운 문장을 읊으
면서 행실을 닦는다.

곽후의 투기가 점점 심해져 후궁 둘을 칼로 베어 죽이려 하다가
이를 말리던 황제의 목을 스쳐 피부에 상처가 나게 하고 더하여 황제
의 뺨을 쳐서 폐위 당하고, 소귀비가 정궁으로 오르게 된다. 그래도
황제에게 계속 권하여 곽후를 후대하게 하였으며, 평소에 의복에 색

이 없었고 거처가 소담했다. 자신을 모함하려던 상씨가 황제에게 벌
을 받자 풀어 주고 예물을 많이 주어 궁궐의 재인으로 봉해주기도
한다. 심지어 죽음에 임해서는 의원이 자기를 치료하다가 자신이 죽
으면 애매하게 형벌을 받게 되니 아예 치료를 받지 않겠다면서 조용
히 임종을 맞는다.[45]

이렇게 검소하고 후덕한 황후로 딸이 설정됨으로써 소씨 가문은
이제 더 이상의 영화가 없을 정도로 격상되는 것으로 볼 수 있다.
이 딸의 남편인 인종 황제가 장인인 소현성의 도덕을 공경하고 사모
하여 신하들에게 그 행적을 기록하여 후세에 전하라고 하여 탄생한
것이 바로 〈소현성록〉이니, 수주 소저는 작품의 창작이 가능하게 한
딸이기도 하다는 면에서 의미 있는 인물이다.

3. 17세기 후반 국문장편소설 〈소현성록〉의 딸 형상화에 담긴 의미

3.1. 가문 이기주의의 발현 – 당당한 딸, 사랑받는 딸

〈소현성록〉은 소씨 가문을 일으켜 발전시키는 데에 중점을 둔 작
품이기에 '가문 이기주의'[46]라고 부를 정도로 소씨 가문 위주의 시각

---

45) 내 궁박흔 인싱으로 부귀룰 누련디 수십지라 맛당이 죽으미 가흔니 엇디 약 먹어
살기룰 브라리오 흐믈며 나라법이 국상후 의원을 죽이니 나 흔 부인으로써 익미흔
사룸을 형벌흐미 가티 아니흐니 결연히 먹디 아니흐리라, 〈소현성록〉 15권 76면.
46) '가문 이기주의'는 거개의 국문장편소설(즉, 가문소설)에서 보여지므로 〈소현성록〉
만의 특징은 아니다. 이는 조용호(「삼대록 소설 연구」, 서강대 박사논문, 1995, 17면)
가 〈조씨삼대록〉을 분석하면서 '가문주의'라고 했던 것과 같은 개념이며, 정길수(『한

을 표출하는 작품이다. 따라서 소씨 가문의 일원은 대체로 훌륭하거
나 착한 인물로 설정된다. 아들들이 다소 나쁜 행동을 하더라도 그것
은 철이 없어서이거나 악녀가 주는 단약丹藥을 먹었기에 일시적으로
저지른 일이라고 마무리하고 만다.

딸들도 앞에서 본 것처럼 대체로 현숙하고 옳은 행동을 하였다.
특히 월영은 재치가 있고 글도 잘 쓰고 덕량이 크기 때문에 집안의
대소사를 중재하고 해결하였으며, 시누이인 화씨, 석씨와 우애가 깊
었고 집안의 대소사에서는 가장 중요한 인물로 관여하였다. 갈등 상
황에 놓인 두 인물 사이를 중재하거나, 어머니의 의중을 살피거나,
다른 식구들이 하기 어려운 말을 꺼내는 등의 역할을 하면서 온 가족
의 신임을 받는 중요한 인물로 살다가 결국에는 친정어머니로부터
가권家權을 넘겨받기까지 한다. 양부인이 유언을 남길 때에 큰 며느
리 화씨는 성품이 거칠고 좁아 집안의 천여 명의 위아래 사람을 원망
없이 거느리지 못할 것이고 석씨는 차례가 아니니, 딸인 월영이 자기
대신 가권을 들어 자손들이 따로 나가 사는 것을 금하고 잘 거느려
옛 법제를 고치지 말라고 당부하는 것이다. 딸이 죽고 나서야 화씨에
게 넘기라고 한다.[47]

<hr />

국고전장편소설의 형성 과정』, 돌베개, 2005.)가 '배타적인 사족(士族) 이기주의',
조혜란(앞의 논문, 2009.)이 '가문의식의 이면, 허위의식' 등으로 논의한 것과 비슷한
개념이다.

47) 드듸여 소부인의 손을 잡고 닐어 왈, "내 너히 부친을 여히고 네 그 때 나히 스셰라
어룬 뭉져 길너더니 이제 나히 늙기의 쇠흐고 ᄌ손이 번셩흐니 구천의 도라가나 흔이
업스리로다. 너도 나히 쇠흐고 경이 흔가디로 늘글 거시니 내의 삼년을 부디홀 길히
업ᄂ디라, 엇디 ᄆ음의 니ᄌ리오? 너히ᄂ 훼블멸셩을 싱각ᄒ야 흔가디로 보호ᄒ고,
화시의 셩되 조협흐여 가듕 천여 인 샹하ᄅ 원망 업시 거ᄂ리디 못ᄒ니, 셕시ᄂ
ᄎ례 글너더니, 네 맛당이 내 딘신의 드러 ᄌ손의 닷살기ᄅ 금흐고 거ᄂ려 녯 법졔ᄅ

이렇게 딸이 며느리보다 높은 위상을 지니며 친정에서 일 년의 2/3를 살면서 대소사를 간섭하고 중재하는 것과 함께, 딸은 대체로 현명하고 착하지만 사위가 부족한 점이 있다거나 시댁 식구가 악하다고 설정한 점, 시집간 딸을 친정 오빠들이 든든하게 지켜주는 점 등에서도 가문 이기주의를 느낄 수 있다. 소승상의 넷째 딸 수빙이 가난한 집으로 시집간다고 울자 오빠들은 왕궁으로 조회 가는 길에 날마다 들를 터이니 걱정 말라고 위로하였고, 나쁜 사돈이 계교를 부려 여동생을 모함하는 상소를 올리러 가는 것을 길에서 만나 진실을 밝혀내었다. 아버지와 오빠들이 모두 수빙을 두둔하며, 못살게 구는 사돈이 있는 집으로는 돌아갈 필요가 없다고 하면서 이때에는 삼종지도三從之道를 지키지 않아도 된다고까지 하였다. 결국 그녀는 소씨 집안 근처에 따로 집을 지어 살게 되는데 이때에도 오빠인 운성 형제들이 화려하게 지어 주었으며, 고초를 당했던 동생이기에 불쌍하게 여겨 형제들이 모두 몇 달치 월급을 모아 주고 숙모들도 재물을 주니 너무 많아 쌓아둘 곳이 없을 지경이 되기도 하였다.

수빙이나 수주의 경우 모두 빼어나게 예쁘고 덕이 있지만 남편들이 그런 그녀들을 편애하기 때문에 다른 아내들이 투기하여 그녀들을 모함하는 등 악행을 저지르는 것으로 되어 있다. 다른 아내들이 제일 나쁜 인물로 묘사되기는 하지만, 남편들 즉 중심 가문의 사위들이 제가齊家를 제대로 못하여 그런 일이 생긴다고 언급되기에 아들과 며느리의 관계와는 다른 것이다. 심지어 수주의 남편은 황제인데도 공정하게 아내들을 대하지 못해 투기를 불러일으킨다거나 아내의 미

고티디 말나. 네 죽은 후는 화시의 누리오고 위시는 또한 너를 족히 딕흘 재니 원녀는 아니커니와 댱가의 세거를 효측ᄒ라."〈소현셩록〉 15권 54~55면.

모에 혹하여 정신을 못 차린다거나 아내와 이별한다고 울먹이는 남
자로 묘사되는 것이다.

또한 며느리들은 핍박을 무한히 참아내기만 하지만, 딸은 남편이
실성하여 홀어머니의 명령을 거스르면서 자기를 자꾸 찾아와 다른
사람들의 시비를 불러일으키고 친정가문에까지 욕을 먹인다면서 빨
리 자기를 친정으로 돌아가게 해달라고 유모에게 투정하기도 한
다.48) 비슷한 상황이 운성의 아내 형씨에게도 있었지만 며느리인 형
씨는 운성이 자꾸 찾아와 다른 아내인 명현공주에게 죽임을 당할 뻔
했는데도 직접 뭐라 말하지 못하고 속으로만 전전긍긍했던 것과는
다른 모습이다.

3.2. 개인보다는 가문의 기강 확립과 위상 중시

〈소현성록〉에시는 주인공 소현성의 아버지가 일찍 죽는다. 그래서
홀어머니인 양부인은 가장家長의 역할을 하면서 자손을 잘 길러내야
하는 사명을 갖는다. 따라서 양부인이 비록 여성으로서의 섬세한 정
감을 드러내거나 설득과 회유로 가족들을 대하는 면에서 남성 가장

---

48) "……임의 심궁의 가티인 죄인이 되고, 낭군의 뭇는 말을 디답흔 즉 존고 시살흐믈
쇠흔다 흐니, 내의 몸은 천빅 ᄀ지로 듀명흐나 쪽히 앗갑디 아니흐듸, 다만 가셩을
욕먹인 줄 흔흐느니, 당〃이 쳡의 혀를 버혀 벙어리 되미 가흐듸 부모 혈육을 ᄎ마
샹히오디 못흐나, 엇디 낭군의 언어를 슈작흐야 쳡의 죄를 더으며, 군ᄌ로 흐여곰
인륜의 용납디 못흐게 흐리오. 예 평일 슉믹 불변흐미 아니로듸 사롬이 날 곳 보면
편모 죽이려흐는 뜻이라 흐듸 오히려 날을 ᄎᄌ니 기리 한심흐고, ᄯᅩᆫ 내 눔의 졍졍
을 샹히오고 눔의 모ᄌ 형뎨 부〃를 다 산난흐야 간겍 잇게 흐니 실로 김시 문호의
죄인이라, 엇디 서로 보리오. 김싱은 실셩흐야 편친의 녕을 거스려 날을 ᄎᄌ나 나는
ᄎᄆ 서로 보와 사룸의 시비를 브르디 아니니니 어미는 다만 김싱을 ᄃ려 닐너 날을
친명의 도라가게 흐라."〈소현성록〉 13권 41~42면.

과 달리 부드러운 면이 있다고는 하지만, 실은 남성적인 모습, 남성적인 목소리라고 여겨지는 부분이 더 많다. 그녀는 부재하는 아버지의 역할을 대신하기에 가장 강력한 가권을 지닌 인물로 등장하면서 당시에 굳건해지기 시작한 가부장제 이데올로기의 충실한 수행자로서 기능하고 있는 것이다.

딸 교영이 실절失節했다고 하여 독주를 주어 죽게 한 점이 이런 면을 단적으로 드러낸다. 사실, 여성의 실절을 방지하고 정절 이데올로기를 강화하기 위해 며느리가 실절한 것으로 설정할 수도 있었을 것이다. 하지만 당시의 출가외인出嫁外人 담론에 의하면 며느리는 이미 그 가문의 여성이고, 반대로 딸은 다른 가문의 여성이기 때문에 자기 가문을 더럽히는 것보다는 다른 가문의 여성이 된 딸을 그렇게 설정하는 편이 나았을 것이다.

딸이 먼 곳으로 귀양 갈 때에 건강하라든지 슬픔을 참고 견디라든지 하는 따뜻한 말은 하지 않고 다만 열녀전을 건네면서, 역대의 절개 있는 부인들의 행적을 본받아야지 만약 이를 어긴다면 가문에 욕이 될 것이므로 구천에 가서라도 보지 않을 것이라는 말을 하는 것으로 되어 있었다. 실절했음을 알게 된 다음에도 딸이 한 번만 살려 달라고 애원하고 다른 식구들이 빌어도 전혀 움직이지 않고 결국 죽이며, 소씨 가문의 선산에 묻지도 못하게 하였다. 가문의 기강을 확립하고 위상을 유지하기 위해서 차갑고 무서운 가장으로서의 모습만 보이는 것이다.

〈소현성록〉이라는 작품이 사대부 가문에서 교훈서로 읽힐 수 있었던 이유가 이렇게 당대에 여성(때로는 남성)에게 권장하는 덕목을 잘 보여주기 때문이기는 하지만, 가문이나 이데올로기에 '희생당하는 개인'의 모습이 종종 드러남을 볼 수 있다. 본전本傳에서 희생되는 개인이 교영이라면, 별전別傳에서 희생되는 개인은 소승상의 일곱 번째 아들인 운숙의 아들 '세명'이다. 세명은 역적의 무리에 들어가 나라를 배반하려 했기 때문에 죽임 당하는데, 이 작품에서 중요하게 다루어지지 않던 '충忠 이데올로기'가 부각되는 몇 안 되는 장면 중 하나이기도 하다. 그러나 여기서도 중요한 명분은 '가문을 위해서'이다. 나라를 배반하는 것은 부모를 배반한 것이나 다름없으니 가문을 위해 죽인다면서 집안의 가장家長으로 승격할 인물인 운성에 의해 처벌[49])되기 때문이다. 운성은 승상의 아들 10명 중에서 가장 뛰어난 인물로 승상이 죽고 난 뒤 소씨 집안을 다스리게 되는 아들이라는 점에서 의미심장하다. 나라와 가문을 더럽히는 사람은 가부장家父長에 의해서 처벌된다는 점을 다시 한번 보여주는 장면이기 때문이다. 가부장이 처벌에 나서면 그 부모도 어쩔 수 없다. 세명의 아버지 운숙도 형이 설마 조카를 죽이랴 생각했지만 실제로 자신의 아들을 석궁으로 쏘아 머리를 깨뜨려 죽인 후 목을 들고 돌아왔을 때에는 암담해한다. 그래도 아무런 말도 할 수 없었으며, 세명의 어머니 성씨는 오열하며 시숙인 운성을 원망하지만 도리어 운성에게 사리 분별 못한다는 책망만 듣는 것으로 그친다.

승상의 넷째 딸 수빙도 실은 아버지가 자신의 옛 친구에 대해 의리를 지키는 방편으로 원치 않는 결혼을 한 경우라고 할 수 있다. 수빙의 얼굴 화상畫像을 보고 반하여 상사병에 걸린 김현이 소승상의 친구의 아들이기 때문에 차마 죽게 둘 수가 없어 혼인을 시킨 것이기 때문

---

49) 〈소현성록〉 14권 75면.

이다. 가문의 지위나 재력이 너무나 현격히 차이가 나서 온 식구들이 걱정하고 딸도 혼인하기 싫어 펑펑 울지만 아버지의 뜻은 거역할 수 없기에 따르는 것이다. 그래서 결국 시댁에서 모함 당하고 골방에 갇히는 수난을 당하게 되었으므로 불행이 예상되어도 아버지의 말에는 순종해야 하는 딸의 처지를 알 수 있는 대목이다. 하지만 앞 절에서 살폈듯이 소씨 가문 이기주의의 반영으로 딸의 수난은 짧게 지나가며, 그 수난은 친정 오빠가 끝내주는 것으로 설정되어 있다.

다섯째 딸 수주는 8세의 어린 나이에 태자비로 간택되어 궁궐로 들어가 6년을 후당에서 지내다 14세가 되어서야 임금이 된 태자를 만나고 그 후에도 왕후의 투기로 고난을 당하다가 인내한 끝에 왕후가 되는 딸이었다. 수빙처럼 억지로 혼인한 경우는 아니지만 긴 시간 동안 참아낸 끝에 여자가 올라갈 수 있는 최고의 자리인 왕후가 됨으로써 가문의 위상을 격상시키는 결과를 낳았다는 면에서 수단으로 기능하고 있는 듯하다. 특히 수빙은 매우 검소하여 채색된 옷은 입지 않고 화장도 하지 않았으며, 주위 사람들에게도 심하게 인자한 태도를 보이는 것으로 설정되어 있기 때문에 더욱 그런 느낌을 주었다.

3.3. 딸의 악의 근원으로서의 어머니

소승상의 딸 중에서 유일하게 부정적으로 설정된 인물이 셋째 딸 수아였다. 그런데 그녀가 이렇게 부정적인 인물인 것은 그 어머니를 닮아 그렇다고 하는 소승상의 언급이나 서술자의 언급이 있어 문제적이다. 그녀의 어머니 화부인은 승상의 정실부인이지만 조급하고 드세며 투기하기에 시어머니와 남편에게 책망을 듣는 인물이다. 승상의 둘째부인을 들일 때에도 양부인은 그녀가 투기하는 빛이 없으면 둘째부인을 들이지 말아야지 했지만 어김없이 투기를 하므로 들이는 것으로 되어 있을 정도로 투기하는 여성이다. 또 승상과 양부인이 집을 떠나 있는 상황에서 집안 식구들을 공평하게 다스리지 못하고 적국敵國인 석부인의 며느리 형씨를 차별하여 녹봉으로 나오는 월포月布를 주지 않아서 힘들게 한다든지 자기가 싫어하던 서모 석파를 박하게 대하여 다른 식구들의 원망을 받는다. 판단력도 흐려서 아들 운명의 아내 이씨가 선한 인물임을 알아보지 못하고 운명과 함께 이씨를 구박하고 죽이려고까지 하여 양부인의 꾸중을 듣는다. 이렇게 작품 내에서 부정적으로 형상화되고 있는 대표적인 여성 인물인 화부인을 그대로 닮아 똑같이 투기가 심하고 성품이 거칠고 드세서 덕이 적은 인물도 설성뵌 딸이 수아인 것이나.

  이후의 국문장편소설들에서도 부정적인 여성으로 설정되는 인물들은 대체로 표독한 말, 좋지 않은 안색, 투기, 방자함, 해이함, 차가움, 시끄러움, 감정적임 등의 행위를 한다는 면에서 화부인이나 수아와 유사하다. 특히 〈소현성록〉의 영향을 많이 받았다고 하는50) 〈조씨삼대록〉51)에서는 이런 악녀의 대물림 현상까지 비슷하다. 〈조씨삼대록〉의 전편인 〈현몽쌍룡기〉에서의 최고의 악녀였던 금선공주의 딸 후염은 어머니의 악한 자질을 물려받아 어릴 때부터 악한 성품인 것으로 되어 있다.52) 마음이 바르지 않고 흉포하며 불순하여 아

---

50) 허순우, 「현몽쌍룡기 연작의 소현성록 연작 수용 양상과 서술시각」, 『한국고전연구』 17집, 한국고전연구학회, 2008.

51) 서강대학교 도서관 소장본 40권 40책.

52) 평진왕의 쟝녀 후염은 금션공쥬 쇼싱이라 부왕의 션풍은 담지 아니ᄒ고 즈모의

버지 진왕이 두통으로 삼을 정도이다. 아직 특별한 악행을 저지르기도 전에 어머니가 누구냐에 따라 미리 규정되는 것이다. 혼인한 후의 행실도 조씨 가문 여성 중 가장 바르지 못하다. 남편의 둘째 부인을 투기하여 그녀를 치거나 욕하며, 남편이 그녀의 침소에 가 담소하는 것을 보면 질투가 나 칼부림을 하기도 하고, 이를 말리는 남편의 뺨을 때려 결국 친정으로 쫓겨 온다. 아버지가 3년 동안이나 가둬두면서 엄하게 경계하고 무섭게 다스린 뒤에야 개과천선하여 시댁으로 돌려보내진다.[53]

　수아나 후염 모두 중심 가문의 딸이면서도 부정적인 인물로 설정된 유일한 여성인데 그들은 모두 부정적인 인물인 어머니의 성향을 그대로 물려받아 그렇다고 인식된다는 면에서 여성차별적인 것이다. 하지만 앞에서 본 바와 같이 이들 국문장편소설에는 가문 이기주의가 작동하기 때문에 중심 가문인 소씨와 조씨 가문의 딸들은 큰 벌을 받지 않고 묵인되거나 교화되는 것으로 설정된다는 면에서 며느리의 경우와는 다르다.

홀란흔 태도도 아니 달마 흉흔 얼골과 믜온 거동이 나흐로조ᄎ 졈졈 더ᄒ여 년쟝 삼오의 가로 퍼진 ᄂ츤 밋돌 ᄀᆺ고 신면 톄지 이샹ᄒ고 흉물이 겸ᄒ여 두역을 험이ᄒ고 일목이 그릇 되여 흉고 망측ᄒ여 거믄 술이 일편되이 허러 터져 돌졀구 ᄀᆺᄐ니 합개 한ᄒ여 져딕도록 ᄒ미 이샹타 ᄒ고 실노 근심ᄒ여 폐륜키도 어렵고 셩혼코져 홀진딕 흔갓 얼골이 박식이나 심지 양슌ᄒ면 무염 밍광의 일뉴로 거의 보젼홀 거시로대 션악이 둘이 업고 용심이 부졍ᄒ여 ᄒᄂ 일이 흉포 강악ᄒ니 왕이 보면 미우를 ᄡᅵᆼ고 두통을 삼으니. 〈조씨삼대록〉 11권 9~12면.

53) 〈조씨삼대록〉의 악녀 형상에 대해서는 정선희, 앞의 논문, 2009 참고.

4. 나오는 말

본고에서는 기존의 여성 인물에 대한 연구가 한 여성의 아내로서, 어머니로서의 역할과 수난, 인내 등에 대해 주목했던 것과는 다른 방향으로, 여성 개인으로서의 모습, 딸로서의 모습을 살피고자 했다. 지금까지 살핀 바와 같이 17세기 후반의 소설 〈소현성록〉연작에는 딸의 모습이 다양하게 형상화되어 있다. 성품과 재능, 학식이 뛰어나 친정의 대소사를 해결하고 중재하는 딸, 시가에서 수난 당하거나 남편의 다른 아내에게 수난 당하지만 끈기와 덕성으로 이겨내면서 가문의 위상을 높이는 딸이 있는가 하면, 투기하여 집안의 골칫거리가 되는 딸, 실절失節하여 죽임을 당하는 딸까지 그 스펙트럼이 넓게 펼쳐진다는 면에서 일차적으로 의미가 있다.

딸들의 모습을 고찰하는 과정에서 그녀들의 아내로서, 며느리로서의 위상이 드러나기는 했지만, 그러한 위상을 만들어낸 원인을 탐구하고자 했다는 데에 본 논의의 의의가 있다. 딸이 집안에서 어떤 대우를 받고 자랐는가, 어떤 역할을 했는가, 어떤 자질이 긍정되면서 키워졌는가, 시집간 후에는 친정의 위상이 어떻게 반영되는가 등에 대해 주목한 것이기 때문이다.

다양한 딸의 모습을 통해서 서술자는 당대의 여성에게 요구되는 이상적인 여성상을 제시하고 있었다. 〈사씨남정기〉, 〈창선감의록〉을 비롯하여 〈소현성록〉 등 장편가문소설은 사대부 여성과 남성들을 교화하기 위한 의도가 들어 있는 작품이다. 따라서 전범을 보여주는 의미로 여성 인물을 묘사한 것인데, 같은 여성상이지만 며느리와 딸은 비교되는 면이 있었다. 우선 딸은 중심 가문의 일원이기에 시집을 가서도 당당하게 자신의 의견을 피력하거나 친정아버지와 오빠의 지원을 받았다. 또한 17세기 중반까지도 남귀여가혼男歸女家婚이 일반적이었으며 딸과 친정과의 거리도 그 이후보다 훨씬 가까웠던 상황들이 반영되기도 하였다. 즉 출가외인 담론이 아직 확고하지 않은 상황을 반영하는 것이다.

하지만 이렇게 딸을 아끼고 잘 교육시키기는 했지만 어디까지나 가문의 위상을 제고하거나 기강을 확립하는 데 기여한다는 더 큰 목표 앞에서는 한 명의 개인일 뿐이었다. 이러한 점은 실제로 부모가 시집간 딸을 생각하는 애틋함을 토로한 몇몇 문인의 한시漢詩나 제문祭文[54]에서와는 다른 면이다. 물론 감정을 곡진하게 표현해내는 것이 시이고 제문이기에 그랬을 수도 있지만 이러한 사랑, 아쉬움 등이 인간 본성의 자연스러운 발로이기에 더욱 애절한 느낌을 준다. 출가한 딸이 병에 걸리자 집으로 데려와 극진히 간호하는 자애로운 모습을 보이기도 하고, 야담에서는 청상이 된 딸이 자결을 했다고 소문을 낸 뒤 재가시키는 경우도 있다. 물론 같은 장편가문소설일지라도 〈소현성록〉보다 이념적 지향이 뚜렷하지 않은 작품 중에서 18세기의 작품 〈조씨삼대록〉에서는 딸에 대한 아버지의 사랑이 직접 표현되기도 한다. 작품의 주인공인 초공이 자신의 딸 자염을 아끼고 칭찬하는 것인데, '여자 중에서 군자'라고 한다거나 '남자로 태어났다면 공맹 이후에 처음 사람다운 사람이 되었을 것'이라고 극찬한다. 그래서 늘 곁에 두고 천문天文을 가르쳐 깨우치게 하였는데, 원래 천문은 남자

---

54) 김경숙, 「자하 신위의 아내와 딸에 대한 인식 고찰」, 『한국고전여성문학연구』 13집, 2006; 김현미, 「슬픔과 탄식 속의 지아비/아버지 되기」, 『한국고전여성문학연구』 13집, 2006.

들도 알기 어려운 것이고 학문이 깊지 않은 상태에서는 가르치지 않는 것이기에 딸에게 가르쳤다는 것은 의미 있는 일이다. 같은 18세기 작품이지만 〈유효공선행록〉처럼 남성 주인공 위주의 서사가 중심을 이루는 경우 여성의 효가 시댁 중심으로 그려지는가 하면, 〈옥원재합기연〉처럼 딸의 친정부모에 대한 효성심은 자연스러운 감정이라고 역설되기도 한다.

이상에서 본 바와 같이 〈소현성록〉에서의 딸의 형상화는 17세기 후반의 현실을 보여주면서도 당대인들이 딸에게, 여성에게 요구하는 '이상적인' 여성상을 투영하고 있다는 면에서 현실 그대로의 모습은 아니었다. 또한 며느리에 비해서 딸에게 관대하였고 중요한 역할을 부여하기는 했지만 작품의 저변에는 가문이기주의, 가문중심적 사고, 남성중심적 사고가 깔려 있음을 보여주었다.

17·18세기 국문장편소설에서의 부모-자녀 관계

1. 들어가는 말

17·18세기에 주로 향유된 '연작형 삼대록계 국문장편소설[1]'은 국문장편소설의 초기작에 해당하며 아버지-아들-손자 대의 이야기를 골조로 하여 부부 갈등을 다양하게 보여줌으로써 읽는 재미를 주는 작품군이다. 또한 이들은 조선 후기 사회의 문학적 산물이기에 당시의 풍속이나 생활과 같은 일상의 모습을 보여주기도 한다. 물론 소설이 창작 당시의 역사적 사건이나 사실을 그대로 반영하는 것은 아니지만, 역사적 자료에서는 드러나지 않는 삶의 진솔한 부분과 함께 보다 미시적이고 정확한 정보를 얻을 수도 있다. 특히 국문장편소설의 주 향유층은 사대부가였고 이들은 이 작품들을 자신의 실생활과 의식에 영향을 줄 수 있다고 여겨 필사하고 전수하며 애독하였기에

---

1) 전편·후편으로 연작되어 있으면서 한 가문의 삼대(三代)에 걸친 이야기를 담은 소설군으로, 소현성록·소씨삼대록 연작, 유효공선행록·유씨삼대록 연작, 현몽쌍룡기·조씨삼대록 연작, 성현공숙렬기·임씨삼대록 연작이 있다.

이들의 가치관과 인생관 등에 대한 조망이 가능하게 된다.

17·18세기 국문장편소설은 가문의 창달과 계승에 관한 이야기가 주를 이루기 때문에 아버지와 아들, 아버지와 딸, 어머니와 아들, 어머니와 딸, 부부간, 형제간 등의 관계 양상을 파악하는 일이 중요하다. 관계 속에서 그 인물이 어떤 행동을 하는가, 어떻게 평가되는가에 주목하여 읽어야 하며, 특히 아버지 대代의 인물들과 이를 이어갈 자녀대의 관계양상을 살필 필요가 있다. 이들 국문장편소설에서는 가문의 계승이 서사의 중요한 목표이므로 이를 위해 부모가 어떤 방식으로 자녀를 대하고 훈육하는지를 검토해야 하기 때문이다. 이러한 고찰을 통해 소설 향유층들이 자녀를 어떤 인물로 키워내고자 했는지, 어떤 인간형을 이상적이라고 생각했는지를 알게 될 것이며 부모-자녀 간 관계 속에서 소망하던 바도 알게 될 것이다.2) 아울러 17세기 후반부터 강화되기 시작한 가부장제, 종법적인 부계 가족 질서, 남성중심적 이데올로기 등이 당대인들의 삶과 의식에 침투하여 작동하는 양상, 그러면서도 이에 대해 은근히 저항하던 인물군상의 갈등과 심리 등을 읽어낼 수 있을 것이다.

본고의 연구 대상 작품들에 관한 연구는 연작 상황을 고찰하거나 작품에 대한 고증과 분석을 행한 연구에서부터 여성주의적 시각으로 분석한 연구, 인물 형상과 갈등의 의미를 탐구한 연구, 표현 방식과 서사 기법에 관한 연구 등 다각적으로 이루어졌다.3) 하지만 인물간

---

2) 이처럼 작품 향유층이 그 작품에서 궁극적으로 표현하고자 했던 바는 여러 경로를 통해 추출할 수 있을 것이다. 필자는 이를 위해 작품의 중간이나 말미에서 죽는 인물들을 가문의 다른 구성원들이 어떤 방식으로, 어떤 덕목을 추모했는가를 살핀 바 있다. 정선희, 「국문장편 고전소설의 망자 추모에 담긴 역학과 의미-서모, 아내, 아우 제문 분석을 중심으로」, 『비평문학』 35, 한국비평문학회, 2010. 3.

의 관계에 있어서는 부부간의 관계 양상이 부각되어 연구되었고[4], 효孝나 모성母性에 관한 논의[5]가 있을 뿐 부모-자녀 간의 관계 양상에 대해서는 크게 주목하지 않았다. 물론 이들 작품에서 부모·자녀 간 갈등보다는 부부간 갈등이나 혼사 장애와 그 해소에 관한 이야기를 주로 다루고 있기 때문에 당연한 연구사의 흐름이기는 하다. 하지만 갈등 양상이 첨예하거나 복잡하지 않다고 해서 중요하지 않은 것은 아니다. 가문의 이야기가 주된 뼈대를 이루는 소설인 만큼 그 구성원들이 존중하면서 계승하려 했던 덕목, 가치관, 인생관 등을 찾아내는 일은 의미 있는 일이다. 특히 부모가 자녀들을 어떤 방식으로, 무엇을 중요시하면서 교육했는가, 둘의 관계양상을 어떤 시각으로 바라보고 서술했는가 등을 살핌으로써 당대인들의 생활 태도, 인간관계, 교육 방식 등에 대해서도 알 수 있을 것이다.

　이에 본고에서는 삼대록계 연작형 국문장편소설이 주류를 이루는 17·18세기 국문장편소설에서의 부모-자녀의 관계 양상을 부자, 모자, 부녀, 모녀 관계로 나누어 살핀 후, 그에 담긴 의미를 분석하도록 하겠다.

---

3) 이에 대한 연구들은 참고문헌목록으로 제시한다.

4) 장시광, 「대하소설의 여성반동인물 연구」, 서울대 박사학위논문, 2004; 정선희, 「〈소현성록〉에서 드러나는 남편들의 폭력성과 서술 시각」, 『한국고전여성문학연구』 14, 한국고전여성문학회, 2007; 정선희, 「〈조씨삼대록〉의 악녀 형상의 특징과 서술 시각」, 『한국고전여성문학연구』 18, 한국고전여성문학회, 2009.

5) 이지하, 「여성주체적 소설과 모성이데올로기의 파기」, 『한국고전여성문학연구』 9, 한국고전여성문학회, 2004; 이지하, 「고전장편소설과 여성의 효의식」, 『한국고전여성문학연구』 10, 한국고전여성문학회, 2005; 한길연, 「장편고전소설에 나타나는 어머니의 존재방식과 모성」, 『한국고전여성문학연구』 14, 한국고전여성문학회, 2007.

2. 17·18세기 국문장편소설에서의 부모-자녀 관계 양상

2.1. 아들에게 엄하지만 은근한 정 표현하는 아버지

〈소현성록〉은 소광-소경-아들들로 이어지는 소씨 가문의 이야기
이다. 소광은 소경을 낳기 전에 죽기 때문에 아버지로서 실제적인
역할은 하지 못하고, 대신 그 아내 양부인이 소경을 교육한다. 따라
서 아버지와 아들 간의 관계를 보려면 소경이 그 아들들을 어떤 방식
으로 대하는지, 훈육하는지를 봐야 한다. 소경은 수십 명의 제자들을
집에 기숙하게 하면서 가르치지만 자신의 아들들을 직접 가르치지는
않는다. 그러던 중 단경상이라는 걸인이 양식을 구하러 오는데 사람
됨이 성숙하고 글재주가 많다고 판단되자 혼인을 시켜준 뒤 아들들
의 교육을 맡긴다. 그래서 단신생이 승성의 열 아들을 모두 가르치게
되는데, 매우 엄숙하게 하면서 잠깐이라도 태만하면 봐주지 않고 많
이 때리기까지 한다. 이러한 그의 교육법에 반기를 든 사람이 있는데,
바로 소승상의 첫째부인인 화씨이다. 그녀는 자신의 둘째아들 운희
가 매를 맞고 오자 크게 화를 내며 앞으로는 그에게 글을 배우지 말라
고까지 한다. 하지만 이런 반응을 보인 화씨는 결국 소승상이나 소월
영의 비난을 받는다. 특히 양부인까지 단선생의 교육법을 두둔하자[6)]

---

6) 양부인이 천천히 경계하며 말하였다.
　"사내자식은 아비가 가르쳐야 한다. 아비 없는 사람은 마지못하여 어미가 가르치는
　데 이것이 굳이 떳떳한 일은 아니다. 이제 여러 손자들이 비록 너의 친자식이지만
　그 아비가 있어 스승을 가려 맡겼다. 남자는 스승에게 하루를 배웠어도 죽을 때까지
　아비같이 섬기는 것이 예의니라. 이러므로 아버지와 스승은 한가지이다. 또 단생이
　스승의 자리에 있는데 제자가 태만하므로 책망한 것은 지극히 옳다. 이를 아이가
　들어와 말하면 네가 당당히 어루만지며 경계하되 지극히 조심하여 배우고 게을리
　태만하여 죄를 얻지 말라고 해야 할 것인데, 어찌 아직 철이 들지 않은 아이를 돋우어

화씨는 그제야 부끄러워하고, 소승상은 운희를 불러다 매를 때리라고 한다. 자신이 공부를 게으르게 한 죄가 있는데도 도리어 스승을 참소했느냐고 하면서 심하게 친다. 이렇게 스승의 체벌에 승복하라는 아버지의 가르침을 받은 후 아이들은 모두 스승의 책망에 대해 감히 내색하거나 고하지 못하고 조심하며 배우게 된다.

소경의 아들들 중 가장 걸출한 인물이며 가문 계승권을 넘겨받게 되는 소운성은 나이가 4~5세가 되도록 글을 배우지 않는다. 부모가 가르쳐도 입을 열지 않고 8세에 이르도록 글을 한 자도 알지 못한다. 그래도 아들의 잠재력을 알아차린 소승상이 구태여 엄하게 가르치지 않고 다만 기운을 걸잡아 제어하면서 배우기를 강권하지 않는다. 그러던 중 스스로 서고에 가서 『육도六韜』와 『삼략三略』 등 병법서兵法書를 한 번 펴보고 그 뜻을 깨달아 서너 달 만에 이에 담긴 모략을 완전히 터득한다. 그러나 병서兵書에는 치국治國과 치란治亂이나 전쟁에 관한 일들이 많으니 당시와 같이 요란한 세상에서는 좋을 것이 없겠다고 생각한 승상이 염려하여 더 이상 관심을 갖지 않도록 훈계한다. 그래서 운성은 호탕한 기운을 줄이고 유학儒學에 힘써 글을 깨우치는데, 억지로 읊조리는 것이 아니라 눈으로 한 번 지나치면 외고 귀로 들으면 해독하여 늘 스스로 읽어 3년 만에 만 권의 책을 통달하게

단생을 꾸짖고 글을 배우지 말라고 하느냐? 단생이 어질지 않아 모든 아이들을 잘못된 도(道)로 가르치는 형세라면 남편과 상의하여 내어보내고 제자를 삼지 못하게 하면 될 것이다. 그렇지 않은 이전에는 스승이므로 가장 중한 사람이니 제 아비도 마음대로 못하려니와 더욱이 어미의 위엄으로 바깥 가장이 있는데도 스스로 처단하여 가르쳐 스승을 배반하라 하였느냐? 걱정하건대 예(禮)를 건너 뛰어 행하는가 싶다." 〈소현성록〉 4권 78~79면. 정선희외 역주, 『소현성록』 1, 소명출판사, 2010. 346~347면.

된다.

이와 같이 아버지 소경은 아들들을 위해 선생님을 집에 초빙해 두고 가르치거나 아들의 잠재력을 믿고 기다려주기도 한다. 물론 국문장편소설에서 아버지가 아들을 직접 가르치는 경우도 많지만 이같이 스승을 두고 학문을 가르치는 경우도 종종 등장한다. 하지만 아들의 생활의 면을 훈육하는 일에 있어서는 단연 아버지의 역할이 크다. 아들들이 잘못을 저지르면 엄하게 다스리는데 특히 여자와 관련된 문제가 중요하게 부각된다. 소승상의 아들들 중 셋째 운성과 여덟째 운명의 일화가 중요하게 다루어지는데, 둘 다 예禮에 맞지 않는 혼인 절차, 여성 편력, 창기와 노는 것 등으로 종종 꾸중을 듣는다. 운성이 아버지께 크게 혼나는 첫 번째 장면은 여자를 겁탈한 일과 형 소저를 몰래 보고 마음에 눈 일 때문이다. 서모 석파가 상난으로 운성의 발뚝에 앵혈鸎血을 찍어놓자 이것을 없애기 위해 그녀가 양육하던 소녀인 소영을 겁탈했다. 또 친구인 형씨 자제들에게 놀러갔다가 그 누이인 형 소저를 우연히 보고는 상사병에 걸릴 지경이 되고 외조부에게 부탁하여 혼인까지 할 수 있도록 하였다. 혼인은 부모가 정해주어야 하는 것임에도 불구하고 외간 여인을 미리 보고 마음을 정한 것은 큰 잘못으로 규정된다. 이런 일들을 나중에야 알게 된 승상이 아들을 호되게 혼내고 오래도록 근신하게 한다. 승상의 어머니 양부인이 용서해 주라고 하지만, 그의 준엄함은 엄동설한의 찬 서리 같다. 혼인을 했음에도 신방新房에 들어가지 못하고 서헌書軒에서 난간에 꿇어앉아 날을 마쳐도 아버지는 아들을 본 체도 않는다. 이에 아들이 더욱 조심하면서 아버지를 모시고 수십여 일을 자면서 아뢰는 말이다.

"제가 못나서 조심하여 살피고 수행修行할 줄 모르지만, 천성天性으로 타고 난 바 효성은 있습니다. 옛 사람이 처자妻子는 의복 같고 동기同氣는 수족手足 같다고 했습니다. 동기가 처자보다 중한데 하물며 부모는 따져 무엇 하겠습니까? 제가 어린 아이로 아버지의 품을 떠나지 않았으며, 비록 옛 사람 황향黃香이 베개를 붙이고 누워 이불을 따뜻하게 하던 효성이 있지는 않지만, 지금 날이 추우니 베개 가에 모시고 춥고 외로우심을 덜고자 합니다. 그러니 어찌 처자의 처소에 돌아가겠습니까? 당초에 형씨를 본 일은 형생 등을 보러 갔다가 우연히 마주쳐 눈 들어 보기를 가볍게 하여 본 것입니다. 또 외조부께서 저의 혼인을 말씀하시기에 어린 마음에 『모시毛詩』의 말씀을 따라 삼가지 못하고 말씀을 아뢰었습니다. 인연이 특이하여 만나기는 했지만 어찌 미녀에게 마음이 흩어져 사마상여司馬相如와 신생申生을 본받는 일이 있겠습니까? 하지만 근심을 아버지께 아뢰지 못하고 있던 차에, 지난 번 사람의 아들로서 차마 보지 못하고 듣지 못할 광경을 보았으니 어찌 세상에 머물 뜻이 있겠습니까? 오늘 아버지의 말씀에 따라 저의 사정을 아뢸 수가 있어 죽어도 한이 없습니다."[7]

이렇게 용서를 구하며 눈물까지 흘리자 승상은 마음속으로 기뻐하지만 더 이상 말로 표현하지는 않고 어서 신방에 들어가라고 한다. 이렇게 엄하게 아들의 잘못을 다스리는 아버지이지만, 아들이 마음의 병을 앓는 대목에서는 안쓰러워하면서 은근한 부정父情을 보인다. 운성이 원치 않는 혼인을 하게 되어 명현공주를 둘째 부인으로 맞았으나 첫째 부인인 형씨에 대한 사랑이 지나쳐 그녀를 못 만나게 하자 병이 되어 일어나지를 못하는 지경에 이르는 대목이 있다. 이때에

---

7) 〈소현성록〉 5권 86~87면. 정선희 역주, 『소현성록』 2, 소명출판사, 2010, 88면.

쇠진한 그가 아버지를 모시고 자다가 신음하자, 소승상이 마음이 불안해져서 초췌하고 마른 모습의 아들에게 이불을 덮어주고 손을 잡고 몸을 어루만지면서 슬퍼한다. "여러 자식이 있지만 이 아이가 가장 총명하고 강단 있어 장부의 풍채가 있으니 사랑하고 미더워하여 나의 후사를 이을까 생각했었다. 그런데 어찌 이렇게 뜻을 굳게 잡지 못하여 보통 사내의 신의를 지키느라 장부의 강한 마음이 없어 이 지경이 되었는가?"8)라고 탄식하기도 한다. 평소 그의 강직하고 엄한 모습과는 전혀 다른 태도를 보이는 것이다. 그러나 아침이 되어 부자가 대면했을 때에는 언제 그랬냐는 듯이 평소로 돌아간다. 이렇듯 마음으로는 아끼지만 겉으로는 늘 엄하게 아들을 교육하는데9), 잘못하여 매를 때릴 때에는 큰 매로 5~60대씩 쳐서 살갗과 살집이 떨어져 나가고 피가 가득해도 멈추지 않을 성도이다.

소승상이 이처럼 혼자 있을 때에만 아들을 안쓰럽게 바라보고 아껴주는 정도였다면, 이보다 더 자상하고 따뜻한 아버지상은 〈조씨삼대록〉에서 찾을 수 있다. 이 작품은 진왕 조무와 초공 조성 두 쌍둥이 형제가 주인공인 〈현몽쌍룡기〉의 후편으로, 여기서도 지속적으로 진왕과 초공이 가문의 기둥으로 서사를 이끌어 가는데 두 인물은 서로 다른 성향을 보여 색다른 재미를 준다. 즉 진왕은 무인武人 기질이며 성격이 화끈하고 감정적인 반면, 초공은 문인文人 기질이며 온화하고

---

8) 〈소현성록〉 6권 96면. 정선희 역주, 앞의 책, 205면.

9) 실생활에서도 당시의 아버지들은 아들들을 엄하게 다스렸던 듯하다. 이문건(李文楗, 1494~1567)은 〈묵재일기〉에서, 아들이 집안의 제사에 잘 참여하고 경서(經書)도 열심히 공부하도록 독려했으나 능력이 모자라자 이를 개선하려고 노력하면서 채찍으로 때리고 오물을 입에 넣으며 코에 물을 붓는 등 가혹한 처벌을 했음을 기록하고 있다. 한국고문서학회 저, 『조선시대 생활사』 2, 역사비평사, 2002, 140~143면.

논리적이다. 아버지로서의 모습도 이러한 성품과 관련이 있는데, 초
공은 다른 국문장편소설의 아버지들에 비해 자상한 면모를 보인다.
딸의 재능을 알아보고 학문을 가르치는가 하면 며느리가 아플 때에
는 직접 진맥하고 약을 지어먹이는 등 친딸처럼 아끼기도 한다. 이러
한 자상함을 아들에게도 베푸는데, 유현이 잘못을 저지르자 엄하게
벌을 주기는 하지만 아파 병이 들고 긴 반성문을 써서 사죄하자 마음
을 풀고는 누이들에게 아들의 기특함을 자랑하기도 한다. 그 아이가
뛰어나고 효성스러워 아비를 원망하지 않고 마음을 고쳐 행실을 닦
는 것이라고 하면서 하늘이 내신 어짊과 효성스러움이고 넓은 식견
이라고 추켜세운다. 또한 아들에게 네 마음과 내 마음이 같다고 다독
여주기도 하는데 이에 감동한 아들은 아버지의 손을 잡고 무릎에 엎
드려 눈물을 흘린다. 밤에도 데리고 자면서 곁에 누워 있는 아들을
어루만지고 손을 잡아보면서 잠을 이루지 못할 정도로 흐뭇해한
다.[10] 유현이 3년의 유배 생활을 마치고 돌아왔을 때에도 데리고 자
면서 '이불 속에서 아들과 몸을 붙여서 끝없는 정이 천륜 이상으로
특별'하여 유현이 '아버지의 사랑을 보고 감동함을 이기지 못하여 공
경하고 삼가는 효성이 비할 곳이 없게' 된다.[11] 보통의 아버지상과는
확실히 다른 모습이라고 하겠다. 〈소현성록〉과 〈조씨삼대록〉에서 아
들들은 대체로 한 달 중 10일에서 13일 정도를 아버지를 모시고 외당
外堂이나 서헌書軒에서 자며 그 중 며칠은 조부를 모시기도 한다. 이
렇게 아버지를 모시고 자는 날에는 다른 형제들과도 함께 지내면서

10) 〈조씨삼대록〉 14권 47~50면. 김문희외 역주, 『조씨삼대록』 2, 소명출판사, 2010,
    358~360면.
11) 〈조씨삼대록〉 10권 101면. 김문희외 역주, 앞의 책, 169면.

남자로서 지켜야 할 행실에 대해 배우고 친목을 다지는 것으로 되어
있다.

2.2. 아들 평가의 척도가 되는 어머니

〈소현성록〉의 소현성은 유복자이다. 그래서 가모장家母長으로서의
면모를 보이는 양부인답게 친히 아들에게 글을 가르치는데, 소현성
은 너무 비범하여 두 살이 못 되어 글자를 깨쳐 알고 세 살에 성인의
경전을 낭랑하게 외운다. 이렇게 조숙한 것 때문에 행여 나중에 크게
되지 못할까 근심한 양부인은 아들을 서당 가까이에 가지 못하게 하
고 책도 보지 못하게 한다. 일곱 살이 되어서야 글을 가르치는데 한
가지를 들으면 백 가지를 통달하고 백 가지를 통달하면 천 가지를
깨닫는 총명함을 보인다. 아침마다 책을 끼고 어머니 앞에 나아가
배우는데 부인이 한 번 가르치면 일일이 새겨들어 한 번 읽으면 외우
니 힘들게 하는 일이 없다.[12] 서실書室에서 지내면서 새벽닭이 처음
울 때 세수하고 어머니 방 창문 밖에서 소리를 나직이 하여 문안을
여쭙고 회답을 기다려 두 번 절하고 물러나는 등 하루 네 번 문안드리
는 일을 충실하게 한다. 늘 얼굴빛을 온화하게 하고 기운을 평안하게
하여 어머니 상 아래 꿇어앉은 채로 모시면서 혹 글의 뜻도 여쭙고
혹 시사詩詞도 배운다. 이렇게 근신하면서 배우는 행실이 『소학』에서
말하는 것보다 더한 경우가 많으니 몸이 상할까 걱정스러워 새벽에
일어나지 못하게 할 정도이다.

양부인과 소현성 모자의 경우는 이처럼 훌륭한 어머니에 뛰어난

---

12) 〈소현성록〉 1권 14면. 정선희외 역주, 앞의 책, 33면.

아들의 조합이므로 나무랄 데가 없다. 하지만 화부인의 아들 교육은 부정적으로 서술되는 경우가 많다. 감정에 휘둘려 아들을 바르게 인도하지 못하는 어머니의 모습을 보이기 때문인데, 그녀가 아들 운명을 대하는 대목을 보자. 운명은 여자를 사모하여 정신을 못 차리는가 하면 여색女色에 빠져 창기와 노는 것을 좋아하는 등 감정에 휘둘리는 인물이다. 신선 같은 자태를 지녔고 문장 쓰는 재주도 이태백을 압두할 정도이지만, 사람됨이 '문인文人·재자才子에 경도'되어 있으며 '성정이 불 같고 마음이 좁다'고 지적되면서, 맑고 낭랑하기는 하지만 너그럽고 두터운 위엄은 운성보다 못하며, 어질고 현명하기는 운경보다 못하다고 평가된다. 그의 자질이나 성격 자체가 이렇게 다소 열등하게 설정되어 있는데다가 그 어머니인 화부인과 결합되었을 때에는 더욱 부정적으로 평가된다. 예를 들어, 화부인은 운명이 유람가서 만난 이씨와 혼인하고 싶어 상사병에 걸렸을 때에 그를 꾸중하는 것이 아니라 오히려 두둔하면서 혼인을 시키자고 한다.13) 또 이씨와 혼인 후에 운명이 사리분별 못하고 이씨를 오해하여 죽이려 할 때에도 동조하여 더 심하게 그녀를 핍박하는 등 바른 판단으로 아들을 이끌지 못한다.

　이렇게 부정적으로 평가되는 어머니인 경우, 그 남편 즉 아들의 아버지는 아들의 잘못을 그녀의 탓이라고 인식한다.14) 소승상도 이 일을 듣고 나서 운명만 꾸중하는 것이 아니라 그 어머니 화부인의 잘못이라면서 '어미의 죄를 아울러 주겠다'고 하고는 아들을 60대나

---

13) 〈소현성록〉 10권 48~49면. 허순우 외 역주, 『소현성록』 3, 소명출판사, 2010. 265~266면.
14) 이런 면은 딸의 경우에도 마찬가지이다. 이는 2.4. 절에서 다루기로 한다.

때린다. 운명이 다 죽어가게 되었는데도 어미의 죄까지 맞으라면서 더 때리는 것이다. 이 일과 더불어, 서모인 석파를 박대하고 어머니의 충고를 제대로 듣지 않은 일 등을 이유로 승상은 6년이 되도록 화부인을 찾지 않는다. 즉 어머니가 되어서 아들의 잘못을 계도하지 못하고 오히려 동조하여 사리판단을 제대로 하지 못했던 것에 대한 대가를 치르게 한 것이다. 승상의 누나인 월영까지도 죄에 비해 벌을 너무 과도하게 준다면서 용서하라고 할 정도로 심한 내침이다. 운명과 화부인 모자는 판단력이 흐리다는 이유로 양부인에게 '인면수심人面獸心이면서 가문의 법제를 어지럽히고 맑은 덕을 상하게 하는'[15] 사람으로 평가되기도 한다.

　이렇게 아들이 잘못했을 때에 어머니가 교육을 제대로 못한 것을 책망하는 예는 〈조씨삼대록〉에서노 발견할 수 있다. 초공의 아들 유현이 부모를 속이고 정씨와 혼인하려 할아버지에게 부탁까지 한 일이 있는데, 이를 나중에 안 초공이 유현을 꾸짖자 그 어머니인 양정렬이 자신도 벌을 받겠다고 한다. 〈소현성록〉에서와 다른 점은 어머니가 현숙한 어머니이기에 아들이 잘못했을 때에 가족들이 어머니를 탓하지 않는데도 어머니 스스로 아들과 함께 벌을 받겠다고 하는 점이다. 하지만 이 경우에도 실은 남편이 권유한 것이기는 하다. 초공이 자신도 아들의 죄 때문에 벌을 받을 터이니 양정렬도 동참하라고 한 것이기 때문이다. 초공의 뜻에 탄복하고 또 아들의 마음을 격동시키기 위해 그녀는 즉시 작은 당에 내려와 화관과 비녀를 빼고 죄인의 모습으로 앉는다. 이를 본 유현이 잘못을 깊이 뉘우치게 된다.

---

15) 〈소현성록〉 11권 73면. 허순우외 역주, 앞의 책, 397면.

그런데 〈조씨삼대록〉에서 특별한 점은 이런 상황을 본 조부모가 아들 초공 편을 들면서 며느리만 나무라는 것이 아니라 손자의 잘못에 대한 죄를 그 어머니와 아버지에게 동일하게 묻고 있는 점이다. 그러면서 오히려 며느리를 두둔하고 아들을 책망하니, 아들의 잘못을 어머니의 자질이나 교육 탓으로만 돌리는, 여성억압적인 시선은 약하다고 할 수 있겠다.

2.3. 딸의 능력을 인정해주고 교육하는 아버지

앞에서 본 바와 같이 아버지는 아들을 대할 때에 엄하게 가르치면서 은근하게 사랑을 표현하였다. 그렇다면 딸에게는 어떠했을까? 본고에서 논하고 있는 국문장편소설들은 17·18세기에 창작되었으리라 추정되는 작품들이다. 이 시기는 성리학적인 도덕관념과 가부장제 이데올로기가 깊이 침윤되기 시작하는 때였기에 여성의 삶과 위상에도 큰 변화가 있었다. 특히 17세기 후반 이후 성리학적 도덕관념과 종법적인 부계 가족 질서를 이상으로 하면서 남녀균분상속제가 장자 상속제로, 윤회 제사와 외손봉사는 장자 중심의 제사로, 남귀여가혼男歸女家婚이 친영親迎 제도로 바뀌어, 여성은 친정에서 점점 멀어지고 시가 중심의 삶을 살게 되며 일상에서도 여성 차별적 요소가 강화되기 시작한다.[16]

하지만 아직 국문장편소설에서는 딸을 아들에 비해 덜 아낀다든지

---

16) 이순구, 「조선시대의 성리학과 여성」, 『우리 여성의 역사』, 청년사, 1999; 황수연, 「17세기 사족 여성의 생활과 문화」, 『여성문학연구』 6집, 2003; 김경미, 「18세기 여성의 친정, 시집과의 유대 또는 거리에 대하여」, 『한국고전연구』 19, 한국고전연구학회, 2009.

교육을 소홀히 한다든지 하는 차별적인 면이 거의 보이지 않는다. 다만, 어머니의 경우 딸에 대한 애정과 더불어 생활의 면에서 잘 교육해야 한다는 사명감이 강해 아버지보다 더 엄하게 교육하는 모습을 보인다. 반면, 아버지의 경우에는 딸의 재능을 알아봐서 학문을 가르치거나 마음으로 아껴주는 모습을 보이는데, 이 경우부터 보기로 한다.

국문장편소설의 초기작인 〈소현성록〉에서는 아버지가 딸을 교육하는 장면이 직접적으로 묘사되지는 않는다. 하지만 딸들이 어떻게 자랐는지 무슨 일을 하면서 지내는지를 보면 교육 받은 상황을 짐작할 수 있다. 먼저, 소현성의 누이인 소씨 부인 즉 소월영에 대한 부분을 보면, 그녀는 종일토록 '시사詩詞를 화답하여 부르고 바둑으로 소일하여 시인詩人의 모습과 풍류 있는 거동'17)이 있다고 되어 있다. 또한 그녀는 총명하고 필법筆法이 정묘하며, 그림을 아주 잘 그리고 글도 잘 쓰는데 한 때도 손에서 붓을 놓지 않아 '도학 선생', '여자 중의 학사'가 될 만하다고 설명된다. 그녀의 서재 '선적루18)'에는 각종 서책 수만 권이 있는데 그녀가 친히 써서 꾸민 책들이 많아 소승상의 장서각보다 특별하다.

고전문학사를 검토해보면, 문집을 가지고 있던 여성 작가가 18명

---

17) 〈소현성록〉 4권 125면. 정선희외 역주, 『소현성록』 1, 소명출판사, 2010, 386면.
18) 션덕누 방[을] 여러주니 싱이 드러가 보매 수십 간 텽듕의 산호 뉘리 옥셔안과 척거리를 노코 각식 셔칙을 추례로 싸하 일홈 모를 거시 쉬 업고 졍묘ᄒᆞ며 긔특ᄒᆞ야 수만 권 셔칙이 다 박은 거시 아냐 다 소부인의 친히 뻐 장칙흔 거시라 공녁이 ᄒᆞ대ᄒᆞ고 긔이ᄒᆞ며 거룩ᄒᆞ미 승샹의 장셔각도곤 더ᄒᆞ니 가히 녀듕혹ᄉᆞ라 싱이 칭찬ᄒᆞ물 마디 아니ᄒᆞ고 븍녁히 듸모로 믿둔 궤 수십이 노혀시니 열고 보니 온갓 네 명해 쉬 업고 우히 흔 궤예 무수흔 그림이 다 부인의 만믈을 그려 녀흔 거시라, 〈소현성록〉 12권 101~102면. 정선희외 역주, 『소현성록』 4, 소명출판사, 2010, 416~417면.

이나 되며 여성들의 시를 모두 합하면 1450여 수, 산문은 170여 편 남아 있다.[19] 이렇게 여성들이 시문詩文을 많이 지을 수 있었던 것은 여성들에 대한 교육이 제대로 이루어졌기 때문이었을 것인데 그 같은 상황을 잘 보여주는 예라고 할 수 있겠다. 〈소현성록〉에서 소현성의 딸들도 마찬가지로 글 솜씨가 뛰어나다고 되어 있는데, 석부인 소생 수빙과 수주의 경우가 그러하다. 수빙과 그녀의 남편인 어사 김현이 시의 운자韻字를 따서 시 짓기 내기를 하게 되는데 그녀는 한사코 짓지 않겠다고 사양한다. 남편과 오라비들이 차운시次韻詩 짓기를 계속하여 보채자 마지못해 화답시를 짓는다. 이를 읽어본 남편과 오라비들이 찬탄하며 모인 사람들에게 크게 자랑할 정도로 문재文才가 뛰어나다.[20] 막내딸 수주도 어려서부터 문학을 좋아하며 글을 쓰고 읽는 것을 게을리 하지 않는다. 그런데 그렇게 하는 이유가 '재상가의 딸인데 그렇게 하지 않으면 사람들의 업신여김을 받을 것이기 때문'[21]이라고 한다. 이런 언급으로 보아 당시의 사대부가에서는 딸들이 글공부를 하고 글을 쓰는 일이 자연스러운 일이었음을 알 수 있다. 하지만 여성들이 지은 글은 감추고 숨겼으며 그 재능도 함부로 내세우지는 않았다. 소씨 가문의 딸들도 모두 재주와 학식이 있었지만 감추었다고 되어 있다.

---

19) 김지용, 역대여류한시문선해설, 대양서적, 1975; 박현숙, 「조선시대 사대부들의 여성문학 인식」, 『한국사상과 문화』 47집, 한국사상문화학회, 2009, 37면.

20) 〈소현성록〉 13권 96~98면. 정선희외 역주, 『소현성록』 4, 소명출판사, 2010, 192~194면.

21) 휘 주유로 문혹을 됴히 너기시며 글 쓰고 닑으시믈 게얼리 아니시거늘 사룸이 그 연고룰 뭇주오니 답왈, 내 샹문녀즈로 고스룰 아디못ᄒ야 사룸의 업슈이 너기미 될가 ᄒ미로다. 모든 형이 다 지혹이 이시되 규방의 소작이라 ᄒ야 곰초고 긔이니, 〈소현성록〉 14권 2면. 정선희외 역주, 앞의 책, 490면.

18세기의 작품 〈조씨삼대록〉에서는 딸에 대한 아버지의 사랑이 직접 표현되기도 한다. 작품의 주인공인 초공의 장녀 '자염'은 그의 첫째 부인인 양정렬의 딸이다. 양정렬은 부인들 중 가장 현숙하고 아름다운 여인으로 평가되는 인물인데도 자염이 그녀와 함께 앉으면 누가 더 나은지 분간하기 어려울 정도로 훌륭한 여인의 풍모를 지녔다고 서술된다. 대개는 딸의 자질이 뛰어나더라도 어머니보다는 못하다고 하는 경우가 많은데, 그녀의 경우는 예외적으로 극찬하고 있다.

　　광채가 산머리의 아침 해 같고 초산楚山에서 난 아름다운 옥을 다듬은 듯하며 푸른 바다의 진주가 밝은 듯하였다. 덕스러운 성품과 지혜로운 자질이 여자 중의 군자로 훌륭한 여인의 풍모를 지녔다. 그 사람됨이 하늘과 같고 그 뜻이 신령스러워 태임太姙과 태사太姒의 덕을 갖추었으니 초공이 아니면 댈 만한 사람이 없었고, 훌륭한 덕성이 나타나니 초공의 덕화德化가 아니면 있을 수 없을 징도였다. 단지 얼굴이 곱다고만 할 수준이 아니라 광채가 멀리서 보면 은근하고 가까이서 보면 향취가 어리어 천지의 정기를 안아 달과 같고 해를 희롱하는 듯하였다. 그 어머니 양정렬과 함께 앉으면 누가 더 나은지를 분간하기 어려웠고 오히려 자염이 더 나았다. 두 눈의 맑은 광채는 눈을 길게 뜨면 맑은 기운이 사람에게 쏘이는데 그 광채가 초공의 눈과 비슷했다. 부녀의 성품이 서로 짝할 만하여 자염의 타고난 정숙하고 요조한 기질이 초공의 자녀와 진왕의 자손 중 으뜸이었다. 그래서 초공이 마음이 아파 탄식하며 말하였다.
　　"남자 아이가 되었다면 공자와 맹자 이후 처음으로 사람다운 사람이 되었을 것이다."
　　그러면서 아끼고 사랑함을 슬하의 보물처럼 하였다. 초공의 단엄한 성품으로도 그 아이를 보면 온 얼굴에 봄바람이 일어났고 자염 소저도

아버지를 뵈면 이를 찬연하게 드러내고 웃으며 옛 일들을 물어 사리를
깨닫고 밝으신 가르침을 배웠다. 초공이 여자를 칭찬하는 것을 좋아하
지 않았지만 배우는 것을 금하지 못하여 늘 소저가 아버지를 모시고
천문天文을 보고 깨우쳤다. 초공이 그녀를 특별하게 여기고 중요하게
여기는 것이 집안사람 중 제일이었다.[22]

어머니와 비등하다고 한 것에서 나아가 작품 내에서 가장 추앙받
는 인물인 아버지 초공과 짝할 만할 정도이고 성품이 훌륭하며 눈빛
의 광채도 아버지와 비슷하여 타고난 기질이 초공과 진왕의 모든 자
녀 중 으뜸이라고 평가하였다. 아들과 딸을 모두 함께 평가해도 이
딸이 가장 뛰어나다고 하는 것이다. 더하여 그녀가 만약 남자였다면
'공자와 맹자 이후 처음으로 사람다운 사람'이 되었을 거라면서 옛
일들을 가르치고 천문天文을 가르친다. 특히 천문이라는 것은 하늘의
이치라서 남자들도 알기 어려우며 학문이 깊지 않은 상태에서는 가
르치지 않는 분야이다. 그런데도 아버지에게 천문을 읽는 방법을 배
우는 것인데, 이렇게 배웠기에 자염은 나중에 자신의 고난을 스스로
예측하고 피할 수 있게 된다. 하늘의 징조를 미리 알 수 있었기 때문
이다.

조자염을 평가하는 다른 대목에서도 "귀한 얼굴이 맑기는 여사女士
와 같고, 태임과 태사의 덕과 요순임금의 덕을 지닌 것은 도학군자道
學君子와 같아 규방의 성인[23]"이라고 한다든지 "만약 남자라면 나라

---

22) 〈조씨삼대록〉 21권 61~63면. 정선희 역주, 『조씨삼대록』 3, 소명출판사, 2010,
   291~292면.
23) 〈조씨삼대록〉 21권 114면. 정선희 역주, 앞의 책, 318면.

를 안정시키고 음양陰陽을 다스려 네 계절이 순조롭게 하여 앉아서 온갖 계획을 세우고 백성을 다스릴 정치를 다하며 세상을 진정시켜 만민을 구휼하고 어루만질 기상이 있으니, 여자로 태어난 것이 아깝다. 공자와 맹자님이 아니라면 그 높은 덕을 비할 데가 없고 증자가 아니면 그 높은 효행을 당할 사람이 없을 듯하다."[24]라고 격찬되는 것을 볼 수 있다.

이렇듯 딸임에도 불구하고 아버지가 학문을 가르치며 모든 자녀들 중 가장 뛰어난 자녀로 평가되는 것은 이례적인 일이다. 아들과 딸을 차별하는 관습이 확고해지기 전의 모습이라고 할 수 있으며, 아울러 가문소설의 특성상 주동 가문 위주의 서술에 기인한 것이라고도 할 수 있다. 〈소현성록〉에서도 소승상의 딸들은 혼인 후에도 친정 근처에서 살거나 아버지와 형제들의 든든한 울타리와 보살핌 안에서 살기 때문이다. 넷째 딸 수빙의 경우, 형제들이 소씨 집 근처에 집을 지어주고 월급도 모아 주면서 잘 살 수 있게 도와주기도 한다.

2.4. 딸을 분신으로 인식하기에 더 엄격한 어머니

일반적으로 어머니의 딸 사랑은 자애롭고 따뜻할 것이라 생각한다. 하지만 자신의 분신이기도 한 딸에 대한 기대와 어머니로서의 책임감은 어머니를 차갑고도 무섭게 만들기도 한다. 사랑보다는 엄격한 규율을 가르치는, 개인적인 감정보다는 사회의 이데올로기로 무장된 어머니의 모습이 보이기도 하는 것이다. 〈소현성록〉의 여가장女家長 양부인이 그러하다. 남편 없이 홀로 세 아이를 키우는 상황

---

24) 〈조씨삼대록〉 21권 114면. 정선희 역주, 앞의 책, 318면.

이므로 더욱 그러했을 테지만 유배 가는 딸에게 하는 가르침은 매섭기만 하니 자애로움이나 지혜로운 모성 등을 떠올리기 힘들다. 그녀는 딸에게 여러 가지를 당부한 후에, 『열녀전烈女傳』을 주면서 "이 가운데 여종이며 도미의 아내며 백영 공주며 역대 절개 있는 부인의 행적이 들어 있다. 그러니 네가 마땅히 유배지에 가져가 이 책이 네 주변에서 떠나지 않게 하여라. …(중략)… 만일 이를 어그러뜨리면 가문에 욕이 미칠 것이니 구천에 가서라도 서로 보지 않을 것이다."[25] 라고 엄포를 놓는다. 여종女宗과 도미都彌 모두 절개를 지킨 여성들이다. 이렇게 절개를 지키기 위해 목숨까지 버린 여성을 거론하면서 딸에게 이들을 본받으라고 경계하고는, 만약 절개를 잃어서 가문에 욕이 미치면 저승에서도 보지 않을 것이라고 한다. 이런 어머니의 당부에도 불구하고 교영은 유배지에 머물면서 홀아비와 사통하여 함께 산다. 3년이 지난 후 시아버지의 무죄가 밝혀져 유배에서 풀려나게 되지만 사통한 남자를 자신의 집에까지 부르는 교영의 행실은 어머니에게 용납되지 못하고, 결국 독주를 먹고 죽게 된다. 절개를 잃은 것도 잘못이지만 집까지 데리고 왔다는 것에 대해 더욱 화가 난 양부인은 노기가 등등하고 기세가 매서워 어찌할 도리가 없는 상황이 되고 만다.

이렇게 규율에 입각하여 매섭게 딸을 교육하는 이유는 딸을 자신의 분신으로, 계승자로 생각하기 때문이기도 할 것이다. 양부인은 실제로 또 다른 딸 월영에게 가권을 넘겨주는데, 아들이나 며느리가 있는데도 출가한 딸에게 자신을 계승하게 한 점은 그만큼 딸을 중요

---

25) 〈소현성록〉 1권 21면. 정선희외 역주, 『소현성록』 1, 소명출판사, 2010, 39~40면.

하게 생각한다는 뜻이다. 18세기 중후반 이후에 저술되어 왕실여성을 비롯한 상층여성들이 읽었던 것으로 보이는 문헌인『곤범壼範』에 제시된 책들을 참고한다면, 조선시대의 사대부가 여성들은 주로 열녀전列女傳, 내훈內訓, 여사서女四書, 계녀서戒女書 등을 주로 읽었다26)고 하니 여성으로서 지켜야 할 규범의 학습이 매우 중요한 일이었음을 알 수 있다. 따라서 이러한 규범을 학습하게 하는 일이 어머니가 딸을 교육하는 일의 핵심이 될 수밖에 없다.

어머니가 딸을 자신의 분신으로 여기는 것과 마찬가지로 주변의 사람들도 모녀를 연결하여 '그 어머니에 그 딸'이라고 인식하는 경우가 많다. 특히 못되거나 못난 딸을 어머니와 연결하는 경우가 많은데, 〈소현성록〉에서는 화부인과 그 딸 수아의 경우가 대표적이다. 앞에서 화부인과 그의 아들 운명의 경우를 보았듯이 딸의 경우에도 마찬가지로 성품이 강하고 센 어머니를 닮아 딸도 거칠고 드세며27) 여기에 더하여 투기까지 하는 것으로 되어 있다. 화부인은 승상의 정실부인이지만 조급하고 드세며, 투기를 하여 책망을 들었던 여성이다. 판단력이 흐려 아들 운명과 함께 며느리 이씨를 구박하고 죽이려고까지 하다가 양부인의 꾸중을 듣기도 했다. 이렇게 작품 내에서 부정적

---

26) 그 외에도 시전, 서전, 주역과 대학, 논어, 맹자, 중용 등 사서삼경을 읽었고 성리학자의 저술이나 부인들의 전, 지문(誌文), 행장(行狀) 등도 광범위하게 읽었던 것으로 보인다. 허원기, 「『곤범』에 나타난 여성 독서의 양상과 의미」, 『한국고전여성문학연구』 6, 한국고전여성문학회, 2003, 235면.

27) 승샹의 졔 삼녀 슈아는 화부인 필녜라. 얼골은 옥미 눈 우희 빗긴 듯 틔되 빙뎡ᄒ고 긔질이 슈려소담ᄒ야 쟈약경영ᄒ믄 모친 ᄀᆞᆺ투되 염〃쇄락ᄒ믄 소시 풍취를 어더시니 졀셰지뫼라. 다만 셩되 강〃ᄒ고 말숨이 민쳡ᄒ나 쵸쥰ᄒ야 덕이 젹으니 화부인은 깁히 사랑ᄒ나 승샹은 낫비 너겨 샹〃의 엄칙 경계ᄒ믜 졔녀의 지나게 ᄒ더니, 〈소현성록〉 12권 88~89면. 정선희외 역주, 『소현성록』 4, 소명출판사, 2010, 412면.

으로 형상화되고 있는 대표적인 여성 인물인 화부인을 그대로 닮아 똑같이 투기가 심하고 성품이 거칠고 드세서 덕이 적은 인물로 설정된 딸이 수아인 것이다. 수아의 투기가 유명해질 정도가 되자 아버지 승상이 듣고 "까마귀나 까치가 봉황을 낳지는 못하는구나."28)라고 탄식하는데, 딸의 못된 행실이 그 어머니에게서 왔다는 의식이 강하게 반영되었다고 할 수 있겠다.

18세기의 작품 〈조씨삼대록〉에서도 금선공주의 딸 후염이 어머니의 악한 자질을 물려받아 어릴 때부터 악한 성품을 지녔다고 규정된다. 특별히 악행을 저지르지도 않았지만 어머니의 악행 때문에 선험적으로 악하다고 규정되며, 못 생기기까지 했으니 최악의 여성인물로 설정된다. 투기 때문에 남편의 둘째 부인을 때리거나 욕하며, 이를 말리는 남편의 뺨을 때리기도 해 결국엔 친정으로 쫓겨난다. 친정 아버지인 진왕이 자결하라고 할 정도로 강하게 꾸중하면서 3년을 후당에 가둬놓고 나서야 순화되어 시댁으로 돌아가게 된다.

3. 17·18세기 국문장편소설에 나타난 부모-자녀 관계의 의미

지금까지 국문장편소설에서의 부모-자녀 관계 양상을 살펴보았다. 아버지가 아들을 교육하고 훈계하는 것은 주로 생활 면에서 색탐色貪하는 문제와 관련된 부분을 다루고 있었다. 학문을 배우는 것은 집에서 숙식을 하는 선생님을 통해 하게 했는데 이때에 선생님의 권

---

28) 승샹이 듯고 탄왈, 오쟉이 봉을 낫티 못ᄒ도다. 〈소현셩록〉 12권 93면. 정선희외 역주, 앞의 책, 413면.

위를 최대한 세워주면서 체벌도 감수하게 하는 등 엄하게 가르치게 하였다. 그러나 생활에 있어서는 아버지의 훈계가 가장 크고도 강력한 규제로 작용했는데, 특히 아들의 여성 편력에 대한 엄격한 체벌이 자주 제시되었다. 서조모가 억지로 찍어 놓은 앵혈을 없애기 위해 여자를 겁탈한 것을 나무라고, 친구 집에 가서 우연히 보게 된 여자를 사모하여 외조부를 동원해 혼인을 이루어낸 것을 책망하는데, 매를 때릴 때에는 피가 줄줄 흐르고 실신할 지경에 이르도록 하였다. 그런 후에도 몇 달씩 용서해주지 않아 자신의 거처로 돌아가지 못하고 서당에 거하면서 아버지의 화가 풀리기를 기다렸다.

하지만 이렇게 엄격하게 아들을 교육하기는 하면서도 은근한 사랑을 느끼게 하는 자애로운 아버지상이 부각되기도 했는데, 이는 작품의 수된 녹서자였던 사대부가 여성들이 바라는 아버지상 또는 남성상이 투영된 결과라고 여겨진다. 겉으로는 엄하지만 마음은 자상한 아버지상을 희망했던 것이다. 이들 국문장편소설은 사대부 남성 중심의 가문의식과 규방 여성 중심의 여성의식을 적절히 배합하여 녹여내고 있다고 평가[29]되는 작품들인데, 이 같은 면이 작품에 형상화된 아버지상에서도 드러난 것이다. 기본적으로는 가문의식이나 벌열적인 성향이 내재하지만 이를 그대로 수용하기만 하는 것이 아니라 여성 자신들의 욕구와 염원을 담아낸 것이다. 〈완월회맹연〉에서 여성들이 남성들에 비해 친정출입이 힘든 것을 차별로 인식한다든지, 〈현씨양웅쌍린기〉 등에서 남성의 성적 횡포에 여성들이 적극적으로 저항한다든지, 〈쌍성봉효록〉에서 탕 소저가 남편의 박대에 여유 있

---

29) 양민정, 「대하 장편가문소설에 나타난 여성인식과 의의」, 『연민학지』 8, 2000. 132면.

게 대응하면서 오히려 충고를 하는 등 수동적으로 억압받고만 있지는 않으면서 여성들이 자신의 정체성을 확보해가는 움직임을 보이는[30] 것과 마찬가지로 이들 삼대록계 국문장편소설에서도 일정 부분 여성들의 염원과 인식이 드러남을 보여주는 지점이다.

어머니의 경우에도 물론 엄격함은 기본적으로 있어야 하지만 자녀들에게 애틋한 정을 표현한다든지 며느리를 딸같이 대하는 따뜻함이 더불어 있는 어머니를 더 높이 평가하고 있다. 〈소현성록〉에서 석부인은 화부인과 다르게 여러 모로 현명하고 훌륭한 여성으로 묘사되는데, 어머니로서의 모습도 가장 바람직한 것으로 서술된다. 딸 수빙이 곁에 와 살게 되니 흐뭇해하면서 택명宅名을 지어주기도 하고, 딸들과 헤어져 있을 때에는 진심으로 애틋해 하면서 정이 담긴 편지를 쓰기도 한다. 며느리를 대할 때에는 위엄이 있으면서도 따뜻하게 대하니 며느리들이 친어머니처럼 따른다. 며느리들에게 거리를 두고 대하여 며느리들이 잘 따르지 않는 화부인과는 다른 점이다.

특히 〈조씨삼대록〉의 초공은 위엄이 있으면서도 자애로운 아버지 상을 제시하고 있는데, 아들이 멀리 유배 가 있으니 애처로워 밤잠을 못 잔다든지 아들이 자신에게 매 맞은 상처로 신음하는 것을 보고 안쓰러워 쓰다듬어 주며 걱정하는 모습을 보였다. 이러한 면은 그가 딸을 평가하고 교육하는 면에서도 잘 드러났다. 딸 자염이 덕스러운 품성과 지혜로운 자질을 지녀 여자 중의 군자라고 불릴 만하지만 여자로 태어났기에 여러 가지 난관이 있을 것임을 생각하고 마음 아파하면서 남자로 태어났다면 공맹孔孟 이후 처음으로 사람다운 사람이

---

30) 양민정, 앞의 논문, 143~156면.

되었을 것[31]이라고 하는 것이다. 옛 사적과 천문을 가르치는 등 직접 교육하고 자녀들 중 가장 뛰어나다고 평가하고 있다는 면에서 여성인 딸에 대한 이해와 배려가 남다르다고 하겠다.

소설에서뿐만 아니라 현실 생활에서도 아버지의 딸에 대한 애정이 깊었음은 조선후기 문인들이 남긴 딸에 대한 제문이나 묘지명에 잘 드러나 있다. 17세기의 김수항金壽恒은 시집간 딸이 16세에 죽자 묘지명墓誌銘을 지어 어릴 때의 일화부터 자세히 기록하면서 애틋한 정과 슬픈 마음을 곡진하게 표현하였다. 이후 딸의 묘에서 궤연을 자신의 집으로 옮겨온 뒤에 쓴 제문, 죽은 딸의 생일에 쓴 제문, 대상大祥 이틀 전에 쓴 제문, 묘를 이장하고 쓴 제문 등 여러 편의 글을 통해 딸에 대한 사랑을 애절하게 서술하였다. 그 외에도 남구만南九萬, 임방任埅, 송준길宋浚吉, 김창협金昌協 등이 딸에 대한 제문을 통해 딸의 성품, 능력에 대한 찬탄과 애정을 표현하였다.[32]

〈조씨삼대록〉에서 초공의 자상한 면은 그 아들인 유현에게도 계승되어 부드럽고도 감성적인 남성상을 보인다. 아내 정씨가 강물에 빠져 죽은 줄 알았을 때에 그 앞에서 실성통곡하며 한없이 눈물을 흘리면서 곡진한 마음을 담은 제문을 지어 애도한다든지[33] 아들 명천을

---

31) 소설이 향유되던 당대에 실제로도 딸을 이렇게 높이 평가하는 경우가 있었다. 예학자 송시열(宋時烈)이 조카딸 숙인 송씨의 묘지(墓誌)에서 "이 딸을 장부로 태어나게 했다면 우리 집안의 이름을 떨치고 시댁 집안도 창성하게 했을 것을. 그러나 규방의 일은 비밀스러운 것이라 그 행실이 세상에 드러나게 할 수 없으니 더욱 슬프고 애석하다."(정형지외 역주, 『17세기 여성생활사 자료집』 1, 보고사, 2006, 154면.)라고 한 것과 같은 언급들이다.

32) 정형지외 역주, 앞의 책.

33) 〈조씨삼대록〉 11권 96~98면. 김문희외 역주, 『조씨삼대록』 2, 소명출판사, 2010, 219~220면.

아끼고 대견해 하여 그 아이 앞에서는 위엄 있는 기상이 없어지고 마치 따뜻한 떡과 같이 물러지는 모습으로 묘사된다.[34] 이렇게 부드러우면서도 위엄 있고 자애로운 아버지상은 국문장편소설들에서 무인武人적인 기질보다는 문인文人적인 기질의 남성상을 선호하는 것과 비슷한 맥락으로 볼 수도 있다. 〈소현성록〉에서도 무인 기질이 승했던 운성을 계도하여 문인 기질로 다듬어진 침착하고도 성숙한 호걸로 변화되게 하였으며, 소승상이 유언에서 아들들에게 남긴 마지막 가르침[35]도 그러한 인간상을 제시하고 있었다.

어머니의 경우, 아들 교육에 있어서는 주로 생활의 면을 담당하지만 양부인과 같이 남편이 없는 상황에서는 글공부를 시키기도 한다. 그런데 아버지는 인자하고 부드럽게 자녀들을 대하면서 세심한 배려와 자상함을 보여주는 경우가 긍정되는 반면, 어머니는 감정에 휘둘리거나 연연해하는 것이 좋지 못한 태도인 것으로 평가된다. 자녀에 대해 지나치게 애정을 쏟아서 판단력이 흐려져 집안의 분란을 일으키고 선한 인물을 핍박하기도 하는, 〈소현성록〉의 화씨 같은 어머니상은 부정적으로 서술[36]되는 것이다. 하지만 이처럼 과애過愛 때문

---

34) 〈조씨삼대록〉 12권 35~36면. 김문희외 역주, 앞의 책, 246면.

35) 여러 아들들을 돌아보며 말하였다. "너희들이 숙모 섬기기를 나와 같이 하고, 형제들과 화목하여 한 집에서 살아야지, 따로 나가 살면서 조상들의 풍채를 저버리지 마라. 선행 쌓기에 힘쓰고 유순하고 준절하여 덕행을 한결같이 펴고, 혈기의 분을 발하거나 화를 입을 징조를 만들지 마라. 운경과 운희는 내 삼년상을 지킬 수 없을 것이고, 운성은 범사에 아름답기는 하지만 고집이 과도하고 무력을 좋게 여기니 이는 선비의 덕이 아니며 맑은 행실에서 벗어나는 것이어서 내가 늘 기쁘게 여기지 않았다. 내가 죽은 후에라도 너는 마땅히 아비의 유언을 지켜 문덕(文德)을 닦고 무력(武力)을 버려라." 〈소현성록〉 15권 64~65면. 정선희외 역주, 『소현성록』4, 소명출판사, 2010, 349면.

36) 선행연구(장시광, 「대하소설의 여성반동인물 연구」, 서울대 박사학위논문, 2004.)

에 비난 받는 어머니는 〈사씨남정기〉의 교씨나 〈유씨삼대록〉의 민씨, 〈현몽쌍룡기〉의 금선공주처럼 자신이 낳은 자식을 죽이거나 버리는 등 비정한 어머니들[37]처럼 극악한 것은 아니기에 비교적 수월하게 계도된다. 그러나 아들을 제대로 교육하지 못하고 그녀 자신도 제가齊家를 잘 못하여 집안을 어지럽혔다는 이유로 정실부인으로서 가지고 있던 가권家權을 둘째부인인 석씨에게 잠시나마 넘겨줘야만 한다. 이후에 가문의 계승권도 그녀의 아들 운경이 장자임에도 불구하고 석씨의 아들 운성이 받게 되니, 어머니와 아들을 연결하여 함께 판단하고 대우하는 의식이 강하게 반영되어 있음을 알 수 있다.

한편, 어머니의 딸 교육은 아들 교육보다 오히려 더 엄격한 면이 있었는데 특히 정절貞節과 관련하여 매우 강한 규제와 훈육이 이루어 졌다. 국문장편소설 중에서도 초기작인 〈소현성록〉은 여성들의 자존 의식이 표출되거나 그녀들의 삶과 인식이 비교적 세세히 표현되어 있어 여성주의적인 소설로 평가되기도 하지만, 〈조씨삼대록〉이나 〈임씨삼대록〉 등 18세기의 국문장편소설들에 비하면 유교적 이념이나 가부장적 이데올로기를 짙게 깔고 있음을 확인할 수 있는 대목이기도 하다. 딸이 사통하여 정절을 잃었다고 하여 어머니가 직접 죽이는 경우는 다른 소설에서는 찾아볼 수 없기 때문이다. 그런데 이는 어머니 양부인의 독특한 위치에서 기인한 것이라고 할 수도 있다. 그녀는 죽은 남편을 대신하여 아버지 역할까지 하는 데다가 아들 소현성이나 큰 딸 월영도 그녀의 분신이라고 할 정도로 모든 면에서

에서도 이러한 어머니(여성)를 작품 내의 반동인물 중 하나의 범주로 설정하여 분석한 바 있다.

37) 한길연, 앞의 논문, 249~254면.

그녀와 밀접하게 연관되어 있다. 소씨 가문을 일으켜야 하는 사명에 충실하기 위해 감정이나 천륜보다는 도덕과 이념을 지키지 않을 수 없는 것이다. 하지만 그 자녀대의 어머니들인 화부인과 석부인을 평가할 때에는 반드시 엄격함을 우선으로 하지는 않았다. 물론 감정적으로 처신하거나 판단하는 것은 바람직하지 않다고 했지만, 딸이나 며느리에게 따뜻하게 조언한다거나 진심을 보여주는 것이 좋은 어머니, 시어머니로서의 덕목이라고 하였다.

이상에서 본 바와 같이 부모-자녀 간 관계를 주로 훈육 양상에 초점을 맞추어 살펴보았다. 이들 작품에서 이러한 양상을 보인 이유 중 가장 중요한 요인은 작품의 향유층이 사대부가문의 여성인 것과 관련하여 생각할 수 있다. 그녀들은 유교적 규범과 가부장적 이데올로기를 준수해야 한다고 배웠고 이를 또다시 자녀들에게 교육해야 했기 때문이다. 그래서 자녀들을 엄격하게 훈육할 수밖에 없었지만, 여성 개인으로서의 바람은 어릴 때부터 자신의 능력을 인정해주고 출가 후에도 지속적으로 돌봐주는 친정아버지, 따뜻하게 감싸주는 어머니와의 관계였음을 보여주었다. 한편, 아들과 딸들의 좋지 못한 성품이나 열등한 능력을 유독 어머니의 성품이나 자질과 연관시켜 평가하는 서술이 종종 등장한 점은 작품에 여성차별적인 의식이 담겨 있었음을 보여주었다.

4. 나오는 말

본고에서는 17·18세기에 주로 향유되었던 국문장편소설인 〈소현

성록〉·〈소씨삼대록〉 연작과 〈현몽쌍룡기〉·〈조씨삼대록〉 연작에 나
타난 부모-자녀 간 관계 양상을 주로 훈육의 덕목과 방법에 초점을
맞추어 고찰하였다. 가문의 창달과 계승에 주된 관심이 놓여 있는
소설들이므로 어떠한 가치관과 삶의 태도를 자녀들에게 전수하려고
했는가, 어떤 방식으로 교육했는가 하는 것들에 주의를 기울일 필요
가 있기 때문이다. 이를 위해 부자, 모자, 부녀, 모녀의 네 가지 관계
양상을 살펴, 아들에게 엄하지만 은근한 정을 표현하는 아버지, 아들
평가의 척도가 되는 어머니, 딸의 능력을 인정해주고 교육하는 아버
지, 딸을 분신으로 인식하기에 더 엄격한 어머니 등의 항목으로 분석
하였다.

아버지와 아들의 관계에서는 엄한 가르침과 강한 체벌이 종종 부
각되었는데 특히 혼인이나 색탐色貪에 관련된 부분들에 민감했다. 어
머니와 아들의 관계에서도 아버지가 부재하는 경우를 제외하고는 마
찬가지로 혼인이나 제가齊家에 관련되는 경우가 종종 중요한 사안으
로 부각되었다. 이는 작품의 주된 서사가 가정 내에서의 부부 갈등이
나 혼인과 관련된 이야기이기 때문일 것이며, 사대부가 여성들이 주
된 독자인 것과 관련된 부분이기도 하다. 그녀들에게는 학문을 어떤
방식으로 배우는가가 관심의 대상이 되지 못했을 것이며, 더군다나
작중 주인공들은 어느 정도의 영웅성을 지니고 있기 때문에 일반인
들과 같은 단계적 학습보다는 어느 순간 깨치는 식으로 발전·성장하
는 인물들이므로 교육 받는 과정이나 방법에 대한 서술은 소략했던
듯하다.

아버지가 아들을 훈육할 때에는 매우 엄격하고 권위 있는 모습을
보이면서 체벌도 심하게 하였지만, 마음으로 걱정하거나 은근히 아

끼는 등 자상한 모습을 보여주기도 하였다. 이렇게 세심하고 자상한 아버지상은 18세기 작품인 〈조씨삼대록〉에서 강화되었는데, 특히 딸의 재능을 인정해 주거나 학문을 가르치기도 하는 등 여성에 대한 이해와 인정이 두드러졌다. 반대로 어머니가 딸을 교육할 때에는 더욱 엄격한 규율을 제시하는 등 규범에 충실한 어머니상을 보여주었는데, 이는 어머니들이 딸을 자신의 분신으로 여기거나 계승자로 여기기 때문이었을 것으로 이해되었다. 어머니는 사사로운 감정에 휘둘리거나 자녀들을 지나치게 사랑하여 판단력이 흐려져서는 안 되며, 자녀들이 규범을 충실하게 준수할 수 있도록 훈육해야 긍정적으로 평가되었다.

이상과 같이 부모가 자녀들을 훈육하는 덕목과 방법을 살피고 자녀의 성품을 부모와 연관지어 평가하는 서술자의 의식을 포착함으로써 부모-자녀 간의 관계 양상을 분석할 수 있었다. 이 시기는 가부장제와 부계 중심적 가족 질서, 남성중심적 이데올로기, 가문주의 등이 점차 강화되면서 이러한 의식이 당대인들의 삶에 침투하여 작동하게 된 때이다. 따라서 여성차별적인 시선이 깔려 있기는 하였다. 하지만 여성독자들의 소망도 담았기에 어릴 때부터 자신을 인정해주고 능력을 키워주며 혼인 후에도 곁에서 한결같이 아껴주는 아버지의 모습, 딸에게 곡진한 정을 담은 편지를 쓰는 어머니의 모습, 며느리를 딸같이 아껴주는 시어머니의 모습을 그려내기도 하였다. 물론 소설이 그리는 세계가 현실 그 자체는 아니지만 소설에는 당대인들의 가치관과 생활 방식이 들어가 있으며 특히 국문장편소설의 경우 향유층들의 실제 삶과 밀접하게 연관되어 있기에 소설을 통해 당대인들의 일상을 재구해내는 연구는 의미가 있으리라 생각된다.

가부장제하 여성으로서의 삶과 좌절

〈소현성록〉의 화부인

1. 들어가는 말

17세기 후반에 지어졌다고 추정되는 〈소현성록〉은 국문장편 가문소설 향유의 시작을 알리는 중요한 작품이기에 그 소설사적 위상에 맞게 다양한 연구 성과가 축적되어 있다. 작품론에서 시작하여 여성주의적 시각의 연구, 서사 구성이나 서술 방식에 관한 연구, 인물이나 예법에 관한 연구 등을 통해 다각도로 분석되었다. 이 같은 연구 성과를 토대로 하면서도 어떤 한 인물에 대한 묘사나 평가를 좀 더 섬세하게 읽어봄으로써 작품 향유자들의 가치관과 인생관을 고구해 내고자 하는 본고의 논의는, 문학과 삶의 긴밀한 연관성, 작자와 독자의 은밀한 교감과 소통, 견제 등에 대해 다시 생각해 볼 수 있는 자리를 마련할 것이다.

본고에서는 〈소현성록〉을 소씨 가문의 정실正室인 화부인의 삶에 초점을 맞추어 읽어보기로 한다. 그녀는 소현성과 혼인하여 소씨 가문에 들어온 후에 소현성의 아내로서, 양부인의 며느리로서, 자녀들의 어머니(시어머니)로서 살아간 인물이므로 그녀가 가족 관계 내에서 어떤 삶을 살기를 요구받았는지, 어떤 욕망을 가지고 어떻게 살고 싶어 했는지, 어떤 방식으로 살았고 어떻게 평가되었는지 등에 대해 고찰하는 일이 될 것이다.

화부인은 소현성의 셋째 부인인 여부인이나 소운명의 셋째 부인인 정씨 등과 같이 남에게 해를 가하거나 모함을 하는 등의 악행을 저지르는 여성은 아니다. 하지만 작품 내에서 종종 부정적으로 서술되며, 가장 이상적인 남성인 소현성이나 이상적인 여성인 석부인과 비교되어 열등한 인물로 평가되는 인물이다. 그러나 그녀에 대해 일방적으로 몰아가거나 비판만 하는 것은 아니라는 점에 〈소현성록〉의 묘미가 있다. 그녀의 질투를 동정어린 시선으로 바라보기도 하고, 그녀의 욕망에 대해 얼마간의 공감도 보여주기 때문이다.

작품의 주요 여성 인물 중, 소현성의 어머니인 양부인이나 아내인 석부인, 며느리인 임부인 등은 가부장제하에서 바람직하다고 여겨지는 여성상을 그대로 체화한 여성들이다. 그래서 어떤 면에서는 생동감이 떨어지고 마치 정해진 틀대로 살아가는 인물들처럼 보인다. 반대로 악한 여성들은 악행을 하는 것이 존재의 이유라도 되는 것처럼 자신의 목표만을 향해 달려간다. 하지만 화부인은 착하기만 한 사람도 아니고 악하기만 한 사람도 아니며, 여러 가지 복합적인 감정을 지닌 보통 사람에 가까운 인물이라는 면에서 집중 조명해볼 필요가 있다.

가문소설 속의 여성 인물 중 반동인물을 통해 여성독자들은 자신에게 잠재되어 있는 본능과 무의식적 욕망을 발견하게 된다[1]고도 하

---

1) 장시광, 「조선후기 대하소설과 사대부가 여성독자」, 『동양고전연구』 29, 2008. 6.

고, 악인형 여성 인물의 질투나 애정욕망을 동정적으로 보거나 이해
하는 서술양상을 통해 자신의 욕망을 성찰하게 된다[2]고도 한다. 소
설 속의 악한 아내 유형의 인물을 희생양으로 삼아 집단적 자기 방어
심리를 충족시키거나 자기 내면에 숨어 있던 어두운 그림자를 꺼내
보면서 자신의 진정성에 대한 성찰을 하게 된다[3]고도 한다. 화부인
은 다른 아내를 모해하거나 남편에게 단약丹藥을 먹여 자기 마음대로
조종하는 등의 악행을 하는 전형적인 악처惡妻는 아니다. 하지만 그
녀의 언행은 거칠거나 조급하거나 편협하여 부정적으로 평가되기에
소설의 독자들이 독서할 때에는 악처의 악행을 보고 느끼는 것과 비
슷한 감정을 느끼기도 했을 것이다. 그러나 악처형 여성 인물은 소설
속에서만 존재할 것 같은 과장된 악인인 것에 비해, 화부인은 현실
속에서 사주 볼 수 있는 일상적인 인물이며 소설을 읽는 대다수의
부녀자들과 비슷한 잘못과 실수를 저지르는 인물이기에 감정 이입
또는 교육적 효과가 더욱 컸을 듯하다.

기존 논의에서 화부인은 '여권수호와 욕망의 여성주체'라는 항목
으로 소현성의 다른 아내들과 함께 논의되었다.[4] 또 '다양한 부부
갈등을 통한 가부장제 비판과 여성세계 확립'이라는 항목에서 소현성
의 가부장권 확립과정에 따른 여성들의 저항과 지위 획득을 논의하
면서 화부인으로 대변되는 부인들과 소현성이 남녀갈등을 겪고 그
과정에서 여성들은 자매애를 발휘한다고 평가되기도 하였다.[5] 이 논

---

2) 김문희, 「국문장편소설의 중층적 서술의식 연구」, 『한국고전여성문학연구』 18,
    2009. 6.
3) 김현주, 「'악처'의 독서심리적 근거」, 『한국고전연구』 22, 2010. 12.
4) 백순철, 「〈소현성록〉의 여성들」, 『여성문학연구』 1, 1999.

의들은 〈소현성록〉의 여성주의적 성격에 주목하여 그 의의를 부각시킨 공로가 크지만, 〈소현성록〉 연작의 본전本傳에 중점을 두었기에 남성중심적인 시각이 강화되어 있는 별전別傳을 아울렀을 때에는 다소 다른 논의가 나올 수 있을 듯하다. 또한 이들에서 화부인에 관한 분석은 논문의 한 부분으로 다루어졌을 뿐이므로 본고에서는 좀 더 정밀하게, 총체적으로 조명해 보고자 한다.6) 이는 '한 여성의 욕망과 행복'을 중심으로 〈소현성록〉을 다시 읽어 보는 작업도 될 것이다.

2. 가족에게 요구받는 그녀의 삶

2.1. 아내로서

화부인은 첫 등장에서부터 '신랑의 눈같이 흰 살빛과 맑은 물에 샛별이 비친 듯한 눈매와 붉은 입술, 흰 이의 곱고 기이한 기품에는 한참이나 미치지 못하다'거나 '훤하게 둥근 달 같기는 신랑만 못하였으나 눈동자의 빛만은 자못 강하여 맑은 별 같기는 했다. 하지만 어찌 달과 별의 밝은 빛이 같다고 하겠는가', '여러 손님들은 위로하는 말로 걸맞은 짝이라고 칭찬은 했지만 마음속으로는 신랑이 아깝다고 생각했다' 등7)으로 평가된다. 성품에 있어서도 '성질이 과도하고 조

---

5) 정창권, 「〈소현성록〉의 여성주의적 성격과 의의」, 『고소설연구』 4, 1998.

6) 〈소현성록〉은 본전과 별전의 서술방식이나 서술시각에서 차이를 보이는데, 화부인에 관한 서술에서도 이 같은 점이 드러난다. 별전에서는 특히 어머니로서의 역할이 강조되면서 더욱 부정적으로 묘사되고 평가된다.

7) 〈소현성록〉 1권 47~49면. 앞으로 작품 인용은 모두 현대역본(조혜란·정선희·허순우·최수현 역주, 『소현성록』 1~4권, 소명출판사, 2010.)으로 하고, 출전은 원문의

급하'다거나 '성품이 편협하여 일을 잘 못한'다거나 '엄한 기운이 없
다', '성격이 매몰차서 겉으로는 친한 척하면서도 안으로는 거리를
둔다'는 등 부정적으로 서술되고 있어, '온유하면서도 단정하고 엄한'
석부인(소현성의 둘째 부인)과는 늘 비교되고 있다.

여기에 더하여 그녀의 남편인 소현성은 절제와 금욕의 군자상이자
효孝의 화신이며, 가장 청빈하면서도 이상적인 사대부의 모습을 지닌
인물이다. 그는 글재주와 글씨, 외모 등이 뛰어날 뿐만 아니라 불의
를 참지 못하는 강직한 힘이 있으면서도 과묵하고 유순하며, 효성스
럽고 우애 있으며 청렴하고 검소한 사람이다. 자녀를 양육하고 제자
를 양성하면서 성인의 풍속을 이었으니 오복五福을 갖춘 완벽한 남자
인 것이다.8) 또한 조금도 교만하거나 자랑하지 않고 공경하며, 침착
하고 법도와 예의가 있어 사람들이 좋아하고 단복하며 공맹孔孟의 후
신이라고 한다. 기개가 맑고 높으며 뜻이 웅장하여 당시 사람들 중에
서 그를 공경하지 않는 이가 없을 정도의 인물이다.9)

하지만 남편으로서는 어땠을까? 그는 '여자를 꺼려' 매일 외당外堂
에서 글 읽는 것에 힘쓰며, 밤낮으로 부인만 바라보거나 여러 사람들
이 모인 가운데에서 말을 주고받지 않는 등 묵묵할 뿐 서로 희롱하며
즐거워하는 것을 좋지 않게 여긴다. 또 아내가 너무 예쁜 것도 경계하
여 기뻐하지 않으며, 아내가 잘못을 하여 화가 나면 8개월이나 발걸
음을 그치기도 한다. 물론 아내가 투기하여 서모에게 욕을 한 경우이
기는 하지만 가족들이 모두 이제는 용서하라고 권유하는 지경에 이

권, 면수를 제시하도록 한다.

8) 〈소현성록〉 1권 1~2면. 소현성록 본전 별서.

9) 〈소현성록〉 4권 68~71면.

르기까지 혹독하게 대하는 것이다. 오래도록 버려두면서 말이다. 남편이 아내를 오래도록 버려두는 것은 뭐라 말로 나무라거나 물리적인 폭력을 가하는 것 만큼이나 큰 정신적인 폭력이다.[10] 어머니의 권유에 못 이겨 다시 찾아간 자리에서도 일장 설교를 하는데 그가 꼬집은 그녀의 잘못은 첫째, 서모와 나란히 잘잘못을 따진 점, 둘째, 드러내 놓고 투기한 점이다. 설교를 마치고는 '엄정하고 굳음이 눈 위에 서리를 더한 것 같고 너그러운 빛이 없는' 태도로 다시는 그녀의 말을 들으려 하지 않고 혼자만 자기 자리에 누워 부인을 돌아보지도 않은 채 평안하게 자고나서 외당으로 나가 버린다.[11] 화부인에 대한 정이 누텁기는 하지만 그 허물을 책망하느라고 일부러 매몰찬 기세를 보인 것이라고 설명되고는 있지만, 8개월을 버려둔 점, 다시 만난 자리에서도 매몰찬 점 등은 아내에 대한 배려가 부족한 남편의 모습이다.

소현성이 강조하는 아내의 모습은 부인은 다른 사람에게 굽혀야 한다는 공자님 말씀처럼 순종하면서도 유순한 행실을 하는 것이다. 만약 그렇지 않고 제멋대로 행동하거나 허물을 고치지 않는다면 조강지처라도 내치겠다고 엄하게 훈계한다. 이에 화부인은 자신의 천성이 조급하고 편협하여 부도婦道를 몰랐다고 뉘우치면서 앞으로는 무례하게 행하지 않겠다고 사죄하고[12] 사태가 마무리된다.

한편, 가장家長으로서의 소현성은 집안의 내외사內外事를 완전히

---

10) 이에 대해서는 정선희, 「〈소현성록〉에서 드러나는 남편들의 폭력성과 서술 시각」, 『한국고전여성문학연구』 14, 2007 참조.

11) 〈소현성록〉 2권 3~16면.

12) 〈소현성록〉 2권 28면.

분리하기를 바란다. 그래서 외당外堂의 일은 자신이 집에 없을 때에
조차 종부宗婦인 화부인보다는 집사執事인 이홍에게 집행의 권한을
준다.13) 이런 그의 태도는 화부인의 자존심에 손상을 주게 되는데,
그녀도 쉽게 물러서지 않음으로써 갈등이 커진다. 소현성이 출타한
사이 여러 부인네들과 후원을 구경하려 하는데 이홍이 열쇠를 주지
않자 잡아오게 하여 동여매고 더러운 물을 입에 붓는다. 집에 돌아온
현성은 '암탉이 새벽을 주관하는 일이 있을까 걱정하'던 차에 이 일을
듣고 놀라고 화가 나, 이홍을 치던 종들을 결박하고 화부인을 대신하
여 그녀의 시녀들을 매질한다. 이렇게 치죄한 뒤 화부인에게 쓴 문책
의 편지를 보자.

> "부인의 행실은 호령이 중문 밖으로 나가지 않아야 하고 덕은 사해
> 四海에 가득하여야 가히 여자됨이 부끄럽지 않소. 그러는 가운데 혹
> 가장家長이 없고 자식이 어려 가도家道가 있지 못할 형세면 마지못하
> 여 내외內外의 일을 모두 살펴 집안을 다스리는 것이 또한 어진 덕이
> 오. 만약 이렇지 않으면 가장의 위엄은 줄어들고 부인의 하는 일이
> 두루 행해져 그 집이 잘못되거나 그 가장이 부끄럽게 되지 않겠소?
> 지금 부인이 하는 일이 패악하고 거만하며 도에 넘쳐, 밖에 반역하는
> 사람이 없고 또 내가 일러 허락한 바도 없는데 여후呂后가 한신韓信을
> 죽인 일을 본받았소? 또 내가 죽지 않았는데도 무후武后가 조정에서

---

13) 원래 화부인의 권세가 가장 커서 집안의 시녀들이 모두 떠받들지만, 승상의 치가(治
  家)함이 엄하여 내당(內堂)의 시녀들이 감히 중문(中門) 밖으로 나가 외당(外堂)의
  종들과 만나는 일이 없었다. 또 양부인이 내당의 일을 총괄하지만 승상이 장성한
  후에는 외당의 일을 알지 못하니, 하물며 젊은 부인이야 어찌 작은 호령이라도 문밖
  으로 나가게 하겠는가? 또 승상이 이홍을 얻은 후에는 스스로 집안일을 하지는 않고
  단지 그가 아뢰는 말을 들을 따름이었다. 〈소현성록〉 4권 106면.

정권을 휘두르던 일을 흠모하여 내외사를 결정하고 총 지휘하면서 나를 짓밟아 압두하고 시종들을 호령하여 아래관리를 잡아매었소? 또 내가 없는 틈을 타 사방을 두루 구경하려 한 것도 여자의 바른 행실이 아니어서 위엄을 잃어 이홍의 업신여김을 받았으니 이 무슨 도리요? 비록 짐승이라도 사람에게 길들면 개도 주인의 뜻을 아는데, 부인은 내가 경계하는 것이 한두 번이 아닌데도 이전의 잘못을 고칠 줄 모르오? 알고도 일부러 이렇게 하면 방자한 것이고, 모르고 이렇게 하면 어리석은 것이니, 나의 근심이 한 때의 급한 화가 아니라 이 때문에 오로지 근심하는 것이오. 내가 만약 죽으면 멀리 곽광霍光의 아내를 본받아 가문의 불행을 끼칠까 두려우니, 뜻이 이에 미치자 한심함을 이기지 못하여 차마 마주 대하지 못하고 글로 부치오. 자세히 살펴보고 마음을 다잡아 옳은 곳을 향하고자 하면 여기에 있고, 그렇지 않으면 10여 년의 은정恩情을 끊고 자식은 놔두고 부부는 각각 이 집에 있으면서 피차가 편한 대로 하면서 관련되는 일이 없게 되면 좋을 것이오. 이 글이 도착하면 이는 헛말이 아니니 자세히 생각하고 결단하여 답하시오."14)

여자의 호령이 중문 밖으로 나가지 않아야 함에도 불구하고 내외사內外事를 결정하려 하면서 외당을 시끄럽게 한 점, 남편이 없을 때에 그가 아끼는 신하를 치죄한 점, 남편이 없을 때에 사방을 두루 구경하려 한 점 등이 잘못이라고 문책하는 내용이다. 그런데 이렇게 잘못을 지적하는 데에서 나아가 짐승만도 못한 사람인 것으로 몰아가는가 하면 가문을 불행에 넣을 사람으로 치부하며, 심지어 같은 집에는 있되 10년 은정을 끊고 각자 살면서 서로 관련되는 일이 없으면 좋겠

---

14) 〈소현성록〉 4권 111~112면.

다고 하며 결단하라고 다그친다. 일종의 별거를 제안한 셈이다.

이에 화부인이 남편의 심한 책망에 대해 서운해 하면서 내쫓기더라도 이홍을 죽이겠다고 하자 시누이인 소부인이 나무라기도 하고 달래기도 하여 마음을 누그러뜨린 후 답장 쓰는 것을 도와 어떻게 쓰라고 일러준다. 이 편지는 소부인과 화부인의 합작[15]이라고 할 수 있는데, 남편의 책망에 대해 자신의 생각을 논리적으로 반박하는 글이라는 면에서 중요하다고 할 수 있다. 이는 3장에서 다시 다루기로 한다.

2.2. 며느리로서

완벽한 남자의 좋은 아내 노릇하기가 힘든 것처럼 완벽한 시어머니의 며느리 노릇하기도 힘든 상황에 놓인 여인이 화부인이다. 시어머니 양부인은 십안의 중심이사 가상家長 억할을 하는 여성인네, 그녀는 젊었을 때에 남편과 혼인한 지 10년이 되도록 서로 공경하고 예의를 갖추어 대했으며 나이 서른이 되도록 자식이 없으니 석씨와 이씨 등 두 명의 미인을 첩으로 권하기도 한[16] 여성이다. 또 나이가 쉰이 넘어서는 풍성하고 넉넉해 보이는 용모가 탐스러운 연꽃이나 모란도 미치지 못할 정도이며 젊은 부인들도 그에 비치지 못하다고 평가된다. 아울러 태도의 위엄 있음은 난새와 봉황 같고 '여자 가운데 군왕' 같아서 사람들이 한 번 보면 놀라고 사나운 범을 마주한 듯 위

---

15) 정창권은 앞의 논문에서 이런 합작 편지 등을 두고 '여성들끼리 서로의 연민의식을 바탕으로 더불어 모듬살이를 한다'거나 '여성들이 자매애를 바탕으로 그녀들만의 또 다른 세상을 만들어간다'고 적극적으로 의미를 부여한 바 있다.

16) 〈소현성록〉 1권 6~7면.

축된다.17)

이렇게 완벽에 가까운 시어머니 양부인은 며느리가 잘못을 저질렀을 때에도 매섭게 꾸짖는다. 논리적으로 명백하고 태도에 위엄이 있어 들으면 모골이 송연하며, 그 말을 듣고 나서는 분명하게 깨닫게 되어 머리를 조아리며 잘못을 시인하게 된다18)고 하였다.

시어머니 양부인이 며느리에게 바라는 가장 중요한 덕목은 '투기하지 않는 것'이다. 아들이 재취 들이는 것을 용납할지 말지를 판단하는 근거로 며느리의 투기 여부를 든다.

> 원래 양부인은 다른 뜻이 없었다. 그러나 화씨가 눈물을 흘리며 운 후에 투기하여 부인의 말끝에 남편과 서모가 함께 모의했다하며 법도에 맞지 않고 맹랑하게 구는 것을 보고 순간 패악하다고 여겨 확실히 결정하였으니 어찌 애닯지 않은가? 얼굴빛과 말을 평안하게 하고 잠잠히 있었다면 비록 팔왕이 아니라 황제가 오셨다 해도 석소저가 들어오겠는가?19)

양부인은 며느리에게 남편이 둘째 부인을 들이는 것에 대해 의향을 묻고는 이를 순순히 받아들이면 덕이 있는 며느리로, 반대하는 기색을 보이면 투기하는 며느리로 판단하려 한 것이다. 그런데 이런 의도를 알아채지 못한 화부인은 순진하게도 시어머니가 자신을 동정하는 줄 알고 억울하다는 듯이 울먹이며 말한 것이다. 이렇게 하여

---

17) 〈소현성록〉 4권 57~58면.
18) 〈소현성록〉 2권 3면.
19) 〈소현성록〉 2권 40면.

소현성은 둘째 부인을 맞게 되는데, 혼인 날 입는 길복吉服을 화부인에게 만들라고 하는 말에 못하겠다고 한다. 이에 양부인은 "내가 자연스럽게 화씨에게 항복 받아 투기를 제어하고 집안을 편하게 하겠다."라고 하면서 자신이 보는 앞에서 옷을 마르라고 한다. 화부인은 울면서 억지로 옷을 마르다가 만들다 만 옷을 들고 침소로 돌아와 "어머니마저 이렇게 하실 줄은 정말로 생각하지 못했다"라고 탄식하며 슬피 운다.[20] 시어머니도 같은 여자이기에 남편이 다른 사람과 또 혼인하는 일을 겪어야 하는 마음이 어떨 줄 알 것이라고 여겼으나 전혀 그렇지 않음에 상심하는 것이다.

양부인은 아들이 아내들을 공평하게 대하는 것을 좋게 여겨 '자신도 또한 며느리 거느리기를 고르게 하였'으며, '비록 속으로는 석씨를 기특하게 여겨 예뻐하지만 겉으로 나타내시는 않았고, 화씨가 비록 도리에 어긋나는 경우가 있었지만 그 마음이 맑고 높아 부녀의 기품이 있고 여러 아들이 있으므로 자못 중하게 여겨 그른 일이 있어도 즉시 일러서 고치게 하고 사랑함을 친딸같이 하였'[21] 그렇기에 초년의 며느리 화부인은 간혹 도리에 어긋나는 경우가 있기는 하지만, 그 마음은 맑고 고귀하여 기품이 있음을 인정받고 있으며, 아들을 많이 낳았기에 중하게 여김을 받았음을 알 수 있다.

하지만 시간이 흘러 아들들이 장성하고 중년이 되어갈 무렵에는 집안 종부로서 가족들을 공평하게 대하지 못하고[22], 어머니로서의

---

20) 〈소현성록〉 2권 44면.

21) 〈소현성록〉 2권 90면.

22) 화부인이 중한 권한을 위임받아 태부인이 하던 대로 하려 하였지만 모든 일에 있어 서툴고 조급했으므로 이·석 두 노파가 서로 잘못을 바로잡아주었다. 그러나 화부인

역할도 제대로 하지 못한 점 때문에 시어머니로부터 혹독한 책망을 듣게 된다. 소승상이 외지外地로 나가 쓸쓸하던 차에 양부인과 소부인, 석부인이 강정으로 여행을 가고 그 사이에 화부인이 집안을 다스리게 되는데, 아들 운명이 판단력이 흐려져 착한 아내 이씨를 무단히 구박하고 죽이려 드는 일을 말리지는 않고 함께 가담하여 상황을 더욱 어렵게 몰고 간 점 때문이다. 그리하여 시어머니로부터 "내가 너희 모자를 사람같이 여겼는데, 사람의 얼굴을 했으면서도 짐승의 마음을 가져서는 나의 법규와 제도를 어지럽히고 소씨 가문의 맑은 덕을 상하게 하는구나. 사람의 인물을 보면 짐작하여 알 것이니, 이씨의 사람됨이 네 어미에게 미칠 바가 아닌데 어찌 오히려 의심을 하느냐? 집안에 소경과 내가 없다 하여 너희 모자가 집안을 산란하게 하여 견융犬戎의 집이 되게 하였으니 어찌 한심하지 않겠느냐?"[23]라는 말을 듣게 된다. 결국, 양부인은 임종 시에 큰 며느리인 화부인이 아닌 딸 소부인에게 가권家權을 넘긴다는 유언을 남기게 되니, 화부인은 끝내 인정받지 못한 며느리로 남는 것이다.

2.3. 어머니(시어머니)로서

그렇다면 화부인이 어머니로서 요구받는 삶은 어떤 것인가? 우선 그녀가 어머니로서 어떻게 처신했으며 이에 대한 가족들의 반응은

은 이파에 대해서는 심복으로 생각했지만 석파는 부족하게 여겼다. 또한 집안의 큰일을 쥐고는 내외를 호령하며 원인 모를 일도 굳이 알아내어 꼬투리를 잡았다. 석파와 석부인 소속 사람들에게는 반드시 제철에 알맞은 옷과 물건을 부족하게 주어 자신의 친속들과 차등 두는 것을 명백히 했다. 〈소현성록〉 11권 21~22면.
23) 〈소현성록〉 11권 73면.

어떠했는지 보도록 한다.

　하루는 화부인의 둘째 아들과 석부인의 셋째 아들이 다리에 피를 흘리고 들어와 각각 자기 어머니께 뵈며 울며 말하였다.

"사부가 글을 잘 못 외운다면서 이렇듯 쳤습니다."

화부인이 크게 성을 내며 말하였다.

"그가 불과 길가에서 빌어먹던 걸인이었으니 우리 집 말 지키는 일도 괜찮았을 터이다. 그런데 상공이 과대평가하여 스승으로 추존하고 내 아이를 제자로 두니 외람한 줄 모르고 방자하게 높은 사람인 양하여 이미 잘못이 심하다 여겼다. 그런데 어찌 나의 천금같은 아이를 이렇듯 상하게 했는가? 내가 반드시 이 놈을 내치게 할 것이니 이후로는 너희들이 거기에 가서 글을 배우지 마라."

　모든 아이들이 우쭐하여 물러났으나, 석부인만은 안색을 엄하게 하고 아이를 꾸짖어 말하였다.

"너희가 주야로 마음을 두는 것은 글뿐이다. 그러니 조심하여 읽고 외우는 것이 옳은데 마음에 깊이 새기지 않으므로 태만하고 어두워 통하지 않으니 선생이 꾸짖은 것이다. 그런데도 스스로 부끄러워하지 않느냐? 비록 어린 아이이지만 사람의 일을 거의 알 것인데 스승에게 죄를 입고 들어와 어미에게 하는 행태가 매우 사나운 행실이구나. 한번 시험 삼아 맞아 보아라."

　말을 마치고 시녀에게 아들을 잡아 내리게 하여 세우고 매를 때리니 옥 같은 살에 붉은 피가 흘렀다. 석파가 와서 이를 보고 황급하게 말려 그치게 한 후, 공자의 피를 씻고 아이를 안아 내당으로 들어갔다. 소참정이 마침 어머니와 함께 있었는데, 석파가 나아가 공자의 매 맞은 다리를 들어 뵈고 일의 처음과 끝을 고하였다. 그러자 참정은 다만 웃을 뿐이었고, 양부인은 웃으며 말하였다.

"어린 아이가 비록 잘못하였다 해도 이렇게 칠 수가 있는가?"

석파가 대답하였다.

"석부인이 유순하신가 여겼는데 이를 보니 매우 모집니다."

소부인이 칭찬하며 말하였다.

"모진 것이 아니라 이것이 진실로 어진 처사입니다. 나는 항상 그녀가 현숙함을 알고 있었지만 이처럼 기특한지는 알지 못했습니다."[24]

아이가 글을 못 외운다고 선생님께 매를 맞고 온 상황이다. 그럴 때에 화부인은 아이의 상처를 보고 선생님을 탓하면서 그를 내보내겠다고 화를 내는 반면, 석부인은 네가 잘못해서 혼난 것을 뭐가 억울하다고 와서 우느냐면서 오히려 아이를 더욱 매질한다. 이를 전해들은 남편과 시어머니, 시누이 모두 석부인의 처사를 칭찬하고 있다는 면에 주목할 필요가 있다. 어머니로서의 감정만 앞선다면 맞고 온 아이를 달래면서 상처를 치료해주는 게 당연하겠지만, 이 작품에서 바람직하다고 판단하는 어머니는 감정을 누르면서 아이를 바르고 엄하게 교육할 수 있는 어머니상임을 보여주는 것이다. 나중에 화부인이 아들 운명이 이씨를 사모하여 할머니 몰래 10일씩 이씨 처소에 가서 머무를 때에도 아들의 마음에 연연하여 이를 알면서도 막지 못한다. 이때에도 서술자는 '어미 된 사람이 이렇게 약하니 엄한 기운이 없다는 점에 있어서는 태부인과 상반되었다'[25]라고 부정적으로 평한다.

그런데 더욱 눈 여겨 보아야 할 점은 화부인이 늘 남편의 둘째부인인 석부인과 비교되는 점이다. 아내, 며느리로서의 역할 해내기에서도 그녀보다 못한 것으로 서술되었는데, 어머니로서도 마찬가지이

24) 〈소현성록〉 4권 76~77면.

25) 〈소현성록〉 10권 110면.

다. 시어머니 양부인은 다음과 같이 훈계한다.

> "…… 아이가 들어와 말하면 네가 당당히 어루만지며 경계하되 지극
> 히 조심하여 배우면서 게을리 태만하여 죄를 얻지 말라고 해야 할 것
> 인데, 어찌 아직 철이 들지 않은 아이를 돋우어 스승 단생을 꾸짖으며
> 글을 배우지 말라고 하느냐? 단생이 어질지 않아 모든 아이들을 잘못
> 된 도道로 가르치는 형세라면 남편과 상의하여 내어보내고 제자를 삼
> 지 못하게 하면 될 것이다. 그렇지 않은 이전에는 스승이므로 가장
> 중한 사람이니 제 아비도 마음대로 못하려니와 더욱이 어미의 위엄으
> 로 바깥 가장이 있는데도 스스로 처단하여 가르쳐 스승을 배반하라
> 하였느냐? 예禮를 건너뛰는 행실인 듯하여 걱정스럽다."[26]

어머니로서 아들을 훈육할 때에는 아이의 살살붓을 따져서 아이가
잘못했으면 엄하게 다스리고, 아들의 교육과 스승에 관한 것은 가장
家長이 할 일이니 아녀자가 간섭할 일이 아니라는 것이다. 이를 듣고
야 화부인은 석씨와 자신의 가르침이 매우 달랐음을 깨닫고 부끄러
워한다.

그렇다면 시어머니로서의 화부인의 모습은 어떠한가? 아들 운명
이 혼인하는데 신부 임씨의 모습이 매우 흉해서 모든 사람이 한 번
보면 놀랄 정도이고 얼굴에 큰 혹이 세 개가 좌우로 나 있는 박색임을
보고는 정신을 잃고 눈물을 흘린다. 그러자 외모로 사람을 따지는
것을 못마땅해 한 태부인이 "여자는 덕德을 귀하게 여겨야지 어찌 색
色을 취하느냐"라고 나무란다. 지감知鑑이 있는 소승상이나 소부인은

---

26) 〈소현성록〉 4권 78~79면.

임씨를 보고 기뻐하지만 유독 운명과 화부인만은 사람을 알아볼 줄 몰라 슬퍼하고 식음을 폐한다. 다음 날 임씨와 아내로서의 바른 도리에 대한 대화를 나눈 소승상이 그녀를 대견해 하면서 맹광孟光과 같다고 칭찬하지만 화부인은 여전히 그녀를 비웃는다. 5개월이 지나자 임씨의 행실을 지켜보던 다른 식구들은 이제 그녀를 비웃지 않고 칭찬하게 되었지만, 아직도 화부인은 운명을 보면 자연스럽게 마음이 애달파져 혀를 차지 않을 수 없었다[27]고 되어 있다. 며느리의 현숙한 면을 알아보고 북돋우면서, 아내의 색色만을 따지는 아들을 훈계하는 것이 어머니의 도리임에도 불구하고, 어머니 자신도 며느리의 추모醜貌에 실망하여 아들과 똑같이 행동하는 것이다.

여기서도 감정에 휘둘리는 모습이 부정적으로 평가되는 것인데, 그렇다고 하여 화부인이 마음이 따뜻한 사람으로 평가되는 것도 아니다. 화부인의 둘째 며느리인 이씨의 시비 춘앵이 이씨와 나누는 대화에서 "화부인은 성격이 매몰차셔서 겉으로는 친한 척하면서도 안으로는 거리를 두시는 것 같습니다. 이렇게 외로운 때 석부인 같은 분이라면 소저께서 어찌 가서 뫼시고 밤을 함께 지내지 못하시겠습니까마는 감히 그렇게 못 하시니…"[28]라고 하였으며, 서술자도 다음과 같이 언급하고 있다.

화부인이 모든 며느리를 사랑하는 것 같으면서도 사람의 그릇이 크지 못하여 매우 거리감 있게 대하였다. 평소에 침상에서는 절대 보지도 않고 모든 일에 예를 갖추어 대답하니 며느리들이 다 모시는 것

---

27) 〈소현성록〉 9권 87~91면.
28) 〈소현성록〉 10권 127면.

을 싫어하고 꺼리는 일이 많았다. 그래서 며느리들도 모두 화부인과 관계가 서먹했으며 공경은 하면서도 마음으로는 전전긍긍하며 지내게 되고 평안할 때가 없었다.

반면 석부인은 며느리들을 거느리는 데 있어서 친밀히 대하고 사랑해주는 것이 친딸보다 못하지 않으니, 때때로 며느리들을 불러 길쌈도 시키고 수놓기도 가르쳐주며 글도 읽게 하여 듣기도 했다. 또 눈앞에서 잡다한 놀이도 하게 하니 위아래가 서로 화평하여 좋은 기운이 가득했다. 이렇게 담소를 나누고 즐기면서도 조금도 예의에 어긋나는 것이 없으니 모든 며느리들이 두려워하면서도 정성스럽게 대하기를 친어머니 섬기는 것보다 더하였다. 춘앵 역시 이것이 부러워 이 날 이씨와 함께 진심으로 탄식했다.[29]

화부인은 도량이 크지 못해 며느리들을 거리감 있게 대하기에 며느리들이 모시기를 싫어하고 꺼리며 공경하기는 하지만 평안하지는 않다고 하였고, 이에 비해 석부인은 며느리들을 친밀하게 아껴주는 것이 딸과 같으며 방으로 불러 여러 가지를 가르쳐 주기도 하고 놀이도 하니 서로 화평하여 며느리들도 친어머니 섬기는 것보다 더 정성스럽게 대한다고 하였다. 화부인은 무서워 겨우 공경하게 만드는 시어머니이지만 석부인은 친밀하여 저절로 공경하게 만드는 시어머니라는 것이다. 나중에 소현성이 석부인에게 시어머니가 며느리를 '친자식같이 대한다면 허물을 말하는 것도 꺼리지 말고 며느리가 잘못하면 이치로 가르쳐야 한다[30]'고 한 점을 감안한다면, 바른 시어머니상도 어머니상과 마찬가지로 며느리를 진정으로 아끼면서 엄하게 가

---

29) 〈소현성록〉 10권 128면.

30) 〈소현성록〉 9권 83면.

르칠 수 있어야 한다는 점에서 화부인은 못 미치는 것이다.

3. 동정, 공감하지만 용납할 수는 없는 그녀의 욕망

지금까지 살펴본 바와 같이 화부인은 자신이 가족 구도 내에서 감
당해야 했던 역할을 그리 잘 해내지 못한 여성이다. 그래서 종종 적국
敵國인 석부인과 비교되면서 열등한 인물로 논평되곤 했다. 하지만
일방적으로 그녀를 부정적인 인물로 몰아가고 있지만은 않다는 데에
이 작품의 묘미가 있다. 결국에는 그녀의 성품과 행동이 교화되고
있으며 그녀도 뉘우치거나 깨닫는 것으로 되어 있기는 하지만, 그
사이에 벌어지는 논쟁이나 대화, 다른 인물들의 동정과 공감, 도움
등을 모두 서술해 줌으로써 독자들이 일상에서 흔히 볼 수 있는 여성
들의 삶과 심리를 좀 더 사실적으로 느끼고 함께 생각해 보게 하기
때문이다.

화부인, 그녀는 기본적으로 남편의 사랑을 받고 싶어 한다는 면에
서 평범한 여성의 욕구를 갖고 있는 인물이다. 하지만 당시의 상황은
남편의 사랑을 다른 여인과 나눠야 했기 때문에 그녀는 질투할 수밖
에 없다.31)

화부인이 천성은 영민하지만 성격이 조급하고 자못 강했으며 또

---

31) 김문희(「국문장편소설의 중층적 서술의식 연구」, 『한국고전여성문학연구』 18,
2009, 111~114면)도 〈소현성록〉에서 화부인의 질투를 동정적으로 바라보는 시선이
있음을 지적한 바 있다.

> 사랑을 태산같이 중히 여겨 은정이 가득해서 병에 이를 지경이고 친애
> 하는 것이 극진하였다. 그런데 사랑은 씩씩하여 일찍이 사사로운 정을
> 일컫는 일이 없고 공경은 하지만 너무 애중하기에, 투기하는 일이 심
> 히 □□□[32] 않을 기습이었다. 사랑이 일찍이 집 밖에 기생첩을 두
> 지 않았고 집안에 붉은 치마 입은 시녀들이 가득했지만 정을 둔 일이
> 없으며 빈말이라도 재취를 일컫지 않았다. 게다가 아들이 있으니 남편
> 의 사랑을 받는 화씨의 세도가 극에 달하였다. 화씨 스스로 자신이
> 복이 있다고 여겨 기뻐했는데 석파가 단정한 남편을 부추겨 재취를
> 하라고 한다 하니 어찌 분이 나지 않겠는가.[33]

　남편을 중하게 여기고 정이 가득하여 병이 날 정도였는데도 남편
은 그 마음을 몰라주고 사사로운 정을 표현한 적이 없다. 그러던 중
서모의 권유에 응하여 다른 아내를 더 얻는다고 하니 화가 난 것이
다. 아내가 독점적으로 남편의 사랑을 차지하고 싶어 하는 욕망은
자연스럽고도 기본적인 것이지만 그것이 충족되지 못하고 좌절된 상
황이다. 이에 가만히 있지 못하고 이런 사태를 만든 원인 제공자인
서모에게 나쁜 말을 하면서 대들게 된다. 사랑 받고 싶어 시작한 일이
결국에는 남편의 책망과 내침을 당하게 되는 최악의 결과를 낳게 되
는 것이다.
　하지만 독자는 이 사건이 진행되고 마무리되는 과정에서 화부인의
남편 소현성의 이중적인 면을 볼 수 있기도 하다. 자신의 뜻대로 아내
를 훈화하기 위해 그녀를 차갑게 내치기는 하지만 한편으로는 다정

---

32) 원문에 서너 자 정도가 안 보여서 해독 불가능한 부분임. 규장각본에는 생략되어
　있음.
33) 〈소현성록〉 1권 92면.

다감한 모습을 드러내기도 하면서 그녀를 동정하는 마음을 보이는 것이다. 그녀가 뉘우치는 모습과 밤새도록 뒤척이는 모습을 보고 속으로 불쌍하게 여기기도 하고, 금식하면서 쓰러져 있자 의원을 데리고 와 진맥하게 하고 약을 지어오라고 하여 직접 약을 풀어 온도를 맞추고 달래어 먹이기도 한다. 손으로 머리카락을 쓸어 올려 주면서 수척해진 얼굴을 보고는 '저가 나를 중히 여김이 이와 같은데, 내가 매몰차게 대하는 것은 인정이 아니구나'라고 생각하여, 모친께 문안하는 시간 외에는 그녀의 침소에 있으면서 은근하고 자상하게 간호하기를 극진히 하기도 한다.[34] 물론 이 일 이후로는 화부인이 감히 도리에 어긋나는 행실을 하지 않았고 늘 두려워했으며, 소현성도 엄숙함이 예전과 같았고 그녀를 공경하고 중하게 대하기는 했지만 세월이 오래될수록 내외內外를 바르게 정리했다는 논평으로 마무리되는 점에서 이 대목의 주지는 아내 길들이기인 것은 분명하다.

또 한 번 소현성이 화부인을 감동시킨 일은 그가 둘째 부인 석씨를 맞이하는 혼인 날 밤의 일을 들 수 있다. 화부인은 남편이 또다시 혼인하는 상황을 억지로 참으면서 지켜보던 참에 그 신부가 너무나도 예쁜 것을 보고 절망한다. 참담해 하면서 침소에 돌아와 상서가 자취를 아주 끊을 것이라 생각하고 설움이 솟아나 가슴이 막혀 정신을 잃기까지 한다. 이를 본 현성은 다음과 같이 말한다.

"사람이 여러 아내를 얻는 것은 보통일이고, 또 내가 비록 석씨를 얻었지만 어머니 말씀을 받들기 위한 것이었소. 그대에게 매몰차게 대한 일도 없는데 어찌 이렇듯 괴로워하시오? 부인이 오늘 신부의

---

34) 〈소현성록〉 2권 13~15면.

외모를 보고 백두白頭의 탄식을 두려워하는가 싶소. 내가 비록 나이 젊고 어리석으나 색色을 밝히는 부류는 아니니 모름지기 상심하지 말고, 내가 나중에 일을 처리하는 것이 공평한지 아니면 색色에 치우치는지 보시오.”

(중략)

<u>상서가 그 뜻을 알아채고 마음을 묶어 두었던 것을 풀고 그 팔을 만지면서 웃으며 말하였다.</u>

“부인이 내가 들어온 것을 믿지 못하는데, 내가 바로 소생이오. 그 처자의 방에 들어오는 것이 무엇이 이상하오? 다만 부인이 덕을 닦으면 흰 머리가 될 때까지 해로偕老할 것이오.”

<u>드디어 화씨를 사랑하고 곡진히 정을 주는데 그 지극한 은혜와 정이 마음에서 우러나와 간곡하고 부드러움이 예전보다 더하니, 화씨가 반신반의半信半疑하였다.</u>[35]

둘째 부인과 혼인한 첫날밤에 그녀와 함께하지 않고 첫째 부인에게 와서 함께함으로써 첫째 부인의 위상을 확고히 해주고 마음을 달래주는 배려를 보이고 있다. 이후에도 그는 절세미인인 석부인에게 미혹되지 않고 두 부인을 공평하게 대하였고 화부인에게는 집안을 다스리는 권한을 모두 주니 사람들이 감복한다.[36]

또한 화부인은 다른 여성의 동정과 공감을 받기도 하는데, 특히 시누이 소부인이 도움을 주는 경우가 몇 차례 있다. 소부인은 시집간 딸이기는 하지만 친정의 대소사를 주재하거나 어머니와 남동생의 든

---

35) 〈소현성록〉 2권 53~54면.
36) 하지만 여기서도 초점은 현성의 배려와 공정함에 교화되어 화부인이 ‘원래 가지고 있던 투악(妬惡)이 많이 없어졌고, 부드럽고 온화하기를 힘쓰게 되었다(2권 28면)’는 데에 있기는 하다.

든한 상담자 역할을 하는 인물인데도, 화부인이 어머나 남편에게
잘못을 저질러 책망 받을 때에는 그녀를 도와 일이 잘 마무리되게
한다. 앞 장에서 보았듯이 화부인이 이홍과 갈등을 빚어 소승상에게
책망을 받으면서도 이에 굴복하지 않고 반박하는 글을 쓰려 하는데
이 글을 쓰는 것을 돕는 것이다. 화부인이 잘못한 점은 나무라면서도
그녀를 달래주고 도와준다는 면에서 눈 여겨 보아야 할 대목이다.

> ...... 그윽이 생각건대, 나라의 황후와 황제가 높으신 것이 같고 집의
> 가장家長과 가모家母가 중요함이 같습니다. 군자가 수신제가치국평천
> 하修身齊家治國平天下의 근본이라고 하지만, 자고로 남자가 나라의 일
> 을 다스리면 집의 일을 다 보기 어렵습니다. 그래서 승상이 나라의
> 큰 신하로 조정의 일을 살피느라 겨를이 없어 이홍에게 맡겨 집의 내
> 외사를 다스리게 하였습니다. <u>그러나 홍은 우리 집안의 사람이 아니며
> 가까운 절친切親도 아니고 높게는 지기知己도 아니니, 비록 사람됨이
> 근실하다고 하지만 어찌 부중府中의 자잘한 일을 다 알게 하겠습니까?
> 홍이 무거운 권한을 맡고 있으므로 종들이 아첨하느라 집안의 조그만
> 일도 먼저 홍에게 물은 후에 우리의 말을 좇습니다.</u> 그러니 제가 그윽
> 이 부끄러워하는 것은 저의 처사가 하찮아 상공의 가모家母 소임을
> 능히 못하고 또 내조하는 공로가 없어 아래관리에게 집안일을 맡기는
> 가 하는 걱정이었습니다.
>
> 오늘 경치를 구경하려 한 것은 승상이 없기를 기다려 놀려고 한
> 것이 아니라 어머니께서 평안하여 여러 자녀와 함께 노시니 한가한
> 때를 타 소·윤·석 세 부인과 더불어 후원을 보면서 산수山水의 성함을
> 보고 내년의 누에치기를 상의하려 한 것이지 경치를 구경하려 한 것이
> 아닙니다.
>
> 홍을 잡아맨 것은 그가 무례한 말을 하지는 않았지만 저를 욕보였기

때문입니다. 상공도 오히려 저를 모욕하는 말을 듣지 못하였는데 그가 가신家臣으로서 어지러운 말을 하니 갑자기 성이 나서 참지 못한 것입니다. 또 이는 승상이 집을 다스리는 데에도 해롭습니다. 그래서 만약 승상이 외당에 계셨다면 제가 그 사이에서 호령하지 못하였겠지만 상공이 조정에 들어가 돌아올 때를 정하지 못한 상태였기에 <u>집에 주인이 없다고 여겨 종들과 홍이 무례하였습니다. 그러하니 집의 여주인이 하나의 규범을 굳게 지켜 무너져가는 위의를 붙들어야 하지 않았겠습니까?</u>

예부터 제가 비록 외람되고 당돌하기는 했지만, 홍을 매어 놓고 어머니께 아뢰어 다스려 비록 승상이 안 계시지만 감히 모든 일을 무례하게 못하고 집을 바로잡는 이 기이함을 탄복하게 하며 알게 하고자 함이었지 마음대로 행하여 도에 넘치려 한 것은 아니었습니다. 그런데 지금 홍을 치지 않고 내당의 시녀를 잡아내어 치니, 이는 시녀를 치는 것이 아니라 저를 다스리는 것입니다. 제가 감히 당신을 원망하지는 않지만 다만 이로 보건대 부부의 의리를 삼강二綱과 오륜五倫에 넣지 말고 부중府中의 아래관리를 부부 대신에 넣는 것이 좋겠습니다. 그런데 옛 성현들이 어찌 잘못 알고 중요한 아래관리는 빠뜨리고 가벼운 부부를 넣었는지 이상합니다.……37)

자신이 여자이면서도 외사外事를 주관하는 집사를 꾸중한 점에 대해 논리적으로 설명하면서, 남편이 그런 자신의 행동을 책망하는 의미로 시녀를 매질한 것에 대해 삼강오륜을 들어 비꼬고 있다. 집사보다는 아내가 더 중요한 위치이고 집안의 하인들에게도 더 무서운 존재여야 함을 역설하여 부인의 권한을 확실하게 이야기하고 있는 것

---

37) 〈소현성록〉 4권 116~118면.

이다.

이렇듯 〈소현성록〉에서는 앞에서 살펴본 바와 같이 화부인을 부정적으로 평가하거나 서술하고 있기는 하지만, 다른 인물들이 그녀의 욕망이나 행동에 대해 동정하고 공감하는 것으로 설정함으로써 그녀에 대해 다면적으로 해석할 수 있는 여지를 마련해 놓았다. 그러나 그녀가 공감과 동정을 받는다고 하여 그녀의 욕망이 용인될 수 있는 것은 아니다. 그렇기에 그녀는 행복할 수 없다.

4. 가부장제하에서 행복할 수 없는 그녀

작품 내에서 그녀의 행복, 즉 욕망 성취를 가로막는 가장 큰 요인은 '가부장제하에서 요구되는 여성상'인 것으로 보인다. 남편에게 독점적으로 사랑 받으면서 아들을 잘 키우고 그 아들이 장자권을 물려받으며 자신은 첫째 부인으로서 집안일을 스스로 관장하고 싶은 욕망을 억누르고, 가부장제 하에서 바람직하다고 평가되는 아내, 며느리, 어머니로 살아가야 했기 때문이다. 특히 그녀는 남편과 시어머니, 시누이가 요구하는 여성상에 못 미쳤기에 종종 책망을 들었고 행복할 수 없었다.

남편 소현성이 생각하는 바른 아내상은 마음씨, 말씨, 맵시, 솜씨 등 네 가지 덕이 있으면서 칠거지악七去之惡을 행하지 않는 사람이다. 또한 온순하고 온화해야 하며 당돌하거나 소홀해서는 안 된다. 남편을 그리워하거나 투기해서도 안 된다.[38]

---

38) "무릇 여자란 것은 사덕(四德)이 넉넉하고, 칠거(七去)를 삼가며, 유순하려 힘쓰고,

이에 더하여 시누이 소부인이 생각하는 바른 아내상은 더욱 구체적이다. 마치 당시의 실생활에서 자주 제기되던 문제에 대해 답을 내려주는 것처럼 조목조목 거론하고 있는데, '유순'한 것이 가장 큰 덕이다. 또 지아비에게 혼자 총애를 입고 모든 일을 도맡아서 하려고 하는 것은 탐심과 욕심이 많아서이니 그러지 말아야 한다. 첫째 부인의 자리에 있으면 마음을 평안히 하고 자기 행실만 맑게 닦아서 남편이 여러 여자를 취할 수 있도록 해야 한다. 투기하는 것은 여자의 유순한 덕을 저버리는 것이니 절대 투기하지 말아야 한다. 다만, 남편이 청루에 다니면서 방탕하고 패려하여 위엄을 잃으면 그때에는 사리에 맞게 간할 것이고, 만약 집으로 창녀를 모아오면 그녀에게 옷과 음식을 후하게 줘서 평안하게 머무르게 하지만 자신을 업신여기거나 무례하게 행하지는 못하게 해야 한다. 만약 그 창녀가 자식을

지아비를 부끄러워하며 섬겨야 하오. 그래야 가히 사람의 자식으로서 부모를 욕 먹이지 않으며 사람의 아내 되어 은혜와 의리를 잃지 않고 몸이 평안할 것이오. 부인은 그렇지 않아서, 모친을 받듦에 효성이 게으르고, 사람을 대접하고 사물을 마주할 때에 기색이 너무 강하여 온순하지 않으며, 나를 섬김에는 당돌하고 소홀하며, 말을 할 때에는 온화하지 않으니, 무엇을 착하다고 일컬어 공경히 대하겠는가? (중략) 또 장인께서 이르시기를, 네가 들어가 보면 병이 나을 것이라고 하셨으나, 만일 내가 보아 나을 병이면 이것이 문득 나를 그리워하여 마음의 병이 된 것인가? 자고로 여자가 어찌 지아비를 그리워하여 병이 나겠는가? 사람들이 들으면 얼굴을 가리고 부끄러워 할 일이네. 내가 일찍이 사람을 꾸짖는 일이 없었고 그 허물을 알지 못하였는데, 부인의 일은 실로 한심하네. 여자의 투기는 칠거지악(七去之惡) 중에도 있으며, 그대 또한 옛 일을 익히 두루 보았으니 알 것이네. 태임(太姙)과 태사(太姒), 번희(樊姬)가 투기하지 않은 것과 여후(呂后)가 척희(戚姬)를 인체(人彘)로 만든 일, 위징(魏徵)의 처가 지아비의 얼굴을 상하게 한 일 등 이 다섯 사람을 논한다면 누가 어질며 누가 사납다고 할 수 있겠는가? 또 지금 나에게 재취하라고들 권하지만 일이라는 것은 다 하늘의 운수라 사람의 힘으로 할 바가 아니네. 그런데도 부인이 드러나게 근본 없는 투기를 하니 어찌 죄를 더하지 않겠는가? ……"〈소현성록〉 2권 7~10면.

낳으면 지아비의 골육을 지녔으니 또한 천대하지 말고 난간에라도
앉혀야 한다39)고 역설하고 있다.

　이렇게 작품 내에서 긍정하는 아내상은 현실불가능할 것 같은 모
습임에도 불구하고 이를 그대로 실천하는 여성들이 있으니, 바로 화
부인의 적국敵國 석부인과 며느리 임부인이다. 석부인은 남편이 셋째
부인을 맞는 혼인날에 입을 길복을 짓는 것을 기쁘게 지으면서 "여자
벗을 여럿 만나겠다 싶어 영광스럽고 다행하게 생각하니 어찌 괴롭
겠습니까?"40)라고 말하는 여성이다. 임부인은 소운명의 아내로 못
생겼지만 덕이 있는 여성인데, 시아버지가 어떻게 내조하겠냐고 묻
자 "지아비를 섬기면서 옳은 일을 행하거든 도와서 행하고 잘못된
일이라면 듣지 않고 거스름으로써 충고를 해 그러한 마음을 갖지 못
하게 하는 것이 옳다고 생각합니다."라고 한다거나 "부부란 것은 함
께 살지만 또한 임금과 신하와 같은 관계이니 뜻을 아첨하는 자는
간악한 사람입니다. 지아비에게 직언直言으로 간하여 지아비가 옳은
방향으로 향하면 다행이며, 지아비가 무식하여 간언諫言을 받아들이
지 않고 오히려 푸대접한다면 이 또한 하늘의 운수입니다. 어찌 지아
비가 자신을 소중하게 대접해 주는 것을 크게 여겨 아첨하는 말과
행동을 하여 지아비의 허물을 돕겠습니까?", "혹 집안을 다스리는 위
엄이 없고 친구에게 신의가 없으며 관직에 머무르고 있으면서 탐욕
스럽고 외람된 일이 있는데도 잠자코 있으면서 지아비가 그 뜻을 세
운 것을 끝까지 하도록 하는 것은 옳지 않습니다."41)라고 말하여 칭

---

39) 〈소현성록〉 2권 84~86면.

40) 〈소현성록〉 2권 81면.

41) 〈소현성록〉 9권 90~91면.

찬을 받는다. 석부인과 임부인 등은 이렇게 가부장제가 요구하는 이상적인 여성의 모습을 그대로 실천하면서 행복을 느끼는 여성들인 것이다.

요컨대, 작품에서 말하는 바람직한 아내의 태도는 평상시에는 유순하고 온화하게 남편에게 순종하지만 남편이 행동을 잘못했을 때에는 바른 소리를 할 줄 아는 것이다. 그렇기 때문에 남편의 행실이 잘 못 되어 집안이 어지럽게 되었을 때에도 아내가 함께 꾸중을 듣게 되고, 더 나아가 집안의 흥망성쇠가 아내에게 달려 있다고 말할 수 있게 되는 것이다. 결말에서 서술자는, 소씨 아들 열 명 중에서 운명이 자손이 가장 많았는데 이것이 모두 '임씨의 복과 덕 때문'이라고 하면서 당시의 사람들이 모두 칭찬하고 부러워하였다[42]고 하였다. 임씨는 운명의 첫째 부인이다.

한편, 여성은 어머니로서나 아내로서 마음이 유약해서는 안 된다. 이치에 맞게 자녀들이나 아랫사람을 다스릴 수 있어야 하고[43], 남편과 장시간 이별할 때에도 공무公務를 잘 수행하도록 빌어야지 슬픔을 보이면서 울어서는 안 된다. 운남국이 반역하여 나라가 위태롭게 되자 남편과 아들이 전쟁터로 나가게 되는데 이때에 울며 슬퍼하는 화부인은 부정적으로, 태연하게 있는 석부인은 긍정적으로 서술되었으니[44], 석부인처럼 감정에 휘둘리지 않고 '온유하고 단정하며 위엄 있으며 겉으로는 태연하고 속마음은 가을날의 서리 같아'[45]야 하는

---

42) 〈소현성록〉 15권 87면.
43) 임씨는 투기하지 않으나, 남편의 창기 첩들이 자신에게 방자하게 굴자 끌어내어 위엄을 보인다. 〈소현성록〉 9권 96~97면.
44) 〈소현성록〉 11권 4~7면.

것이다.

이렇듯 '감정적'이라는 것은 결코 좋지 않은 덕목으로 설정되어 있는데, 안타깝게도 화부인의 최대의 단점이 바로 감정적이라는 점이었다. 이는 엄하지 않다, 약하다, 도리나 규율을 지키는 데에 허술하다는 것과 관련되어 있다. 그녀는 아들이 스승에게 매를 맞고 들어오면 그 상처만 안타까워하면서 스승을 욕하고, 아들이 아내 때문에 상사병에 걸려 아내를 찾아다니면 안쓰러워하고, 남편이 나라를 위해 전쟁터에 나가면 슬퍼서 정신을 못 차리고 입맛을 잃는 등 감정에 휘둘리는 모습을 보였다.

또 시어머니 양부인이 여행을 떠나면서 '자녀들과 함께 집을 다스리고 집 안팎을 어지럽게 하지 말며, 모든 일에 있어 내외의 법과 제도를 고치지 말고 경의 뜻을 이어 며느리들을 골고루 대접하고 종과 노복을 은혜로 대접하여 나의 마음을 저버리지 말라'고 했지만, 그녀는 집안을 어지럽고 법도가 없게 다스리고 말았다. 자기 자손만 편애하면서 다른 부인의 식솔들은 박대하는 등 공정하지도 않았다. 결국에는 시어머니로부터 판단력이 너무 흐려 집안일을 못 맡기겠으니 첫째부인 자리를 내주고 아들 운경의 장자 자리도 내주라는 편지를 받기에 이르렀고, 시누이로부터도 한심하다, 우리 가문을 배반하는 행동이다 등의 심한 말을 듣기도 하였다.[46]

화부인은 어머니로서도 행복하지 못하였다. 사리 판단을 제대로 하지 못하는 아들 운명을 바르게 이끌지 못하고 아들과 함께 며느리 이씨를 이유 없이 박대했다고 책망 받았다. 그녀의 아들 운명은 아버

---

45) 〈소현성록〉 4권 18면.
46) 〈소현성록〉 11권 53~90면.

지 소승상에게 60대 이상을 맞고 곧 죽을 지경에 이르게 되기도 하였다. 걱정이 되어 가슴을 두드리며 머리를 부딪치고 울면서 남편을 원망하다가 칼을 들어 죽으려고까지 해보았지만, 남편은 아들에 대한 매질을 그치지 않았다. 시누이의 만류에 겨우 때리기를 그치지만, 이후로 남편은 그녀를 거의 찾지 않게 되었다. 5~6년이나 찾지 않아 병까지 나고 식구들이 용서해주라고 하자 겨우 용서해주었고 이후로는 그녀가 마음속으로 자책하면서 부끄러워했다.[47]

그녀 자신과 마찬가지로 그녀의 아들·딸들도 좋지 않은 성품, 부정적인 자질을 지녔다고 하여 남편으로부터 종종 책망을 들으니 행복할 리가 없다. 아들 운명은 여색에 휘둘려 정신을 못 차리는 못난 남자로, 딸 수아는 투기하는 것이 온 천하에 유명할 정도의 여자로 설정된 것이다. 반면에 석부인의 아들 운성은 영웅호길다운 면모를 지니고 있는 뛰어난 남자로, 딸 수주는 황후가 되어 집안을 빛내는 여자로 설정되어 있다. 어머니의 자질이 어떠한가에 따라 자녀들의 자질을 결정짓는 서술자의 시각이 드러나는 것이다.

이렇게 화부인은 아내, 며느리, 어머니로서 행복하지 못한 삶을 살다가 허망하게 죽는다. 남편 소현성이 85세에 죽자 며칠 뒤에 그냥 죽는 것이다. 그래서 둘을 함께 장례 지내주는데, 그 장례를 지내고 돌아온 그녀의 두 아들 운경과 운희도 슬픔을 못 이겨 병이 깊어져 죽고 만다.[48] 첫째, 둘째 아들이지만 화부인의 소생이기에 어머니와 함께 일찍 서사에서 사라져버리는 것이다. 그래서 가문의 장자권은 석부인 소생인 운성에게 돌아가고 그가 대를 이어 자손들을 잘 다스

---

47) 〈소현성록〉 12권 32~60면.
48) 〈소현성록〉 15권 67~68면.

리는 것으로 작품은 맺어졌다.

이렇듯 〈소현성록〉에서는 가부장제하에서 요구하는 바람직한 여성상을 보여줌으로써 여성 독자들을 교육시켰다. 궁극적으로는 수신제가修身齊家 잘 하는 방법을 조목조목 보여주어 여성 개인의 행복보다는 가문의 번성과 위엄을 중시하라고 권하는 작품이다. 하지만 여성의 심리를 자세하게 묘사하고 때로는 여성들이 연대하여 문제를 해결하게 했으며 자상한 남편상을 그려 보였다는 점 등은 결코 간과할 수 없는 매우 의미 있는 특성이다. 같은 삼대록계 국문장편소설로 묶이지만 더 후대의 작품으로 추정되는 〈조씨삼대록〉, 〈임씨삼대록〉에서는 여성들이 자신의 상황을 운명으로 받아들일 뿐 반발하거나 문제 제기하지 않으며 갈등의 해결도 대체로 초월적인 힘에 의지하고 있다. 그에 비해 〈소현성록〉의 이 같은 특성은 이 작품이 여성의 현실을 비교적 사실적이고도 구체적으로 보여준다는 것을 알 수 있게 한다.

영웅호걸형 가장家長의 시원始原

〈소현성록〉의 소운성

1. 〈소현성록〉의 또다른 주인공 소운성

〈소현성록〉연작[1]은 17세기 후반에 창작되었으리라 추정되는 국문 장편소설이다. 권당 120면 내외의 15권 분량이며 1~4권은 본전本傳, 5~15권은 별전別傳인데, 별전은 〈소씨삼대록〉이라는 제명으로 따로 전승되기도 한다. 국문장편소설의 본격적인 시작을 알리는 작품이며 이후에 파생작, 모방작, 발췌본 등이 창작되고 여러 가지 방법으로 비평되기도 한 작품이다.

표제에 제시되어 있고 가문의 수장이라는 면에서 이 작품 전체의 주인공은 소현성이다. 하지만 엄밀히 말하면 그는 본전의 중심인물 이고, 별전으로 가면 그의 셋째 아들인 '소운성'이 서사의 중심에 놓 이는 인물이라고 할 수 있다. 본전은 소현성의 출생담부터 시작하여

---

1) 본고의 대상본은 이화여대 소장본 15권 15책이다. 5권이 시작될 때에 '별전 삼대록' 이라는 부제가 붙어 있지만, 본전과 별전이 합철되어 있고 책명은 〈소현성록〉이므로 본고에서는 본전과 별전을 합한 연작을 〈소현성록〉이라 지칭하고 권수와 면수도 이에 따라 쓴다.

그와 세 부인과의 혼인과 갈등, 그 해소 과정을 중심으로 누이인 월영, 교영의 이야기가 함께 진행된다. 마지막 부분에서 소현성이 죽고 일단 서사가 마무리되며, "그 자녀가 모두 기이하였는데, 일기日記를 보니 후세에 전할 만하기에 이어 전傳을 지어낸다. 소공의 행적이 집안에 많이 알려져 죽을 때까지의 일기가 있기에 '별전'을 〈소씨삼대록〉이라 한다."[2]라고 맺어지고 있다. 그런데 이 본전은 '남주인공 소경에게 투영된 어머니 양씨의 소망과 이념을 바탕으로 창작된 소설'[3]이라고 할 정도로 양부인의 입김이 세기 때문에 소현성(소경)은 그에 맞추어 움직일 수밖에 없는 상황이다. 더욱이 양부인은 〈소현성록〉 본전의 향유층의 대변자이며 그들의 욕망을 드러내는 인물이다. '가부장제하에서의 질곡을 경험했으며 또 잘 알고 있지만 그 틀 안에서의 해소를 꿈꾸는 이율배반적 욕망이 빚어낸 역설'[4]을 보여주는 인물인 것이다. 그래서 소현성은 홀어머니의 바람을 이루기 위해, 가문을 일으켜 세우기 위해 혼인하고 제가齊家하고 효를 행해야 한다. 따라서 그는 자유롭게 행동하거나 변화하기는 애초에 어렵게 설정되어 있는, 관념적이고도 이상적인 인물이다.

이에 비해, 별전의 주인공인 소운성은 어머니에게서, 가문의 위상 확립의 의무에서 조금은 자유롭다. 그래서 자신의 감정과 뜻에 따라 행동할 수 있고 살아 움직일 수 있다. 별전이 시작되면 몇 줄로 소현

---

2) 〈소현성록〉 4권 126면. (현대역은 다음의 책에서 인용한다. 조혜란·정선희·허순우·최수현 역주, 『소현성록』 1~4권, 소명출판사, 2010.)

3) 박일용, 「〈소현성록〉의 서술시각과 작품에 투영된 이념적 편견」, 『한국고전연구』 14, 2006, 36면.

4) 박일용, 앞의 논문, 32면.

성이 간단하게 소개된 뒤, 5권부터 12권 중반까지는 그의 아들들에 관한 이야기, 15권까지는 딸과 손자들에 관한 이야기가 전개된다. 그런데 운성의 출생, 혼인, 명현공주와의 갈등담 등이 아들들에 관한 이야기의 반 이상을 차지하고 있으며[5] 나머지 부분에서도 그는 서사의 주도권을 놓지 않고 있다.[6] 그래서 작품 전체를 놓고 보았을 때에 가장 많은 활약을 하고 견인차 역할을 하는 인물이라고 할 수 있다. 또한 그는 왕으로 봉해지는 유일한 아들이며 아버지가 죽은 뒤 가장의 자리를 물려받기도 한다. 작품의 마지막에서 포증과 여이간이 찬讚을 쓰는데[7], 소현성과 운성에 대해서만 쓰여 있다. 이대본 마지막에 부기附記되어 있는 〈유문성 자운산 몽유록〉에서 몽유자 유기가 자운산에 와서 만나는 인물도 운성이다. 자신이 기록하여 갖고 있던 일기를 그에게 주어 세상에 알리게 하는 것이나.[8] 운성은 〈소현성

---

5) 소운성이 본격적으로 등장하는 것은 〈소현성록〉연작의 5권 55면이다. 별전은 소현성의 아들들의 이야기를 차례로 서술하는 방식으로 구성되어 있는데, 첫째 아들 운경의 출생과 혼인담이 54면까지, 둘째 아들 운희의 출생과 혼인담이 55면까지, 셋째 아들 운성의 출생과 형씨와의 혼인담이 111면까지, 넷째 아들 운현의 출생과 혼인담이 112면까지, 다섯째 아들 운몽의 출생과 혼인담이 113면까지 서술된다. 이후 가문이 화목했고 더할 복이 없었다는 서술, 운성이 술과 기녀를 탐하며 형제들과 놀다가 아버지에게 꾸중 들은 일이 이어지면서 5권은 마무리된다. 6권의 시작에서 운성의 둘째 부인인 명현공주가 등장하고, 그녀와의 혼인 갈등담이 8권 91면까지 할애된다.

6) 8권 이후에도 운성의 첩으로 소영 들이기, 유람하기, 요괴 퇴치하기, 동서인 손생 놀리기 등의 이야기가 전개되면서 서사의 중심은 운성에게 지속된다. 9권과 10권에서 일곱째 아들 운숙과 여덟째 아들 운명의 이야기가 들어간 후, 11권에서 다시 운성이 아버지를 모시고 운남을 정벌하러 가는 이야기가 시작되고, 12권 중반부터 딸과 손자대의 이야기가 전개되는 중에도 운성은 집안을 대표하는 오빠나 숙부로서 중요한 역할을 한다.

7) 〈소현성록〉 15권 100~101면.

8) 〈소현성록〉 15권 101면.

록〉의 파생작인 〈설씨이대록〉에서 아들 세대의 1순위로 자리 매겨져 있으며 여주인공 소숙희가 그의 딸이다. 〈영이록〉, 〈소운성전〉, 가사 〈자운가〉9) 등에서도 중심인물로 등장하고, 이 작품의 자장 안에 놓인 작품인 〈조씨삼대록〉에서는 유사한 인물형이 조운현으로 계승되며, 넓게는 이후 국문장편소설의 '영웅호걸형 가장家長'의 시초가 된다.

〈소현성록〉에 대한 연구는 작품론, 인물론부터 서술방식이나 작가의 지향과 의식, 모티브나 소재, 파생작이나 관련 작품에 대한 연구까지 다양하게 제출되어 있다.10) 〈소현성록〉을 소운성에 초점을 맞춰 읽어간 연구11)도 있는데 그가 성장하고 발전해가는 이야기로 읽어가다 보니, 그가 소영을 겁간한 일, 형씨를 괴롭게 한 일, 손기를 놀린 일 등 매우 부정적으로 볼 수밖에 없는 일들까지도 성장을 위한 진통으로 보고 우호적으로만 해석한 감이 있다.

이에 본고에서는 소운성을 중심에 놓고 작품을 다시 읽되 균형 잡힌 시선으로, 당대 향유층의 의식과 생활방식, 문화적 경향 등을 염두하면서 논의하고자 한다. 또한 본전에서 소현성을 통해 가문의 위상을 어느 정도 확립한 상태의 소씨 가문에서 앞으로 생길 수 있는 중요한 문제들, 즉 첩을 두는 문제에 있어서의 남편과 아내와의 역학,

---

9) 소현성의 아들대 중에서는 운성 부부와 운명의 아내 임씨에 관해서만 서술되어 있는데, 운성에 관한 부분은 다음과 같다. "소회라. 진왕성은 석가에 들지 마소. 소용을 넙히 킨딜 그 무슴 장훌소냐. 만리운 능히 타니 그 아니 호걸인가. 혈서를 품에 품고 옥계하에 다라드러 월초산에 숨은 형씨 어스의 일언으로 호구에 다시 드니 그 아니 가련흔가." 『한국잡가전집』 1, 계명문화사. 15면.

10) 기존의 논의가 매우 많으나 본고에 긴요한 논문들만 참고문헌에 제시했다.

11) 박은정, 「'소운성'을 통해 본 〈소현성록〉의 성장소설적 성격」, 『어문학』 108, 한국어문학회, 2010. 6.

공주와의 혼인 문제에 있어서의 황실과 가문과의 역학, 역모逆謀 처리 문제에 있어서의 충忠과 정情의 역학 등을 별전에서는 소운성을 통해 어떻게 풀어나가고 있는지를 살피게 될 것이다.

2. 영웅성, 무인武人 기질, 분방함

〈소현성록〉에서 주인공급의 남성 인물을 꼽자면, 소현성과 그의 아들인 운성, 운명을 들 수 있다. 소현성은 '절제와 금욕의 군자상이자 효의 화신'이며, 운성은 '충동적이지만, 지혜로운 가장이 되어가는 영웅호걸'이고, 운명은 '미색을 탐하고 감정에 휘둘리는 범인'[12]이라고 말할 수 있다. 이 중에서 본고의 주요 논의 대상인 운성은 타고난 자질과 능력이 뛰어나다는 면에서 영웅적인 면모를 보이며, 병법이나 무술을 좋아하고, 성격은 사유분방하다는 특성이 있다. 소현성의 아들들을 가르치던 단선생과 소현성의 대화에서도 그의 재능에 대한 평가가 단적으로 드러난다. 선생은 아들들 중에서 오직 셋째 운성만 큰 재주라고 할 만하다고 하면서, "…셋째 아드님의 재주는 한갓 글재주를 말하는 것이 아니라 영웅과 호걸의 거동이 있다는 것입니다. 그래서 공맹孔孟의 바른 도리로 몸가짐을 할 사람이 아니고 반드시 협기俠氣를 가져 하늘 높이 뛰놀고자 하는 기운이 있습니다.…"[13]라고 한다. '영웅호걸의 거동', '협기'를 지녔다는 것이다. 또

---

12) 이 세 인물에 관해서는 정선희, 「소현성록 연작의 남성 인물 고찰」, 『한국고전연구』 12, 한국고전연구학회, 2005.을 참조할 수 있다.

13) 〈소현성록〉 4권 123면.

한 운성은 경전을 읽지 않아도 '세상을 바꾸는 손이 있고' 하늘의 북두성, 자미성과 같이 '제왕이 될 수 있다'고 칭찬한다.

운성은 어머니가 삼태성三台토을 삼키는 꿈을 꾸고 낳았다는 신비로운 출생담을 지니고 있으며, 방자한 성격에, 8세까지는 글을 배우지 않는다. 그런데도 승상이 엄하게 가르치지 않고 다만 기운을 제어하기만 하고 배우기를 권하지 않는다. 그러던 중 스스로 서고書庫에 가 책들을 뒤적이다가 병법서兵法書인 『육도삼략六韜三略』을 발견해 혼자 공부하여 모략謀略을 터득한다.14) 이후 그의 말 가운데에 '치국治國'과 '치란治亂', '백전백승百戰百勝' 등이 들어가 있음을 소승상이 염려하여 그런 말을 못하도록 엄하게 꾸짖는다.

이렇게 하여 운성은 엄한 아버지와 스승에게 붙들려 원래의 뜻과 기운을 줄여 유학儒學에 힘쓰게 되는데, 3년 만에 만 권의 책을 통달한다. 자신은 경서를 두세 번 볼 필요가 없다고 하는 등 자만한 성격이지만, 즉석에서 책을 강론하라고 해도 시원스럽고 명확하게 하는 뛰어난 능력을 지녔음은 틀림이 없다. 다만, 뜻을 가다듬어야 하고, 안정된 논의가 적으니 고쳐야 한다는 충고를 듣는다.

14세가 되어 어느 정도 완정한 모습이 된 그에 대한 묘사15)를 보

---

14) 〈소현성록〉 5권 55~56면.

15) 나이가 14세에 다다르자, 신장이 8척 5촌이고 허리는 화살대 같고 어깨는 화려한 봉황 같으며 두 팔이 무릎 아래로 내려갔다. 힘은 능히 구정(九鼎)을 들 만하였고, 모략은 손자(孫子), 오기(吳起)보다 뛰어났다. 용맹은 염파(廉頗)와 이목(李牧)보다 더하며, 문장을 쓰는 재주는 태사(太史) 사마천(司馬遷)과 능히 짝을 이룰 만하였다. 성정(性情)이 총명하여 남의 말을 들으면 그 속을 알아채고 그 얼굴을 보면 그 마음을 깊이 헤아렸으며, 적은 일에는 마음을 느슨하게 하고 큰일에는 강단(剛斷)이 있었다. 또한 의논이 상쾌하고 말이 호탕하였지만 마음은 철석같아서 뜻을 정한 후에는 돌이키지 않고 기어이 마음을 세웠으니, 그러는 가운데 고집이 셌다. 또한 풍모가 맑고

면, 외모나 재주, 힘, 성품, 말솜씨 등이 세상에 다시 없을 정도로
빼어나다. 심지어 '소승상보다 나은 풍채'라는 칭찬16)을 듣기도 한
다. 특히 그는 힘과 모략, 용맹이 뛰어나고 강단이 있으며 호탕하고
철석같으며 고집이 세어 '세상을 뒤덮을 만한 호걸'이라는 말로 설명
된다. 그런데 운성이 이렇게 호방한 무인 기질17)이 승한 것을 소승상
은 그다지 좋아하지 않으며 죽으면서까지 염려한다. "운성은 범사에
아름답기는 하지만 고집이 과도하고 무력을 좋게 여기니 이는 선비
의 덕이 아니며 맑은 행실에서 벗어나는 것이어서 내가 늘 기쁘게
여기지 않았다. 내가 죽은 후에라도 너는 마땅히 아비의 유언을 지켜
문덕文德을 닦고 무력武力을 버려라."18)라고 유언을 남기는 것이다.

젊을 때의 운성의 성격을 한마디로 말한다면, 자유분방함이다. 그
런 그를 소승상은 "그 아이의 사림됨이 원래 빙덩하여 공맹의 가르침
을 우습게 여기니 어찌 선비의 덕이 있겠습니까?"19)라고 평가한다.

깨끗하여 금 화분에 활짝 핀 모란 같고, 기품이 날 듯이 가볍게 퍼지는 것은 마치
가는 버들이 미풍에 움직이는 듯하였다. 한 쌍 밝은 눈은 새벽 별의 정기를 감추었고
두 조각 붉은 입술은 단사(丹砂)를 점찍은 듯하였으며, 두 눈썹은 강산(江山)의 빼어
난 기운을 모았고 귀밑머리는 옥으로 깎은 듯하였다. 그러하니 아름답게 어머니의
고운 모습을 내려 받았고, 눈에 띄게 아버지의 남기신 풍모를 얻은 격이어서 이른바,
당대의 옥같이 아름다운 사람이고 온 세상을 뒤덮을 만한 호걸이었다. 부모의 아낌과
조모의 어여삐 여김이 측량하기 어려울 정도였다. 〈소현성록〉 5권 62~63면.

16) 〈소현성록〉 5권 72면.
17) 운성의 이러한 모습은 외증조부인 석장군을 이어받은 것이다. 외가에 놀러가 길이
    가 열 자, 둘레가 두 아름이나 되는 석가산(石假山)을 들어 올려 한 손으로 빙빙
    돌리다가 위치를 옮겨 놓는다. 석장군이 이제는 쇠하여 혼자서 못 든다고 하니 이렇
    게 들어 올린 것인데, 운성은 이후에도 어려운 일이 생기면 늘 외가에 가서 도움을
    청하며, 서술자가 그의 훌륭한 면을 칭탄할 때에는 어머니 석부인을 닮아 그렇다는
    언급을 빼놓지 않는다.
18) 〈소현성록〉 15권 65면.

운성은 형제들을 모아 술자리를 가질 때에도 창녀들을 부르고 술을 과도하게 마신다. 이 때문에 그와 형제들은 몇 달을 갇혀 있게 되고 같이 있던 소영도 쫓겨나게 된다. 그러던 그는 침착하고 위엄 있는 아내 형씨를 만나 자기 마음대로 행동하지 못하게 되고, 뜻을 굳게 하기를 수련하니 오래지 않아 침착하고 평온하며 진중한 군자가 되어 간다.[20]

과거를 보는 문제에 있어서도 운성은 아버지나 형들과 생각이 다르다. 소승상은 아들들이 너무 일찍 과거에 급제하여 이름을 날릴까 두려워하고 형들도 한가로이 경치를 완상하고 시사詩詞를 읊조리며 살고 싶어 한다. 하지만 운성은 마음을 산림山林에 두지 않고 입신立身하여 출세하고 싶어 한다. 남자로 났으면 이름을 역사에 드리우고 임금을 바른 도리로 도우며 손아래에 모든 관료들을 관리하고 다스려 제후를 호령하며 임금의 스승이 되는 것이 옳다면서 숨어 지내고 싶지 않다고 한다. 그리하여 보게 된 과거 시험 결과 1등을 하는데, 임금 앞에 선 모습이 "풍모가 시원스럽고 나는 듯한 것이 하늘에서 내려온 신선 같으면서, 정신이 호방하고 상쾌하여 바다 가운데에 비친 달과 같다"[21]고 묘사된다.

또 그의 글은 "뜻이 준엄한 것이 마치 봉황이 달려드는 것 같고 용이 번화함 같아 신기롭고 씩씩함이 큰 바다 같은 재주이지만, 너무 빛나는 것이 나쁘고 좋지 않다."[22]라고 평가되는데, 이는 그의 형

---

19) 〈소현성록〉 5권 85면.
20) 이러한 변모를 '성숙해가는 운성'으로 고찰한 논의가 있다. 박은정, 앞의 논문.
21) 〈소현성록〉 5권 99면.
22) 〈소현성록〉 5권 102면.

운경의 글이 곱고 아담하지만, 맑고 넓은 뜻이 없다고 평가된 것과
비교되는 부분이다. 혼인한 뒤에는 맑은 골격과 호방하고 준엄한 풍
모가 신선 같은 분위기이며, 옥으로 새기고 꽃으로 묶어도 이렇지는
못할 것이라고 칭탄 받는다.

하지만 그에 대한 지속적인 평가는, 풍류와 의협심이 유명하고, 한
번 화를 내면 임금과 아버지도 두려워하지 않는 품성이며, 가득한
노기怒氣가 사람에게 쏘이면 용과 호랑이 같은 사람이라는 것이다.
품격이 준수하고 용모가 시원스러우며, 씩씩한 기운은 높은 하늘을
받든 듯하고, 말하는 것은 푸른 바다를 헤치는 듯하여, 젊은이들 사
이에 섞이면 씩씩하고 묵직하며 단정하여 진실로 신이한 용 같다고
도 설명된다. 성품에 관해서는 '급하고 위태로워 한 번 성이 나면 반
드시 사람을 쳐서 피를 보고 나서야 그지고, 또 고집이 세서 한 번
뜻을 정한 후에는 고치지 않으니 이는 보통 사람의 자질이 아니기
때문에 그런 것'이라고 서술된다. '청총만리운'도 빨리 잘 달리지만
성질이 사나워 아무도 타지 못하던 말이었는데 운성에게는 꼼짝 못
하고 바람처럼 달릴 정도로 기가 센 사람이다.

이렇듯 운성은 여러 모로 뛰어난 영웅적 인물이며 무인 기질을 타
고 났고 호방한 성격을 지닌 인물이기에 소현성을 보좌하여 운남 정
벌에 나서게 되고 아들 중 유일하게 왕이 되며 가장家長의 자리도 물
려받게 된다. 이러한 그의 성향은 그가 이끌어가는 〈소현성록〉 연작
별전의 분위기와 서사에도 영향을 미친다. 그리하여 별전은 본전보
다 남성중심적 이데올로기가 강하게 투영되고 여성들의 심리 묘사보
다는 남성들의 행동, 부부간 갈등 위주의 서사로 전개된다.

3. '남성'의 욕망과 자존심

〈소현성록〉에서 소씨 가문은 창기娼妓들과 노는 것을 심하게 경계한다. 그럼에도 불구하고 운성은 명기 수십 인을 불러 형제들과 놀면서 풍류를 즐긴다. 이런 그의 행동은 남성의 욕망을 철저하게 통제하며 금욕적인 삶을 살아온 소현성23)의 화를 부른다. 운성은 또 이미 어린 나이에 여자를 겁간하였는데, 비록 억울하게 찍힌 앵혈을 없애려고 한 행동이기는 했지만 혼자 있던 처녀 소영을 범하고 환희한 일은 실로 충격적인 사건이며 그의 성향을 단적으로 보여주는 장면이기도 하다. 이 일에 대해 소승상은 크게 나무라지만, 태부인과 석부인은 의외의 반응을 보인다.24) 태부인은 운성이 승상에게 벌 받고 있다고 하니 감싸고 돈다. 그가 만약 앵혈을 그대로 두었다면 너무 유약한 것이니 이 일에 대해서 허물하지 말라는 것이다. 석부인도 소영을 한 때 지나가는 인연이라 생각하라고 한다. 겁탈 당한 여성의 상황이나 상처에 대해 염려하는 말은 하지 않고 운성을 이해하려고만 하는 말을 여성들의 입을 통해 함으로써 남성의 욕망을 호방함으로 포장하여 그럴 수 있는 것으로 학습 시키는 효과를 낳는다. 일부다처제 또는 처첩제를 용인하는 사회를 유지하려면 남성의 성적 욕망을 옹호해 주어야 하므로 이런 발언들을 하게 했을 것이다.

---

23) 소현성은 둘째부인인 석부인과 혼인한 뒤에도 그녀가 어리다고 해서 잠자리를 1년 동안 하지 않았고, 아내가 첫 아들을 낳고 아이와 함께 친정에 가 있는데도 한 번 가보지 않았으며, 낮에는 아내와 살갑게 이야기를 나누지 않을 정도로 엄격하게 내외를 구분했다. 안찰사로 외지에 열 달을 가 있을 때에도 어머니와 서모, 두 누이를 그리워할 뿐 아내를 그리워하지는 않는 사람이다.

24) 〈소현성록〉 5권 85면.

운성이 형씨와 혼인한 뒤 그녀에게 처음 꺼낸 이야기도 바로 소영을 어찌하면 좋을지에 관한 것이다. 형씨가 자신은 투기라는 말을 모른다고 하니, 운성이 부인의 어진 덕에 감격했다면서 소영을 첩으로 두겠으니 어여쁘게 봐달라고 한다. 혼인한 지 한 달밖에 되지 않은 신부에게 남편이 첩 두는 것을 용납하라는 것이다. 이후 운성이 과거에 급제하고 벼슬을 제수 받은 뒤, 형씨는 자발적으로 운성에게 소영을 맞아들이라고 권한다. 미안해하는 운성에게 오히려 "문왕文王도 태사太姒를 두고도 후비后妃를 삼천 명을 거느렸으니 보통 남자는 처첩과 적국敵國을 두는 게 떳떳한 일"[25]이라고 말한다. 실은 남자가 하고 싶은 말을 여자가 하도록 하여 남자의 도덕성에 흠을 주지 않는 장치를 마련해 둔 것이다.[26]

형씨와의 혼인 과정에서도 운성의 애정 욕망은 여실히 드러나는데, 형공의 집에 놀러갔다가 형씨를 우연히 보고는 그 아름다움에 넋을 잃는 장면이다.

운성이 한 번 보고 나서 매우 칭찬하고 기특하게 여겨 흠모하는 마음을 이기지 못하였다. 갑자기 욕정이 생겨나니 홀로 생각하였다. '이는 반드시 형공의 딸일 것이다. 내가 마침 아직 아내를 얻지 않았으며 저 또한 처녀이니 이 인연은 어떻게 손써 볼 만하다.'

정신이 뛰노는 듯하여 침착하고 뛰어나며 호방하던 기운은 하나도

---

25) 〈소현성록〉 5권 110면.

26) 하지만 아직 어린 운성이 첩을 두는 일이 서술자에게는 못내 부담스러웠던 듯하다. 얼마 지나지 않아 운성과 형제들이 창기들을 끼고 술판을 벌일 때에 소영과 함께 놀았기에 그녀가 추방되어 석상서 집에서 기거하게 되는 것으로 처리한다. 그래서 떨어져 살다가 5~6년 뒤에야 돌아올 수 있게 된다.

남아있지 않았다.[27)]

흠모하는 마음이 일어나고 욕정이 생겨 곧바로 혼인까지 생각하고 있다. 당시의 혼인은 주로 가문끼리 정혼하는 가문혼이었지만, 〈소현성록〉의 작가는 남성 개인이 여성을 만나 혼인하는 것을 가장 이상적인 형태로 생각했기에[28)] 운성을 통해 이를 보여주고 있다. 하지만 남성이 여성을 좋아하여 혼인하게 되는 것만 긍정적으로 볼 뿐, 여성이 남성을 좋아하여 혼인하게 되는 것은 매우 부정적인 시각으로 본다. 명현공주와 운성의 갈등도 실은 운성의 남성 중심적 사고방식으로 인한 우월의식과 집착에서 기인했다고 할 수 있다. 여성은 반드시 남성이 선택해야 하는데 공주는 여성임에도 불구하고 권력을 등에 업고 남성인 자신을 선택하여 혼인을 강요했기에 자존심이 상한 것이다.

운성의 자존심은 공주와의 첫 대면에서부터 구겨졌고 이로 인해 공주에 대한 반감이 생겼다. 황제 앞에서 글을 쓰고 있는데 갑자기 나온 공주를 보고 못마땅해 하면서, 신하와 황제가 글을 강론하고 있는데 공주가 나오니 당황하여 예의를 잃었다고 비꼰다. 이렇게 운성이 한껏 뻣뻣한 태도를 보임에도 불구하고 공주는 이미 그의 기상과 용모에 반하여 그를 부마로 정해 달라고 하게 된다. 그에게 조강지처가 있고 그의 아버지 소승상이 국혼國婚을 싫어한다고 만류해도 계속 고집한다. 황제는 결국 젊은 관료들을 모아놓고 공주가 원하는

---

27) 〈소현성록〉 5권 65면.

28) 임치균, 「〈소현성록〉에 나타난 혼인의 양상과 의미」, 『한국고전연구』 13, 2006. 6, 45면.

사람에게 방울을 던져 그를 부마로 삼기로 결정한다.

이를 알리는 교지를 받은 운성 형제는 어떻게 여자가 여러 사내를 세워두고 남편을 택하느냐, 어떤 어리석은 남자가 가서 방울을 맞겠느냐고 하면서 표문表文을 열 장이라도 올려 일의 옳고 그름을 분별하겠다고 흥분한다. 그러면서 운성은 공주를 '흉악한 음녀淫女'라고 규정한다. 어쩔 수 없이 운성은 공주의 방울을 받게 되고 혼례 날이 잡히는데, 승상이 상소를 올려 운성이 이미 혼인한 지 3년이 되었다고 난감해 하지만, 황제는 조강지처를 폐출하고 공주와 혼인하게 하라고 한다. 그러자 다시 표문을 올려 그럴 수 없다고 하던 승상을 하옥시키고, 이에 운성은 상황을 참지 못하고 자결하려고까지 하면서 억울해 한다.[29]

결국 운성과 형씨와의 혼인관계는 유지하되 그녀를 친정으로 돌려보내는 선에서 마무리하고 공주와 혼인하게 된다. 친정으로 가야 하는 형씨 때문에 운성은 실성한 듯이 울고 반나절이 지난 후에야 겨우 말을 할 정도로 슬퍼한다. 그러면서 공주에 관해 하는 말이 섬뜩하다. "내가 어찌할 수 없어 부마가 되더라도 명현공주가 정비正妃의 딸로 청춘의 젊은 나이이지만 나와 함께 늙을 때까지 살다가 죽는 것이 쉽지는 않을 것입니다."[30]라고 하여 공주와 끝까지 같이 살지는 않을 것임을 미리 다짐하고 있다. 이런 다짐은 혼인한 지 몇 년이 지나서까지도 서슬이 퍼런 채 지켜지는데, 공주에 대해 형씨와 나누

---

[29] 공주와 운성의 결혼 문제는 소씨 가문의 위상이 걸린 것이어서 매우 팽팽한 긴장을 보이면서 황상과 승상 사이에 상소와 교지가 오고 가지만, 황실과 가문의 문제는 다음 장에서 본격적으로 다루기로 하고 이 장에서는 운성의 태도에 초점을 맞추기로 한다.

[30] 〈소현성록〉 6권 23면.

는 대화를 보자.

"······ 나, 소운성이 손에 붓을 희롱하고 마음이 바르지 못하기는 하지만 음란한 계집은 매우 분하게 여깁니다. 저가 망칙한 뜻으로 나를 좋아하는 것이 마치 굶주린 나비 같고 용렬하고 세속적인 사람이 부귀에 미혹된 것 같아 자기 미모를 믿고 위세를 껴 우김질로 나를 부마로 삼았습니다. 내가 아무리 어리석은 사내라도 어수룩하게 거짓되고 사악한 형국에 빠지겠습니까? 맹세컨대 <u>그녀의 음란한 몸이 잘려 온 천하의 후세에 음란한 여자들에게 음란함을 꺼리고 두려워하게 하여 규방의 풍속을 가다듬게 하는 것이 내 뜻입니다.</u> 비록 사람들이 사리로써 말하지만 다 귀 밖으로 들리니 자잘한 곡절은 생각하지 않겠습니다. 또 임금님이 나를 업신여기시어 인륜을 어지럽히시더니 나중에는 공주의 평생을 돌아보시어 그대를 둘째 부인으로 정하셨습니다. 그러니 <u>나도 공주의 평생을 방해하여 황제와 황후의 마음이 밤낮으로 평안치 않게 할 것이고, 또 공주의 인륜을 마치게 하여 부부의 정을 모르게 만들 것이니</u> 부인은 모름지기 허탄하게 여기지 말고 부질없는 말을 하지 마십시오."

형씨가 깜짝 놀라며 말하였다.

"어찌 상공이 마음을 돌리지 않음이 이와 같습니까? 또 공주를 멀리 대하는 것이 원망하는 데에까지 이르셨습니까?"

운성이 잠깐 웃으며 베개에 기대어 말하였다.

"그녀가 임금을 끼고 공주 지위를 자랑할지언정 <u>지아비 중요한 줄을 모르고 지아비 손에 평생이 좋고 나쁨이 결정됨을 알지 못하니 내가 그녀에게 고초를 겪게 할 것입니다.</u>"31)

---

31) 〈소현성록〉 7권 59~61면.

운성은 공주가 자신을 먼저 선택한 일을 음란한 행위라고 하면서, 임금이 자신을 업신여겨 인륜을 어지럽히면서 공주를 첫째 부인으로 삼게 했으니 자기도 공주의 평생을 방해하여 임금의 마음이 평안치 않게 할 것이고, 공주도 부부의 정을 모르게 만들 것이라고 한다.

이렇게 공주를 미워하는 마음이 가득 찬 운성은 공주가 무슨 일을 하든 관심 자체를 갖지 않는다. 혼례가 끝나고도 그녀를 보지도 않고 외당으로 나가 버린다. 한 달이 다 되어 소승상의 권고로 마지못해 그녀를 찾지만 이때에도 형씨를 더욱 잊지 못하여 애절하게 그리워하며 잠을 못 이루다가 새벽에 나와 홀로 서당에서 잔다. 이런 운성의 태도를 공주는 매우 원망하고, 운성도 계속 그녀를 미워하며 냉담하게 대한다. 계속하여 형씨를 잊지 못하는 마음에 공주에 대한 반감은 더욱 커지고, 마침 받게 된 창기들을 데리고 날마다 노는데 이를 알게 된 공주가 화가 나 그녀들의 머리털과 손발을 자르고 귀와 코를 벤 뒤, 매를 심하게 쳐 궁에 가둔다. 더욱 화가 난 운성이 공주의 보모를 결박하여 매를 때리자, 이번에는 공주가 황제에게 편지를 보내 운성에게 벌을 주라고 한다.

궁궐로 불려간 운성은 일의 수말과 공주의 잘못을 이야기하는데, 특히 그녀가 '소씨 가문을 낮게 여기고 자신을 우습게 여긴' 점을 든다. 그래서 자신은 '남자의 젊은 나이의 유희로 노랫소리를 듣고자 한 것'일 뿐인데 공주가 창기들에게 심한 형벌을 준 것이라고 한다. 이 말을 들은 황제는 금세 공감하면서 공주를 경계하겠다고 하고 운성에게는 공주의 잘못을 용서하라고 달랜다. 황제의 이런 태도를 보면, 당시의 관행이 남자가 창기와 즐기는 것은 아무렇지도 않은 일이었음을 알 수 있다.

이후 일 년이 지나도 운성은 여전히 형씨를 생각하면서 얼굴을 펴지 않고 생활하니, 가족들이 나서서 그가 정말로 형씨를 사랑한다면 공주를 박대하지 말고 은혜를 두텁게 하여 그 마음을 감화시키라고 한다. 강직함만 내세우지 말고 고집 피우지 말라고 권해도 그는 화를 내면서 어떻게 없는 정을 일부러 내며 투기하는 아내에게 빌 수가 있겠냐며 전혀 듣지 않는다.

이런 운성의 태도는 중매혼보다는 연애혼을 긍정하는 젊은 세대의 가치관을 담은 결과라고 할 수 있다. 아버지와 가문을 살리기 위해 억지로 혼인한 아내보다는 자신이 원하여 선택한 아내와의 관계를 중요하게 생각하고 이를 유지하고 싶은 마음인 것이다. 아버지나 형이 아무리 형씨를 잊으라고 충고해도 운성은 그런 행동이 도저히 용납되지 않는다. 공주에게 너그럽게 대해야 한다는 아버지의 말에 눈물이 그렁그렁 맺히고, 형제들이 자기 부인들과 함께 책 읽고 바둑 두는 모습을 보고는 탄식하면서 형씨가 거처하던 곳에 가서 더 큰 슬픔을 느끼고 차라리 죽고 싶다고 하기도 한다. 형씨에게 편지도 보내고 직접 찾아가기도 하는데, 어서 돌아가라는 형씨의 말에 '당신의 말은 이치에 맞기는 하지만 자신의 마음을 알지 못하니 어찌 서로 알아주는 부부'라고 하겠냐면서 안타까워한다. 한마디로 그는 지기知己로서의 부부관계를 바라는 것이다. 공주가 어질지 않은 것에 대한 화병과 형씨를 그리워하여 생긴 병 때문에 그는 한 달도 안 되어 수척하고 피부가 메말라가고 혼절하기도 한다.

운성과 공주와의 갈등은 부부간의 기 싸움의 성격도 있다. 공주와 화해하는 게 형씨를 빨리 데려올 수 있는 길이라고 아무리 충고해도 그는 투기하는 못된 아내에게 빌지 못하겠다고 분노한다. 형씨를 그

리워하여 병든 그가 너무 미워서 악담을 퍼붓는 공주에게 지지 않고
공주의 죄 일곱 가지를 말한다.

> "…… 공주가 당초에 여자의 몸으로 외전外殿에 자주 출입하여 앞뒤
> 의 예법을 잃은 죄가 하나요, 내 얼굴을 보고 문득 흠모하여 갑자기
> 수백 명의 관원들을 세워놓고 지아비를 선택하였으니 음란한 죄가 둘
> 이요, 황상의 뜻을 부추겨 나에게 조강지처를 폐출하고 돌아오라고
> 했으니 그 의리를 모르는 죄가 셋이다. 또 나중에 내 아버지의 상소가
> 올라오니 문득 아버지를 가두라고 권하여 황상께서 화를 내시게 하였
> 는데 이는 그 아버지를 가두고 그 아들의 아내가 되려고 한 것이니
> 현명하지 못한 죄가 넷이다. 또 내 집에 와서 검소함을 비웃고 사치함
> 을 자랑하며 궁인들에게 내 형수와 제수를 욕하게 하였으며, 이파와
> 석파를 동급으로 여기고 자기를 높여 할머님과 마주하고 앉아 시댁의
> 도덕을 무너뜨리고 위아래의 체면을 어그러뜨렸으며 높고 낮은 체계
> 를 어지럽혔으니 그 죄가 다섯이다. 또 내 창녀에게 가혹한 형벌을
> 더하여 인체人彘의 모습으로 만들었으니 포악한 죄가 여섯이고, 나에
> 게 형벌을 더하겠다고 하면서 인면수심人面獸心이라고 하였으니 죄가
> 일곱이다.……32)

예법을 잃은 죄, 음란한 죄, 의리를 모르는 죄, 현명하지 못한 죄,
시댁의 도덕과 체계를 무너뜨린 죄, 포악한 죄, 남편에게 욕한 죄 등
이다. 공주의 죄를 이렇게 조목조목 들면서 자신이 '몹쓸 것'과 함께
즐기지 않았으니 장부의 위엄을 잃지 않아 다행이라며, 말만 부부이
지 실은 남인데 방에 들어와 책망하고 투기하는 게 우습다고 비꼰다.

---

32) 〈소현성록〉 6권 99~100면.

할 말을 잃은 공주는 더욱 이를 갈며 운성을 죽여 한을 풀겠다고 다짐하기에 이르게 된다.

이렇게 공주는 점점 패악해져가고, 운성은 자신이 고른 여자인 형씨와 같이 있지 못하게 한 공주를 원망하며 미워하기만 하니 갈등이 해소될 기미는 전혀 보이지 않는다. 그래서 가족들은 이제 침상에 고꾸라질 정도로 병이 깊어가는 운성을 살리기 위해 형씨를 다시 소씨 집안으로 돌아오게 한다. 돌아온 형씨의 고운 자태를 보고 운성이 반가움을 이기지 못하자 공주의 투기심과 미움은 불같이 일어난다.

그런데 정작 형씨는 운성이 자신을 그리워하면서 처소로 찾아오는 행동을 전혀 좋아하지 않고 예법에 어긋나는 행동, 자신을 업신여기는 행동이라고 판단한다. 당시에는 남녀가 사사로이 만나고 그리워하는 행위가 첩이나 기녀 등에게만 가능한 일이었기에 이런 생각을 하게 된 듯하다. 명문가 선비의 딸로 당당한 적실 부인인 자신을 어찌 이렇게 심하게 업신여겨 가볍게 대하느냐고 탄식하고 원망하는 것이다. 운성이 찾아와도 살갑게 말하지 않고 『예기禮記』만 읽으면서 밤을 샌다. 이러한 형씨의 생각과 태도는 여자의 애정 욕망을 터부시하고 악한 것으로 몰아가는 시각과 함께, 남자가 좋아해도 이에 호응하지 않고 그가 도리나 예절에 맞게 행하도록 인도하는 것이 여자의 바람직한 역할임을 보여 준다.

운성이 형씨를 좋아하는 마음은 여러 차례 너무나 살갑게 표현되어 있는데, '한 번 바라보고 저절로 반가움을 이기지 못하니', '사랑이 샘같이 솟아났다', '새삼스럽게 정이 솟아나 하늘에서 주신 즐거움을 누리기에 몽롱하여 그 기쁨을 온 세상에 비하지 못할 정도'라고 한 것들이 그 예이다. 하지만 그렇게 사랑하는 형씨와의 관계에서도 언뜻언뜻 드러나는 말에 남자로서의 자존심이나 우월감, 자기중심적 생각이 드러난다. 자신이 자꾸 찾아오는 것을 형씨가 싫어하면서 거절하고 친정으로 돌아가고 싶다고 하니 그녀를 비웃으면서 다음과 같이 말하는 것이다.

> "(내가) 임금의 딸은 감히 제어하지 못하지만 어찌 형옥의 딸조차 제어하지 못하겠습니까? …… (중략) …… 내가 신의를 중요하게 생각하여 그대를 후하게 대하고 말을 순하게 하지만 본마음이 아녀자에게 굽히고 싶은 것은 아닙니다. 그대가 이미 내 아내가 되어 평생 내 손안에 있으니 어찌 마음대로 출입할 수가 있겠습니까?"
> 말을 마치는데 안색에 성난 기색이 가득하여 크게 소리 지르고 칼을 들어 앞에 놓인 것들을 산산이 부수니 분한 기운이 이미 두우성斗牛星을 깨뜨릴 지경이었다.[33]

공주와는 달리 보통 여자인 당신까지 마음대로 못하지는 않는다, 당신을 후대하는 것은 조강지처로 맞아들인 신의를 지키기 위한 것이지 굴복되고자 한 것은 아니라고 하는 것이다. 더하여, 칼로 물건을 부수는 등 폭력적인 언행을 보이며, 얼마 뒤에는 병이 났다면서 형씨의 처소에서 열흘 가량을 머무는데 승상까지 나서서 나오라고 해도 꼼짝 않는다. 형씨가 잘못했다고 사과하고 앞으로는 공경스럽게 맞아 순종하겠다고 비니 그때서야 일어나 방에서 나온다.

이렇게 운성은 아내가 자신을 거부하는 언행을 하는 것을 참지 못한다. 나중에 공주가 죽고 난 뒤에는 형씨를 예전처럼 간절히 원하지

---

33) 〈소현성록〉 7권 32면.

도 않으며, 오히려 그녀가 사치한다고 꾸짖거나 첩인 소영을 예뻐하면서 그녀의 기를 꺾으려 한다. 즉 운성은 부부관계에 있어 자신의 감정과 선택이 중요할 뿐 상대의 감정은 그다지 중요하지 않게 여기는 남성이다. 집요하게 구애하여 형씨를 죽음에까지 몰아갔던 사람이었지만 그녀가 자신의 곁에 있게 되자 대수롭지 않게 여기는 것에서 단적으로 드러나는 점이다. 소영과의 관계에 있어서도 그러한데, 사람들 많은 곳에서 자신의 관복을 벗기라는 말을 듣지 않았다고 하여 방자하다면서 첩 하나 죽이지 못하지는 않는다는 등 살벌한 말을 한다. 소영이 그를 두려워하여 피해 다니니 더욱 화를 내며 반드시 죽이겠다고 하며 칼을 들이대기도 한다. 몇 달 뒤에 그녀가 산후병이 나자, 다행스럽다면서 약도 지어주지 말라고 한다. 그녀가 머리를 조아리며 잘못했다고 하자 그제야 더 꾸짖지 않고 예전과 같이 대한다. 이러한 행동 뒤에 서술자는 "그리하여 처와 첩이 다시는 방자하게 굴지 못하였다."[34]라고 하여, 남편은 당연히 그럴 수 있고 또 필요한 행동이었다는 식으로 평가하고 있다는 면에서 문제적이다.

4. '가문' 중심의 처세와 치가治家

지금까지는 운성이 부부 관계 속에서 얼마나 자기중심적이고 욕망 추구적이었는지를 살펴보았다. 이 장에서는 운성이 가족 관계 내에서 어떤 역할을 하는지에 초점을 맞추어 살피는데, 우선 황실의 공주와 사대부 가문의 부마 사이의 관계를 중심으로 보도록 하겠다. 또한

---

34) 〈소현성록〉 9권 61면.

공주와 부마 사이의 역학 관계는 소현성의 태도와도 밀접하게 연관되어 있으므로 함께 논의하기로 한다. 공주와 운성의 갈등은 황실과 소씨 가문의 갈등의 모습이며 이 가문이 당대의 명문귀족으로서의 위상을 확립시키는 과정에서 나타날 수 있는 일종의 위기 상황이라고 할 수 있다.

운성과 승상이 거부했지만 억지로 우겨 혼인한 공주는 시집 온 가문의 가풍을 따르지 않는다. 소승상과 태부인을 비롯한 소씨 가문은 소박하고 검소함을 숭상하며 공손하고 담박한 삶을 지향하는데도 공주는 이에 아랑곳하지 않고 교만하고 예의를 모르며 부귀를 자랑한다. 공주가 가풍을 따르지 않고 제멋대로인 것과 마찬가지로 소씨 가족들도 그녀를 은근히 소외시킨다. 가족들은 친정에 가 있는 형씨를 생각하며 슬픈 빛을 띠고, 형씨의 딜쑥한 듯한 자태와 뛰어닌 덕량을 생각하면서 공주와는 하늘과 땅 자이라고 애석해 한다. 이런 분위기 속에서 공주와 그녀의 보모는 소씨 집안 부인들을 비웃고, 보모와 석파·이파는 다투게 된다. 이를 전해들은 운경은 형씨가 내쫓기고 공주가 들어온 상황을 '옥을 버리고 돌을 얻으며 요堯임금을 버리고 도척盜跖을 얻은 격'이라면서 애석해 한다. 이후로 집안의 젊은 부인네들이 더욱 공주를 좋아하지 않고, 승상도 아무 감정 없이 공주를 대하면서 침묵하기에 '운성이 공주를 박대함이 매우 심하지만 이를 아는 듯 모르는 듯 화해하기를 권하지 않으니 운성이 공주를 더욱 멸시한다.[35]' 이런 상황을 볼 때에 운성이 공주를 박대하는 것은 온 가족이 묵인하고 동조했기 때문에 그같이 장기간 철저하게 하는 것

---

35) 〈소현성록〉 6권 46면.

이 가능했다고 할 수 있다.

운성이 공주를 석 달이나 찾지 않아도 승상이 아무 말 없자 급기야 태부인이 나서서 승상을 나무라고 운성을 공주 처소로 들어가게 한다. 태부인이 보기에도 승상이 공주를 냉대하므로 운성도 마음을 풀지 않는다고 판단되었기 때문이다. 두 부자는 어머니와 할머니에 대한 효성으로 마지못해 공주를 받아들여야겠다고 생각하게 되기는 하지만, 공주와의 관계가 그렇게 단순히 풀리지는 않는다. 소씨 가문이 황제 즉 공주의 아버지인 태종의 정당성을 인정하느냐 하지 않느냐의 문제까지 걸려 있기 때문이다. 이는 가족들이 모인 자리에서 공주와 운성이 나눈 대화36)에서도 잘 드러난다. 운성은 공주의 아버지인 송 태종이 태조의 맏아들인 덕소德昭에게 갈 왕위를 가로챈 것이라고 생각하지만, 공주는 아버지가 아니었다면 태조가 개국하기도 힘들었을 것이니 아버지가 당연히 왕이 되어야 했다고 한다. 그래서 운성은 공주가 태조를 폄하한다고 하고, 공주는 운성이 자신의 아버지인 왕을 모함한다면서 다툰다.

운성은 이렇게 도덕성이 뛰어나지도 않은 황제와 그 딸이 자기의 인생을 좌지우지하여 불행하게 만든 것에 대해 심하게 원망하는 마음을 지니고 있다. 자결하려던 형씨를 발견하여 살리고 나서 부른 노래에서도 "온 세상이 태평함이여, 궁전에는 근심이 없구나. 근심이 없음이여, 신하의 인륜을 휘젓네. 형편의 난처함이여,…"37)라고 하면서 황제를 원망한다.

황제가 선혜 공주가 혼인한 후 축하 자리를 마련하여 부마와 사돈

---

36) 〈소현성록〉 6권 69~71면.
37) 〈소현성록〉 7권 43면.

을 초청하는데 운성은 복통을 핑계로 가지 않겠다고 한다. 장인이자 황제의 명령인데도 이렇게 거부하는 것은 자신의 혼인을 억지로 시킨 것에 대한 불만이 아직도 남아서이다. 소승상도 황실의 사람들에게 결코 호락호락하지 않은데, 황후가 궁인을 시켜 몰래 조서詔書를 전달하려 할 때에도 통정사를 통해 정식으로 글을 내려야 공당公堂에서 받겠다고 하면서 돌려보낸다. 이런 처사에 화가 난 황후가 황제를 부추겨 운성이 형씨와 계속 만나면서 속였다는 죄목으로 운성과 형 참정을 귀양 보내고 형씨와 그 아들들에게는 사약을 내리게 한다. 그러나 소승상이 궁궐로 가 그간의 자초지종을 말하고 공주의 잘못들을 대자 그들을 용서한다.

공주는 운성과 형씨를 죽이려 했지만 그렇게 되지 않자 패악이 극에 달하여 태부인과 석부인에게 반발과 욕을 하고 승상에게도 반말을 한다. 급기야 승상에게 "아버지 없이 자라 어머니의 패악함을 배워 예의가 없다"[38]는 말까지 내뱉어 승상의 화가 폭발하고 공주를 사옥私獄에 가두게 된다.

> 승상이 명령을 내려 공주를 사옥에 밀어 넣었다. 그러고는 즉시 붓과 벼루를 내어와 상소를 짓고 곧장 묘당廟堂으로 들어가, 먼저 형부상서 반영의를 불러 시아버지를 모욕한 것과 관련된 내용을 법전에서 알아오라 하고, 또 예부상서 오문상을 불러 며느리가 시아버지 섬기는 예의와 시아버지가 며느리 대하는 법을 알아오라고 하였다. 한편으로는 집안을 다스리지 못한 죄로 운성을 잡아 감옥에 넣고 다른 한편으로는 공주의 행동을 금의부禁義府로 적어 보냈다. 또 상소 하나를 올려

---

38) 〈소현성록〉 8권 67면.

공주의 모습을 진술하여 그녀를 죽이고자 하는 뜻을 아뢰었다.[39]

공주가 시아버지인 자신과 자신의 선친先親과 편모偏母를 모욕하자 효성의 화신인 승상은 더 이상 참지 못하고 공주를 죽여야겠다고 생각한 것이다. 형부상서와 예부상서를 불러 법적인 조치를 취하여 정당하게 공론화함과 동시에 황제에게 상소를 올려 공주를 죽이려 하는 것이다. 글을 보고 놀란 황제가 공주는 법대로 다스리고 형씨를 다시 첫째부인 자리로 올리라는 편지를 보내 승상의 화를 푼다. 평소에 엄격한 승상의 성격을 알기에 왕이 이렇게 대응한 것이다.

이처럼 공주와 운성의 문제는 황실과 가문의 자존심이 걸린 문제이기에 가부장인 승상도 개입되는데 도덕적으로 완정한 승상이기에 늘 소씨 가문의 승리로 귀결된다. 여기서 주목할 점은 비록 갈등의 해결은 소승상이 하고 있지만, 갈등을 첨예화하여 사건을 만드는 것은 운성이라는 것이다. 특히 그는 아무리 황제나 황실이라도 사대부 가문의 혼인을 마음대로 정하여 부부관계를 어그러뜨릴 수는 없다고 반발하는 심리가 강해서 황제와 공주에게 공격적인 태도를 가졌기 때문이다.

명현공주는 운성의 사랑을 얻기 위해 무당을 동원하여 부적을 넣어두기까지 했는데도 실패하고 결국 혼인한 지 5년 만에 19세의 처녀로 죽는다. 운성은 이를 보고도 조금도 슬퍼하는 빛 없이 오히려 기뻐하며, 공주의 거처였던 명현궁을 곧바로 허물어버린다. 이런 운성의 행동에 대해 승상 부부와 태부인이 조금도 안타까워하지 않으며, 공

---

39) 〈소현성록〉 8권 67~68면.

주를 소씨 선산에 묻지 않고 나라의 산에 묻겠다는 황제의 말에도 기뻐했다는 점에서 가족들의 공주에 대한 반목이 얼마나 깊었는지 알 수 있다.

이렇게 공주가 죽고 난 뒤의 운성에 관련된 서사는 대체로 운성의 영웅성을 시험하는 것들이다. 아버지를 모시고 운남국과의 전쟁에 나가서 공을 세우고 돌아왔으며, 태산을 유람할 때에는 '해와 달의 기운을 선천적으로 알고 매우 영민하여'[40] 요괴의 기운을 금세 알아차린다. 갑자기 요괴들이 공격하자 운성은 맏형 운경을 업고 도망한다. 팔을 다쳐 구원을 요청하는 동생도 뿌리치고 운경을 구한 이유는 그가 집안의 장자이기 때문이었다. 셋째 아들임에도 불구하고 나중에 가장이 되지만 그 이전까지는 철저하게 형을 우대하는 모습을 보여주는 장면이다. 이렇게 다른 가문소실에 비해 형세간의 나둠이나 종통에 얽힌 갈등이 없는 것이 〈소현성록〉 속 소씨 가문의 특징이기도 하다.

그는 여동생이 혼인할 때에도 더없이 살가운 오빠의 모습을 보인다. 소승상의 넷째 딸 수빙이 김현에게 시집가는 날 가난하고 권세 없는 집안으로 간다고 온 식구들이 슬퍼하는데, 특히 그는 동생이 애처롭고 불쌍하여 차마 못 보겠다면서 죽을 직접 들어 권한다. 신방에 들어오려는 신랑에게 오늘은 누이가 기운이 없으니 외당으로 나가서 자라고 하는 황당한 부탁을 할 정도로 동생을 위하기도 한다. 나중에 수빙 부부는 김현의 형 김환 등으로 인해 고난을 당하는데, 김환이 수빙을 모해하는 소장訴狀을 들고 가는 것을 발견하고 그를

---

40) 〈소현성록〉 12권 63면.

심문하여 죄를 드러낸 것도 운성이다. 그는 김환을 형부로 보내 귀양 가게 하고 수빙은 곧바로 집으로 데려와 버린다. 공적인 절차를 밟지 않았다고 꾸짖기는 했지만 승상도 그녀를 돌려보내지 않는다. 악한 가족들이 괴롭히는 시댁에는 가지 않아도 된다는 것이다. 운성은 김환이 병이 나서 의원을 부를 때에 태의원의 의원들이 출장 가지 못하게 하는 등 자신의 직책을 이용하며, 나중에 소부 옆에 집을 짓고 살게 된 김현의 집에 김환이 어머니를 보러 방문할 때에도 무서워 다시 오지 못할 정도로 엄하게 위세를 부린다. 수빙이 고난을 당하면서도 늘 남편과 시댁 식구들에게 당당했던 것은 자신을 아껴주는 친정 오빠들과 친정의 높은 위세에 힘입은 것이었다.

이 같은 가문 중심주의는 거의 모든 삼대록계 장편소설들에서 드러나기는 한다. 장자가 능력이 없다고 판단되면 능력 있는 아이를 양자로 들여 장자로 세우기도 하는 등 가문의 존망을 가장 중시하는 태도를 보이는 것이다. 하지만 〈소현성록〉에서는 가문 중심주의가 가문의 계승권에 관한 것이 아니라 자기 식구 감싸기의 형태로 표출되는 경우가 많다. 특히 상대 가문이 약했을 때에 이런 현상이 두드러진다. 소승상이 젊었을 때에 여씨가 석부인을 모해하여 친정으로 내쳐졌던 석부인을 다시 데려오려 했지만 딸을 그렇게 내친 사위를 용서할 수 없던 석참정은 강하게 거절한다. 그래서 승상을 간호해야 한다는 절실한 이유가 있기 전에는 그녀를 데려올 수 없었다. 석씨 가문은 위세가 등등했기 때문에 녹록하지 않았던 것이다. 하지만 김현의 가문은 한미했기 때문에 소씨 가문의 딸, 여동생을 좀 더 쉽게 도울 수 있었다. 소씨 가문의 여인 중 유일하게 투기하는 모습을 보인 수아가 심하게 징치되지 않는 것도 가문의 힘이 작용한 결과로 보인다.

이후에 운성은 태자의 스승이 되었다가, 소승상을 대신하여 '진왕'의 자리를 받는다. 이제 명실상부한 가장이 되어가는 운성은 가문의 존립을 위해 조카를 죽이는 일까지 맡게 된다. 운숙의 아들 세명이 수천 명의 도적 무리의 우두머리가 되어 대궐의 창고를 습격하려 하자, 이런 행위는 반역과 같다면서 남들이 알기 전에 가서 머리를 베어 와야겠다고 하는 것이다. 집안에 화가 미칠 것을 우려하여 혈육이지만 죽이는 것인데, 숙질 간의 정보다는 가문을 우선시하는 처사이다. 대적할 사람이 없을 만큼 잘 싸우는 세명을 직접 석궁石弓으로 눈을 맞혀 머리를 깨뜨려 죽인다. 세상이 시끄러우니 나라를 위해 법을 집행한 것이지만 마음이 편치 않다고 개탄하는 모습을 보이기는 해도 자신의 행동이 당연한 처사라고 생각한다. 이상에서와 같이 소씨 가문 내의 거의 모든 문제는 운성 중심의 구도로 해결되는 것을 볼 수 있다.

5. 나오는 말

〈소현성록〉 본전의 주인공 소현성은 홀어머니 양부인의 부담감과 의무감이 그대로 투영되어 자유롭게 행동하지 못하고 엄정한 규율, 잣대대로 살아야만 했던 인물이다. 양부인도 노년에 "경은 제 부친을 일찍 여의고 과부의 자식으로 살아야 했으니, 사람들이 배운 것이 없다고 할까 두려웠다."[41]라고 하면서 아직까지도 자녀들에게는 엄준하게 대한다는 서술에서 이러한 정황이 단적으로 드러난다. 소현

---

41) 〈소현성록〉 5권 113~114면.

성은 이처럼 어머니의 엄한 가르침과 타고난 정대함, 효성 등으로 이상화된 정인군자형 인물로 형상화되어 있다.

이에 비해 〈소현성록〉 별전의 주인공 소운성은 어머니의 기대에 대한 부담감과 가문의 위상을 확립해야 한다는 의무감이 없으며 기질적으로도 분방하고 무인武人 성향이 있어 소현성과는 다른, 활동적이고 호방하며 감정에 충실한 인물로 형상화되어 있다. 특히 운성의 무인 성향은 그가 다른 아들들과는 달리 영웅성을 지녔다는 점을 부각시키는 표지로 작용하였다. 칠성검이라는 칼도 너무 무거워 형제들이 함께 들어야 겨우 움직이지만 운성은 한 손으로 가볍게 잡아 다룬다. 그래서 이 칼을 들고 유람을 떠나 요괴를 죽이거나 여우를 제압한다. 작품 전체적으로 보면 이런 무력과 무인 기질이 부정적으로 느껴지는 것은 아니지만, 소승상은 이를 늘 걱정하면서 태상노군에게 받아놓은 칠성검을 15년이 넘도록 운성에게 주지 않고 자신의 침소에 숨겨놓았다. '운성의 기질이 분수에 넘치는 일을 잘하고, 생각하는 것이 호탕하여 장수의 기운이 있다.[42]'라고 생각하면서, 대대로 유학을 공부하는 문인의 가문에 무반武班은 옳지 않다고 여겨 칼을 주지 않은 것이다. 이렇게 운성은 아버지와는 다른 성향이며 영웅성과 호방함을 지니고 있으면서 무武에도 힘썼기에 아버지의 염려와 훈계를 들으면서 성숙해 간 인물이다.

또한 소운성은 소현성과는 다르게 자신의 애정 욕구를 숨기지 않고 표현하면서, 자신이 선택한 여성과 혼인하여 지기知己로서의 부부 관계를 갖기를 원했다. 이렇게 사랑을 중요시하는 남성 주인공이 등

---

42) 〈소현성록〉 9권 11면.

장하는 것은 〈소현성록〉이 국문장편소설의 초기작이기에 가능한 듯
도 하다. 이후에도 간혹 이런 인물형이 계승되기는 하지만 대부분은
윤리적으로 경직된 인물들로 형상화되기 때문이다. 〈소현성록〉에서
는 애정전기소설에서의 주인공처럼 상사병에 자주 걸리고 아내를 좋
아하며 쫓아다니고 부부관계를 중요하게 생각하는 인물들이 아들 대
에 등장했다. 여성을 한 번 보고 마음이 움직이거나 멀리서 바라보고
는 정이 이끌리는 등 감정이 쉽게 움직이는 인물형이 있는 것이다.
이러한 남성 인물의 적극적인 애정 표현이나 여성 편력은 17세기 이
후에 불어온 '동아시아의 연애의 바람[43]'의 영향도 있을 듯하다. 〈구
운몽〉의 양소유도 마찬가지이다. 하지만 운성의 경우, 자신의 감정
에만 충실할 뿐 상대방과 마음을 주고받는 사랑에는 미숙하여 아내
가 괴로워하는 지경에 이르게 했다는 면에서 바람직한 표출은 아니
라고 할 수 있다. 또한 자기 고집이 세서 아내가 자신에게 잘못한
점은 마음에 담아두고 여러 달이 지나도 갈수록 매몰차게 대하기도
했다. 그러나 마음이 풀리면 가서 적극적으로 아내를 달래는데 이럴
때면 아내들은 그가 마음이 굳세지 못하다고 하면서 나무랐다. 그의
부부관계를 통해 남편은 아내 앞에서 말을 줄이고 위엄 있게 행동해
야 함을 보여줌과 동시에 아내는 남편을 슬기롭게 이끌어야 함도 보
여주는 것이다.

〈소현성록〉에서 운성보다 더욱 감정에 솔직한 남성은 승상의 여덟
째 아들 운명이다. 그는 운성의 호방함이나 영웅성, 정확한 판단력
등을 지니지 못했기에 부정적으로 평가되는 인물인데, 심하게 여색

---

43) 정병설, 「17세기 동아시아 소설과 사랑 –〈구운몽〉, 〈옥교리〉, 〈호색일대남〉의 비
교」, 『관악어문연구』 29, 2004.

을 밝히며 재취 두기만 호시탐탐 노려 총 일곱 명의 아내를 두고 나중에는 창첩도 둔다. 그런데 작품에서는 이들 남성인물과는 달리, 여성인물의 애정 욕구는 음란한 것으로 규정하며 그 어떤 죄보다 큰 죄로 치부하여 용서받지 못하는 것으로 묘사되었다. 혼인한 뒤 소외되고 박대 받으면서 죽어간 명현 공주와 운성의 관계는 그들만의 관계가 아니라 황실과 귀족 가문 간의 역학이 담겨 있어서 더욱 첨예한 갈등 양상을 보였다. 이를 통해 운성의 고집스러움과 남성 중심적 생각, 황제라도 자신을 마음대로 할 수 없다는 자존감 등이 여실히 드러났다. 이 작품을 필사해 두었다는 옥소玉所 권섭權燮의 어머니 용인 이씨(1652~1712)의 가문은 서인 노론계이며 남동생이 이의현李宜顯이다. 또 권섭의 종질從姪이자 권상하의 손자인 권정성은 은진 송씨와 혼인하였는데 그녀는 송준길의 증손녀이기도 하다.[44] 이처럼 이 작품을 향유했던 계층은 당대의 명문거족들이었으므로 그들의 세계관이나 삶의 방식이 상당 부분 투영된 까닭이다.

아울러 당대의 사대부들이 공주와의 혼인을 그다지 긍정적으로 인식하지 않았다는 것을 보여주기도 한다. 율곡 이이도 당시의 부마 간택하는 절차가 예에 어긋난다고 비판하면서 여자 한 사람을 위해 나라 안의 사내들을 모두 모아 놓고 선택하니 이는 예禮의 근본정신에 어긋나는 일이라고 했다고 한다.[45] 특히 〈소현성록〉의 명현공주는 시집온 가문의 풍습과 예의를 지키지 않았기에 더욱 배척되고 부정적으로 형상화되었는데, 이는 〈구운몽〉의 난양공주나 〈유씨삼대

---

44) 박영희, 「〈소현성록〉 연작 연구」, 이화여대 박사논문, 1994.

45) 박영희, 「〈소현성록〉에 나타난 공주혼의 사회적 의미」, 『한국고전연구』 12, 2005, 17면.

록〉의 진양공주처럼 시집 가문의 예를 잘 따르면서 조화롭게 융화되는 경우와 좋은 비교가 되었다.

한편, 운성과 형씨, 소영과의 관계를 통해 처첩 간의 위계가 엄격했음을 보여주었는데, 소영은 늘 형씨 앞에서 조아리고 있고 가족행사에 참여할 때면 그녀를 뒤에서 모시고 서 있었다. 가족들이 소영의 미모를 칭찬하면 석부인은 대번에 형씨 며느리를 칭찬하는 것은 마땅하지만, 소영의 아름다움을 축하하지는 말라고 했다. 운성도 소영을 아끼면서도 저런 천한 사람이 자기를 조금이라도 무시하게 해서는 안 된다거나 천한 사람이니 마음대로 죽일 수도 있다는 등의 발언을 서슴지 않고 했다. 이는 소승상의 서모인 석파에게도 적용되는데 특히 운성은 석파에게 반말을 쓰면서 놀리거나 대드는 경우가 낳았나. 이런 대목들을 통해 낭시에 서노나 첩을 대하는 방식에 대해 알 수 있었다.

이상에서 고찰한 바와 같이 소운성은 영웅호걸형 가장家長 인물 유형의 시초라고 할 수 있다. 이런 유형은 조선이 두 번의 큰 전란을 겪은 뒤 무武에 대한 숭상의 분위기가 팽배해진 상황, 상업과 도시화의 발달로 인한 애정에 대한 관심이 높아진 상황, 17세기 이후 중국·일본과의 문학 교류가 활발해져 남성주인공의 호방함과 여성편력이 유행하게 된 상황 등이 복합적으로 작용하여 탄생한 결과라고 생각된다.

아울러 본고의 논의를 통하여 소현성과 소운성은 인물의 유형이 판이하게 다르고 그와 관련된 서사의 전개 양상도 달랐음을 확인했다. 기존의 연구들46)을 참고한다면 서술방식이나 이야기 구성방식도 다르다. 본전은 정적靜的 서사, 별전은 동적動的 서사가 지배적이

며, 본전은 출생 순서에 따라 이야기가 전개되는 반면, 별전은 선남
후녀先男後女의 순서로 이야기가 전개되는 것이다. 따라서 〈소현성
록〉연작의 본전과 별전은 각각 다른 작가에 의해 시간의 차이를 두고
창작되었을 것이라는 추정이 더욱 타당해 보인다. 본전과 별전에서
모두 투기를 금지하고 가장의 제가가 중시되는 등 작가의식의 면에
서 큰 차이가 나지 않으며 유기적으로 응집되어 있다고 평가47)되기
도 하지만, 작가의식은 연작의 후편을 짓는 사람이 충분히 계승할
수 있는 부분이다. 또한 그것이 투기나 가장의 역할과 같이 다른 삼대
록계 장편소설에서도 자주 나타나는 보편적인 주제의식이라면 이것
을 근거로 작가의 동일성 여부를 논할 수는 없을 듯하다. 요컨대 별전
의 작가는 본전의 주제의식을 계승하면서도 새로운 인물형을 창조하
고 영웅담, 애정갈등담 등 새로운 화소들을 엮어가면서 좀 더 극적인
재미가 있는 작품을 창작한 것이라고 생각된다.48)

---

46) 정병설, 「장편 대하소설과 가족사 서술의 연관 및 그 의미」, 『고전문학연구』 12,
    1997; 정길수, 「17세기 장편소설의 형성경로와 장편화 방법」, 서울대 박사논문,
    2005; 정선희, 「소현성록 연작의 남성 인물 고찰」, 『한국고전연구』 12, 한국고전연구
    학회, 2005; 조혜란, 「〈소현성록〉 연작의 서술과 서사적 지향에 대한 연구」, 『한국고
    전연구』 13, 2006.
47) 장시광, 「〈소현성록〉 연작의 여성수난담과 그 의미」, 『우리문학연구』 28, 2009.(이
    논문에서는 작가의식만 논의할 뿐 작가에 대해 논의하지는 않았다.)
48) '작가'의 문제와 '작가의식'의 문제는 엄연히 다른 부분이기는 하지만, 〈소현성록〉
    의 인물과 서사 전개 방식, 지향하는 의식 등을 고려해 볼 때, 본전은 양부인의 의식
    과 맞닿아 있는 노부인이, 별전은 소운성·운명 등의 성향이나 행동을 잘 그려내면서
    공감할 수 있을 정도의 소설 독서 경험이 있는, 노부인의 젊은 동생이나 아들, 조카
    정도의 인물이 지었으리라 추정할 수 있지 않을까 한다.

국문장편 고전소설의
망자 추모에 담긴 역학과 의미

서모, 아내, 아우 제문 분석을 중심으로

1. 국문장편 고전소설에서의 죽음의 문제

17세기 후반부터 지어져 18세기, 19세기까지 상층 독자들에게 널리 읽힌 일련의 국문장편소실들은 가문의 창달과 계승을 중요한 이야기 틀로 삼고 있기 때문에 '가문소설'이라고도 불리는 소설군이다. 이들은 비록 시공간적 배경이 중국으로 설정되어 있지만 당대인들의 실제 삶이나 사고방식이 비교적 사실적으로 표현되어 있어서 여기에 형상화된 바를 통해 당대인들의 삶과 의식에 대해 알 수 있게 한다. 본고에서는 특별히 17세기 후반부터 18세기 말까지 주로 향유되었던 삼대록계 연작형 국문장편소설들 즉, 〈소현성록〉·〈소씨삼대록〉연작, 〈유효공선행록〉·〈유씨삼대록〉연작, 〈성현공숙렬기〉·〈임씨삼대록〉연작, 〈현몽쌍룡기〉·〈조씨삼대록〉연작을 대상으로 논의를 진행할 것이다.1) 이들은 동일한 유형으로 묶을 수 있기에 그 안에서의

---

1) 이들 삼대록계 연작형 국문장편소설의 후편(後篇)들에서 죽음에 관련된 서사가 진

동이를 탐구한다면 각 작품의 지향이나 특징을 선명하게 읽어낼 수 있을 것이기 때문이다.

이들 국문장편 고전소설들은 가문의 계승이나 효의 실행을 강조하고 있지만 가문의 창달을 위한 가문 구성원들의 노력, 행위들에 초점이 있기 때문에 인물들의 죽음에 대해서는 그다지 주목하지 않는다. 죽은 뒤에 치러지는 일련의 의식 절차인 상례喪禮에 대해 살펴본 결과, 대체로 소략하게 서술되고 있었던 점에서 이러한 면이 단적으로 드러났다. 특히 가문소설의 초기작이라고 할 수 있는 〈소씨삼대록〉에서는 상례의 절차에 대해 극히 소략하게 제시되었고, 〈유씨삼대록〉에서도 죽음의 문제에 대해서는 심도 있게 다루고 있지만 상례에 대한 서술은 소략한 편이었다. 그러나 조금 더 후대의 작품인 〈임씨삼대록〉에서는 상례 절차가 간략하게나마 구체적으로 서술되며, 〈조씨삼대록〉에서는 그 절차가 비교적 소상히 제시되면서 예법과 절차의 적용 문제, 중용中庸의 문제 등도 거론되었다.[2]

하지만 이렇게 죽음이나 상례에 대해 서술한 분량이 적다고 해서 인물들의 죽음을 슬퍼하지 않았던 것은 아니다. 어머니나 서모, 아내, 동생이 죽는 대목을 보면 그 슬픔이 지나쳐 정신을 잃거나 건강을 잃을 정도이며 그로 인해 죽기까지 하는 것으로 되어 있다. 따라서 국문장편소설에서의 죽음의 문제를 좀 더 상세하게 살펴본다면 이에 담긴 의미, 인물간의 역학, 작품에서 중시하는 바 등에 대해 알 수

행되므로 이들을 주대상으로 삼는다. 〈소씨삼대록〉 11권 11책 이화여대 소장본, 〈유씨삼대록〉 20권 20책 국립중앙도서관 소장본, 〈임씨삼대록〉 40권 40책 한국학중앙연구원 소장본, 〈조씨삼대록〉 40권 40책, 서강대 소장본.

2) 이에 대해서는 정선희, 「삼대록계 국문장편소설에 나타난 상례(喪禮) 서술의 변모양상과 그 의미」, 『고소설연구』 28집, 2009 참조.

있게 될 것으로 보인다. 어떤 인물의 죽음에 관한 서술 비중이 어느 정도인지를 보면 그 인물이 서사 내에서 어떤 역할을 하는지, 가문 내의 위상은 어떠한지 등이 드러날 것이며, 추모의 양상이 어떠한지를 살피면 그 작품에서 궁극적으로 표현하고자 했던 바 또는 그 인물을 통해 강조하려고 했던 바들이 드러날 것으로 보인다. 예를 들어 〈소씨삼대록〉에서 유독 서모인 석파의 제문이 지어지는 이유, 〈유씨삼대록〉에서 진양공주의 제문이 지어지는 이유, 〈유씨삼대록〉과 〈조씨삼대록〉에서 형이 아니라 동생들의 제문이 지어지는 이유 등 그 인물이 선택된 이유는 서사 내에서 차지하는 비중과 관련이 깊다.

제문은 일반적으로 생전의 사적을 기술하는 묘지명의 성격과 망자에 대한 감정을 토로하는 편지의 성격을 동시에 지니고 있다.[3] 조선 후기로 갈수록 비통한 감정의 서정적인 표현이 확대되며 18세기의 문인 이광사 같은 이의 제문은 아내의 비극적인 죽음에 비통해하는 남편의 슬픔이 곡진하게 표현되고 삽화적 에피소드를 나열하는 구성을 보였다[4]는 면에서 국문장편소설에서의 제문의 양상과 비슷한 면이 있다. 하지만 문인들이 남겨 놓은 제문들은 대체로 4언의 운문으로 되어 있으며 한문으로 지어졌기에 국문장편소설에 삽입되어 있는 국문 제문과는 다른 특성들도 있다. 이러한 면들도 함께 고찰해 보기로 하겠다.

---

3) 이은영, 『제문, 양식적 슬픔의 미학』, 태학사, 2004, 36~38면.
4) 김홍백, 「이광사의 아내 애도문에 나타난 형식미와 그 의미—제망실문을 중심으로」, 『규장각』 35, 2009, 185~218면.

2. 검소함과 정실 섬김이 부각되는 서모庶母 추모

〈소씨삼대록〉에서 처음으로 죽는 인물은 '석파'이다. 주인공 소현성의 서모이자 양부인의 든든한 말벗, 집안의 감초 역할을 하는 인물이다. 우스갯소리를 잘 하며 활달한 성격이라 진중한 소현성조차도 그녀와 함께는 장난말을 한다. 어떤 일이나 인물에 대한 정보를 누설하고 사건의 내막과 문제적 상황을 드러내거나 사건을 촉발시키며, 긴장을 이완하거나 파국을 무마하는 등 서사적으로 중요한 역할을 한다. 또한 소부의 인물들을 품평하거나 서술자의 생각을 대신 말하기도 하는 인물이다.[5] 그런 그녀가 작품의 말미에서 노환으로 거의 죽게 되니 온 식구들이 오열하며 집안의 최고 어른인 태부인이 직접 문병을 온다. 이때에 석파가 태부인의 은혜에 감사하면서 자신의 생애에 대해 한 말을 보자.

> 석파가 부축 받아 일어나 사례하며 말하였다.
> "제가 열세 살부터 부인을 곁에서 모시면서 입은 은혜가 하늘같기에 뼈가 가루가 되고 몸이 부서지도록 해도 은혜를 갚을 길이 없습니다. 그런데 이제 죽게 되었으니 어찌 어리석은 정성이나마 다하지 않겠습니까? 부인께서 저를 깊이 믿으시어 <u>집안의 일용하는 물건들의 출납과 손님맞이 절차를 맡기시니</u> 밤낮으로 조심하여 조금이라도 차질이 있어 부인의 밝으심을 저버릴까 전전긍긍하였습니다. 또한 큰 <u>권한을 받아 부인의 가르치심을 받들어 종들을 단속한 지</u> 60년이 되었습니다. 창고 안의 금은과 비단들이 하늘같이 많으나 조금도 범하지 않아 계절에 맞는 의복과 때마다 있는 행사 외에는 감히 반 마디도

---

5) 서경희, 「〈소현성록〉의 '석파' 연구」, 『한국고전연구』 12집, 2005 참조.

마음대로 쓰지 않았습니다. 제가 먹고 입는 것에 있어 창고 물건을 맡았고 또 부인께서 주신 것을 받들었기에 십만 재산을 임의로 가질 수도 있었겠지만, 조금도 범하지 않은 것은 제갈공명의 염치를 기꺼이 본받고자 함입니다. 제가 죽은 후 상자에 남은 금은이 있거나 방 안에 한 자의 천이라도 있어 부인께서 제게 맡기신 마음을 저버리는 일은 전혀 없을 것입니다."[6]

소처사의 본부인인 태부인이 남편의 첩인 석파에게 맡긴 일이 집안 물건의 출납과 손님 접대, 종들 단속 등이었음을 알 수 있다. 집안의 재물이 아무리 많아도 사사로이 쓴 적이 없고 개인적으로 모아놓은 재산도 전혀 없음을 말하고 있다. 죽은 아버지의 첩이자 현재 가장인 소현성의 서모인 석파의 집안관리자로서의 자부심이 표출되고 있는 것이다. 이에 대해 태부인은 정서적으로 깊은 유대감을 지니고 있음을 말하며 슬피하고 곧이어 석파는 죽는다.

소현성과 그 아내들, 그리고 월영이 서모의 상喪을 치르는데, 먹기를 폐하고 비통함을 이기지 못한다. 이를 본 태부인이 석파를 칭찬하며 하는 말을 보면 그녀의 성격과 가내家內 위상을 알 수 있다.

"살고 죽는 것은 운명에 달렸다. 석파의 나이가 많고 부귀가 지극하였으니 이 상사喪事가 나쁜 일은 아니다. 하지만 <u>아침저녁으로 내 곁에 있으면서 자기의 슬픈 일을 감추고 좋은 빛으로 나를 위로하고 즐겁게 해 주었으니</u> 지극한 정이 사랑하는 아우나 효도하는 자식들도 미치지 못할 정도였다. 내 며느리와 손자들이 나를 원망하면 자기가 분하고

애달파하였고, 같이 지낸 지 70여 년이 되도록 공손치 않은 일과 속이거나 사나운 일을 보지 못하였으며 자기 마음대로 하는 일도 없었다. 평상시에 <u>말을 화려하게 하고</u> 남들에게 순종하지 않아 잘못을 드러내는 병이 있었지만, 그 실제 <u>행실과 예법이 엄</u>한 것은 성현들의 남기신 풍모를 이었으니 여자 중 영웅이 될 만하였다. 이제 죽은 지 며칠밖에 안 되었는데도 내 손발이 없는 듯하고 모든 일에 흥미가 없어 집안이 모두 빈 듯하니, 어찌 슬프지 않겠느냐?"[7]

늘 태부인 곁에서 그녀를 위로해 주고 벗이 되어주었다는 면을 칭송하면서, 그녀의 성격상 특징을 이야기하였다. 말을 잘하고 남에게 순종하지 않아 잘못된 점을 드러내기도 하였으며 행실과 예법을 엄하게 지켜 '여자 중 영웅'이라고 할 만하였다고 하였다. 정실이 적국敵國에 대해 할 수 있는 최상의 칭찬인 듯하다.

그런데 이 작품에서는 또 한 명의 서모인 이파가 석파의 죽음을 슬퍼하여 곡기를 그쳐 며칠 후에 죽고 만다. 소현성이 더욱 슬퍼하면서 두 사람의 초상을 치르고 제문祭文을 지어 올린다.

　　…… 경오庚午 3년 갑자甲子 봄 2월에 적자嫡子 황태부皇太傅 승상 소경은 맑은 술과 여러 가지 음식을 차려놓은 제사상으로 석숙희, 이현희 두 서모의 혼령 앞에 조문하니, 아, 애통합니다. 혼령이 여기에 계십니까?

　　저의 운명이 기구하여 아버지의 얼굴을 모르고 어머니께서 병이 있으셔서 외롭던 인생이 두 서모의 기르심을 입었기에 비록 호칭은 다르지만 마음속으로 받들어 바라기는 어머님보다 덜하지 않았습니

다. 두 분 또한 저에게 명분을 엄하게 하고 정성을 많이 들여 제 몸 염려하고 아끼심이 제 스스로 미치지 못할 곳이 많을 정도였습니다. 이는 천성이 지극히 어질지 않으셨다면 능히 할 수 없는 일입니다. 늘 마음속으로 감탄하여 옛 사람들의 유적을 살펴도 비슷한 사람이 없어 매우 감격스러움이 뼈에 사무칠 정도였습니다. 제 천성이 소탈하고 말이 서툴러서 일찍이 입 밖으로 내어 사례함이 없었으니, 두 분께서 늘 제 무심함 때문에 정말로 무정한가 생각하셨을 것입니다. 그러나 이제 아실 것이니 제 마음을 비춰 보십시오.

아아! 두 분께서 어릴 때부터 덕을 널리 펴시고 홀로 되신 제 어머니를 받들던 큰 정성에는 제가 미치지 못하였습니다. 그런데 하루아침에 돌아가시어 어머니의 외로운 마음을 위로할 사람이 없고, 당蕙을 버려두어 지초芝草가 무성히 둘러싸고 있으며, 우는 소리가 집을 흔듭니다. 가을바람이 차게 불어 흰 장막을 나부끼고 영구靈柩는 깊은 방에 와여하게 있으니 통곡하며 슬퍼할 뿐 어찌할 도리가 없습니다. 두 분의 온화한 밀소리를 듣는 듯하지만 흔적이 없고 늙으신 얼굴을 뵙는 듯하지만 모습이 아득하니, 아! 애통합니다. 이를 어찌 참고 견디겠습니까? 제 팔자가 좋지 않아 아버지를 여의어 그 얼굴을 알지 못하지만 그래도 위로로 삼았던 것은 홀로 되신 어머니와 두 분을 모시고 끝까지 제 옅은 정이나마 펴야겠다는 것이었습니다. 그런데 지금 한 달 사이에 두 분을 여의니 당에 계시는 외로우신 어머니를 바라보면 마음이 부서지는 듯하고, 얼굴을 돌려 일희당을 살펴보면 오장이 베이는 듯합니다. 마음을 가다듬어 생각해 보면 밝으신 하늘이 제가 쌓은 악행을 벌하시어 두 분을 마저 데려가신 것이니 달리 누구를 원망하겠습니까?

아아! 애통합니다. 두 분은 모두 공후公侯의 귀한 딸들로 뜻을 가짐이 약하지 않고 행실이 높으시니, 어머니께서 늘 말씀하시기를, "이파와 석파 두 사람이 모두 말이 화려하고 활발하지만 그 행실은 조금도 예의를 거스르는 일이 없다."고 하셨습니다. 저 또한 받들어 모신 지 60여 년이 되도록 두 어머님의 예의에 어긋나는 행실을 보지 못했습니다. 또 여러 자손들을 다 마땅하게 대함이 쉽겠습니까마는 애증이 없어 대접이 한결 같고 심지어 운성 등은 속인으로 말하자면 반드시 편애하는 것이 사람 마음일 텐데도 편애하심을 보지 못했습니다. 그래서 제가 비록 말하지는 않았지만 속으로는 석서모의 덕에 탄복하였습니다.

하루 저녁에 독한 질병을 얻으셨지만 어찌 일이 이 지경까지 이를 줄 알았겠습니까? 약을 드리던 그릇과 병들어 누워 계시던 이부자리를 차마 보지 못하겠습니다. 더욱 참을 수 없는 것은 아침저녁으로 어머니께 문안 들어가면 중당中堂 난간에서 웃음을 머금고 나를 맞으시어 함께 취성전으로 들어가시던 일이 생각나 물끄러미 쳐다보면 모습이 그림자도 없으신 것입니다. 문안할 때에도 어머니께 문후를 여쭙는 일 외에는 함께 말씀할 사람이 없으니 속절없이 누이와 외로운 대화를 할 뿐 적적하고 괴로워 슬픈 마음이 생겨나 애가 끊어지고 칼을 삼킨 듯합니다. 사람은 목석이 아니니 차라리 밤낮으로 울부짖어 마음을 펴려고 하였으나 어머니를 모시고 있으면서 곡하는 것은 평안치 못한 것이라서 이 또한 마음처럼 할 수가 없습니다. 시간이 빨리도 지나 장례일이 다다르니 너무도 슬픈 것을 말하면서 두 분의 영구靈柩와 이별하겠습니다.

아아! 슬픕니다. 깊은 산골짜기에 흰 눈이 가득한데 향기로운 풀이 갓 푸르러졌지만 찬바람이 뼈에 사무칩니다. 석 자의 명정銘旌과 휘날리는 만장輓章 가운데에 머물고 있는 신령은 비구름에 외롭고 자손의 애통함은 물 끓듯 합니다.

슬픕니다. 두 분께서 70여 년을 함께 하시다가 한 달 사이에 돌아가시니 이 또한 천 년에 한 번 있을 기이한 일이 될 것입니다. 이제 상여를 받들어 선산으로 향하는데 소박한 술과 안주로 제 변변치 못한 정을 고하고 두어 줄 글로 이별합니다. 길게 만 년이나 걸릴 것이기에 슬픈 말이 오열하게 하고, 붓을 드니 눈물이 앞을 가립니다. 삼가 만 가지의 슬픈 마음을 잠깐 고하니 받아 흠향해 주십시오.[8]

적자嫡子가 지은 제문에서 특별히 칭송한 바는 자신의 어머니, 즉 정실부인을 받드는 정성이 아들인 자신보다도 더했다는 점이었고, 아울러 어머니의 칭찬을 인용하면서 예의 발랐음을 강조하고 있다. 특히 두 서모 모두 공후公侯 집안의 딸이어서 뜻을 강하게 가지고 높은 행실을 보였다고 하였다. 또 다정하게 대화하던 두 사람이 안 계시니 외롭고 적막하다고 토로한다. 소현성의 제문 외에 소부인, 석부인도 제문을 지었다고 서술되어 있지만 그 내용은 쓰여 있지 않다. 이후 3년상을 극진히 치르고 나서 두 서모의 재물들을 불 질러 없애려 거처를 살펴보니 석파에게는 그릇 하나 없고 다만 벼룻집 두 개와 화선지 다섯 장뿐이었을 정도로 소탈하다고 칭탄한다. 그래서 그녀는 진실로 '여자 중의 공맹孔孟'이라고 비유된다. 서모들이 죽은 뒤에는 태부인과 소부인, 소현성 부부가 즐거워하는 일이 없어져 화목한 기운이 사라질 정도로 그녀들의 존재감은 크다.

서모의 죽음과 제문이 등장하는 또하나의 작품은 〈조씨삼대록〉이다. 이 작품은 〈소현성록〉연작을 수용하여 다소 통속적으로 장편화했다고 할 정도로 유사성이 있으며, 〈현몽쌍룡기〉의 후편이다. 여기서도 작중 인물 중 가장 먼저 죽는 인물이 서모들인데, 화파, 영파, 설파가 그들이다. 특히 화파가 〈소현성록〉의 석파와 비슷한 성격을 지니고 있지만 존재감은 〈소현성록〉의 석파보다 약하다. 작품의 말

---

8) 〈소현성록〉 15권 41~46면.

미쯤에서 조씨 가족들이 모두 벽운산에 거처를 정하고 즐겁게 살고
있는데 홀연 화파가 병이 들어 쓰러진다. 그러자 두 적자嫡子인 진왕
과 초공이 옷도 벗지 않고 밤낮으로 간호하기를 친부모에게와 똑같
이 한다. 딸들인 조씨 부인 등도 와서 슬퍼하자 유언을 한 뒤 적실嫡室
인 위부인을 청하여 정담을 주고받은 후 죽는다. 이후 〈소현성록〉에
서와 마찬가지로 나머지 서모들 즉 영파, 설파가 심하게 슬퍼하며
곡기를 끊고 울다가 기력이 쇠해져 4~5일 만에 죽는다. 그러자 남편
인 조 노공이 매우 슬퍼하고, 장사 지내는 날 두 아들이 제문9)을 지어
제사를 지낸다. 여기서도 서모에 대한 가장 큰 칭송은 자신들을 어진
사랑으로 키워주고 친어머니와 같은 정을 주었다는 점이며 자신들도
그녀를 어머니와 똑같이 공경하며 모셨다는 점이다.

3. 반려자, 지기知己를 잃은 슬픔 토로하는 아내 추모

본고에서 살피는 국문장편소설들에서 유일하게 아내를 추모하는
제문이 삽입되어 있는 작품이 〈유씨삼대록〉이다. 이 작품에서 가장
비중 있게 다루어지면서 이상화되어 있는 인물이 진양공주인데, 그
녀가 요절한 뒤 남편 진공이 지은 제문이 들어 있다. 그녀는 어머니인
태후가 돌아가신 후에 슬픔이 커서 죽는다.10) 작품 중간에 가장 중요

---

9) 〈조씨삼대록〉 37권 63~65면.

10) 공쥐 최마룰 벗디 아니ᄒ고 ᄉ시 곡읍을 ᄒᆞᆫ 즉 셩음이 쳐완ᄒ여 사룸이 ᄎᆞ마 듯디
    못ᄒ고 반ᄃᆞ시 긔운이 진흔 후 곡읍을 그치ᄂᆞᆫ디라 ᄒᆞᆫ 그릇 미음을 ᄒᆞ로 ᄒᆞᆫ번 마시고,
    (〈유씨삼대록〉 8권 21면). 공쥐 빅셜 ᄀᆞᆺᄒᆞᆫ 긔뷔 쇼삭ᄒᆞ고 일월 ᄀᆞᆺᄒᆞᆫ 광치 감ᄒᆞ여
    옥골이 드러나고 싁믹이 실낫 ᄀᆞᆺᄒᆞ여 최복과 거젹의 혈흔이 낭쟈ᄒᆞ여 ᄎᆞ마 보디 못ᄒᆞᆯ

한 인물이 죽는 만큼 그녀가 죽은 뒤에 상례를 치르는 것도 비교적 자세히 묘사되어 있다. 성복成服하는 날에는 공주의 오빠인 천자가 흰 옷을 입고 와서 곡哭을 하고 시호諡號를 내리며, 하태후는 제문과 행장을 짓는다.[11] 하지만 이 글들은 제시되어 있지 않고, 남편 진공이 아내의 죽음을 슬퍼하여 지은 긴 제문은 제시되어 있다. 25세의 젊은 나이에 죽은 아내이기에 슬픔에 겨워 감정을 극대화하여 쓴 글이다.

> 유세차維歲次 가정嘉靖 원년元年 임오월壬午月 초순일初旬日 신묘辛卯에 부마난위가절진국공금자광록태우 유세형은 맑은 술을 따라 올리고 햇곡식을 올려 제사지내면서 대행현비지성대덕승현진충지효문명여주공진양공주총재 영좌靈座에 고하여 말합니다
>
> 아! 슬프도다. 영혼께서는 큰 가문의 아름다운 상서로움을 지니고 있고, 제왕의 자손이며 덕 있는 조상을 둔 귀함이 있다. 신이헌 재길과 출중한 천성이 태어나면서부터 모든 것을 알아 무리 중에서 빼어나니 생민生民이 있는 이후로 홀로 그 덕을 가진 사람은 현비賢妃로다. 선조의 봉작封爵을 받아서 높은 이름이 여주공女主公에 밝게 드러나고, 조심조심하고 공손하며 성실하게 정치를 도운 것이 사직社稷에 나타났도다. 삼조三朝에 예우를 한결같이 받으시니 사생死生에 빛난 것이 오래도록 전해지도다.……[12]

디라. (〈유씨삼대록〉 8권 22~23면.)

11) 장수를 디내매, 하태휘 졔문 지어 치졔ᄒ시며 뉵궁비빈이 ᄎ례로 치뎐ᄒ니 궐듕이 황〃ᄒ미 태후 상ᄉ의 다르미 업고, 하휘 친히 공쥬의 어려셔브터 츌궁ᄒ시던 일을 싱각고 힝장을 긔록ᄒ여 ᄂ리오시니 ᄉ싱의 거룩ᄒ 영통이 죠곰도 감티 아니코, 진공이 ᄯ또한 공쥬의 유표와 고명인슈를 올니매, 샹이 더옥 통도ᄒ샤 상장의 녜존ᄒ시미 고왕금늬의 듯디 못ᄒ 배러라. 〈유씨삼대록〉 8권 50~51면.

제문의 시작은 일반적인 제문들과 비슷하다. 하지만 다음의 서술들에서는 슬픔을 곡진하게 드러내면서 몇 가지 사건이나 경험을 제시한다는 면에서 감정이 조금 더 잘 드러나는 제문이라고 할 수 있다. 아내가 자신에게 시집왔을 때부터의 일을 여러 가지 혼에 고하고 슬픔을 표현하는 부분인데, 특히 아내가 공주임에도 불구하고 겸손하고 검소하였음을 부각시키고 있다.

> …… 태어난 지 열두 살에 저에게 하가下嫁하였으니 부귀한 곳에서 성장하였는데도 포의지가布衣之家를 섬기는 데 공손하고 검소하며 몸을 낮춤이 아황娥皇의 덕이 있었네. 내 열 살 안팎의 어린 나이에 허물이 많았기에 죽은 사람을 생각하는 마음에 슬픈 눈물이 천 줄기 흐르네. 내가 식견이 고루하여 어진 아내에게 괴로움을 많이 끼쳤도다. 그랬는데도 그대는 삼강三綱과 오상五常을 길이 잡아 원망하는 안색과 화를 내는 마음을 보이지 않았네. 옥 같은 마음이 어질기는 하늘과 같고, 밝은 것은 해 같으니 마음속에 한 점 흠이 없도다. 겸손한 덕을 품고 물러나 태후를 모시어 받드니 큰 효로 시댁의 사사로운 은혜를 버렸도다. 입을 닫아 사람의 허물을 가리니 유씨와 장씨 두 집안의 위태함이 반석같이 평안해졌네.
> 슬프구나. 옛 허물을 뉘우치니 부부간에 금슬이 고르고 종소리와 북소리 같이 어우러지듯 화목하고 남편이 노래하면 아내가 화답하는 것이 봄날같이 따뜻하였도다. 몸이 정후偵候가 되니 적국敵國 장부인의 허물을 용서하고 어여삐 여김이 혈육과 같았고 그 죄를 너그럽게 용서함이 티끌을 쓸어버림 같았네. 내조하는 덕이 멀리 임사任姒를 따르니 주아周雅의 송시訟詩가 궁중에 드날렸네.

---

12) 〈유씨삼대록〉 8권 59면.

아! 효를 다하여 맛있는 음식을 바치고 새벽에 일찍 일어나고 밤늦게 자서 열심히 일하는 행실은 우禹임금이 아주 짧은 시간도 아끼심과 문왕文王이 하루 세 번 문안하시는 것을 본받았도다. 나의 자매와 형제, 여러 형수들과 화목하게 지내고, 친척들을 귀하게 여기며, 크고 높은 인덕을 밝히고, 자녀를 가르치며 두 나라를 교화하며 한 마디의 말을 하지 않아도 온갖 좋은 일이 가득하였네.……13)

친정어머니인 태후에게도 효도하였고 부부간에 금슬이 좋았으며 남편의 다른 아내인 장부인과도 혈육처럼 잘 지내 태임·태사와 같은 부덕婦德을 보였다고 칭송하고 있다. 아울러 시부모에게는 효를 다하고 시아주버니, 동서들과도 화목하게 지내면서 자녀 교육도 잘 하였음을 말하고 있다.

다음 내용은 아내가 죽게 된 경위를 서술한 부분이다. 국운이 좋지 않아 태후가 죽자 이를 슬퍼한 아내가 날로 쇠약해져서 죽었다는 것이다.

…… 아, 슬프구나! 국운이 매우 좋지 않으니 천명이 새 임금께 돌아가는구나. 한 번 황제의 가마를 작별하니 황제의 별이 동방에 떨어졌도다. 백성의 불행이 태후께 미치니 어진 공주의 충효로도 오늘날이 있을 수밖에 없으니 하늘이 내린 운수로다. 상림桑林에서 하늘에 비는데 바람이 불어 기둥과 들보를 거꾸로 무너뜨리니 피를 토하고 제사지내기를 그만두었도다. 태후께서 마침내 돌아가시니 상례를 중도中道로 다하고 물러나 옛집에 돌아오니 슬픔이 더하여서 약한 몸이 날로 쇠약해져갔도다. 아! 옛 얼굴이 이미 변하고 맥박이 사라졌지만 충성

---

13) 〈유씨삼대록〉 8권 59~61면.

스럽고 효성스런 마음은 더하였도다. 천수天壽가 이미 다 되었으니 무익하게 재앙을 쫓는 것을 허락하지 않았네. 죽음을 보기를 본향으로 돌아감같이 여기니 <u>높은 학문으로 성인의 가르침을 저버리지 않았고,</u> <u>고복皋復하기에 이르렀지만 맑은 정신과 엄중한 예법을 떳떳이 잡은</u> <u>것을 그만두지 않았네.</u> 어진 공주의 이 같은 거룩함과 이 같은 덕德으로도 어찌 하늘의 도는 이처럼 갚음이 박한가!……14)

어머니의 상喪을 예법을 다해 치르고 지나치게 슬퍼하다 죽은 아내의 덕을 하늘이 은혜로 갚아주지 않아 일찍 죽게 되었음을 애통해한다. 이어, 세 아이들이 모두 예닐곱 살 안의 어린 아이들인데 그들을 두고 죽기에 이르렀으니 하늘이 원망스럽다고까지 하였다. 마지막으로, 아내가 현명하여 어진 스승처럼 자신의 허물을 바로잡아 고쳐주었고 나라의 일을 함께 의논하기도 하였는데 그런 아내가 죽었으니 너무나 큰 불행이라고 하였다.

제문을 다 읽고 나자 진공이 소리 높여 곡하며 기절할 지경에 이르자 큰 아들이 슬픔을 누르시라고 애원하기에 이른다. 이렇듯 정신이 혼미해진 상황에서 꿈 같은 것을 꾸는데, 선녀처럼 입은 공주를 다시 만나는 것이었다. 진공이 애틋한 정으로 글을 써 가는 넋을 위로해주니 혼령이 감격하여 왔다고 하면서 천금같은 귀한 몸을 잘 보존하라고 하고는 다시 사라진다. 아내 잃은 슬픔이 얼마나 컸는지를 표현하면서 그 슬픔이 죽은 이를 감동시킬 수 있음을 보여주는 대목이다.

그녀가 죽은 지 1년이 되었을 때에 지낸 소상小祥 때에는 슬픔이 더 커져 진공이 거동하기 힘들 정도가 되고 자주 기운이 떨어져 정신

---

14) 〈유씨삼대록〉 8권 61~62면.

을 차리지 못할 정도가 된다. 그래서 급기야 아버지 유 승상이 그가
죽을까 걱정하는 상황에 이르고 슬픔을 참으라고 경계한다. 슬픔 때
문에 몸까지 아프게 되었던 진공이 공주의 3년상이 지나자 원기를
회복하였지만, 그 후 3년이 더 지나서야 겨우 다른 부인의 처소에
들어갔다고 되어 있다.

4. 뛰어난 자질과 우애를 찬탄하는 동생 추모

삼대록계 국문장편소설 중, 형제가 주인공이면서 동생이 먼저 죽
는 작품들이 있다. 〈유씨삼대록〉에서 진공 유세형이 형인 성의백 유
세기보다 먼저, 〈조씨삼대록〉에서 초공 조성이 진왕 조무보다 먼저
죽는다. 이들 작품에서 먼저 죽는 인물은 작품 내에서 가장 칭송받으
며 주로 문文적인 성향을 지닌 인물형이다. 〈유씨삼대록〉에서 진공
은 작품의 마지막 권에서 죽는데, 발인發靷 전날 형 성의백이 7면에
달하는 긴 제문을 짓는다. 동생과 같이했던 옛 일을 회상하면서 그의
출중함과 그와의 우애를 강조하는 것으로 서두를 장식한다.

> …… 나의 성정은 옹졸하고 혼암하나 그대는 총명하고 학문을 좋아
> 하니 부모가 사랑하심이 특별하셨고 여러 형제들이 무릇 의심되고 해
> 결하지 못하는 일이 있으면 반드시 공에게 물었네. 형제가 연달아 갑
> 과를 마치고 청운에 오르자 문호가 창성하고 번화함이 당대에 이름나
> 나 유독 그대의 일찍 현달함과 그대가 이룬 일과 같은 자가 없었네.
> 신미년 봄에 내가 그대로 더불어 상께서 뽑아주시는 천은을 입어 어화
> 를 두 번 꺾었으니 나의 졸렬한 글이 그대의 위에 있었던 것은 형제의

차례를 바꾸지 않으려 하심이었네. 쌍으로 훤당에 알현하여 경사로움을 알리고 사실私室에 돌아와 각각 지은 글을 음영하였는데 나는 그대가 재주가 뛰어난 것을 아끼고 그대는 형의 차례를 거스르지 않은 것을 기뻐하였네. 조정에 나감에 한가지이고 물러옴에 서로 좇아 <u>비록 여러 형제가 있으나 나와 그대의 우애 깊음은 다른 사람이 가히 미치지 못 할 것이었네.</u> ……15)

다음으로는 그 성품이 호탕하고 위엄 있으면서도 자신의 허물을 즐겨 듣고 밝히 깨달아 자신을 낮추면서 아랫사람이 간하는 말도 수용하고 오히려 기뻐할 정도로 겸손했음을 칭탄한다. 아울러 검소하고 덕이 있으며, 의연하지만 부드러운 성품이었음을 서술한 후, 그렇게 뛰어나고 어진 사람인데 단명하니 너무 슬프고 하늘의 도道를 의심하게 된다고 탄식한다.16) 또 한 가지 칭송받는 덕목은 '효성'이다.

…… 애석하도다! 사람이 세상에 이룬 바가 이같이 크고 행실이 이같이 어진 후 단명하는 사람은 그대 같은 이가 없을 것이다. 이 어찌 한갓 유씨 문호의 불행과 형제로서의 설움뿐이리오? 천하가 고삐를 잃은 것과 같고 임금께서는 임금으로서의 임무를 그만두고 계시니 아아! 아우의 충성된 마음으로 차마 어찌 이에 이르렀는가? 천도를 가히 믿을 수 있을 것인가? 우리 형제가 하늘에 죄를 얻어 부모를 잃은 지극한 고통을 연달아 만남에 <u>시묘살이하는 오두막집 옆에서 기절하는 것을 누가 능히 말리겠는가마는 그대의 효성으로 몸이 파리하게 수척하여 문득 고질병을 얻어 명이 단명하기에 미치니 슬프도다.</u> 사람

---

15) 〈유씨삼대록〉 20권 1~2면.
16) 〈유씨삼대록〉 20권 2~3면.

이 태어남에 한 번 죽지 않은 자가 없으니 단지 아우의 죽음을 슬퍼하는 것만은 아니다. 그러나 차례를 거슬러서 내가 술을 부어 아우를 보내고 글을 지어 아우를 위해 울게 되었으니 어찌 인정상 참을 수 있는 일이겠는가? 병이 위독하나 마음에 동요됨이 없고 천명을 통달하여 살기를 도모하지 않았으니 높은 학문이 성인의 가르침의 경지에 있도다.······17)

아우가 부모님 상喪에 시묘살이를 하느라 수척해지고 병을 얻어 죽기에 이르렀다고 슬퍼하고 있다. 병이 위독했지만 동요됨이 없고 하늘의 명에 통달하여 구차하게 살기를 도모하지 않았다고 하면서 그의 마음의 경지에 감탄하기도 하였다. 이어 동생의 죽음을 슬퍼하는 자신의 마음을 토로하는데, 벼슬하느라 떨어져 있어 안타까웠고 처소가 달라 떨어져 있어 제대로 간호도 못했다고 한탄하면서 동생과 주고받았던 대화를 생생하게 적어 넣기도 하였다.

······ 단 위에 돗자리를 펴고 술을 부어 형제간에 이별하면서 글을 지어 경치를 슬퍼하였으니 이 거동을 대하여 알지 못하는 행인이라도 오히려 마음이 동요되려든, 하늘을 부르짖어 통곡하노라! 내가 목석보다도 완고하여 그대의 손을 잡고 자리에 비스듬히 앉아 그대가 엄숙한 기운과 초췌한 형용으로 저승으로 갈, 영원히 이별하는 시를 읊는 것을 듣고 오히려 술을 맛보고 글을 차운하였다가 오늘에 이르기까지 내 몸이 완전하니 어찌 통탄하지 않겠느냐?
불행히 그대가 일찍 벼슬길에 나가 국사가 많았고 처소가 별도로 있었을 뿐만 아니라 일신의 책임이 중대한 까닭에 일찍이 떨어져 있는

---

17) 〈유씨삼대록〉 20권 3~4면.

날이 많고 모이는 날이 드물었다. 그렇기에 평소 그대가 비록 병이
나도 내가 친히 약을 달이려 구레나룻을 그을리지 못하였고 한 방에서
함께하지 못하였으니 그대가 늘 한탄하여 말하였다. "천승의 부귀로
도 하루 동안 부모님을 봉양하고 형제들과 우애 있게 지내는 것과 바
꾸지 못할 것인데 나라에 몸이 매이어 뜻을 펴지 못합니다. 잠깐 임금
의 은혜를 갚고 난 뒤 나이가 노쇠한 후에는 벼슬에서 물러나 형제가
한 방에 모여 흐뭇한 정을 펴겠습니다." 이에 내가 탄식하여 말하였다.
"인간사가 뜻과 같지 않다. 어찌 이 즐거움을 능히 얻을 수 있겠느냐?"
라고 하면서 서로 천 년을 계획하였는데 그대가 어찌 도리어 나를 속
이고 여기에 이르렀는가?……18)

이렇듯 영원히 이별함을 아쉬워하면서 자신도 빨리 죽어 지하에서
만나야겠다고 하며 하늘을 부르며 울부짖는 것으로 제문을 끝내고
있다. 제사를 마치고는 통곡하며 거꾸러지기까지 하는 것으로 묘사
되며, 그에 대한 행장行狀을 쓰기도 한다. 이 행장은 예부시랑이 황제
의 명을 받들어 초안을 잡은 후 성의백이 윤색하고 고쳐 쓴 글인데,
아우 진공의 일생을 좀 더 자세히 서술하면서 일화도 제시하는 등
10면에 달하는 긴 글19)로 되어 있다.

…… 진왕이 홍치弘治 12년 기미년己未年 겨울에 나니 일찍 모친 이씨
의 꿈에 우러러 남두성을 삼키고 붉은 빛이 방안에 찬란하여 몸에 비
침을 보고 깨어 공을 낳았다. 왕이 나면서부터 신체가 뛰어나고 풍류
가 있었으니 평범한 사람이 아니었다. 그 조부 효문공이 한 번 보고

---

18) 〈유씨삼대록〉 20권 4~5면.
19) 〈유씨삼대록〉 20권 10~19면.

감탄하여 말하기를, "우리 집에 기린이 날 줄은 몰랐다."라고 하였다.

서너 살이 되자 제기祭器를 가지고 놀고 진법陣法을 벌이면서 장난하는 데 이르렀으니 사람들이 반드시 큰 그릇이 될 줄 알았다. 열 살에 이르러서는 풍채가 점잖으며 체격이 웅대하여 신장이 팔 척이요, 두 팔이 무릎을 지나며 말소리가 노숙하여 보는 사람이 어린아이인 줄 몰랐다. 하루는 한 관상쟁이가 와서 모두 관상을 보는데 왕이 홀로 단정히 앉아 머리를 돌이키지 않았다. 그 종숙 간의공이 웃고 불러 관상쟁이에게 관상을 보라 말하니 공이 편안하게 대답하였다.

"제가 목숨이 길고 짧은 것은 하늘에 있으니 관상쟁이가 어찌 알겠습니까?"

마침내 보지 않으니 관상쟁이가 물러와 사람에게 말하였다.

"유씨 모든 소년이 다 부귀할 상이나 오직 둘째 공자님께서 세상을 건질 재주가 있으니 훗날 가히 인각麟閣에 이름을 걸고 운대雲臺에 으뜸이 될 것입니다."

여람 사람인 괸징은 관상 보는 술법이 고명하여 조정의 시대부 등이 혹하지 않는 이가 없었는데 그가 왕을 한 번 보고는 놀라 말하였다.

"걸음이 용과 호랑이의 걸음이고, 의표가 태양 같으나 이마가 옥같이 맑아 바라봄에 신과 같으니 반드시 일생의 근심을 면치 못하고 목숨이 길지 않을 것입니다."

이 말이 과연 옳으니 그가 관상 보는 법이 그르지 않았다.……[20]

나면서부터 특출하였고 서너 살에는 이미 제사 지내는 데에 관심을 가졌으며 진법을 놀이삼아 벌이는 등 큰 인물이 될 조짐을 보였다고 칭찬하였다. 또 관상쟁이와의 일화를 통해 그 비범함을 단적으로

20) 〈유씨삼대록〉 20권 10~12면.

묘사하였다. 이어서 천성이 호탕하고 총명하며, 읽지 않은 글과 외지 않은 시가 없었다고 칭송하였다. 어른이 되어서는 황녀皇女를 아내로 삼았지만 부귀에 마음이 동요되지 않았고 공주의 덕과 미색에도 혹하지 않아 정실인 장부인과의 첫 언약을 귀하게 여겼음을 말하였다. 부모상에 시묘살이를 5년이나 고되게 하여 병이 들었음을 다시 한번 말한 뒤, 자녀 교육에 있어서도 엄격하면서도 은혜롭게 잘 하였고 조정에서의 벼슬살이도 충실히 하여 임금의 근심을 덜어주는 충성스런 신하였다고 하였다.

이후 행장의 뒷부분은 그가 여러 모로 실력자였음을 상세히 서술하고 있는데, 선조先祖가 지어놓았던 천문서天文書 여덟 편을 보고 그 신묘한 기틀을 깨달아 스스로 천문지리와 음양조화를 다 알았고 용과 호랑이에게 항복 받으며 비바람을 부르는 재주를 익혔다고 하였다. 또 오랑캐를 물리친 공으로 황제가 왕의 작위를 내렸지만 부귀를 싫어하여 한사코 사양하자 제후로 봉한 일, 신기한 병법을 쓰는 것은 기본이며 사졸들과 고생을 함께 하고 수하를 어루만져 아낀 점, 지위와 권세가 매우 중대하지만 더욱 겸손한 점, 문장이 빼어나고 기운이 영특한 점, 신속하게 정사政事를 다스린 점, 여가에는 독서를 일삼고 거문고를 연주한 점, 부인과 지기知己의 관계에 있지만 희롱하거나 예의에서 벗어나는 말을 하지 않은 점 등을 칭양하였다. 마지막으로, 나라에 어려운 일이 있을 때에는 제단을 설치하고 제문을 지어 기도하여 큰 비가 내리거나 전염병이 없어지는 신통함이 있었다고 하고는 자손들이 창성함을 서술하고 끝냈다.

그런데 그의 죽음이 형제들에게 매우 중요한 의미를 지니는 것을 단적으로 드러내는 부분이 있다. 그가 죽은 지 10여 년이 되었을 때

제사를 지낸 후 형제들이 눈물을 비같이 쏟고 피를 토하기까지 하다가, 동생들인 영릉후와 각로공이 병세가 악화되어 죽는 것으로 되어 있다. 곧이어 영릉후의 부인 설씨가 남편의 죽음에 슬퍼하다 열흘 만에 죽고 각로공의 부인 박씨도 죽는다. 또한 진공의 아내인 장부인도 죽고, 연이어 진공의 형 성의백도 죽으며, 누이들도 잇달아 죽은 뒤 부풍후가 형제 중 마지막으로 죽어 모든 형제들이 죽는 것으로 되어 있기도 하다. 형제들의 죽음의 시작이 진공 제삿날 슬픔이 컸던 탓에 건강을 해친 것이라고 설정되었다는 면에서 가족 내에서의 그의 중요성을 감지할 수 있다.

〈조씨삼대록〉에서도 형제 중 동생 초공이 먼저 죽는데, 〈유씨삼대록〉에서와 마찬가지로 형이 매우 슬퍼하면서 장례 지내는 날 제문을 짓는다. 임금까지 통곡하고 직접 와 조위弔慰하며 자신의 도포를 벗어 관에 넣게 하니 자손들이 보고 슬픔에 피눈물을 흘리고 일곱 명의 아들들은 여러 차례 혼절할 정도로 분위기가 고조되는 가운데 형인 진왕이 그를 위해 제문을 짓는다.

유년 월일의 가형家兄 평진왕 무는 죽은 아우 초국공 황태부 좌승상 이현의 영에게 고하노라. 오호라! 저승에서 앎이 있다면 이 형의 끝없는 슬픔을 살피라. 억만 슬픔을 글로 형용하여 영궤靈几에 읽으니 맑은 술 한 잔으로 나의 정을 펼 수가 없도다.

슬프고 슬프도다. 사람이 누가 형제가 없으며 천륜天倫이 각별하지 않겠는가마는 이 형과 아우의 정은 다른 사람과 다름이 많도다. 부모님이 늘그막에 우리 형제를 얻으시니 아우와 형이 한날한시에 나서 앞뒤의 차례로 형제를 정하고 함께 자당慈堂의 젖을 어루만졌으니 서로 귀하게 여기는 뜻이 어려서부터 생겼도다. 네가 몇 살 뒤에 부모를 분변하였으므로 문득 겸손하고 사양하는 뜻이 밝았으니 이는 천성이었다. 자모의 가슴에 엎드려 사랑을 다툴 때에 아우가 순순히 사양하고 덜 먹으니 부모가 이로써 도리어 항상 염려하시고 기이하게 여기셨지.

네다섯 살이 지나니 예를 갖춘 외모가 이미 생겼고 겸손한 덕은 나면서부터 알았다. 어버이 앞에서 모실 적에 <u>나아가고 물러가는 예절이 어린아이의 거동이 조금도 없으니 이 형은 진실로 미치지 못할 곳이 많았도다. 형제가 함께 수학할 때 너의 총명을 이 형이 바라보지 못하였고 재주와 문장이 나보다 낫되 너는 매사에 겸양하여 자부하는 일이 없었지.</u>

예닐곱 살이 된 후에는 예를 지키는 것이 매우 엄격하여 희롱하는 일이 거의 없고 내가 출입할 때에는 당에서 내려와 맞고 보내며 예로써 공경함이 날로 더했도다. 내 실로 너를 사랑하였으나 네가 예법을 공경하여 두려워하고 친애하는 도리가 도리어 해로움을 일러 고치라고 하였으나 그 천성의 겸손한 태도를 고치지 못하였구나.

열 살 이후로 <u>몸을 행하는 도리가 대성인大聖人의 풍모가 있었도다.</u> 내가 현제와 함께 조모와 양친을 모셔 색동저고리를 입고 춤출 적에 우리 형제의 기운이 드높고 진중하여 현제는 군자의 도를 이루었지. 선친께서 이를 칭찬하시며 말씀하시기를, '성은 일대의 준걸이자 착한 행실을 하는 군자요, 무는 호걸의 기운이 있다'고 하시면 자당이 매양 경계하시며, '아우를 배우라'고 하셨지.

자라서 형제가 한 과거에서 급제하여 용문龍門에 오르니 함께 계화桂花와 청삼靑衫으로 어버이를 영화롭게 했지. <u>우리 아우를 보는 사람들은 모두 칭찬하여 조씨 집안을 융성하게 할 기린이라고 하였고 문중門中에서 추앙하는 것이 이 형보다 위였도다.</u> ······21)

---

21) 〈조씨삼대록〉 40권 36~40면.

큰 슬픔을 토로한 뒤, 아우가 얼마나 모든 면에서 뛰어났었는지를 서술하고 있다. 네다섯 살 때의 기억부터 시작하여 성장하는 과정에서 함께 겪고 느꼈던 일들을 중심으로 이야기하는데, 함께 부모님 받들던 일, 나라의 정사를 다스리고 전쟁에서 공을 세우던 일 등 즐거웠던 일들을 서술한 뒤, 아우의 성품을 칭탄한다. 초공 조성이 아우임에도 불구하고 예의범절이라든지 성인군자다움의 면에서는 앞섬을 인정하고 있다.

> …… 아! 고요히 생각하면 첩첩이 그리워함을 견딜 수 있겠느냐? 내 본디 천성이 털털하고 어렸을 때 과격한 모습이 있었다. <u>크고 작은 일에 우리 아우가 바르게 간하는 말이 내 마음을 감동시켰다.</u> 내 현제의 말이면 듣지 않는 일이 없었고 현제는 내가 이르면 행하지 않는 일이 없었다. 우리 형제가 외람되게 벼슬이 가장 높은 데 이르렀고 자녀가 많아 사람들이 다 복된 사람이라 칭찬하두다. 나도 오히려 근심하는 일이 없었으되 <u>현제는 조심하고 공손함이 선비 시절과 다름이 없게 하였다.</u> 임금을 사랑하고 나라를 근심하여 주공周公의 한 번 머리 감을 때 세 번 머리를 움켜쥐고, 한 번 밥 먹을 때 세 번 내뱉는 덕을 이었지. 지존至尊의 사부가 되어 가까이서 모시기를 가득한 것을 받음 같이 공손히 하였다. 조정에 있은 지 육십여 년에 반 점 허물을 보지 못하였다.……22)

계속하여 아우의 장점을 이야기하고 자신의 잘못을 알려주어 더 나은 사람이 될 수 있게 했으며 서로 도움이 되었다고 하였다. 이어, 단란하던 때를 회상하면서 인생 유한함을 아쉬워하는 등 슬픔을 계

---

22) 〈조씨삼대록〉 40권 41~43면.

속하여 토로한다. 이렇게 장례를 치르고 나면 영원한 이별이니 서러움을 더욱 참을 수 없다고 하면서도, 아우의 유언을 받들어야 하니 살면서 후손들을 잘 돌보겠다고 다짐한다. 슬픔의 감정을 한껏 토로한 이 제문을 다 읽고 난 뒤의 진왕의 통곡에 해와 달이 빛을 잃을 정도라고 하였다.

5. 국문장편 고전소설의 망자 추모에 담긴 의미

지금까지 필자는 17세기 후반부터 18세기 말까지 주로 향유되었던 삼대록계 연작형 국문장편소설들을 대상으로, 이들 소설에서 망자亡者들을 어떤 방식으로 추모하고 있는지를 살펴 이에 담긴 의미, 인물 간의 역학, 작품에서 중시하는 바 등에 대해 고찰하였다. 검소함과 정실 섬김이 부각되는 서모庶母 추모, 반려자·지기知己를 잃은 슬픔을 토로하는 아내 추모, 뛰어난 자질과 우애를 찬탄하는 아우 추모의 양상을 〈소씨삼대록〉, 〈유씨삼대록〉, 〈조씨삼대록〉 등의 작품을 통해 살폈다. 이들 작품에서 유독 서모, 아내, 동생의 죽음이 서사화되고 그들의 죽음을 추모하는 과정과 제문 서술이 확대되어 있는 것은 이 인물들이 작품 내에서 가장 중요한 인물들로 기능했음을 보여주는 단적인 예가 된다. 또한 그들을 추모하는 덕목은 각각의 위치에서 가장 이상화된 인물의 덕목과 일치하므로 당대인들의 가치관을 읽을 수도 있었다. 한편, 살아 있을 때보다 더 큰 힘을 발휘하여 가문을 구해내는 진양공주 같은 인물 설정, 동생 진공이 죽은 뒤 10년이 되는 제사에서 지나치게 슬퍼하여 다른 형제들도 죽는다는 설정 등의 면에서 인물의 죽음이 서사에서 중요하게 작용하는 작품도 있었다.

하지만 대개의 국문장편 고전소설들은 가문의 창달, 번영, 계승에 서사가 집중되어 있기 때문에 한 인물의 죽음을 크게 부각하지는 않았다. 다만 서사에서 결정적인 역할을 하는 중요한 인물인 경우에만 그의 죽음을 전면화하여 묘사하고 과도할 만큼 추모한 것이다. 그래서 그들을 추모하는 제문에서도 그들에 대한 그리움과 비탄, 상실감 등이 곡진하게 표현되거나 생전에 있었던 일들이 생동감 있게 직접 인용되면서 묘사되는 등 감정이 극대화되는 쪽으로 서술되었다.

소설 속 제문들의 이런 성격은 조선 후기의 일반적인 제문의 양상과 비슷한 면이기도 하다. 현실에서의 규범관이나 규범서들에서는 아내에게 효와 시부모 봉양을 강조하고 그 실천 덕성으로 순종과 인내를 최고 덕목으로 내세우면서 집안에의 기여도와 효孝의 정도를 중요한 잣대로 이야기하지만, 제문에서는 이뿐 아니라 자신의 '반려자'로서의 아내의 모습을 요구하고 이에 부응했던 아내에 대한 고마움을 표현한다는 면에서23) 좀 더 솔직한 모습을 보여주었기 때문이다. 서모庶母 석파 등을 추모하는 제문도 실제로 지어졌던 제문들과 비슷한 양상을 보였다. 18세기의 문인 조관빈趙觀彬이나 조경趙敬도 서모에 대해 지은 제문24)에서 재주가 많고 말을 잘하며 쾌활하고 편안했으며 의복과 음식을 부지런히 준비했고 어린 아이들을 아껴주었음을 칭탄하였다. 19세기의 오희상, 정약용, 서유구 등도 서모나 서

23) 유미림, 「조선시대 사대부의 여성관-제망실문을 중심으로」, 『한국정치학회보』 39 집 5호, 2005, 29~51면.

24) 趙觀彬, 〈祭庶母梁氏文〉, 『悔軒集』 卷之十六. ; 趙敬, 〈祭庶母完山李氏文〉, 『荷棲集』 卷之八.

조모의 제문을 남기고 있는데 모두 자신이 유년 시절 병약했을 때에 잘 보살펴 준 것에 대한 감사와, 집안 살림을 검소하고 청렴하게 잘 했던 것에 대한 칭탄을 주된 내용으로 하고 있다. 소설에서와 다른 점은 제문의 후반부에서 그 자손들에 대한 설명을 하고 있는 점이다. 소설에서는 주동 가문 즉 정실의 자녀들을 위주로 서사가 전개되므로 서모들은 자손이 없거나 딸만 한둘 있는 것으로 설정되었기에 자손에 대한 설명은 없었다.

이상에서 본 바와 같이 국문장편 고전소설에서 죽음은 사람이 어떻게 할 수 없는, 하늘이 이미 정해 놓은 것이라는 운명론적인 생각, 산 자와 죽은 자는 단절되는 것이 아니라 마음으로 연결되어 있어 현실세계에 여전히 영향을 미칠 수 있다는 생각이 깔려 있었다. 또한 소설 속에 긴 제문들을 삽입함으로써 독자들로 하여금 망자亡者의 삶, 가문 내의 위상 등에 대해 다시 한번 진지하게 생각하게 하였다.

〈조씨삼대록〉의 악녀 형상의
특징과 서술 시각

1. '읽는 재미'와 '악녀'

기문소설, 대하소설 등으로도 불리는 조선후기 국문장편소설의 중요한 갈등 중의 하나는 부부 갈등이다. 그런데 이 부부 갈등은 처처(또는 처첩)갈등과 연계되어 있는 경우가 많다. 작품에 따라 그 지향점이나 세부적 구성이 다르게 설정되어 있기는 하지만, 국문장편소설들이 추구하는 교훈성과 서사적 흥미의 상당 부분이 이에 기인하는 것은 사실이다. 따라서 국문장편소설에 대한 연구들에서 중요하게 다루어지기도 했으며[1], 부부 갈등과 처처갈등에서 여성인물의 설정과 묘사, 서사적 대응 방식 등을 고찰하는 일이 작품의 핵심적인 주지와 서술자의 시각을 분석하는 열쇠가 되기도 하였다.[2] 그 중에서도

---

[1] 임치균, 『조선조 대장편소설 연구』, 태학사, 1996; 양민정, 「대하장편가문소설에 나타난 여성인식과 의의」, 『연민학지』 8집, 2000; 이승복, 『고전소설과 가문의식』, 월인, 2000; 송성욱, 『조선시대 대하소설의 서사문법과 창작의식』, 태학사, 2003; 최호석, 「옥원재합기연의 남과 여」, 『고전문학연구』 23집, 2003. 등 다수의 연구들이 있다.

특히 '악녀'에 대한 서사와 서술을 면밀히 살폈을 때에 작품에 숨겨져 있던 이데올로기, 작품에 내재되어 있는 양면적인 면 등을 제대로 파악해 낼 수도 있다.

'악녀惡女'는 넓은 의미의 '악인惡人'에 들어갈 수 있는데, 본고에서 사용하는 '악인'의 개념은 주인공·주동인물·긍정적 인물 등에 반하는 인물들 즉, 적대자·반동인물·부정적 인물을 의미한다. '악녀'의 개념도 마찬가지로 적용하여 악인 중 여성을 뜻하는 것으로 사용하는데, 특히 작품 내에서 선한 여성으로 설정된 인물을 모해하는 여성, '악하다', '음악淫惡하다'라고 서술되는 여성을 지칭한다.

고전소설의 악인에 대한 연구3)는 꽤 축적되어 있으며, 최근에는 악녀에 대한 의미 있는 연구들4)도 나오고 있다. 특히 장시광5)은 〈소씨삼대록〉, 〈쌍천기봉〉, 〈명주보월빙〉, 〈화산선계록〉 등 네 편의 국문장편소설을 대상으로 하여 여성반동인물들의 행위 양상을 분석하고 그런 행위를 하게 되는 원인을 애정, 성, 종통으로 분류하였으며 이에 담긴 서술자의 의식과 사회적 배경을 검토함으로써 국문장편소설의 여성반동인물에 대한 전반적인 이해를 가능하게 하였다.6) 또

---

2) 이승복, 앞의 책; 장시광, 「대하소설의 여성반동인물 연구」, 서울대 박사논문, 2004.

3) 정하영, 「심청전에 나타난 악인상」, 『국어국문학』 96·97집, 1987; 김수봉, 「고소설의 반동인물연구」, 부산대 박사논문, 1993; 박경열, 「가정소설에 나타난 악인의 형성 조건과 그 의미」, 『겨레어문학』 39집, 2007; 정환국, 「17세기 소설에서 '악인'의 등장과 대결구도」, 『한문학보』 18집, 2008 등이 있으며, 이 외에도 다수의 석사논문들이 있다.

4) 장시광, 앞의 논문; 조현우, 「사씨남정기의 악녀 형상과 그 소설사적 의미」, 『한국 고전여성문학연구』 13집, 2006; 한길연, 「몸의 형상화 방식을 통해서 본 고전대하소설 속 탕녀 연구―쌍성봉효록의 교씨와 임씨삼대록의 옥선을 중심으로」, 『여성문학연구』 18집, 2008.

5) 장시광, 앞의 논문.

한길연[7]은 고전대하소설 속에서 음녀淫女 혹은 악녀惡女로 규정되는 여성 중에서 자발적으로 성적인 욕망을 드러내며 다수의 남성과 관계하는 양상을 보이는 인물형을 탕녀라고 지칭하면서 그 대표적인 예로 〈쌍성봉효록〉의 교씨와 〈임씨삼대록〉의 옥선을 들었다. 이들이 매우 극단적이고 기괴스런 몸의 변형을 겪으면서 타자화되는 데에 주목하였으며, 이는 당대 남성 중심의 권력구도를 재현하기 위한 장치이지만 그 서사에서 자체 균열을 보임으로써 남성중심적 체제에 대한 본질적인 질문을 담아내고 있다는 점에서 의미가 있다고 하였다.

선행연구들에서 알 수 있듯이 국문장편소설에는 악녀형 인물이 종종 등장하며 그 행위 양상도 비슷비슷한 면이 있다. 그래서 결국 작품에서 드러내고자 하는 것은 여성들의 애정 욕망이나 투기를 금지하고 정절 이네올로기를 강화하며 가부장제를 공고히 하고자 하는 시술자의 의식이라고 범박하게 말할 수 있다. 하지만 악녀들의 악행의 원인이나 범주, 악녀에 대한 묘사, 악녀의 비중, 그와 짝이 되는 남편의 인물형, 악녀에 대한 징치 등은 작품마다 차이가 나며, 이를 분석했을 때에 그 작품의 서사 원리, 서술 시각을 좀 더 정확하게 짚어낼 수 있을 것으로 보인다.

본고의 연구 대상인 〈조씨삼대록〉[8]은 〈현몽쌍룡기〉[9]와 연작된

---

6) 이후 〈이씨세대록〉, 〈소현성록〉, 〈윤하정삼문취록〉, 〈천수석〉 등의 여성반동인물의 행위 양상과 그 의미에 대해서 논한 바 있으며(장시광, 『한국고전소설과 여성인물』, 보고사, 2006), 선한 여성의 수난담을 분석하는 가운데 수난의 원인으로 악녀의 악행을 언급하기도 하였다.(장시광, 「명주보월빙의 여성수난담과 서술자 의식」, 『한국고전여성문학연구』 17, 2008. 12.)

7) 한길연, 앞의 논문.

8) 〈조씨삼대록〉 40권 40책, 서강대학교 소장본.

삼대록계 국문장편소설이다. 작품에 대한 전반적인 고찰10)이 있은 이래, 삼대록계 소설의 특징적인 서사구조와 주제 의식을 파악하는 연구11), 연작 관계를 밝히는 연구12)가 이루어졌다. 두 작품은 연작이 기는 하지만 각각 따로 연구되기도 했는데, 전편인 〈현몽쌍룡기〉에 대한 연구13)는 창작 방법과 작가 의식을 밝히는 연구에서 그 서술 문체를 분석한 연구, 여성 주인공들의 수난 양상을 통해 그들의 친정 이 형상화되는 방식을 살핀 연구 등이 있어왔다. 최근에는 후편인 〈조씨삼대록〉에 대한 세밀한 연구가 다시 시작되어, 〈소현성록〉과의 관계를 짚으면서 작품의 서술 시각을 추출하거나14) 서술 전략을 분 석하는 연구15)가 이루어졌으며, 〈현몽쌍룡기〉와 〈조씨삼대록〉 연작 을 아우르며 창작 배경이나 서사 구조, 주제 의식 등에 있어서의 동질 성과 변별성을 폭넓게 고찰한 연구16)도 나왔다. 이들에 따르면, 〈조 씨삼대록〉은 독자들이 내용을 쉽게 이해하고 흥미를 느끼게 하기 위 해 요약 서술, 반복과 병치를 통한 인물과 사건의 재배치, 상호텍스 트적 구성 등의 전략을 효과적으로 활용한 작품이라고 할 수 있다.

---

9) 〈현몽쌍룡기〉 18권 18책, 한국학중앙연구원 소장본.

10) 조용호, 「조씨삼대록 연구」, 서강대 석사논문, 1988.

11) 조용호, 「삼대록 소설 연구」, 서강대 박사논문, 1995.

12) 임치균, 『조선조 대장편소설 연구』, 태학사, 1996.

13) 박일용, 「현몽쌍룡기의 창작방법과 작가의식」, 『정신문화연구』 26권 3호, 2003, (임치균외, 『장서각 낙선재본 고전소설연구』, 태학사, 2005. 재수록); 김문희, 「현몽 쌍룡기의 서술 문체론적 연구」, 『고소설연구』 23집, 2007; 최수현, 「현몽쌍룡기에 나타난 친정/처가의 형상화 방식」, 『한국고전여성문학연구』 15집, 2007.

14) 허순우, 「현몽쌍룡기 연작의 소현성록 연작 수용 양상과 서술시각」, 『한국고전연 구』 17집, 2008. 6.

15) 김문희, 「조씨삼대록의 서술전략과 의미」, 『고소설연구』 26집, 2008. 12.

16) 허순우, 「현몽쌍룡기 연작 연구」, 이화여대 박사논문, 2009. 2.

그런데 필자는 이 작품이 이렇게 독자들을 흡입력 있게 끌어당기고 '읽는 재미[17]'를 주는 가장 큰 요인이 '악녀'의 형상과 그와 관련된 사건의 전개라고 판단하였다. 물론 이 작품도 여타의 국문장편소설들처럼 작품 내에서 긍정되고 칭탄 받는 선한 인물들의 훌륭한 자질과 인내, 정절 의식 등을 통해 교훈을 주려는 서술자의 의식이 강하게 반영되어 있는 것이 사실이지만, 악녀 형상에 변화를 주고 그 악행의 강도와 비중을 높임으로써 긴장감을 고조시키며 주변인들과의 공모를 통해 현실성을 강화하고 서사를 확장하는 효과를 내면서 특별한 재미를 주는 것이다. 따라서 본고에서는 악녀 관련 서사의 특징과 서술 시각에 있어 〈조씨삼대록〉과 차이가 나는, 연작의 전편인 〈현몽쌍룡기〉는 다루지 않고 〈조씨삼대록〉에만 집중하여 논의하도록 하겠다.[18] 〈소씨삼대록〉에서 심각한 부부 갈등을 야기하는 악녀는 유

---

17) 김문희(앞의 논문)는 이 작품의 서술 전략을 사전 제시와 상술의 유형적 서술, 이중적 격하의 대화적 서술, 과도한 행위의 보여주기적 서술, 상호 텍스트간의 교차적 서술, 연작과 파생작의 병행적 서술로 나누어 살핀 뒤, 이러한 서술 전략이 효과적으로 활용되었기에 마니아적인 독자층을 형성할 수 있었으며, 결과적으로 국문장편소설 중 해학적이고 대중소설적인 작품으로 자리매김할 수 있다고 하였다. 필자는 이 작품의 대중소설적 성격을 잘 보여주는 또 하나의 표지로서 '악녀'의 형상에 주목한다. 이는 요즘 인기 있는 TV 드라마에서 극적인 긴장감과 재미를 추동하는 인물로 악녀가 부각되는 경향과 유사하다.

18) 〈현몽쌍룡기〉의 주된 악인은 남성들이다. 조무의 선한 아내인 정씨를 괴롭히는 악인은 그녀의 계모와 결탁한 박수관이고, 조성의 선한 아내인 양씨를 괴롭히는 악인은 그의 친정 동생 양세이다. 악녀로 금선공주가 있기는 하나, 〈조씨삼대록〉의 악녀들과는 성격을 달리 하며 비중이나 지속성에서도 차이가 나므로 본고에서는 같이 논의하지 않는다. 이처럼 전·후편이 연작으로 남아 있지만, 서사적 특징이나 서술 태도에 있어 차이를 보이는 경우는 종종 있다. 〈소현성록〉과 〈소씨삼대록〉의 경우(정선희, 「소현성록 연작의 남성인물 고찰」, 『한국고전연구』 12집, 2005. 참조)도 그러하며, 〈성현공숙렬기〉와 〈임씨삼대록〉의 경우도 악녀 형상에 있어 차이가 있다. 〈임씨삼대록〉의 경우(최수현, 「〈임씨삼대록〉 여성 인물 형상화와 그 의미」, 한국고

현의 4처 강씨, 운현의 2처 장씨, 양인광의 2처 곽씨, 소경수의 3처 이씨, 웅현의 2처 변씨 등이 있는데, 유현의 정실 정씨를 모해하는 악행은 남성 악인인 설강이 강씨보다 주도적이고 지속적으로 하고 있으며, 웅현의 정실 진씨를 모해하는 변씨의 악행은 소략하게 묘사 된다. 따라서 가장 강도 높은 악행을 저지르면서 비중 있게 등장하는 악녀 3인인 장씨, 곽씨, 이씨를 주된 논의 대상으로 삼는다.

2. 〈조씨삼대록〉의 악녀 형상

2.1. 군주에서 요괴까지, 변화하는 악녀

〈조씨삼대록〉에서 가장 오랫동안 서사에 등장하는 악녀는 진왕 조 무의 셋째 아들 운현의 둘째 부인 장씨[19]이다. 천화군주→장씨→오 랑캐 왕비→강의 요괴 등으로 변신하며[20] 지속적으로 악행을 저지르 다가 운현의 조카인 명윤의 손에 죽게 되는 여인이다.

그녀는 원래 황족인 연왕의 외동딸 천화군주이다. 얼굴은 예쁘지

전연구학회 65차 학술대회 자료집, 2009. 2. 참조) 음녀형 여성 인물이 등장하여 성 애를 노골적으로 표현한다든지 폭력성을 보이거나 변신술과 요술을 자유자재로 부 리는 특징이 있다.

19) 그녀는 원래 천화군주로 소개되었지만, 운현과의 혼인을 위해 장씨가 되었고 운현 의 집안에서도 장씨인 줄 알고 혼인을 시켰으며 서사 진행의 대부분에서 장씨로 호칭 되므로 이같이 지칭한다.

20) 이렇게 성씨를 바꾸거나 요괴가 되는 악녀는 국문장편소설처럼 악녀가 자주 등장하 는 유형에서도 거의 찾아보기 힘들다. 다만 〈쌍성봉효록〉의 교씨의 경우 교씨→ 탕씨→소씨→부씨→오랑캐왕비 등 여러 번 신분을 바꾸거나 변신하고 있는 점 (한길연, 앞의 논문)이 비슷하다.

만 속마음이 어질지 못하며 안으로 악을 감추고 겉으로 선을 드러내
는 사람으로 소개되어 있다.[21] 이렇게 표리부동한 성품은 그 부모도
알아채지 못할 정도이기는 하지만, 작품에서 그녀가 '악녀'로 표상되
는 이유는 이러한 성품 때문만은 아니다. 거개의 국문장편소설에서
그러하듯이,[22] 여자임에도 불구하고 자신이 먼저 남자에게 정을 느
껴 신랑을 고르려 했기 때문인 것으로 보인다. 그녀의 경우는 그녀의
아버지가 먼저 사윗감으로 조운현을 점찍기는 했지만, 자신도 몰래
남자를 엿보고 그를 마음에 두어 그가 아니면 혼자서 늙겠다고 하는
등 강한 혼인의 의지를 지녔다. 그러나 시아버지가 될 진왕(조무)의
거절로 운현과 혼인하지 못하게 되자 못내 분해하면서 계교를 내서
라도 조씨 가문에 들어가리라 다짐한다. 이러한 마음을 아버지에게
밀하고 조운현의 둘째 부인이리도 되겠디며 운헌을 불러 술을 먹여
취하게 만들어달라는 등 구체적인 계획을 세운다. 서술자는 이런 그
녀를 "남즈의 풍치를 고혹ᄒ여 음난 간계로 쇼탈ᄒ 년쇼랑을 후려
풍화 대변을 지으니 엇지 ᄎ악지 아니리오[23]"라고 하거나 "음녀"라
고 지칭하면서 그녀의 "블 ᄀᆺᄐ 음심이 념치를 일코", "한 업슨 졍을

---

21) 천혀군쥬의 아명은 봉교라 옥안화티와 절셰묘질이 일셰의 ᄲᅢ혀나며 지족다모ᄒ고
    담약이 과인ᄒ여 안 마음이 어지지 못ᄒ며 겄ᄎ로 인즈혜질ᄒ여 은악양션ᄒ니 부뫼
    긔특이 너기고 보ᄂᆞ니 친이ᄒ더라, 〈조씨삼대록〉, 9권 21~22면. (천화군주가 처음
    언급되는 이 대목에서 '천혀군쥬'라고 나오지만 32면 3째줄에서 '쳔화군쥬'라고 명기
    되어 있으므로 '천화군주'라고 표기한다. 어떤 연구자는 천희군주라고 하기도 했으
    나, 본고에서는 원문에 근거해 호칭하도록 한다.)
22) 〈소현성록〉 연작에서 명현공주가 운성에게 반하여 방울을 던져 신랑으로 낙점한
    일이 끝내 운성의 미움을 사서 몇십 년을 처녀로 늙어죽은 것, 〈임씨삼대록〉에서
    옥선군주가 임창홍에게 반하여 탄월을 던져 늑혼하게 됨으로써 임창홍의 냉대를 3년
    이나 받은 것 등에서 단적으로 드러난다.
23) 〈조씨삼대록〉 9권 31면.

이긔지 못흔다[24])"라고 서술하고 있다. 천화 군주 부녀의 계교에 넘어가 술에 취해 잠들었던 운현과 군주가 잠자리에 들었기에 결국 군주의 계략대로 일이 진행되고 만다. 하지만 진왕과 인종황제가 혼인을 반대하여 성사되지 못하고 일단락된다.

그러나 그녀는 여기서 그치지 않고, 군주라는 신분임에도 불구하고 둘째 부인을 마다 않으며 '가짜 장씨'로 사는 것까지 용납하면서 혼인하려 한다. 또 적국이 될 남씨를 혼인 전부터 해치려 하며 악행을 저지르기 시작하는데, 요승妖僧과 도모하여 남씨를 롱 안에 넣어 강물에 띄워 보낸다. 그 후 외삼촌 장당의 양녀가 되어 장씨로 개명하고 운현과 혼인하게 되는데, 운현이 바라본 장씨의 모습은 "옥안염틱 긔이ᄒ여 옥미 납셜을 씌엿ᄂ 듯 금봉이 니슬을 썰쳐시니 어엿브미 양왕의 쑴을 놀라게 할[25])" 정도로 예쁘다. 그렇기에 그가 실종된 정실 부인 남씨를 잊지 못하면서도 그녀에게 미혹하여 만사를 잊고 그녀의 침소를 떠나지 않게 되는 것이다.[26])

이후 남씨가 우여곡절 끝에 집으로 돌아오는데 운현이 남씨를 아끼자 장씨가 유모와 의논하여 운현에게 개심단改心丹을 먹인다. 그리하여 갑자기 마음이 바뀐 운현이 장씨에게 침혹하게 되며, 여기서 더하여 장씨는 신법사神法師에게 술수를 행하게 하여 남씨의 아들 명륜이 크게 아프게 만든다. 계속되는 장씨의 거짓말을 믿는 운현은

---

24) 〈조씨삼대록〉 9권 32~33면.

25) 〈조씨삼대록〉 11권 41~42면.

26) 악녀의 짝이 되는 남성의 기질은 크게 두 가지로 나눌 수 있는데, 〈조씨삼대록〉의 경우 악녀 장씨의 짝 조운현과 악녀 곽씨의 짝 양인광은 호걸형 남성이며 악녀 이씨의 짝 소경수는 성인군자형 남성이다. 남성의 기질에 따라 악녀의 행위나 부부 갈등이 달라지는 양상은 3장에서 다시 언급될 것이다.

남씨를 매우 미워하게 되는데, 급기야 장씨가 거짓 편지를 만들어 남씨가 외간 남자를 사귀는 것으로 조작하자 이를 그대로 믿고 남씨의 머리를 베려고까지 한다. 장씨가 운현에게 투여하던 요약妖藥인 '개심단'의 약효를 날로 세게 하였기에 이제 그는 부형父兄을 원망하고 장씨만 위하는 사람이 되고 만다. 이렇게 장씨는 요술과 요약 등을 활용하여 남씨와 남씨의 아들 명륜을 해하는 데에 전념한다.27) 초공과 진왕이 운현의 마음을 진정시키기 위해 그에게 셋째 부인 방씨를 얻어 주기에 이르지만 더 이상 헤어 나올 방법이 없을 정도로 장씨에게 미혹된다.

이렇게 운현이 장씨에게 푹 빠져 있기는 하지만, 장씨는 아직 남씨가 살아 있는 것이 아쉬운 데다 자신이 아이를 낳지 못한 점 때문에 늘 전전긍긍하여 신묘랑과 꾀를 내어 아들을 사오기로 한다. 하지만 계획만 할 뿐 실행에 옮기기도 전에 장씨의 정체가 발각되고 만다. 장씨와 신묘랑이 대화하면서 그동안의 일을 회상하는 것을 운현이 들어 지금까지의 악행이 드러나기 시작한 것이다. 시녀들과 신묘랑이 궁궐로 불려 들어가 처벌을 받은 뒤28) 연왕과 장씨는 유배 보내

---

27) 그 한 예를 들면, 신법사가 큰 매가 된 후 남씨의 얼이 빠지게 만들고 명륜을 나비로 만들어 실로 매어 장씨의 친정인 연부로 날아간다. 그들을 원래의 모습으로 되돌린 후에 남씨는 찬 감옥에 가두고 명륜에게는 독을 먹여 산 속에 버리라고 한다. 여기서 남씨는 연왕에게 겁탈 당할 뻔하거나 한왕에게 넘겨지는 등의 고초를 겪게 된다.

28) 발각된 후, 악녀 장씨와 그 하수인 신묘랑을 어떻게 처리하는지도 주의해서 볼 필요가 있다. 운현이 분노에 차 신묘랑을 때려죽이려 하자, 진공과 초공이 만류하며 그녀를 옥에 가두고 임금께 상소를 올린다. 즉 그들의 죄를 집안에서 처리하는 게 아니라 나라의 법으로 다스리게 한 것이다. 그리하여 장씨의 아버지인 연왕과 한왕 부자, 양부(養父)인 장 사공까지 모두 부르고 신묘랑과 심복 시녀들도 궁궐로 불러들여 엄중히 다스린다. 모두들 처음에는 악행은 부인했으나 남씨를 도왔던 경상궁이 정황을 낱낱이 말하고 신묘랑과 시비들이 자백하자 모든 것이 드러난다. 결국 연왕은

진다.

이렇게 하여 악녀 장씨는 서사에서 사라지는 듯했지만, 다시 신분이 바뀌어 등장한다. 얼마 후 서촉에서 촉나라 왕 육안걸이 반역을 일으키자 운현과 양인광 등이 진압하러 가게 되는데, 가서 보니 촉나라 왕비가 바로 그 장씨인 것이다. 그녀는 서촉으로 유배 가서 한 여승을 만나 검술과 요술들을 배워 못하는 것이 없게 되었으며, 그 요승과 결탁하여 육안걸의 후궁이 되고 그 후 정궁을 독살하고 왕비가 되어 옛 원수를 갚기 위해 송나라에 반하는 군사를 일으킨 것이다.[29] 결국 운현이 장씨를 베어 그녀의 머리를 촉 성으로 돌려보내고 시신은 강물에 던진다. 그런데 그녀는 죽어서까지 다시 요괴가 되는 것으로 되어 있어 섬뜩하다. 이후로 그 강 속에 요괴가 있어 밤낮으로 우짖으면서 '얼굴이 아름다운 이가 강을 건너면 반드시 해코지를 하여 병이 생겨 죽게' 하다가, 훗날 조기현의 장자 명윤이 대원수로 와 죽임을 당한다고 되어 있다. 즉 조씨 가문의 장손의 손에 베임으로써 비로소 최후를 맞는 것이다.

조주로 멀리 보내고 장씨는 촉 땅으로 유배 보내며, 한왕 부자는 3년간의 봉록을 거두고 장 사공과 운현은 속은 사람이니 용서해 주지만 수신(修身)을 잘 하라고 판결이 난다. 이때에 죽는 사람은 하수인에 불과했던 신묘랑뿐이다.

29) 장씨가 원래 군주였기 때문에 왕실의 일원이었으면서도 반역에까지 이르도록 설정한 점이 특이하다. 집안에서 갈등을 일으키고 못된 짓을 했다고 해서 죽일 수는 없는 일인 이런 설정을 한 듯하다. 〈조씨삼대록〉보다 후대의 작품인 것으로 추정되는 〈쌍성봉효록〉의 교씨도 오랑캐 왕비가 되어 명나라에 반역을 꾀한다는 면에서 비슷한 양상을 보인다. 한길연(앞의 논문)은 추방된 여인 교씨가 오랑캐를 규합한 것을 타자들의 연대라고 해석한 바 있다.

2.2. 시어른을 조종하고 계후까지 바꾸려는 악녀

〈조씨삼대록〉에서 비중이 크게 설정된 또 한 명의 악녀는 조무의
딸 월염의 남편인 양인광의 둘째 처 '곽씨'이다. 그녀는 서주후 곽관
성의 딸인데 임금이 인광과 바둑을 두어 상으로 사혼케 한 여인이다.
인광에게는 제1처로 조월염이 있는 상태였는데 그녀가 너무 차가운
탓에 인광이 노심초사하고 있던 차였으므로 미인 곽씨와 혼인한 후
그녀에게 심하게 미혹된다. 이 부부의 조합은 조씨 가문의 딸이 선한
아내이며, 주동 가문이 아닌 양씨 가문의 호걸형 남성이 남편, 조씨
가문 딸을 핍박하는 악녀가 또다른 아내인 것으로 이루어져 있다.
핍박 받는 부인이 조씨 가문의 딸이어서 그런지 조월염의 심리나 행
동 묘사가 더 구체적이고 상세하게 제시된다는 면에서 주동 가문 중
심적 서술[30]을 확인할 수 있다.

이렇게 인물 설정, 만남의 방식, 악녀가 등장하기 전의 부부의 친
밀도 등의 면에서 앞 절과 차이가 나는데, 가장 결정적 차이 중 하나
는 남편의 자질이다. 운현도 호걸형 남자이기는 했지만, 인광은 그보
다 더 색을 밝히며 아내에게 소홀한 면이 많다. 풍류를 즐기고 방탕한
행실을 보이던 그가 둘째 부인으로 맞이하게 된 것이 곽씨인데, 그녀
는 처음 묘사될 때부터 '시랑이의 모진 마음을 품고 독사의 악함을
지녔다'고 되어 있다.

---

30) 조용호(앞의 논문, 174~181면.)는 이 같은 면을 '가문주의'라고 명명하면서, 가문
공동체의 최우선성, 가문유지의 절대성, 권위의 부동성과 불가친성, 가문구성원들의
혈연적 동질성과 서민의식, 수직적 질서의 불변성과 무조건적 수용, 유교윤리에 대
한 신봉과 청렴 결백 등으로 나타난다고 설명하였다.

녀ᄋ 월성이 죠요 치화를 노릭ᄒ니 사름 되오미 츈풍 쇼월 갓고 성정이 영오ᄒ고 지뫼 민쳡ᄒ며 일을 당ᄒ미 결단 강명ᄒ고 얼골이 고와 ᄉ랑ᄒ옵되 쇠랑의 모진 거슬 픔고 독샤의 악을 가젓시니 복쳡의 류라도 득죄ᄒ면 공교흔 쇠로 얼거 듁이되 간활ᄒ고 부모도 오히려 모로더라[31]

장씨와 마찬가지로 곽씨도 어여쁘고 꾀가 많으나 모질고 독하며 공교하여 남들이 본래의 마음을 모를 정도로 간활하다고 되어 있으니, 안과 겉이 다른 것이 악녀들의 특징인 셈이다. 또한 신랑을 보고 먼저 마음에 들어 하여 부모에게 보채어 사혼하게 하는 방식도 장씨와 비슷하다. 혼인한 첫날 밤 인광을 본 곽씨는 그의 영웅스럽고 멋진 모습에 감탄하면서 그의 사랑을 독점하고 싶어 적국인 조월염을 경계하게 된다. 마침 곽씨의 유모 취한이 계교를 내어 요약妖藥[32]을 사용하게 되며 조씨를 무고하거나 뇌물과 거짓 편지들을 이용하여 모함하는 악행을 실행하게 된다. 가신家臣 맹한에게 천금을 뇌물로 주고 시녀까지 주어 계교를 도모하는데, 국문장편소설들에서 선한 여성인물이 당하는 누명 중 가장 자주 등장하는 '외간 남자와의 사통' 사건을 거짓으로 벌인다. 장씨와는 다르게 곽씨는 자신이 직접 모해하는 부분과 남편의 마음을 흔들어 그가 아내를 핍박하게 하는 부분

---

31) 〈조씨삼대록〉 15권 62~63면.

32) 곽씨의 유모가 가져온 요약 세 가지는 〈소현성록〉을 필두로 한 다른 국문장편소설들에서도 종종 활용되는 약으로, 이름과 종류는 작품마다 약간씩의 차이가 이다. 여기서는 부부간에 사랑하던 사람을 미워하고 미워하던 사람을 사랑하게 하는 '미혼단(迷魂丹)', 얼굴을 바꾸어 다른 사람의 얼굴이 되게 하는 '환용단(換容丹)', 먹으면 죽는 '독약'이 제시된다. 국문장편소설에서의 요약 모티프에 대한 연구로 한길연(「대하소설의 요약 모티프 연구」, 『고소설연구』 25집, 2008.)의 논문이 있다.

이 비등하게 제시된다. 미혼단迷魂丹을 먹은 인광은 판단력이 흐려졌기에 사태 파악을 못하고 폭력적으로 조씨를 대하게 되는데, 급기야는 독약을 들고 조씨에게 가서 자결할 것을 종용하기까지 한다. 또 곽씨는 시부모인 양공 부부에게 미혼단을 먹여[33] 자기만 아끼게 만들고, 시녀 경화에게는 환용단換容丹을 먹여 조씨의 얼굴로 바뀌게 한 다음 양공 부부에게 욕하게 하여 시부모가 조씨를 내치게 한다. 그리하여 조씨는 정실 직첩과 화관을 뺏기고 은설정에 갇히기에 이른다.

급기야 곽씨는 거짓 임신을 하고 유모 취파가 남의 아이를 돈으로 사오는 것도 묵인한다. 또 조씨의 시비를 매수하여 조씨의 아들에게 독약을 먹여 죽이고, 가짜로 자신이 아들을 낳은 것처럼 하여 시부모와 남편의 사랑을 독자지한다. 소씨가 2년 산 은설정에 갇혀 있는 동안, 그녀의 국에 독약을 넣게 하여 죽이려 했지만 조씨의 지혜로 실패한다. 그러자 은설정에 불을 지르게 하고 자객을 시켜 조씨를 죽이게 하지만, 우여곡절 끝에 또 실패한다. 그리하여 곽씨의 악행은 날로 강도가 세어지는데, 급기야 사람의 해골을 사는 데에까지 이른다. 유모에게 시종을 시켜 백금을 주고 사람의 머리를 베어 오라고 하는데, 이 일이 곽씨의 악행이 발각되는 실마리가 되고 만다. 억울하게 죽은 늙은 종의 딸이 곽씨의 아버지 곽후에게 고하여 모든 일이 드러나고, 양인광도 매우 놀라면서 특히 가짜 아들을 데리고 온 죄는

---

33) 악녀가 시부모에게 요약을 먹일 수 있었던 것은 시부모가 주동 가문이 아닌 양씨 가문이었기에 가능하다. 〈조씨삼대록〉 연작에서 양씨 가문은 비교적 비중이 크게 다루어지는데, 연작의 전편인 〈현몽쌍룡기〉의 중요한 사건 중의 하나가 양인광의 아버지 양세가 양정렬 부인을 모해하고 패악을 부리다 파문 되고 죽은 일이었다.

용서할 수 없다며 임금께 고하자고까지 한다. 하지만 곽후가 말리면서 곽씨를 집으로 데리고 가 깊은 당에 가둬 왕래를 막고 자진하기를 기다린다.

2.3. 애정을 위해 다각도로 공모하는 악녀

〈조씨삼대록〉에서 악행의 강도가 가장 강하고 주변인들과 다양하게 공모하여 규모가 크게 실행하는 악녀는 소경수의 셋째 처 이씨이다. 그녀는 원래 양인광의 둘째 처 곽씨였는데, 양씨 집안에서 쫓겨나 깊은 당에 갇혀 몇 년을 지냈어도 아버지가 용서해 주지 않자 시녀와 함께 도주하여, 5촌 숙모 이부인의 양녀가 되어 '이씨'가 된 인물이다[34]. 처녀의 복색으로 분을 많이 발라 치장하니 청춘의 자색이 빼어난 여인처럼 보여 이미 한 번 시집갔다가 쫓겨난 여자라고는 아무도 알아차리지 못하는 상황이다.

이씨의 남편이 될 사람은 평진후 소천의 막내아들이다. 작은 아버지 소학사에게 딸만 셋이 있었기에 다섯 살 때에 양자로 가 계후를 이었는데, 소학사의 아내 구부인과 딸들의 성품이 간사하여 조자염을 곤경에 빠뜨리게 된다. 악녀 이씨가 눈의 가시처럼 여기면서 지속적으로 모해하는 사람은 바로 소경수의 둘째 부인 자염인데, 그녀는 초공의 딸이다. 그녀는 〈조씨삼대록〉 전체에서 가장 뛰어난 여성이라고 서술될 정도로 덕성과 지혜가 뛰어난 여인이다.[35] 경수의 첫째

---

34) 즉 곽씨와 이씨는 동일인이다. 하지만 앞 절에서 살핀 장씨가 천화군주였다가 장씨, 오랑캐 왕비 등으로 변모했던 것과는 달리, 곽씨와 이씨는 각기 별개의 인물인 것처럼 다른 사람과 혼인하여 독자적인 행보를 보이며, 다른 인물들도 동일인이라고 생각하지 못하기에 따로 살핀다.

부인은 구부인의 조카 구씨로, 시어머니 구부인이 자염을 핍박하는 원인이 되기도 한다. 이렇게 두 명의 아내가 있기에 경수는 셋째 아내까지 두고 싶어 하지 않았지만, 경수를 보고 반해버린 이씨가 양모養母 이부인에게 부탁하여 양 귀비를 통해 사혼을 받아 혼인한다.

그리하여 소경수와 그의 착한 아내 조자염을 모해하는 이들이 하나의 집단이 되는데, 구부인, 그의 딸들, 아들 연수, 경수의 첫째 부인 구씨, 셋째 부인 이씨 등이 의기투합하게 되는 것이다. 이씨와 시누이들이 꾸민 첫 번째 계교는 조부에서 열린 태부인의 생일잔치에서 조씨가 이씨의 음식에 독약을 넣은 것처럼 한 일인데, 경수의 생모 주부인의 지혜로 목적을 달성하지 못하고 만다. 그 후 이씨는 더 큰 계교를 내게 되는데, 친정어머니인 곽부인이 상언上言을 올리게 하고 조씨 가문과 사이가 좋지 않았던 '상홍'이라는 사람의 첩 주씨를 끌어들여 이 일을 형부刑部에 고소하게 한다. 그러나 시녀만 북해로 귀양 가는 것으로 일단락되고 조씨 모해가 불발된다. 그러던 차에, 배다른 형인 경수가 가장家長이 되는 것을 못마땅해 하던 연수와 시어머니까지 합세하여 경수 부부를 핍박하게 되니 그 강도가 배가 된다. 조씨를 무고하기 위해 술사術士를 불러 주사呪辭가 쓰인 인형과 흉서를 찾는 것처럼 꾸미기도 한다. 시녀들을 매수하여 계교를 행하였기에 조씨는 여지없이 범인으로 지목되어 시어머니에게 수십 대를 맞기에 이른다. 얼마나 많이 맞았던지 '머리가 깨져 피가 낯에 가득히 흐를'

---

35) 그런데 이렇게 뛰어난 여인인 조자염이 소경수의 첫째 부인이 아닌 것은 의도적인 설정이다. 만약 그녀가 첫째 부인이었다면 경수가 그녀만 편애하는 것을 크게 흠잡을 수 없었을지도 모른다. 작품에서 이씨의 악행의 원인은 남편의 홀대라고 자주 지적되며 경수의 큰 잘못도 아내들을 공평하게 아껴주지 않는 점이기에 이런 서사를 진행하려면 자염이 둘째 부인인 것이 설득력이 있을 것이다.

정도가 된다. 국문장편소설에서 여인이 이렇게 다른 여인에게 막무가내로 맞아 피를 흘릴 지경이 되는 경우는 드물다. 곁에 있던 연수의 처 교씨가 말리며 조씨의 피를 닦아주면서 연수에게 간언하자, 화가 난 연수가 옥 벼루를 교씨에게 던지기도 하는 등 폭력이 난무하는 상황이 된다.

형과 형수에 대한 질투에 눈먼 연수가 어머니에게 형 부부를 모함하고 형이 자신을 때린 것 같이 거짓 상처를 만드는 등 어이없는 행동을 계속하자, 이씨는 통쾌해 하면서도 시어머니가 '경수가 자신을 박대한 일'을 책망하지 않는 점을 안타까워한다. 이씨의 악행의 동기는 다른 무엇이 아니라 남편이 자신을 박대하기에 애정을 갈망해서였다는 점이 자주 서술되고 있다. 아울러 남편 경수의 잘못을 '아내 셋을 다 고르게 대하지 못하고 조씨에게만 고혹한 점'이라고 언급하는 대목도 자주 나온다. 연수와 이씨 등은 급기야 자객을 돈으로 사서 조씨를 납치하라고 하기에 이르는데, 이때에 조씨는 앞날을 내다보고 미리 아들을 피신시킨 후 자신은 머리를 풀어헤치고 얼굴에 숯을 바르는 등 흉하게 만들어 화를 피한다. 이렇게 여기서는 앞의 경우들에 비해, 선한 아내의 자질이 매우 뛰어나 스스로 고난을 예측하고 피하기도 한다는 점이 부각되고 있다.

그러던 중 악녀 이씨는 자신의 동생과 모의하여 고종 사촌인 도어사가 임금께 거짓 소장訴狀을 올리게 한다. 조씨에게 죄상을 뒤집어씌우는 내용을 보고도 임금은 조씨를 의심치 않지만, 사실을 밝히고자 경수를 하옥시키고 조씨의 시녀들을 문초하기에 이른다. 결국 시녀들의 거짓 자백으로 애매하게 죄에 연루된 조씨는 장사에 유배되고 경수는 집안을 잘못 다스린 죄로 조주로 유배 가는 형벌을 받는다.

이 대목에서 악녀 이씨의 악행은 극에 달하게 되는데, 유배 가는 조씨와 경수를 죽일 계교를 세운 것이다. 시동생 연수를 부추겨 자객을 보내 그들을 죽이자고 하는데, 연수가 형을 죽이는 데에 이르러서는 주춤하자 온갖 감언이설로 설득하여 마음을 돌린다. 이 대목에서도 이씨가 남편을 그처럼 미워하고 죽이고 싶어 하는 이유는 '애정욕' 때문이다.[36)]

이씨에게 돈으로 매수된 진석윤, 백지호 등이 조씨와 경수를 해하러 가려 하지만, 실행하기도 전에 이를 안 조씨의 오빠 조유현이 두 자객을 미리 사로잡는다. 그래서 다시 연수가 철두비, 구은해 등 자객을 사고 비밀 기병들을 거느리게 하여 경수 부부를 죽이러 가게 된다. 이 대목에서 자염은 또다시 스스로 자신의 위기를 알아채고 벗어날 방법을 제시하여 죽지 않지만 죽은 것으로 가장한다. 조씨가 죽었다는 소식을 들은 이씨는 후련해 하면서 개가해야겠다는 생각을 하고 연수의 친구인 정한림을 마음에 두게 된다. 연수를 협박하여 정한림을 소개받아 신분을 속이고 그와 또 다시 혼인하는데, 이제야 그녀는 드디어 남편의 사랑을 독차지하게 된다.

한편, 소씨 가문에서는 연수가 아버지 강릉후에게 요약까지 먹여 정신을 혼미하게 하여 자신을 아끼게 만들고 형을 죽이려고 마음먹

---

36) "쇼경쉬 무샹ᄒ여 날 보믈 구슈갓치 ᄒ니 명위 부뷔나 실은 남이라(조씨삼대록 29권 42면)", "박졀ᄒ여 부부지도를 영결흔 재 가부로 아지 아니미 긋투여 더 스오나 오미 아니니 쳡이나 슉이나 다 발분ᄒ여 마지 못ᄒ미니 진실노 명명대도는 아니라 쇼샹셰 만일 일호 부부륜의롤 믜겨시면 내 어이 배부란륜ᄒ리오(조씨삼대록 29권 43면)" 이렇게 애정 욕망이 강했던 여인이기에 조씨와 경수를 죽였다고 생각한 이후 친정으로 돌아가 다른 호걸을 골라 또 혼인한다. 그런 그녀를 서술자는 '간사하고 음란한 대악을 저지른 이'라고 표현하고 있다.

고 있는 상태이다. 그러던 중 이씨의 정체를 모른 채 혼인하였던 정한
림이 그녀의 정체를 알게 되고, 임금까지 죄상을 알게 되어 목을 베라
는 판결이 내려지며, 소연수는 형이 유배지에서 돌아올 때까지 옥에
갇힌다. 이때, 초공이 딸 자염이 실제로는 살아 있음을 실토하여 자
염과 경수가 서울로 돌아오는데, 연수가 사형을 받게 될 상황임을
안 경수는 장장 9면에 달하는 긴 상소문을 올려 죽이지 말아달라고
간청한다. 경수의 효심에 감동한 구부인도 마음이 풀려 회개하고, 연
수는 죽임을 면하고 서촉 지방으로 귀양 가며, 시녀가 데리고 피신해
있던 경수의 아들도 돌아와 집안은 평온해진다. 악녀 이씨만 죽을
뿐이다.

3. 〈조씨삼대록〉 악녀 형상의 특징과 그 효과

지금까지 살펴 본 악녀의 형상과 그와 관련된 서사를 보면, 작가의
치밀한 구상에 의한 변화와 반복이 다양하게 전개되면서 소설 읽는
재미를 배가시키고 있음을 알 수 있다. 반복과 대조를 병행하는 방식
은 〈조씨삼대록〉의 전편前篇인 〈현몽쌍룡기〉에서도 드러나는 바[37]
이지만, 〈조씨삼대록〉에 오면 그 조합의 변화가 더욱 다각도로 이루
어진다. 본고의 주관심사인 악녀의 형상과 관련된 내용만 표로 정리
해 본다.

---

37) 박일용(앞의 논문, 93~103면)도 〈현몽쌍룡기〉에서는 '유사 형태의 반복적 병치'와
　　'상반된 내용의 대조적 병치'가 효율적으로 배치되어 있다고 하였다.

악녀	장씨	곽씨	이씨
악행의 동기	애정, 종통	애정, 종통	애정
남편의 가문과 인물형	조씨, 호걸형	양씨, 호걸형	소씨, 군자형
적국의 가문	남씨	조씨 (진왕 조무의 딸)	조씨 (초공 조성의 딸)
친정아버지의 성품	딸의 뜻대로 함	현명하고 바름	현명하고 바름
시댁 식구들	악녀의 계교를 알고 개입치 않음	요약에 미혹되어 판단력이 흐려짐	시모, 시누이, 시동생이 공모함
공모하는 주변인	술사, 요승, 유모, 시비	유모, 시비, 가신, 적국의 시비, 시종	유모, 양모, 시비, 적국의 적대가문, 적국의 시비, 자객, 술사
적국의 아들 제거	모의로 그침	제거함	제거한 줄로 착각함
발각 경로	모의하는 것을 남편이 듣게 됨	친정아버지가 알게 됨	새로 혼인한 남편이 알게 됨
심문 과정	시녀와 술사만 궁궐로 불려가 임금이 죄상 밝힘	친정과 시가에서 마무리	악녀도 궁궐로 불려가고, 임금이 죄상 밝힘
발각 후의 행보	유배 가서 오랑캐 왕비가 되었다가 강의 요괴가 된 후 베어짐	친정에 몇 년간 갇혀 있다가 도망함	판결 받고 베어짐

위에서 볼 수 있듯이 악녀들의 행위와 상황이 미묘하게 조합되어 있다. 먼저 '악행의 동기'를 보면, 세 여성 모두 남편의 애정 갈구가 공통적으로 존재한다. 하지만 장씨와 곽씨의 경우는 남편의 다른 아내가 아들을 낳자 더욱 심하게 투기하면서 그 아이를 죽이려 한다는 면에서 자신의 아들이 대를 이어야 한다는, 종통에 대한 욕망도 크다. 이에 비해 이씨의 경우는 종통에 대한 욕망을 시동생이 갖고 있는 것으로 설정되었기 때문에 그녀는 단지 남편이 자신을 홀대하는 것에 대한 복수심으로 남편과 다른 아내를 곤경에 빠뜨리는 것으로 되

어 있다. 또한 그녀는 종통에 대한 욕구가 없는 대신, 애정에 대한 욕구는 가장 커서 남편 경수가 유배 가 있는 사이에 스스로 시댁을 나와 다른 남자와 혼인하기까지 하는 것이다.

한편, 악녀와 혼인한 남자가 작품의 주동 가문인 '조씨 가문인가, 아닌가' 하는 것도 중요한 변주 요인 중 하나다. 조씨 가문의 아들인 운현은 개심단이라는 요약을 먹어야만 색을 밝히지만, 다른 가문의 아들인 양인광은 애초에 색을 밝혀서 임금이 내려준 40여 명의 창기 중 10여 명과 즐긴다. 또 운현은 남씨에게 직접 가해하지 않았고 다른 곳으로 가게 해 악녀 장씨의 친정아버지인 연왕 등과 관련된 악인들이 가해하게 하였다. 하지만 인광의 경우에는 자신이 직접 나서서 가해하는 점이 다르다. 또한 조씨 가문은 〈조씨삼대록〉의 주동 가문이므로 아무리 악녀가 판을 치더라도 가문 자체가 흔들리거나 심하게 부정적인 상황이 되지는 않는다. 하지만 양씨 가문의 경우에는 주동 가문이 아니므로 정실 직첩이 바뀌거나 계후가 바뀌는 엄청난 일들이 벌어진다. 곽씨가 월염을 밀어내고 정실이 되어 가권을 마음대로 휘둘렀으며, 남의 아들을 사다가 양인광의 아들을 낳은 것처럼 꾸미기도 한 것이다. 또 하나의 조합인 소경수의 경우에도 주동 가문이 아니므로 그 자신은 아내들을 공평하게 대하지 않은 단점이 있는 것으로 되어 있으며, 어머니와 동생들이 모두 악한 인물인 것으로 설정될 수 있었던 것이다.

악녀의 친정아버지의 선악이 다르게 설정된 점도 미묘하게 서사에 영향을 주었다. 장씨의 친정아버지 연왕은 딸의 말이라면 가리지 않고 다 들어주면서 악행에 공모하는 인물이며 왕이기에 딸의 악행에 더 강한 힘을 실어 주기도 하였다. 하지만 곽씨의 친정아버지 곽후는 공명정대한 사람이어서 딸의 잘못을 전해 듣고는 곧바로 추궁하여 딸의 시댁에 가 알리고 벌을 주라고 권한다. 딸을 잘못 가르친 아버지로서 매우 부끄러워하면서 집에 데려온 딸에게 독약을 마시고 자결하라고 책망하기도 한다. 이처럼 악행이 친정아버지에 의해 알려져 치죄되는 경우는 곽씨의 예에서만 볼 수 있고, 장씨의 경우는 남편 운현이 악인들의 모의를 우연히 듣고 알아내었으며, 이씨의 경우는 그녀가 새로 혼인한 정씨가 이씨의 정체를 알게 되면서 탄로 나는 것으로 되어 있다.

'공모하는 시댁 식구들이 있는가', 공모하는 주변인의 부류가 어떠하며 비중은 어떠한가에 따라서도 서사가 다르게 전개되면서 읽는 재미를 주었다. 이씨가 모해하는 조자염과 소경수 부부의 경우, 시댁 식구들이 공모하는데 그 중심에 남성 인물 소연수가 자리하고 있다. 따라서 이 경우의 악행의 전개나 영향 범주는 악인이 남성일 경우와 비슷하다. 유현의 첫째 부인 정씨를 고난에 빠뜨렸던 주요 악인이 설강이라는 사람이었는데, 이 경우에도 유현이 소경수처럼 3년이나 유배 가는 등 선한 여성의 남편까지도 피해를 입고 임금과 조정대신들까지 개입되어 공론화되는 양상을 보였다.

한편, 이 작품에 등장하는 악녀들은 상당히 긴 시간 동안 서사의 전면에 부각되면서 지속적으로 악행을 벌인다는 특징이 있다. 비록 중간에 다른 이야기들이 들어가기는 하지만, 장씨의 경우 〈조씨삼대록〉 총 40권 중 제 9권에서 처음 소개된 뒤 35권에서야 완전한 최후를 맞는 것으로 되어 있다. 그녀는 천화군주 → 장씨 → 촉주 오랑캐 육안걸의 왕비 → 강물 속의 요괴로 신분이나 몸이 변화되면서 끈질기게 악행을 저지르는데, 이는 〈쌍성봉효록〉의 교씨가 몇 차례에 걸쳐 이름과 신분을 바꿔가며 악행을 저지르는 점, 악행이 발각된 뒤 오랑캐 왕비가 되어 중원을 공략하다 처형된다는 점 등에 있어 유사한 면이 있다. 그러나 〈쌍성봉효록〉에서처럼 요약을 먹고 변신하는 장면을 기괴하게 묘사된다든지 온몸이 곪아 농즙이 흐른다든지 하는 몸의 변형이 이루어지거나 집단 성폭행을 당하여 훼손되는[38] 지경에 이르지는 않는다. 〈조씨삼대록〉에서 묘사된 악녀의 형상이, 보다 후대의 작품인 〈쌍성봉효록〉에서는 더욱 육감적이고 그로테스크하게 묘사되는 방향으로 나아간 것으로 볼 수 있겠다.

그런데 장씨의 경우 악행의 성격이 환상적인 면이 강하다는 점에서 곽씨나 이씨의 경우와 차이가 있다. 장씨는 운현에게 개심단改心丹이라는 요약을 먹이고 신법사와 모의하여 남씨의 아들 명륜에게 술수를 부려 아프게 했으며, 신법사가 매가 된다든지 명륜을 나비로 만들어 실로 매달아 날아간다든지 하는 변신술과 요술을 사용했다. 하지만 곽씨나 이씨는 요약은 사용하기는 하지만 요술을 이용하지는 않고, 조씨를 찬 감옥에 가둔다든지 식량을 가로채 모래를 넣어 보낸다든지, 자객을 시켜 죽이려 한다든지 하는 좀 더 현실적인 계략을 꾸몄다. 물론 장씨와 신법사의 변신의 수준이나 도술, 요약 사용 빈도가 〈임씨삼대록〉 같은 작품에 비하면 소략하지만, 〈조씨삼대록〉 내에서는 가장 환상적인 모습을 보여주는 대목이다.

곽씨와 이씨의 악행이 이처럼 현실적인 계략으로 실행되기 위해 필요한 것은 '주변인들과의 적극적인 공모'였다. 그럼으로써 악행의 강도도 강해졌을 뿐만 아니라 서사의 편폭도 확장되는 효과를 낳았

---

38) 한길연, 앞의 논문, 2008, 211~214면.

는데, 곽씨는 주로 유모의 계략을 따라한다는 면에서 특별하진 않다. 다만 유모 취파가 남의 집 아이를 사오거나 자신에게 거짓 임신을 하라고 권하는 것까지 묵인하고 실행하며, 사람을 죽여 머리를 베어 오는 일까지 도모한다는 면에서 강도가 높다고 할 수 있다. 여타의 작품에서 유모와 공조할 때에 음식에 독약을 넣는 정도인 것에 비하면, 이 작품에서는 유모가 시종이나 자신의 지인, 뇌물 등을 동원하여 여러 가지 일을 계획하고 행동한다는 면에서 역할이 강화되어 있다고 할 수 있는 것이다.

그러나 이씨는 이렇게 술사와 시녀들과도 공모하지만 자신의 양모養母인 곽부인이나 평소에 조씨 가문과 사이가 좋지 않았던 다른 인물들까지 다수 동원된다는 면에서 서사의 범주가 넓어졌다고 할 수 있으며, 특히 상언上言, 상소를 올리거나 고소를 하는 등 공론화되는 양상을 보인다. 이씨가 조자염을 모해한 사건은 실은 시어머니와 시누이의 음식에 독을 넣어 살해하려 했으며 시동생 등을 해치려고 무고했다는 정황을 만든 일 뿐이었다. 그런데 이 일을 각기 다른 사람들에게 상소하게 한다든지 하여 임금이 관여하게 하고, 자염과 경수 부부를 나라에서 유배 보내게 하는 등 규모를 확장시키며, 장사나 조주 등 공간적 배경도 넓히면서 가정 내부에서만 전개되던 서사를 외부로 나아가게 하는 역할을 하였다. 물론 이럴 수 있었던 것은 이씨와 공모한 남성 소연수가 있었기에 가능했는데, 자객을 사거나 비밀 기병을 거느리고 가게 하는 등 귀양 간 선인善人들을 죽이려고 수단을 가리지 않는 것으로 되어 있다.

이렇게 작품의 후반부에 등장하는 악녀일수록 그 악행의 범주가 넓어지고 강도도 높아지면서 사대부가문에서는 일어날 수 없을 것 같은, 저급하고 폭력적인 행위들도 행해진다. 가령, 조자염은 시어머니에게 수십 대를 맞아 머리가 깨져 피가 얼굴에 흘러내릴 정도가 되고, 연수의 처 교씨는 이를 말리다가 연수가 던진 벼루에 맞아 피가 나며, 자염을 냉옥에 가두는 것으로는 모자라 온갖 바느질과 베 짜기를 시키는 등의 육체노동까지 더하게 한다. 이런 흥미소로서의 폭력성과 저급함은 초공의 일곱 번째 아들 웅현 부부에 가서 더욱 강화되는데39), 이 작품뿐만 아니라 다른 삼대록계 국문장편소설에서도 자녀들 중 서열이 내려갈수록 다소 통속적이고 흥미 위주의 화소로 구성되어 있는 경우가 많다.40)

악녀들의 악행이 발각된 이후에 시비나 유모가 처벌 받는 장면도 매우 처참하다. 곽씨의 유모 취파와 조씨의 시비 춘소의 공모가 밝혀진 후 병부상서 양인광이 그들을 매질하는 부분이다.

큰 미롤 갈히여 이녀롤 쟝슈롤 혜지 아냐 티기롤 엄히 ᄒ고 큰 쇠롤 달와 그 살을 지즈며 독약을 플어 입의 퍼부으며 큰 곤쟝으로 입을

---

39) 여색을 좋아하는 웅현이 교태로운 둘째 부인 변씨에게 지나치게 매혹되고, 변씨는 시비 난영, 태춘 등과 공모하여 첫째 부인 진씨를 모해한다. 키가 큰 태춘을 남장하게 하여 진씨와 간통하는 남자로 설정한다든지, 같이 공모했던 시비 난영을 자신의 죄가 발각될까봐 미리 죽인다든지 하는 점이 자극적이다. 웅현도 그 형들과는 달리 색한이어서 시비를 겁탈하기도 하고, 변씨의 교태로움에 푹 빠져 사리를 알지 못하게 되며, 아내 진씨가 간통한 것으로 오해해서는 칼로 베겠다고 달려들다가 분에 못 이겨 마구 때리고는 밧줄로 동여매어 직접 옆에 끼고 나가 큰길가에 던져버리기도 한다. 아내를 구타하는 것은 사대부 가문에서 있을 수 없는 일인데 그렇게 하는 것이다. 나중에 변씨의 죄가 발각되자 화가 난 웅현이 한 손으로는 변씨의 머리를 풀어 잡고 다른 한 손으로는 주먹으로 마구 때리면서 빨리 돌아가라고 소리치며, 그래도 발악하자 웅현이 밀쳐 발로 차니 난간에 거꾸러져 낯이 상하고 팔이 접질러져 내쫓기는 등 폭력이 난무한다.

40) 정선희, 「소현성록 연작의 남성인물 고찰」, 『한국고전연구』 12집, 2005.

지르니, 두 흉녀의 입으로조ᄎ 피 가득히 ᄲᅡ다지며 졈졈 쇼ᄅᆡ 못ᄒ나, 병뷔 졈졈 로긔 더ᄒ여 칼흘 가라 좌우로 모진 하리롤 명ᄒ여 그 살을 졈혀 ᄂᆡ라 ᄒ니, 범 ᄀᆞᆺᄐᆞᆫ 군졸이 샹인으로 살졈을 ᄲᅥ흐러 ᄂᆡ미 이녜 머리롤 흔들고 쇼ᄅᆡ 질너 셩샹이 ᄎᆞᆨ악ᄒ더라. 큰 ᄆᆡ로 쥭기롤 한ᄒᆞ도록 ᄐᆡᄆᆡ 임의 다리 부려져 가족만 걸녀시며 이녀의 흉흔 넉시 쟝하의 ᄂᆞ라ᄂᆞ미, 병뷔 ᄂᆡ여 참두ᄒᆞ라 ᄒ고41)

쇠를 달궈 살을 지지고 큰 곤장으로 입을 찌르며 칼을 갈아 살을 저며 내는가 하면, 너무 매를 많이 맞아 다리뼈가 부러져 살가죽만 헐렁헐렁 걸려 있는 듯한 모습을 생생하게 묘사하였다. 앞에서 보았듯이 곽씨나 이씨 같은 악녀의 악행이 현실적인 면이 강했고 그 묘사에 있어서도 상세했던 것처럼 그에 대한 처벌도 사실적인데, 이러한 면이 〈조씨삼대록〉의 하나의 특징이라고 말할 수 있다. 예를 들어 첩을 얻는 아내의 심정을 대변하는 장면 같은 것도 다른 국문장편소설들에서의 설정보다 사실적이다. 진왕의 8남 아현의 처 형씨는 남편이 장원에 급제하고 나서 곧바로 둘째 부인을 얻으려 하자, 급제하고 한 달도 못 되어 얻느냐고 따지면서 '원수 같은 장원이고, 원수 같은 공명'이라며 설움 때문에 가슴 속이 막힌다고 소리 지른다. 물론 이를 들은 아현이 형씨의 유모를 통해 이런 거동을 하지 말라고 타이르지만, 분함을 이기지 못한 형씨는 남편이 다른 여인과 혼인한 첫날밤에 신방으로 가 문을 찢어 밀치고 그 구멍으로 물을 뿌려 방 안이 젖어들게 해 놓고는 그 앞에서 울며 욕하다가 돌아온다. 〈소현성록〉에서도 남편이 다른 아내를 얻는 상황의 서글픔을 화씨를 통해 서술한 적이

---

41) 〈조씨삼대록〉 20권 61~62면.

있지만, 이처럼 구체적 행위로 표출하거나 사실적으로 묘사하지는
않았다.

4. 악녀 형상화를 통해 본 〈조씨삼대록〉의 서술 시각

　이상에서 살핀 바와 같이 〈조씨삼대록〉에서의 악녀들은 지속적으
로 악행을 벌임으로써 극적 긴장감을 고조시키고 다양한 주변인들과
공모함으로써 서사를 확장시켰다. 아울러, 혼인한 남편의 성품이나
가문, 적국의 가문 등의 차이에 따라 악행의 방법이나 목표가 달라지
는 등 흥미롭게 변주됨으로써 독서의 재미를 주었을 뿐만 아니라 장
편화될 수 있도록 기여하기도 하였다. 이와 같은 악녀의 형상화를
통해 서사기법적인 효과를 내기는 했지만 그 서술 시각에 있어서는
거개의 국문장편소설들과 마찬가지로 남성중심적이면서도 가부장적
인 면이 짙게 깔려 있음을 확인할 수 있다.

　우선 작품의 서술자가 어떤 자질을 지닌 여인을 악녀라고 규정하
는가를 보자. 앞에서 보았듯이 악녀들은 대체로 표독한 말, 좋지 않
은 안색, 투기, 방자함, 해이함, 차가움, 시끄러움, 감정의 직접적 표
출 등의 행위를 한다. 이런 행동은 사실 다른 국문장편소설에서도
부정적으로 평가되는 여성의 행동이어서 특별하진 않다. 다만 이 작
품에서 강조되는 것은 그들이 이러한 성품을 감추고 '표리부동하게'
행동한다는 것이다. 겉과 속이 다름을 부모도 몰라볼 정도라고 표현
하고 있다. 또 하나의 악녀의 표지는 '남자를 밝히는' 것이다. 이 작품
의 악녀들은 모두 남자에게 먼저 반하여 그를 신랑감으로 점지한다.

그래서 혼인 전부터 술수를 써서 혼인을 이루고, 혼인하고 나서는
적국에게 애정을 뺏길까봐 노심초사한다. 남편을 좋아하는 감정을
사람들 앞에서 표현하며 남자의 뜻에 영합하여 웃음을 돋우고 그의
총애를 갈망한다. 그래서 악녀들은 모두 '남편을 사랑'하기 때문에
다른 아내를 모해하는 것이라고 설정되어 있다. 운현의 아내 장씨가
남씨를 없애려고 하는 큰 이유도 운현을 사랑하기 때문이었으며, 운
현이 진왕에게 매를 맞은 것을 듣고는 눈물을 쏟으며 술과 맛있는
반찬을 주면서 위로하는 등 남편에 대한 애정을 표현하고 싶어 한다.
〈조씨삼대록〉의 또 다른 악녀 곽씨와 이씨도 남편의 애정을 독점하
거나 공평하게 받기 위해 악행을 행한다는 점이 같다.

　그런데 이렇게 악녀로 설정되면, 악행을 저지르기도 전, 즉 소개되
는 시섬부터 이미 악녀인 것으로 서술되며, 대물림되기까지 한다.
〈조씨삼대록〉의 전편인 〈현몽쌍룡기〉에서의 악녀 금선공주의 딸 후
염은 어머니의 악한 자질을 물려받아 어릴 때부터 악한 성품인 것으
로 되어 있다.[42] 마음이 바르지 않고 흉포하며 불순하여 아버지 진왕
이 두통으로 삼을 정도이며, 더군다나 못된 여자의 딸이니 아무도
혼인하려 하지 않을 거라는 것이다. 아직 특별히 악행을 저지르지도
않았지만 어머니의 악행 때문에 먼저 규정되었으며, 못 생기기까지

---

42) 평진왕의 쟝녀 후염은 금선공쥬 쇼싱이라 부왕의 션풍은 담지 아니ᄒ고 ᄌ모의
　홀란흔 태도도 아니 달마 흉흔 얼골과 믜온 거동이 나흐로조ᄎ 졈졈 더ᄒ여 년쟝
　삼오의 가로 퍼진 눗츤 밋돌 굿고 신면 톄지 이샹ᄒ고 흉물이 겸ᄒ여 두역을 험이ᄒ고
　일목이 그릇 되여 흉괴 망측ᄒ여 거믄 술이 일편되이 허러 터져 돌졀구 굿ᄐ니 합개
　한ᄒ여 져딕도록 ᄒ미 이샹타 ᄒ고 실노 근심ᄒ여 폐륜키도 어렵고 셩혼코져 홀진딕
　흔갓 얼골이 박식이나 심지 양슌ᄒ면 무염 밍광의 일뉴로 거의 보젼홀 거시로대 션악
　이 둘이 업고 용심이 부졍ᄒ여 ᄒ는 일이 흉포 강악ᄒ니 왕이 보면 미우를 씽긔고
　두통을 삼으니. 〈조씨삼대록〉 11권 9~12면.

했으니 최악의 여자인 것으로 설정되어 있다. 혼인한 후의 행실도
조씨 가문 여성 중 가장 바르지 못하다. 남편 철생의 둘째 부인 유씨
를 투기하여 그녀를 치거나 욕하며, 철생이 유씨 침소에 가서 담소하
는 것을 보고는 질투가 나 유씨에게 칼부림을 하러 들어가다가, 이를
말리는 남편의 뺨을 때려 결국 친정으로 쫓겨 온다. 진왕이 3년 동안
이나 가둬두면서 엄하게 경계하고 무섭게 다스린 끝에 '조씨 가문의
풍모를 조금 익히게 되어 한 번 깨달아 꿈이 활짝 열리고 갑자기 악한
마음이 변하니, 비로소 자기 허물을 자책하여 크게 부끄러워하여 스
스로 죽으려43)' 한 후, 개과천선하여 시댁으로 돌려보내진다.

후염은 조씨 가문의 딸이었기에 이렇게 교화될 수 있었던 것이고,
그 외의 다른 악녀들은 모두 가혹하게 징치된다.44) 하지만 대표적인
남성 악인 설강은 용서 받고 교화되어 높은 관직에까지 이른다는 점
에서 차별적이다. 유현과 그 아내 정씨를 모함했던 설강은 사형을
면하고 운남의 군졸이 되어 가게 되는데, 가는 길에 남해 유배에서

---

43) 〈조씨삼대록〉 20권 11면.
44) 예외가 한 명 있기는 한데, 바로 유현의 넷째 부인인 강씨이다. 그녀도 유현의
셋째 부인인 이씨를 모해하기 위해 유현에게 약을 먹여 미혼하게 만드는 등의 악행을
하다가 발각되어 쫓겨나기는 한다. 그러나 계양궁에서 공주를 섬기며 숨어 살다가
몇 해 뒤 숙부인 유상서의 집으로 돌아갔다가 조씨 집안으로 다시 돌아오게 된다.
강씨의 악행은 '자객을 들여 시아버지 침전에 들어가게 하고, 시할머니의 음식에
독을 넣었으며 적국을 해치려 했고 지아비에게 요약을 먹여 농락'한 것이어서 남편
유현은 절대 용서하지 못한다고 했지만, 시아버지인 초공이 단부인의 건강을 생각하
여 용서해 준다. 이후에 집으로 돌아온 강씨가 웃어른들을 잘 섬기고 유현의 다른
아내들과도 화목하게 지내며, '초독하고 강팍하던 성격이 바뀌어 온유한 여자가 된
것 같았다'고 서술하고 있다. 더하여 '정실부인을 마치 어린 아이가 어머니를 바라보
는 것처럼 의지'하였으며, 청아하고 맑은 목소리로 웃음을 머금은 태도가 어여쁘고
특히 바둑을 식구들 중 제일 잘 한다고 하는 등 칭찬을 아끼지 않는다. 〈조씨삼대록〉
19권 93~94면.

돌아오는 유현과 마주쳐 슬퍼하고 뉘우치는 모습을 보인다. 태형의
상처 때문에 힘들어하는 그를 그냥 지나치지 못하고 숙소에 눕혀 치
료까지 해주는 유현에게 감동하여 눈물을 흘리며 감사하는 장면도
있다. 결국 그는 '나를 낳아준 사람은 부모이고 나를 살려낸 사람은
어진 형 유현'이라고 고백하는 등 친밀한 사이로 변한다. 그의 악행을
미워하여 괴롭히는 귀신들을 유현이 꾸짖어 쫓아내주고는 그를 데리
고 전장에 나가는데 그가 용감하게 싸워 큰 공을 세우는 것으로 되어
있다.

　이렇게 〈조씨삼대록〉의 서술자는 여성에게 더 가혹한 면이 있으며
여성에게 바람직한 덕목은 참을성과 온화함이라고 지속적으로 말하
고 있기는 하지만, 그렇다고 해서 여성 억압적인 시선만을 갖고 있지
는 않다. 이보다 이른 시기의 작품인 〈소현성록〉연작에서는 소현성이
나 소운성이 요약을 먹어 악녀에게 미혹해져 행한 일들에 대해 남성
은 전혀 잘못한 게 없다고 하면서, 핍박받다 돌아온 아내들은 곧바로
남편에게 순종하고 화목하게 사는 것으로 묘사한다. 하지만 이 작품
에서는 비록 요약을 먹은 상태라고 할지라도 선한 아내를 몰라보고
오해하여 죽이려 한 일 등은 잘못이라고 책망한다는 면에서 남성중심
적인 것만은 아니라고 할 수 있다. 장씨 일당이 벌을 받은 후 남씨가
친정에 다니러 간 사이 이를 안 운현이 씩씩대며 그녀에게 빨리 집으
로 돌아오라고 하자 이를 본 어머니와 숙모가 은근히 그를 나무란
다.45) 남자의 낯이 그렇게 두꺼워서야 되겠느냐, 한낱 지아비의 위엄

---

45) 양부인과 뎡비 흔가지로 안줏다가 추언을 듯고 탄왈, 원닉 남즈의 나시 둣겁고
　순셜이 능흐믈 알니로다 너의 남시 핍박흐던 거동을 헤아리면 둣느 니 무음이 셔늘흐
　니 남시 한이 업시리오 부뷔 남으로셔 윤의롤 미즈니 졍의 합흔 즉 지극히 친흐고

과 호령으로 매사를 뜻대로만 하려 하지 말고 덕을 닦으라면서 며느리를 두둔하는 것이다. 물론 운현도 이에 지지 않고 지아비를 원망하지 않아야 올바른 지어미라는 식으로 답하기는 하지만, 이런 대화 장면을 넣은 서술자의 태도는 중립적이기에 의미가 있다. 이 사건은 운현의 어머니 정비가 남씨를 회유하여 집으로 돌아오는 것으로 일단락되지만, 이러한 대화들을 통해 남성의 입장과 여성의 입장을 모두 보여주고 있는 것이며, 특히나 집으로 돌아온 남씨의 마음이 아직 안 풀린 것까지 서술46)해 주고 있다는 면에서 여성의 상황을 배려하고 그 심리를 섬세하게 드러내려는 시각이 깔려 있다고 하겠다.

하지만 이씨의 핍박을 심하게 받으면서도 모든 것은 운명이니 감내하겠다고 말하는 조자염의 모습 등 선한 아내들의 참을성에 대한

정의 블합흔 즉 도로 남이라. 져 남시는 요조숙녜라 비록 너롤 원치 아냐나 정이 어듸로셔 나리오 흔닷 가부의 위엄과 쟝부의 호령으로 미스롤 뜻디로 흐랴 물고 이제 는 힝실을 침묵이 흐고 덕을 닷가 유현의 개심수힝흐믈 법측흐라 느는 너와 곳티 놋 듯겁지 못흐니 남시롤 엄칙홀 물이 나지 아닛는지라 각골지한을 유즈의 맛츠미라 남부의 흉쟝이 여흘여속흐리니 이곳의 밧비 오고져 아니키는 인정샹싀니 우리는 실노 제 원을 좃고즈 흐노라 능빅이 잠소 왈 부부 화락흐여야 즈식도 낫고 복녹도 길흐려니와 남시 아모리 긔특흐여도 소즈 곳 아니면 복녹이 어듸로셔 나리잇고 조운현이 남시긔 스오나오나 가쟝 듕티흔 사람이니이다 양부인이 소왈 남즈의 념치 샹진흐고 긔신 조흔 재로다 네 비록 이 곳티 져히나 남시의 스긔 강녈흐고 뜻 줍으미 구드니 여러 번 수욕과 발검흐던 경식을 싱각흐면 화평이 도라와 너롤 보지 아니리라 능빅이 소왈 그러면 남시 종시 소질을 바리미 올흘리잇가 남시 금년이 비로쇼 십칠의 허다 환난을 지니고 다시 틴운을 만나니 맛당이 부도롤 출힐진디 귈듕을 브라 와 구고와 가군을 뵈와야 올흔지라. 셰스롤 경녁지 못흐므로 즈긔 운익을 싱각지 아니흐고 가부롤 원망흐니 미진흐도소이다. 〈조씨삼대록〉 19권 61~64면.

46) 남시 긔리 함한흐여 말이 업고 능빅이 틴산이 놋고 하히 여튼 은졍이 싀로이 유츌흐여 젼일의셔 더흐미 잇는지라 조곰도 가랍흐미 업셔 스긔 온순흐나 발검흐던 거동을 싱각흐면 모골이 송연흐여 늣기고 ㅇ즈의 참경을 슬허 심곡의 밋쳣더라. 〈조씨삼대록〉 19권 84~85면.

찬미는 강하게 자리하고 있어서 교훈을 주고자 하는 서술자의 시각은 저변에 자리하고 있다. 이런 시각은 특히 자염을 통해 강하게 드러나는데, 그녀는 애매한 벌로 멀리 장사 땅에까지 유배가게 되었을 때에도 시댁 식구들이 나쁜 사람이 아니라고 두둔했으며, 장사에서 돌아오면서는 그동안 친하게 지냈던 위소저를 남편의 네 번째 아내로 추천하기 위해 데리고 오기까지 한다. 그녀와 함께 시부모를 받들고 남편의 집안일을 도와 자매처럼 지내면서 아황과 여영의 고사를 본받아야겠다고 하는 것이다. 남편이 다른 아내를 두는 것을 꺼리는 것이 인지상정인데 그녀는 오히려 이를 권하는 여성으로 설정된 것이다. 이렇게 선한 여성들의 이념적 성향이 짙게 깔려 있기는 하지만, 남씨의 경우를 통해서 본 바와 같이 여성으로서의 자연스러운 감정을 표출하기도 하거나 주변 사람늘의 입을 통해 상황을 객관석으로 판단하는 서술이 들어가 있기도 한다는 면에서 양면적인 서술시각을 드러내는 작품이라고 할 수 있다.

〈조씨삼대록〉의 보조 인물의
양상과 서사적 효과

1. 국문장편소설의 보조 인물의 중요성

17세기 후반부터 19세기까지 향유된 국문장편 고전소설은 한 가문의 창달, 수성, 계승을 중심으로 하여 혼사로 연결된 가문들의 이야기까지를 주로 다루기 때문에 다른 유형의 소설들보다 등장하는 인물의 수가 월등히 많다. 수십 명에서 백여 명 정도의 인물들이 등장하는데, 특히 연작형 장편소설의 후편後篇이거나 창작시기가 후대인 작품들은 수백여 명에 달하기도 한다. 연작형의 후편에서 인물이 대거 늘어나는 이유는, 후편에서 전편의 주인공의 자손대의 이야기가 펼쳐지기 때문이기도 하지만 서사가 복잡해지고 통속화되면서 다양한 보조 인물들이 등장하기 때문이기도 하다. 연작형 장편소설 중 초기 일군을 이루는 삼대록계 소설1)들에서도 이런 현상이 보이는데, 〈현

---

1) 연작형 삼대록계 국문장편소설은 내용이나 분량 면에서 국문장편소설의 본격적인 출현을 알려 주고, 현대에까지 이어지는 가족 서사문학의 전통을 다양하게 보여주는 작품군이다. 삼대록계 국문장편소설로는 〈소현성록〉·〈소씨삼대록〉 연작, 〈성현공숙

몽쌍룡기〉2)연작의 후편인 〈조씨삼대록〉3)에서도 전편에서는 40여 명이던 가족이 100여 명으로 늘어났을 뿐만 아니라 혼인한 타 가문의 가족들, 주인공들의 유모, 시비, 그들을 돕거나 해치는 술사, 요승, 자객들까지 합하면 수백 명에 이르게 된다.

그런데 국문장편 고전소설은 거의 모든 서사의 진행이 주인공 가문의 일원을 중심으로 이루어지기 때문에 그 외의 인물들은 이들의 '조력자'일 경우가 많다. 특히 주인공급의 인물 중에서 선하여 고난을 당하거나 악하여 주변 인물들을 동원해 악행을 저지르는 인물들이 있는데 이런 서사전개과정에서 선한 주인공을 돕는 인물, 악한 주인공을 돕는 인물들을 '보조 인물'이라 부른다. 즉 부수적 인물(minor character) 중에서 보조적 인물(assistant 또는 helper)만을 지칭하는 것으로, 단녹으로 사건에 관여하거나 빌미를 제공하는 부수적 인물들은 제외된다.

〈조씨삼대록〉에는 악인형 인물을 돕는 보조 인물이 많은데 술사術士, 여승, 자객, 양모養母, 유모乳母, 시비侍婢, 상궁 등이 다채롭게 등장하면서 서사의 폭을 확장시키고 현실성을 강화하는가 하면 읽는 재미를 배가시키기도 한다. 한편 유모, 시비 등 선인형 인물을 돕는 보조 인물들 중 지혜를 발휘하여 그 주인을 곤경에서 구해내는 여성들은 기존 연구4)에서 '능동적 보조 인물'이라 부른 재치 있는 시비군

럴기〉·〈임씨삼대록〉연작, 〈유효공선행록〉·〈유씨삼대록〉연작, 〈현몽쌍룡기〉·〈조씨삼대록〉연작이 있으며, 17세기 중반 이후부터 18세기 말까지 주로 향유되었다.

2) 〈현몽쌍룡기〉 18권 18책, 한국학중앙연구원 소장본.

3) 〈조씨삼대록〉 40권 40책, 서강대학교 소장본.

4) 한길연, 「대하소설의 능동적 보조인물 연구-〈임화정연〉, 〈화정선행록〉, 〈현씨양웅쌍린기〉를 중심으로」, 서울대 석사논문, 1997.

과 유사한 면이 있다. 이 유형은 〈도앵행〉이라는 소설에서 유의미하게 존재하며, 주체적으로 행동하면서 경직된 상층을 일깨우기도 하고 여성공동체 속에서 자매애를 실현하기도 한다.5)

〈조씨삼대록〉6)의 경우 보조 인물들이 뚜렷한 인간형을 부여받지는 못했지만, 그 역할과 비중이 연작의 전편인 〈현몽雙룡기〉나 국문장편소설의 초기작인 〈소현성록〉 등에 비해 강화되어 있기에 그 구체적인 양상과 이에 따른 서사적인 효과를 탐색해 볼 필요가 있다. 소설의 환상성과 흥미로움 강화, 현실성 강화와 공론화, 인물과 서사의 확대를 통한 장편화 등 서사 전개에도 기여하는 것으로 보이기 때문이다. 이러한 연구는 그간의 국문장편 고전소설 연구가 주요 인물과 갈등을 중심으로 하여 주제 의식의 구현 양상을 규명하려 했던 데에서 나아가, 보조적이고 부수적인 인물에도 관심을 기울여 이러한 인물 형상화가 국문장편 고전소설의 서사적 재미와 장편화 전략에도 기여함을 밝힌다는 점에서 의의가 있다.

이에 먼저 2장에서는 보조 인물의 양상을 그들이 주요 인물들과 관계 맺는 방식이나, 조력할 때 동원하는 수단과 방법들을 기준으로 분류하여 검토한다. 3장에서는 이러한 보조인물의 행위 양상과 성격 부여가 작품 전체의 서사 전개에 어떤 영향과 효과를 주었는지를 고

---

5) 한길연, 「〈도앵행〉의 '재치있는 시비군' 연구」, 『한국고전여성문학연구』13, 2006.
6) 이 작품에 관한 기존 연구는 다음과 같다. 조용호, 「조씨삼대록 연구」, 서강대 석사논문, 1988; 조용호, 「삼대록 소설 연구」, 서강대 박사논문, 1995; 김문희, 「조씨삼대록의 서술전략과 의미」, 『고소설연구』26, 2008; 허순우, 「현몽雙룡기 연작 연구」, 이화여대 박사논문, 2009; 정선희, 「조씨삼대록의 악녀 형상의 특징과 서술 시각」, 『한국고전여성문학연구』18, 2009; 장시광, 「현몽雙룡기 연작에 형상화된 여성수난담의 성격」, 『국어국문학』152, 2009.

찰한다. 결론에서는 보조인물의 특성과 그 효과에 초점을 맞춰 분석
한 결과 〈조씨삼대록〉이 17·18세기 국문장편 고전소설사에서 어떤
위상을 지니는지를 정리함으로써 마무리하고자 한다.

2. 〈조씨삼대록〉 보조 인물의 양상

2.1. 요술·요약 통한 악행과 꿈·예언 통한 조력 – 술사, 여승

〈조씨삼대록〉에서 가장 오랫동안 서사에 등장하는 악녀는 연왕의
딸 천화군주, 나중에는 장씨로 개명한 여성이다. 진왕의 셋째 아들
인 조운현의 아내가 되고 싶어 그가 술 취한 틈을 타 억지로 육체관
계를 먼저 맺는 등 편법을 썼으나 끝내 혼인하지 못한다. 그래서 운
현의 첫째 부인 남씨를 해치려 하게 되는데 이때에 '신법사神法師'라
고 지칭되는 술사術士의 도움을 받는다. 술사는 스스로 나비가 되거
나 매가 되기도 하고 다른 사람을 그렇게 만들기도 하며 사람의 혼을
빼서 원하는 대로 할 수도 있다. 남씨를 데리고 오라는 천화군주의
부탁에, 잠들어 있던 남씨를 나비로 만들어 데리고 오기도 한다.[7]
남씨의 뛰어난 미모를 보고 더욱 화가 난 군주와 술사는 심복들을
시켜 그녀를 롱 안에 넣어 강물에 던지고 오라고 한다.[8] 그러나 우여
곡절 끝에 남씨는 운현에게 다시 돌아가 아들까지 낳고, 이를 시기한
군주가 남씨와 그 아들 명륜을 변하게 하여 연왕의 궁궐로 데리고
간다. 이때에 신법사는 큰 매가 되고 명륜은 나비로 만들어 실로 매

---

7) 〈조씨삼대록〉 11권 35~36면.

8) 〈조씨삼대록〉 11권 38면.

어서 날아간다.[9)]

　이렇게 남씨와 관련된 부분은 〈조씨삼대록〉 내에서 가장 환상적인 미감을 보이는데, 그녀가 감옥에 갇혀 있었을 때에도 신비한 체험을 한다. 갑자기 선관仙官이 나타나 국화꽃을 피워 그 아래로 물이 나오게 한다거나 돌 틈에서 감천수甘泉水가 나와 갈증을 해소시키고, 전생과 미래를 알려주는 것이다.[10)] 전생에 남씨는 월계 선녀였고 천화군주는 채화 선녀였는데 월계가 채화를 9층탑 아래로 밀었기에 이에 대한 보복으로 현생에서 군주에게 고난을 당한다는 것이다. 아울러 목숨을 부지할 수 있도록 물을 만들어 주고, 앞으로 구출될 것이니 자결하지 말 것을 당부하고 있다.

---

9) 〈조씨삼대록〉 16권 84면.

10) 한 명의 신인(神人)이 운관무의(雲冠霧衣)로 백옥주미(白玉塵尾)를 들고 와 인사하며 말하였다. "월계 선녀는 속세의 괴로움과 즐거움을 모두 겪으니 그 영광과 욕됨이 어떠하냐? 조군주의 악행은 전세의 업이니 원망할 것이 없다. 그러나 이곳에 있는 것이 견디기 어려울 것이다. 하지만 1, 2년 후면 바람과 구름이 일어나는 것 같이 오묘하고 좋은 때를 만나 부부가 합해지고 모자도 상봉할 것이니 서러워 말라. 감천수(甘泉水)를 주니 이것으로 목마름을 면하고 목숨을 보전해라." 남씨가 두 번 절하고 자신의 슬픈 사정을 말하려고 했더니 선관이 말하였다. "그대가 전생에 벼슬이 높고 자색이 선녀 중 뛰어나 동기들을 압도하였는데 채화 선녀를 9층탑 아래로 밀쳤었다. 채화 선녀가 그 보복을 원하여 그대는 남씨 집에 태어나고 채화 선녀는 왕실에 태어났으니, 오직 인(仁)을 닦으면 무사할 것이다. 이는 하늘의 명령이다." 말을 마치고 나서 부채로 남씨가 앉은 곳을 부치니 한 줄기 국화가 하늘의 향기를 토하였다. 국화 아래로 그윽하게 맑은 물이 나오니 선관이 이를 가리키며 웃으며 말하였다. "이 물이 마르고 꽃이 시들 때가 되면 이곳에서 벗어날 것이니 서러워 마라. 부인을 구할 사람이 있을 것이니 지레 죽지 마라." 그러고는 바람같이 간 데가 없었다. 〈조씨삼대록〉 16권 86~88면.
　예문의 현대역은 김문희·조용호·정선희·전진아·허순우·장시광 역주, 『조씨삼대록』 1~5권(소명출판사, 2010)을 대본으로 하여 부분적으로 수정하여 쓰고, 제시하는 서지사항은 고서 원본의 것으로 밝힌다.

장씨를 돕던 신법사는 중반부터 '신묘랑'이라고 불리는데, 남씨와
그 아들을 제거한 뒤 더욱 욕심을 내어 아들을 낳지 못한 장씨에게
아들을 사올 것을 권한다. 거짓으로 임신한 것처럼 하고 있다가 낳은
체하면 운현을 비롯한 조씨 가문의 사람들을 모두 제어할 수 있을
거라고 확신을 주자, 장씨는 과거의 일들을 되뇌기도 하고 일을 잘
수행하라고 당부하기도 한다.11) 그런데 이 대화를 운현이 문밖에서
듣고 있다가 지금까지의 일의 진상을 모두 알게 되고, 다음 날 거북으
로 변하여 옥궤 속에 숨어 있는 것을 알아차리고 잡아 간다. 진왕과
초공의 엄한 호령에 도사의 모습으로 다시 변한 신묘랑은 살아남기
위해 사실을 자백하고 중형을 받는다.12) 장씨와 신묘랑이 함께 악행
을 저질렀지만 참수斬首되는 것은 신묘랑뿐인 것이다.

술사가 악녀를 돕는 보조 인물이라면, '어승女僧'은 주로 신한 어인
을 돕는 보조 인물이다. 유현의 첫째부인인 정씨는 적국인 강씨의
모해로 갖은 고초를 겪는데, 강씨가 매수한 경후번이 겁탈하려 하자
시비 경홍을 대신 놔두고 유모와 함께 궤 속에 몸을 감추고 있다가
물에 빠져 죽으려 하던 차에 형주의 월출산 장락사의 수정 이고尼姑에
게 구출된다.13) 그런데 수정 스님이 그녀를 구출하기 전에 계시를
먼저 받게 되는데, 꿈에 어떤 대사가 와서 정씨의 전생과 사연에 대해
알려 주는 것이다. 정씨가 북두성의 부인이며 자신의 제자인데 물에
빠졌으니 가서 구하여 데리고 와 잘 보호하고 그 복중에 있는 남두성
도 보호하라는 말이었다. 이를 듣고 깨어 정씨를 구해 와서는 지극정

---

11) 〈조씨삼대록〉 18권 111~118면.

12) 〈조씨삼대록〉 19권 9면.

13) 〈조씨삼대록〉 7권 112~114면.

성으로 간호하는 것이다. 정씨는 이곳에 있으면서 비단과 금실을 사서 수를 놓아 팔아 자신의 식비를 댄다. 그러던 중 수를 사러 온, 정씨의 올케인 오부인을 통해 가족과 다시 만날 수 있게 된다. 그런데 오부인을 만나기 전 이고는 미리 길점占卜과 꿈을 통해 정씨의 앞날을 안 상태였고, 정씨 또한 꿈에 유현을 다시 만나 부부가 재회하게 될 것을 예시 받는다.[14]

이 여승은 또, 앞으로 유현의 다섯 번째 아내가 될 경소저가 악녀 단씨 일당이 산구덩이에 묻혀 있던 것을 구해내 정씨 처소로 데려와 있게 한다. 그런데 이때에도 그녀는 경소저의 전생前生과 앞날을 알수 있는 꿈을 꾸니, 두 차례나 여주인공과 관련된 계시를 먼저 받는 셈이다.

> 수정 이고가 경씨를 데려온 후에 하루는 꿈을 하나 꾸게 되었는데, 흰 옷을 입은 관음이 말하였다.
> "경미혜는 백옥경의 선녀이다. 70일 말미를 얻어 세상에 나서 조유현과 삼생의 숙연이 무거우니 만일 그가 아니면 짝이 없을 것이다. 그러니 네가 그들이 부부가 될 수 있도록 원앙채鴛鴦債를 힘써 주선하여 사람의 앞길을 제도하라. 조유현이 오래지 않아 큰 공을 이루고 형주를 지나갈 것이니 네가 먼저 경소저와 정씨가 인연을 맺게 하여라. 경소저의 얼굴이 고금에 드물고 복록이 집안에서 영귀할 팔자이니 정씨보다 못하게 대접하지 마라."[15]

경씨는 전생에 선녀였는데 유현과 오래된 인연이 있으니 혼인을

---

14) 〈조씨삼대록〉 11권 105~109면.
15) 〈조씨삼대록〉 12권 55~56면.

주선하여 둘이 부부가 되도록 하라는 말을 관음보살로부터 듣는 것
이다. 그래서 그녀는 정씨에게 가 꿈 이야기를 하고 앞으로 조유현과
경소저가 혼인할 수 있도록 어떻게 할지를 계획한다. 여승의 구출로
정씨는 목숨을 부지할 수 있었으며 음식과 거처 등을 잘 봉양해 주었
기에 평안하게 지낼 수 있었다. 아울러 앞으로 자신의 적국이 될 여자
를 보호하고 있다가 남편에게 소개해 주어야 하는 임무까지 있음을
알게 되는 것이다.

2.2. 형제·친인척을 동원한 치밀한 악행 주도 - 시비, 유모

선한 인물이든 악한 인물이든 여성 주인공을 가장 잘 도울 수 있는
사람은 유모乳母와 시비侍婢이다. 초공의 첫째 아들 유현의 넷째 부인
인 강씨는 유현의 첫째 부인인 정씨를 모해하는 여성인데, 그녀는
'유모' 경파와 모든 일을 의논하면서 자객인 그녀의 오빠 경후번仙시
끌어들여 정씨를 죽일 계획을 세운다든지 요약妖藥을 사와 유현에게
먹여 정신을 못 차리게 하는 일을 한다.[16] 공교롭게도 경후번은 정씨
를 탐하는 남자인 설강의 사주로 유현을 죽이려 하던 차이기도 했다.

또 강씨는 정씨의 '시비' 추향, 주방 시녀 설매 등과 공모하기도
한다. 할머니 위부인의 생일에 그녀의 술잔에 독을 넣어 정씨를 모해
한다.[17] 하지만 현명한 유현이 이를 알아차리고 설매를 추궁하여 추
향이 주범임을 밝혀내는데, 추향은 정씨가 자기에게 뇌물을 주면서
시킨 것이라고 둘러대며 억울하다고 초사招辭[18]까지 써서 올린다. 정

---

16) 〈조씨삼대록〉 3권 95~96면.
17) 〈조씨삼대록〉 5권 12~13면.

씨가 남편이 강씨만 좋아하는 것에 질투하여 강씨를 해치려고 했다, 허청유라는 남자와 사귀었다, 청유가 자객이므로 어르신들을 죽이려고 했으나 실패하여 발각된 것이라고 하는 등 모든 잘못을 정씨에게 덮어씌우는 내용이다. 서술자는 그녀가 간사하고 엉큼하여 이런 글을 썼다고 하고 있지만, 그녀의 능수능란함을 알 수 있는 대목이다. 이렇게 없는 일을 지어내 글을 쓰면서까지 스스로를 변론했지만 그 속을 꿰뚫어 본 상전 유현은 속지 않고 그녀를 매질하고 나서 옥에 가둔다.

강씨의 유모 경파도 시댁에서 쫓겨난 강씨를 위하여 상소문을 써

---

18) 우리 부인은 본래 재상가의 딸로 대단한 부귀가 지금의 공주에게 이르러도 부러워하지 않을 정도입니다. 입을 움직여 열지 않아도 눈에 보이는 것은 다 갖추어 만사가 뜻대로 되고 사촉 황금이 수만이고 촉나라 비단과 진주가 수레에 실을 정도입니다. 마음이 거만하셨는데 귀댁에 들어오면서부터 어르신의 박대가 매우 심하여 젊은 나이에 한이 깊으셨습니다. 계속해서 세 명의 부인이 들어오시니 어르신께서 어릴 때 혼인한 조강지처를 홍모(鴻毛) 같이 아시고 편벽되게 은정을 강부인께 쏟으셨습니다. 젊은 부인의 질투하는 마음이 항상 있는 것이니 우리 주인이 강부인을 해치고자 하는 마음이 어찌 괴이하겠습니까? 이미 부부의 은애를 모르시기 때문에 정씨 집안의 가신(家臣)인 화청유가 풍채와 골격이 상쾌하며 시원스럽고 아름다운 까닭에 둘이 사사로운 정이 있었습니다. 부인이 자주 청유에게 편지를 주고받으며 언약을 정하였는데 청유와 관왕묘에서 만나서 대사를 의논하려 하시다가 어르신께서 귀령(歸寧)을 막으시는 바람에 귀령하지 못하셨습니다. 또 청유가 자객의 술법을 배웠기 때문에 한밤중에 칼을 들고 어르신과 상국 어르신을 죽이려고 하다가 일이 드러나게 되니 부인이 한을 품어 무고지사(巫蠱之事)와 그릇에 독을 넣어 존당에 시험하고 몸을 빼내 정씨 집안으로 돌아가 행장을 차려 부형(父兄)도 속이고 청유를 맞아 백년지락을 이루려고 하다가 발각되었습니다. 깊은 규방의 죄인으로 하늘의 해를 보지 않고 분함과 원망이 없겠습니까? 이런 까닭에 저에게 약과 은돈을 주어 설매의 일이 발각되어 과연 강부인과 시비가 화를 입을까 하였더니 설매와 저에게 형벌이 급하게 될 줄을 알았겠습니까? 이 일의 근본은 어르신께서 정부인에게 박정하셔서 생긴 것이니 천한 노비가 주인을 위한 정성에 마음을 움직이시고 제가 스스로 만든 죄가 아닌 것을 살피셔서 한 목숨을 용서해주십시오. 〈조씨삼대록〉 5권 22~25면.

서 형부刑部에 제출한다. 조씨 집안에서 유현의 셋째 부인인 이씨만을 좋아하는 것에 불만을 가지고 이씨를 모해하여 귀양 가게 하려고 하는 것이다. 그런데 이 상소문을 쓰기 전에 두 사람이 하는 대화를 보면, 유모는 강씨에게 자신이 낳지는 않았지만 '어미'이니 너의 적국을 없애 천하를 바로 다스려주겠다고 한다. 그러고 나서 자신의 양모養母 같은 존재이자 인종의 숙모인 계양공주를 동원하고 한편으로는 임금께 상소하여 일을 성사시키겠다고 한다.[19] 아울러 어떻게 하면 가장 효과적으로 이씨를 귀양 보낼까를 궁리해 주는데, 지금 임금이 곽후의 투기로 인해 투기하는 부녀자를 매우 통한해 하므로 이씨가 투기하여 강씨를 모해했다고 하자고 제안한다. 유모가 쓴 상소문을 보자.

천첩 경파는 전 이부판서 조상서의 폐위된 처 강씨의 유모입니다. 지극한 원통함이 있어서 감히 법부法部에 번거롭게 아룁니다. 저의 주인은 강한림의 천금같은 한 명의 딸입니다. 주인이 불행하여 일찍 어머니를 여의고 계모 경부인이 목강穆姜의 인자함이 있었지만 단 노부인에게 양육되었습니다. 친가와 외가 모두 대대로 높은 벼슬을 한 집안으로 제 주인의 성품과 행실이 매우 온화하고 공손하여 이미 부덕婦德이 갖추어졌습니다.

성상께서 사혼하셨기 때문에 조 이부상서의 네 번째 부인이 되시니 위로는 정씨, 조씨, 이씨 세 부인이 있었고 시부모의 사랑과 남편의 은총을 받았습니다. 제 주인의 괴로운 상황과 슬프고 한스러운 정사는 사람이 참지 못할 바입니다. 제 주인이 스스로 운명을 탄식하고 한탄할지언정 뒤에 들어온 부인으로서 먼저 시집온 부인을 섬겨 항상 조심

---

19) 〈조씨삼대록〉 7권 4면.

하여 부덕을 삼갔습니다. 여러 적인敵人의 변란이 일어나서 무고하게
어른의 음식에 독을 넣고 간부인 자객이 들어와 집안을 현혹시키니
남편인들 어찌 현혹되지 않겠습니까?

시녀를 심문하자 정부인의 시녀 추향과 정당의 시녀인 술잔을 붓던
설매 등이 이와 같이 죄를 스스로 고백하니 조 이부상서가 제 주인과
정부인을 다 폐출하여 혼서를 불 질렀습니다. 제 주인은 백옥 같이
흠이 없는데도 시부모와 남편의 처사를 감히 원망하지 못하여 천고에
도 없는 박한 운명을 달게 받았습니다. 죄가 없는 애매한 천인賤人이
엄중한 형벌을 받고 노비와 주인이 남은 숨을 겨우 유지하여 돌아왔습
니다. 제 주인은 죽을지언정 시댁의 일을 들추어내서 적인을 잡아 소
장을 관청에 낼 뜻이 없었지만, 이 천인賤人이 제 주인을 길렀기에
명목상은 노비와 주인 사이지만 정과 의리는 모녀 사이와 같습니다.
죄가 없는데도 제 주인은 시댁에서 쫓겨나 강상綱常의 한 가지 죄를
얻어 텅 빈 규방의 푸른 등불 같은 박한 운명을 어찌하겠습니까?

위로는 밝고 바른 법관이 계시고 왕법王法이 엄숙합니다. 요사이
들으니 많은 죄를 한갓 정부인이 한 것이 아니라 그 부인보다 더 심한
자가 있다고 합니다. 엎드려 바라건대 법부는 추향과 설매를 잡아 엄
한 형벌로 꾸짖어 물으시면 간악한 사정을 당장 밝혀 애매한 자가 무
죄를 밝히고 죄가 있는 자가 죄를 받아 벌을 면하지 못할 것이니 밝게
살피십시오.20)

자신이 천인이지만 정과 의리는 모녀 사이와 같다고 하면서 주인
을 위하여 쓴 이 글을 형부의 관리가 보고 '앞뒤의 곡절이 분명한 것
을 보니 강씨가 억울하게 죄를 쓴 것이 분명하다'21)고 판단하게 된다.

---

20) 〈조씨삼대록〉 7권 11~14면.
21) 〈조씨삼대록〉 7권 10면.

자기의 애매함을 변명하면서도 시댁을 원망하지 않고 적인을 재해에 빠지게 하는 말을 적게 하여 자신의 원래 마음을 숨긴 것이 주효한 것이다.

그래서 법관이 조씨 집안에 가서 추향과 설매를 잡아오게 하여 사실을 묻는데, 그 직전에 미리 경파가 사람을 시켜 이들 시비에게 보물을 주고 이씨가 한 짓이라고 말하도록 해놓는다. 동시에 계양공주에게 가 임금의 마음을 돋우라고 하고 시어사 원광을 시켜 패악한 이씨를 죽이라는 상소를 또 올리게 한다. 이 상소와 함께 경파의 소장과 취향·설매의 초사를 모두 본 임금은 그 내용들이 분명한 것에 속아 이씨의 시녀를 잡아내 엄하게 문책하라고 한다. 그러자 경파는 이 시녀까지도 미리 결탁하여 이씨에게 죄를 씌우라고 해놓고, 사주를 받은 시녀는 금은보화를 뇌물로 받은 데다가 경파의 조카이기도 하니 말을 지어내어 이씨가 음란한 대악 죄인인 것으로 고백한다. 공주까지 와서 눈물을 흘리며 강씨의 원한을 씻어달라고 하니, 드디어 임금은 교지敎旨를 내려 이씨를 장사 지역으로 귀양 보내고 강씨는 다시 조씨 집안으로 돌아가라고 한다.[22] 강씨와 계양공주는 또다시 이씨를 모해할 계획을 세우는데, 공후 두탁의 아들에게 이씨를 보쌈해 가서 혼인하라고 하는 것이다.[23]

또 한 명의 악한 유모는 양인광의 아내인 곽씨의 '유모' 취파이다. 그녀는 '세상에 드문 간사한 사람'[24]이라고 소개되고 있는데, 남편이

---

22) 〈조씨삼대록〉 7권 17~31면.
23) 이 일은 이씨의 충성스런 시비 쌍란의 활약으로 계획과는 다르게 전개되니 2.3.에
    서 다시 살피기로 한다.
24) 〈조씨삼대록〉 15권 88면.

첫째부인인 조월염만을 사랑할까, 조씨가 아들을 먼저 낳으면 어떻게 할까 등 노심초사하는 곽씨를 위해, 자신은 목숨을 다할 마음이 있다면서 여러 가지로 모해 계획을 세워준다. 그 치밀함을 보자.

> "…… 제가 소저를 양육하였으므로 그 정 때문에 죽기를 다할 마음이 있습니다. 차마 못할 일을 견뎌 행해야 큰일을 이룰 수 있을 것인데, 하나의 계책은 제 언니에게 세 가지의 단약이 있다는 것입니다. 한 가지는 부부간에 사랑하던 사람을 미워하고 미워하던 사람을 사랑하는 약이며, 또 하나는 얼굴을 바꾸어 어떤 사람의 얼굴이 되는 것이니, 첫 번째 것은 미혼단迷魂丹이고 두 번째 것은 환용단換容丹입니다. 다른 사람들은 천금을 가지고 와서 구해도 형이 주지 않는 것입니다. 언니가 성산 도사를 사귀어 팔아 주면서 많이 얻어 두고 스스로 팔아 값을 받고 있는데, 내가 이 약을 얻어 양 병부 어르신을 시험하여 조씨를 향한 태산 같은 사랑을 버리고 없애는 것이 첫 번째 계교입니다. 또 한 봉 약을 얻어 조씨의 어린 아들을 죽여 조씨의 애를 태우고 꽃 같은 얼굴을 사르게 하여 진주가 바다에 잠기게 하는 것입니다.
> 또 소저 스스로 잉태한 것 같은 모습을 하고 친정으로 돌아가 잉태했다고 말하면서 낭군과 열 달을 따로 거처하십시오. 민간에서 아름다운 남자 아이 낳은 곳을 택하여 그 아이를 데리고 와 소저가 낳은 아이라고 하면 누가 이를 의심하겠습니까? 이렇게 속여 아들을 데리고 양부로 돌아오면 조씨는 어린 아들이 죽고 나서 붉은 눈물이 눈썹을 잠기게 하고 박명함을 슬퍼하여 심장이 타는 듯할 것입니다. 그러니 꽃이 시들고 잎이 떨어지지 않겠습니까? 그러면 시부모님과 남편이 그 복이 없음을 한하여 자연스럽게 아끼는 마음이 소저에게 돌아올 것입니다. 이때를 맞아 여러 가지 계교를 행하면 조씨를 없앨 수 있을 것입니다."[25]

---

25) 〈조씨삼대록〉 17권 80~82면.

자신의 언니까지 동원하여 요약妖藥들을 얻어다가 양인광에게 먹여 마음을 바꾸게 하여 조씨를 미워하고 곽씨를 좋아하게 만들고, 조씨의 아들에게는 독약을 먹여 죽이자는 계획이다. 이에 더하여 거짓으로 임신한 것처럼 속이기 위해 이러저러하라고 일러준 뒤, 남의 아이를 사와 자신이 낳은 아이라고 하면서 키우라고 권한다. 그러면 아들이 죽은 것에 조씨의 마음이 타들어갈 것이며 양인광과 시부모도 박복함을 탓할 것이니 식구들의 사랑이 곽씨에게 올 것이라는 것이다. 조목조목 설명하는 것을 다 듣고 나자 곽씨는 유모에게 '나의 제갈량'이라고 하면서 기뻐한다.

곽씨와 유모 취파는 자신들의 계획을 하나하나 실천하면서 조씨를 모해하는데, 누가 무고巫蠱를 행하는 것 같다고 하면서 헛소리를 하며 벌벌 떨기노 하고 술사術士를 불러 나무 인형과 요사한 물건들을 찾아냈다고 거짓말을 하기도 한다. 이 일들을 조씨가 행한 것처럼 덮어씌우는 것이다. 집안의 주부主簿인 맹한이라는 사람에게 3천금과 시녀를 뇌물로 주면서 조씨와 사귀었던 사람이며 지금도 종종 만나 사랑을 나누는 사이라고 말하게 하기도 한다. 곽씨와 유모가 미리 조씨의 시녀 춘소를 매수하여 조씨의 상자 안에 반지와 편지 등을 써놓은 상태서 맹한이 한 말과 맞아떨어지므로 남편이 믿고 화가 나 조씨에게 심한 말을 하면서 독약을 먹여 죽이려고까지 하게 된다.

취파는 그 사이에 곽씨가 아이를 낳았다고 거짓말을 할 수 있도록 산달이 맞아떨어지는 가난한 양반집을 알아내 그 집의 못된 시어머니에게 돈을 주고 며느리가 낳은 아들을 낳자마자 데리고 온다. 이 아이가 자신들의 자손이라고 믿는 인광과 그 부모는 곽씨에게 고마워하면서 우대한다. 거짓으로 아이를 낳는 것 같이 꾸민 날 아이와 산혈이 묻은 거적을 다른 방에 펼쳐 놓았다가 곽씨가 있는 곳으로 가져가 해산한 것처럼 하는 등 그럴 듯하게 연극하는 것을 유모가 모두 계획하고 실행에 옮기는 것이다. 이렇게 유모의 치밀한 도움에 힘입어 곽씨는 결국 조씨를 정실 자리에서 쫓아내고 은설정에 가두게 되며, 자신은 정실 직첩을 받게 된다. 하지만 욕심이 지나쳐 조씨를 죽이려 하게 되고 또다시 유모와 공모하여 사람의 머리를 베어 해골을 사오게 하기까지 하다가 만행이 드러나게 되어 친정으로 쫓겨난다.

2.3. 목숨 건 충성과 지혜의 발휘 – 시비, 상궁

유현의 셋째 부인인 이씨는 그녀를 해치려는 강씨와 계양공주의 모해로 계속하여 고난을 당하는데, 특히 두공의 아들 두영기에게 잡혀갈 뻔한 위급한 상황에서 '시비 쌍란'의 지혜로 이를 모면하게 된다. 쌍란은 시비侍婢임에도 불구하고 제법 길게 소개되고 있는 것으로 보아 서술자가 관심을 기울여 만들어낸 인물임을 알 수 있다.

충절과 의로움을 지닌 한 명의 여자가 이 소리에 응하여 앞으로 달려 나오니 이 사람은 누구인가? 원래 이 여자는 다른 사람이 아니라 이씨를 거울 아래에서 모시며 경대를 받들기도 하고 시문詩文을 짓고 시화詩畵를 그리는 것을 섬기던 노비였다. 이들은 노비와 주인의 정이 물고기가 물을 만난 것 같은 즐거움이 극진한 사이였는데 이 노비의 이름은 쌍란이었다. 양정렬이 특별히 쌍란을 뽑아 이씨에게 준 것이었다. 쌍란은 옥 같은 얼굴이 매우 뛰어나 복숭아꽃과 자두꽃, 봉숭아꽃 같고, 눈서리 같은 절조가 강개하여 푸른 소나무와 대나무 같았다.

이씨가 쌍란을 사랑하기를 수족같이 하였기에 명분은 노비와 주인이
었지만 실제로는 규방에서 마음을 알아주는 친구였다.26)

　'충절과 의로움'을 지녔고 시와 그림을 함께할 수 있으며 '절조가
강개'한 여성으로 설명되었으며, 주인인 이씨와의 사이가 물고기와
물의 즐거움 같은 사이, 규방의 지기知己와 같은 사이인 것으로 되어
있다. 신분은 천하지만 성품이나 미모, 재주가 뛰어나 친구같이 지낼
수 있는 시비인 것이다. 그녀는 주인인 이씨가 밤중에 들이닥친 두생
일당들에게 붙잡혀 갈 위기에 놓이자 대신 이씨의 옷을 입고 있다가
잡혀간다. 두생의 집에 붙잡혀 가자 그녀를 며느리로 삼으려는 두공
부부에게 부모님 삼년상이 끝날 때까지 기다려달라고 말하는 기지를
발휘하여 몸을 지켜낸다.

　　"첩이 비록 몸이 여자이지만 부모께서 낳고 길러주신 은혜는 다 한
　가지입니다. 상례喪禮는 천자부터 서인에 이르기까지 폐하지 못하는
　것입니다. 첩이 지금 장사葬事를 지내기 전의 상제喪制인데 사람들에
　게 잡혀 여기 이른 것입니다. 그러니 차마 부부의 즐거움과 인륜의
　정을 이룰 때가 아닙니다. 제 몸이 그대의 집에 머문 후에 죽지 못했다
　면 곧 그대의 사람인 것입니다. 선비는 벼슬을 하지 않았어도 그 나라
　신하이고, 여인이 혼인을 하지 않았으나 빙폐를 받았으면 그 집 사람
　입니다. 이제 첩이 그대의 집에 머물게 되었으니 비록 부부가 되지
　않았지만 그대의 사람이 아니고 누구이겠습니까? 그대에게 아름다운
　첩이 여럿 있다고 하니 제가 삼년상을 마칠 때까지 서로 참아 화락하
　고자 한다면 제가 당당히 그대의 뜻에 따라 이 집에 있으면서 그대의

---

26) 〈조씨삼대록〉 7권 80~81면.

집안일을 다스리고 그대의 부모를 섬겨 뒷날 부부의 윤의倫義를 온전히 하겠습니다. 그러나 이 일을 허락하지 않는다면 한 번 죽어서 효도와 절개를 다 잃은 죄인이 차마 되지 않도록 할 것입니다."[27)]

예법과 윤리를 들면서 선비의 도리, 아내의 도리 등을 조리정연하게 말하니 모두 '그녀의 뜻에 탄복하여 순순히 따르게' 되었고, 워낙 빼어난 미모인데다 서리 같은 말을 도도하게 하므로 시녀들이 그녀를 존중하는 것이 재상가의 명부命婦보다 못하지 않을 정도가 된다. 이렇게 그녀는 두생의 집에 있으면서 그를 꾀어 강씨와 계양공주가 함께 이씨를 모해한 일에 대해 알아낸 뒤 3년이 지나자 등문고를 울려 주인의 억울함을 알린다.

그런데 마침, 유현의 첫째 부인 정씨를 대신해 후번의 집에서 살고 있다가 빠져 나와 등문고를 울리러 가던 시비侍婢 경홍을 만나 함께 궁궐로 간다. 이들의 모습을 서술자는 '강렬함이 문인文人 열사烈士의 풍모가 있어 조금도 두려워하지 않고'[28)]라고 하였고, 그들이 올린 초사招辭와 소疏[29)]는 너무나 감동적이어서 이를 본 임금이 '두 여자의 주인을 위하는 정성스러운 마음과 충절을 지닌 열사 같은 마음을 기특하게 여길'[30)] 정도라고 하였다.

또한 쌍란을 다시 만난 이씨는 그녀의 손을 잡고 오열하면서 "내가 어찌 너를 시비로 대접하겠는가? 내가 마땅히 너를 자매로 대접하여

---

27) 〈조씨삼대록〉 7권 97~98면.

28) 〈조씨삼대록〉 10권 4면.

29) 초사(招辭)는 범죄와 관련된 사람이 그에 대한 사실을 진술하는 글이고, 소(疏)는 임금께 아뢰는 글임.

30) 〈조씨삼대록〉 10권 10면. 이들이 올린 초사와 소는 3.2.에서 다시 보기로 한다.

은혜를 마음과 뼈에 새길 것이다."31)라고 하며 기뻐한다. 아무리 목숨을 구해준 시비라지만 자매로 대접하겠다는 말에 눈물을 흘리고 만다.

또 한 명의 충성스러운 보조 인물로 '경상궁'을 들 수 있다. 경상궁은 운현의 처 남씨가 연왕 궁에서 핍박을 받고 있을 때에 그녀의 아름다움을 보고 구해줘야겠다고 마음먹는다. 그녀는 '말을 잘하고 지혜가 높으며 어진 마음으로 사람 구하기를 늘 힘쓰'32)는 사람이다. 연나라 세자가 남씨의 아이 명윤에게 독약을 먹여 내다버리려 하자 남몰래 구자와 호마 부부에게 아이를 넘겨 살리게 하여 키우도록 한다.33) 남씨를 구하기 위해 연왕과 연왕비에게 그녀를 한궁으로 일단 보내라고 하고 나서 그곳에서 혼인날에 몰래 빼내 구출할 계획을 세운다. 시녀 한 명을 남씨처럼 꾸며 단상해놓아 착각하게 하였다가 밤에 등불을 넘어뜨려 불이 붙게 하고 남씨가 가슴에 칼을 꽂고 자결한 것처럼 꾸민 후, 그 사이에 남씨를 시신이라고 속여 밖으로 빼내 궁궐로 들여보내 일을 성사시킨다. 경상궁의 남씨 구출 작전은 장장 15면에 걸쳐 매우 흥미진진하게 서술되며 이런 그의 꾀는 '장량張良과 진평陳平의 꾀'라고 칭탄 받는다.34)

경상궁은 남씨 모자에게 생명의 은인인 셈인데, 여기에 더하여, 남씨가 아들을 잃은 슬픔으로 자결하지 않도록 하기 위해 그녀를 선인왕후의 딸인 공주의 스승으로 추천한다. 이에 남씨는 여섯 살인 공주

---

31) 〈조씨삼대록〉 10권 23면.
32) 〈조씨삼대록〉 16권 95~96면.
33) 〈조씨삼대록〉 17권 1~5면.
34) 〈조씨삼대록〉 17권 14~28면.

를 가르치면서 보람을 느끼고 공주도 남씨의 지식과 지혜에 감탄하면서 잘 따른다. 연왕과 한왕의 손길이 닿지 못하는 곳으로 궁궐만큼 안전한 곳이 없다는 것을 꿰뚫어본 상궁의 전략이 맞아떨어져 무사히 살아남게 된 남씨는 상궁과 이별하게 되자 지극히 슬퍼하고 상궁도 목이 메어 말을 이루지 못할 정도로 탄식한다. 이런 상궁을 서술자는 '원래 상궁의 성품이 사람을 아낄 때에는 자기 몸을 잊고 정情과 의리에 연연해 하니, 인륜을 없애도 마음에 거리낄 것이 없을 정도이고 한 곳에 혹하면 변통을 모른다'35)고 평가한다.

3. 〈조씨삼대록〉 보조 인물의 서사적 효과

3.1. 환상성과 흥미 강화

국문장편 고전소설은 부자 갈등과 부부·처처 갈등을 중심으로 하여 가문 내의 이야기가 주로 전개되기 때문에 현실주의적인 경향이 강하고 신비롭거나 환상36)적일 수 있는 대목은 거의 등장하지 않는다. 그러나 어떤 소설을 읽든 소설의 독자들은 대체로 현실에서 이루지 못하는 바가 이루어지기를 바라거나 소원하는 바를 투영하는 등의 욕구를 지닌다. 이런 욕구가 충족되도록 하는 가장 좋은 소설적

---

35) 〈조씨삼대록〉 17권 38면.

36) 도토로프가 정의하는 '환상성'의 기본 요소는 작중인물과 독자의 머뭇거림, 의심, 불안감이지만, 고전소설의 경우에 그대로 적용하기는 어렵다. 이 경우에는 '기이, 신이, 경이 등의 감정을 유발하거나 전혀 다른 시·공간적인 성격을 띤 사건이 현실계에 펼쳐졌을 때 일어나는 모든 경험과 느낌의 총체' 정도로 파악하는 것이 적절하다. 조재현, 『고전소설의 환상세계』, 월인, 2009. 11~48면 참조.

장치가 바로 요술이나 요약, 도술 등의 활용과 천상계의 개입 등 환상적인 요소일 것이다.

국문장편소설의 시초가 되는 〈소현성록〉은 이런 환상적인 요소가 적은데, 다만 소현성의 인품을 증명하는 요괴 퇴치 화소, 악녀가 사용하는 단약, 소현성과 운성 부자의 태몽, 운명과 아내 이씨의 전생을 알려 주는 여승의 예언 정도가 있다. 〈유씨삼대록〉에서는 진양공주가 미래를 예감하는 능력이 있거나 초월적 힘이 선인들을 돕는 방식으로 환상성이 드러나다가, 후대의 작품인 〈조씨삼대록〉이나 〈임씨삼대록〉으로 오면 환상성이 강화되고 있는데 특히 여성 인물과 그 보조 인물들을 통해 드러난다. 선행 연구에서 고찰한 바 있듯이[37] 장편 가문소설에서는 환상성이 크게 두 가지로 형상화되는데, 하나는 천인합일天人合一 사상을 구현하는 경이롭고 신성한 천명적天命的 환상성, 다른 하나는 천명을 거스르면서 자신들의 세계를 구축해가는 역천적逆天的 환상성이다. 삼대록계 국문장편소설 중에서 〈유씨삼대록〉에서는 전자가, 〈임씨삼대록〉에서는 후자가 구현되어 있는데, 본고에서 다루고 있는 〈조씨삼대록〉에서는 양자가 고루 구현되고 있다는 점에서 의의가 있다.

앞에서 살핀 바와 같이 〈조씨삼대록〉에서는 악녀가 사용하는 단약과 더불어 악녀의 보조 인물인 술사術士가 부리는 요술들이 이런 환상성을 확보해주는데, 이러한 요소는 특히 작품의 흥미와 통속성 강화에 기여한다. 국문장편소설의 재미를 높이는 중요한 요인 중의 하나

---

37) 한길연, 「대하소설의 환상성의 특징과 의미」, 『고전문학과 교육』 20, 2010; 한길연, 「〈유씨삼대록〉과 〈임씨삼대록〉의 비교 연구—환상성의 구현양상을 중심으로」, 『어문연구』 148호, 2010.

는 '악녀'들의 형상과 그들이 엮어내는 사건의 전개이다.[38] 그녀들이 악독할수록, 그녀들의 행위가 다양하고 지속적일수록 더욱 재미있게 읽을 수 있는 것이다. 이 작품에서 천화군주는 군주에서 양반가 딸 장씨로, 오랑캐의 왕비로, 죽어서는 강의 요괴로 사는 등의 여러 차례의 변신을 거쳐 가장 오랫동안 악행을 저지르는데, 그녀의 악행이 다른 악녀들에 비해 기이하게 느껴지는 이유가 바로 보조 인물인 술사의 요술과 변신 때문이다. 사람이 새, 나비, 거북 등 동물로 변신하는 것이 실제로는 불가능한 줄을 독자들은 뻔히 알고 있지만 이렇게 변신한 인물이 하늘을 날거나 공간을 자유자재로 이동하는 장면을 흥미롭게 읽고 쾌감을 느꼈을 것이다.

악한 인물과는 반대로 선한 인물들은 자신이나 보조자가 요술을 부리지 않는다. 다만 하늘의 뜻, 계시를 본인이 직접 받거나 보조 인물이 먼저 받아 전해준다. 그런 역할을 하는 것이 주로 여승들이었다. 국문장편 고전소설에서 표면적 주인공은 중심 가문의 수장인 아버지, 2대로 내려와서는 장자나 가권 계승권자들이다. 하지만 부부 갈등이나 처처 갈등이 서사의 주류를 차지하다 보니 여성인물들이 주도적으로 등장하는 지면이 더 많다. 따라서 보조 인물들도 여성인 경우가 많으며, 조선 후기의 특성상 여성을 도울 수 있는 것은 여성인 것이 자연스러우므로 여승, 유모, 시비들로 구성되어 있다. 특히 여승과 관련된 부분에서 주인공의 전생前生이 설명되고 미래가 예시되면서 신비성이 강화된다. 그 한 예가 정씨가 죽기 일보 직전에 자신을 구한 수정 이고를 따라 장락사로 가는 길에 꿈을 꾼 것[39]인데, 이를

---

38) 정선희, 「〈조씨삼대록〉의 악녀 형상의 특징과 서술 시각」, 『한국고전여성문학연구』 18, 2009.

통해 정씨는 자신뿐만 아니라 태중의 아들의 미래와 그의 혼사에 관한 것까지 계시 받게 된다.40) 이런 암시를 통해 정씨는 자신에게 닥치는 고난을 묵묵히 견뎌낼 수 있는 것이고 미래에 대한 희망을 가질 수 있는 것이다. 소설을 읽는 여성 독자들이 선한 여성 주인공에게 감정을 이입하면서 자신의 삶에 대한 위안과 구원을 느낄 수 있도록 하는 중요한 장치라고 할 수 있겠다. 유현의 정실부인이지만 적국인 강씨의 모해, 설강이라는 남자의 모해 등을 겪느라 평탄하지 못한 생활을 할 뿐만 아니라 죽을 고비를 여러 차례 겪고 쫓겨 다녀야 했던 정씨의 전생과 미래가 설명되는 대목처럼 말이다.

3.2. 현실성 강화와 공론화

술사나 여승 같은 보조 인물과 관련된 서사를 통해 작품의 환상성과 흥미로움이 강화된다면, 시비나 유모 등의 치밀한 계획과 주도면밀한 실행 등을 통해서는 작품의 현실성과 개연성이 강화되고, 그녀들이 자신의 의견을 관철시키기 위해 작성하여 바치는 상소문, 초사 등을 통해서는 공론화된다. 또한 도어사니 형부상서 등의 관직명을 자주 노출하면서 등장인물 간의 관계망, 그들의 성격 등을 상세하게 제시함으로써 현실성을 높이기도 한다.

유현의 아내 정씨의 시비 추향은 자신의 억울함을 호소하는 초사招辭를 올렸고, 강씨의 유모 경파도 강씨를 위해 소疏를 써서 임금께

---

39) 〈조씨삼대록〉 8권 30~34면.

40) 국문장편소설에서는 이러한 장면을 통해 그 인물의 존재가 해명되고 운명이 판독되며 미래가 암시된다고 보았다. 최기숙, 『17세기 장편소설 연구』, 월인. 1999. 254~263면.

올렸다. 이들의 글은 비록 공문서는 아니지만 이를 통해 그 생각과
행동이 공론화된다는 면에서 의의가 있다. 유현의 처 이씨의 시비
쌍란도 주인 대신 두씨 집안에서 3년을 살다 빠져나와 초사招辭를 올
린다.

　천한 시비 쌍란은 운남에 귀양 간 죄인 조유현의 세 번째 부인의
시녀입니다. 주인인 이씨는 운명이 기구하여 어린 나이에 부모와 헤어
져 유모의 양육을 받았습니다. 열 살에 부모를 찾으려고 하여 선뜻
남자의 옷을 입고 서울로 와서 우연히 조상서를 만나게 되었습니다.
조상서는 우리 주인에게 부모와 형제의 수를 물으며 부모와 헤어진
이유를 물었습니다. 우리 주인이 대답하니 조상서가 의기와 어진 마음
으로 급한 사정을 구하여 이참정을 찾아 부녀가 만나게 되었습니다.
우리 주인이 부모를 찾아 돌아온 후에 다른 가문의 남자인 조상서와
얼굴을 대하고 같은 자리에서 앉아 말을 한 것을 생각하고 풍교를 지
켜 혼자 늙기로 하였습니다. 이참정이 마지못하여 조상서에게 구혼하
였습니다. 만조백관이 요객이 되고 백대의 수레로 돌아와 예의를 차려
왔으니 어찌 비례非禮의 행동이 있겠습니까? 조씨 집안에 온 이후부터
존당과 여러 부인 등이 우리 주인인 이씨와 화목하고 우애 있게 지내
기를 아황娥皇과 여영女英의 고사처럼 규방에서 화락하였습니다.
　강씨가 사혼賜婚으로 시집오시니 수많은 변란이 생겼습니다. 자객
이 조씨 집안에 들어오고 음란한 편지가 던져지고 무고지사巫蠱之事와
음식에 독을 넣는 일과 같은 흉악한 변고가 계속해서 일어났습니다.
이것은 강씨의 유모 경파의 흉계입니다. 정씨와 강씨 두 부인이 내쫓
기는 화를 당한 후에 다시 괴이한 흉심을 내서 강부인이 스스로 계양
궁 공주의 세력에 기대어 우리 주인을 맹랑한 일로 곤경에 빠지게 하
였습니다. 시녀에게 뇌물을 주어 죄를 우리 주인에게 모두 씌우고 두

병기에게 부탁하여 우리 주인의 고운 얼굴을 이야기해 주며 데려다가 으르고 협박하라고 하였습니다. 계양궁의 종을 시켜 이씨 집안에 불을 지르라고 하였습니다.

슬픕니다! 혈혈단신이 임금님께 죄를 얻고 시댁을 떠나 친정에 돌아왔으나 양친을 연이어 잃고 외롭게 빈 집을 지키며 하늘에 사무치는 슬픔이 깊었습니다. 그런데 불이 나고 도적이 일시에 들어오니 제갈공명이 다시 살아나도 이 화를 벗어날 길이 없었습니다. 우리 주인이 어쩔 수가 없어서 주인이 천한 시비가 되고 제가 주인이 되어 이리저리 하여 두병기에게 저를 잡혀 보내고 주인은 몸을 빼내 조상의 가묘를 품고 목숨을 구하려고 도망갔습니다. 알지 못하겠습니다. 어진 임금님이 다스리는 세상에서도 억울한 일이 있음은 간신과 불충한 사람이 임금님의 총명을 가리기 때문입니다. 어사 원광이 사람의 부탁을 듣고 근거 없는 말로 임금님을 속여 명부命婦인 이씨를 사지死地로 보내었습니다. 신이 주인을 위하여 기신紀信의 충성을 본받아 두생을 따라온 후로 집밟딩하는 모욕을 온갖 방법으로 핑계를 대이 면하였습니다.

이제 계교가 다하여 한 장의 하소연하는 글을 임금님께 고합니다. 천첩의 억울한 상황을 이것으로 결단할 것이 아니라 강씨의 유모인 경파와 두병기 부자와 추향과 설매, 선옥과 어사 원광에게 똑같이 물으시어 확실함을 아신 후에 실상을 조사하여, 오뉴월에도 서리가 내리는 여자의 한을 살펴주십시오.[41]

자신의 주인인 이씨가 살아온 내력을 설명하고, 그녀가 조씨 집안과 혼인한 후에 간악한 적국 강씨가 그 유모 경파와 흉계를 꾸며 곤경에 빠뜨린 일, 그들이 두병기에게 이씨를 납치하라고 사주한 일, 이

---

41) 〈조씨삼대록〉 10권 4~8면.

를 피하기 위해 자신이 이씨인 것처럼 꾸며 대신 잡혀가 살게 된 일, 겁탈을 피하기 위해 힘들었던 일 등을 자세히 서술하였다. 마지막으로, 자신의 억울함을 풀 수 있으려면 사건의 진상을 알아야 하므로 강씨의 유모인 경파와 두씨 부자, 추향과 설매 등 시비들, 시어사 등 관련된 사람들을 추궁해 줄 것을 바라고 있다. 아울러, 정씨의 시비 경홍도 소疏[42])를 올리는데 그녀의 글도 마찬가지로 그간의 경과와 주인의 억울함, 모해자의 악행 등을 조리 있게 서술하면서 악인을 엄히 처벌해 달라는 내용으로 되어 있다. 두 글 모두 천한 시비의 글이라고 하기에는 조리가 있고 절절하다.

한편, 어머니가 아들을 위해 등문고를 치는 장면도 들어 있는데, 악인 설강이 악행이 드러나 운남의 수졸戍卒로 쫓겨 가게 되자 이를 막기 위해 그의 어머니 범씨가 등문고를 치면서 아들을 선처해 주기를 호소한 대목이다.[43]) 아들을 위해 어머니가 직접 나선 것인데, 그 정성에 탄복한 초공이 거들어 결국 설강은 수자리를 살지는 않고 귀양만 가게 된다.

이와 같이 이 작품에서는 여성 인물들이 자신의 의견을 관철하고 주인이나 가족을 지키기 위해 관아나 궁궐에 상소문이나 초사 등을 올리는 경우가 종종 있는데, 이는 당시의 실제 상황을 반영한 것으로 볼 수 있다. 서포 김만중의 딸이자 이이명의 아내인 김씨 부인은 경종 때에 노론 인사 200여 명이 유배되거나 죽은 신임옥사에서 목숨을 잃지 않기 위해 도망했던 손자 이봉상을 변호하기 위해 두 차례에 걸쳐 상언上言을 올린 바 있다.[44]) 가문의 존망에 따라 자신의 존재

---

42) 〈조씨삼대록〉 10권 9~10면.
43) 〈조씨삼대록〉 10권 31~33면.

의의가 달라질 수 있으니 여성들에게 있어 가문의 위상은 매우 중요했을 것이다. 따라서 가문의 장손을 살리기 위해 임금에게 글을 써서 자신의 생각을 관철시킨 이러한 시도는 당대의 여성들이 글을 통해 공적으로 소통하고 간접적으로나마 정치적인 행위를 할 수 있었음을 의미한다. 국문장편 고전소설은 당대 여성 독자층의 생활과 의식, 욕구 등을 비교적 성실하게 반영했다고 평가되고 있는데,[45] 이런 면도 그 연장선상에서 설명할 수 있을 것이다.

3.3. 인물·서사의 확대와 장편화

앞에서 고찰한 바와 같이 〈조씨삼대록〉에는 다양한 보조 인물들이 등장하면서 서사의 재미를 높이고 현실적 개연성과 환상성 등을 확보하였다. 이와 함께 서사가 확장되어 장편화할 수 있는 기반도 마련된 것이라고 보이는데, 전대의 국문장편 고전소실인 〈소현성록〉이나 〈유효공선행록〉, 〈성현공숙렬기〉 등에 비해 보조 인물의 숫자와 역할이 확연히 증가하면서 이야기가 다양해지고 길어졌다는 데에서 알수 있다. 물론 이들 작품에서도 시비와 유모, 술사 등이 등장하기는 하지만 다소 상투적인 역할에 머물러 있고 숫자도 많지 않다. 하지만 〈조씨삼대록〉에서는 다수의 시비와 유모들이 공모하거나 그녀들의 형제, 자매, 친인척과 연계하고, 나아가 친인척을 통해 다른 가문의 사람들, 관리들까지도 끌어들이고 있었다. 초공의 딸 조자염을 모해

---

44) 서경희, 「김씨 부인 상언을 통해 본 여성의 정치성과 글쓰기」, 『한국고전여성문학연구』 12, 2006.

45) 장시광, 「조선후기 대하소설과 사대부가 여성 독자」, 『동양고전연구』 29, 2008; 이지하, 「조선후기 여성의 어문생활과 고전소설」, 『고소설연구』 26, 2008.

하는 악녀 이씨는 소경수의 셋째부인으로, 시어머니와 시누이들, 시아주버니, 적국 구씨 등과 투합하여 조씨를 모해하고 때리고 못살게 굴었다. 친정어머니, 적대 가문의 첩, 술사, 사촌, 자객 등을 동원하는데, 특히 하층민들을 대거 끌어들임으로써 뇌물, 자객 동원, 영아매매, 시체 매수 등의 파격적이고 강도 높은 악행이 자행될 수 있었고, 서사의 폭도 확대될 수 있었다.

한편으로는 이들 하층민에 대한 섬세한 배려가 있기도 하였다. 쌍란이나 경상궁 등 천한 인물도 성품, 가계 등을 설명해준다든지, 웅현의 아내 진씨의 유모 성파가 도움을 요청한 주점 아낙의 딸 옥섬도 '천한 집의 평민이었지만 의기와 어진 마음이 남들보다 뛰어나고 타고난 성품이 매우 사랑스러웠다'[46]라고 소개하는 면 등에서 드러난다. 곽씨의 악행이 발각되는 이유도 평민의 딸이 지혜로워 아버지가 억울하게 죽게 된 상황을 판단하고 곽씨의 유모 취파의 심복이 살인했음을 밝힌 것이었다.

지혜롭고 선한 상궁이 등장하거나 궁궐에서의 생활이 연출되는 것도 특색이 될 수 있다. 〈소현성록〉에서 명현공주를 바르게 이끌려고 노력하는 한상궁이나 〈유씨삼대록〉의 상궁들도 있기는 하지만, 이 작품에서 경상궁의 활약이라든지 주인공 남씨와의 유대, 공감도에는 미치지 못한다. 악한 역할을 맡기는 했지만 계양공주 등 궁궐 사람들이 제법 중요한 보조 역할을 한다든지, 여주인공이 궁궐에서 공주의 스승으로 몇 달 간을 살다 나온다든지 하는 이야기를 만들어내었다는 것은 궁궐 생활에 대해 잘 알고 있는 향유층을 의식한 결과로 보인

---

46) 〈조씨삼대록〉 24권 27~28면.

다. 〈조씨삼대록〉보다 조금 후대의 작품 중 〈위씨오세삼난현행록〉
같은 장편소설은 주인공 가문의 인물이나 중심 사건과 관계없이 공
주의 혼례婚禮나 태후들의 수연壽宴, 궁중의례나 궁중 교양, 생활에
관련된 것들을 대거 삽입하기도 해 궁녀가 창작했으리라 추정되기도
한다.47) 이는 그만큼 장편소설의 향유층에서 궁녀나 궁궐 관련 사람
들이 차지하는 비중이 큼을 의미한다.

　이 작품에서 술사나 시비, 유모, 상궁 등 하층민들의 역할을 확대
하고 인격적인 공감을 나눌 수 있는 인물로 형상화하는 면이 있기는
하지만, 중요 인물들의 수단에 지나지 않음이 드러나기도 하였다.
웅현의 악한 아내 변씨는 진씨의 시비 난영을 꾀어 자신의 심복으로
만들어 진씨를 모해하는 일에 앞장서게 했으면서도 일이 발각되어
심문 받세 되는 시경에 이르사 난영을 속여 독주를 먹여 죽였다. 그
동안 여러 가지 일을 잘 도모해줘서 고맙다고 하면서 내민 술잔에
독을 넣은 것이었는데, 난영이 즉사하자 이불로 싸서 큰 농 속에 넣
어 구덩이에 던져버리게 하였다.48) 악녀들의 악행이 드러나 처벌 받
을 때에 공주이거나 양반가 여성인 그녀들은 친정으로 쫓겨나거나
먼 지역으로 추방되는 것에서 그치는 반면, 그 심복들은 잔인하게
처형되는49) 경우가 많고, 심지어는 난영처럼 주인이 후환을 없애기

---

47) 권정혜, 「〈위씨오세삼난현행록〉 연구」, 이화여대 석사논문, 2009.

48) 〈조씨삼대록〉 24권 35~38면.

49) 곽씨의 유모 취파와 조씨의 시비 춘소의 공모가 밝혀진 후 병부상서 양인광은 그들
　을 심하게 매질하는데, 살점이 뜯어지도록 때리고 불로 지지고 살점을 저미는 대목을
　다음에 제시한다.
　　이에 큰 매를 골라 몇 대를 때리는지 세지도 않고 두 여자를 매우 엄하게 마구
　친 후 큰 쇠를 달궈 살을 지졌다. 독약을 풀어 입에 퍼부으며 큰 곤장으로 입을 찌르니
　두 흉녀의 입에서 피가 가득히 쏟아지면서 점점 소리를 못 내게 되었다. 인광이 점점

위해 직접 죽이는 경우까지 있는 것이다. 하지만 국문장편소설 중에
서도 〈임씨삼대록〉[50]같은 작품에 이르면 여성 인물들이 대거 등장
하면서 그 행위가 부각되며, 좀 더 독자적이고 개성적인 하층여성들
도 보이게 된다.

4. 나오는 말

지금까지 본고에서는 삼대록계 국문장편 고전소설 중 하나인 〈조
씨삼대록〉의 보조 인물, 즉 주인공을 돕는 조력자들의 양상과 그 효과
에 대해 탐구하였다. 이 작품은 〈현몽쌍룡기〉의 후편後篇으로, 전편
이 18권이었던 것에 비해 배 이상 늘어난 40권의 분량으로 장편화되
었고, 등장인물의 숫자도 늘어났다. 이렇게 장편화될 수 있었던 서사
전략 중 하나가 보조 인물들의 다양화와 적극적 활용이다. 악인을
돕는 보조 인물 중 마술사는 요술이나 요약을 사용하였고, 선인을
돕는 여승들은 꿈을 통한 예언과 계시를 관음보살로부터 먼저 받았
다. 또 치밀하게 계획하고 자신의 형제와 친인척을 동원하여 악인을
돕는 시녀, 유모들이 활약했으며, 어떤 시녀와 상궁들은 선한 여주인

노기가 더하여 칼을 갈아 좌우의 사나운 종에게 명하여 그 살을 저며 내라고 하였다.
범 같은 군졸이 시퍼런 칼날로 살점을 썰어내니 두 여자가 머리를 흔들고 소리를
지르는 모습이 놀랍고 두려워할 만하였다. 큰 매로 죽도록 치니 이미 다리가 부러져
가죽만 걸려 있으며 두 여자의 흉한 넋이 매 아래에서 날아가니, 인광이 내어다 놓고
머리를 베라고 하였다. 〈조씨삼대록〉 20권 61~62면.

50) 이 작품에는 총 430여 명의 인물이 등장하는데, 그 중 233명이 여성 인물이고 그
중 102명이 시비와 궁녀이다. 최수현, 「〈임씨삼대록〉 여성인물 연구」, 이화여대 박사
논문, 2010.

공을 위해 목숨을 걸고 충성하고 지혜를 발휘하였다. 이렇게 보조 인물들이 중요한 역할들을 함으로써, 작품의 환상성과 흥미가 강화되었고 현실적인 개연성이 높아졌으며, 그녀들이 상소문이나 호소하는 글을 임금이나 관아에 올림으로써 문제를 공론화하였다. 그럼으로써 작품 전체의 인물과 서사가 확장되고 장편화 되는 효과를 낳았다.

이 작품보다 앞선 시기의 작품인 〈사씨남정기〉나 〈소현성록〉에서도 여승이 등장하여 선한 여주인공을 돕거나 앞날을 예견한다. 하지만 〈사씨남정기〉에서는 여주인공이 직접 꿈을 통해 계시를 받고 〈소현성록〉에서는 미래를 알려줄 뿐 도움을 주지는 않는다. 이에 비해 〈조씨삼대록〉에서는 여승이 여주인공보다 먼저 계시를 받고 그녀를 적극적으로 돕는다는 점에서 이 인물이 좀 더 부각되어 있다고 할 수 있나. 시비나 유모의 경우도 〈소현성록〉이나 〈유씨삼대록〉, 〈현몽쌍룡기〉 등 많은 작품에서 등장하지만, 이 작품에서처럼 치밀하게 일을 계획하고 주도하는 면을 보이지는 않았다. 선한 인물을 도울 때에는 지혜롭게 상황을 판단하여 구출하고 살아갈 방도까지 찾아주며 궁중에까지 그 힘을 발휘하였고, 등문고를 울리며 절절한 글을 올려 임금의 마음을 돌리기도 하였다. 〈소현성록〉에서는 여주인공 형씨가 남편 소운성을 살리기 위해 등문고를 쳤고, 〈유씨삼대록〉에서는 진양공주가 죽으면서 남편의 위기를 예측하고 써놓은 글이 임금께 바쳐지면서 유세형이 살 수 있었다. 즉 전대의 작품들에서는 주인공이 직접 행동했다면, 〈조씨삼대록〉에서는 그녀들의 보조 인물인 시비나 유모, 상궁 등이 상소를 올리거나 등문고를 쳐서 갈등을 해소하고 상황을 정리한 점이 비교된다. 악한 주인공을 돕는 경우에도 유모 등은 자신의 친인척을 동원한다거나 자객, 관리, 이웃 등을 매수하여 영아 매매, 살인 교사, 겁탈 조장 등 강도 높은 악행을 지속적으로 도모한다는 면에서 중요하다. 이렇게 악행이 현실감 있고 흥미진진하게 진행되면서 작품 전체의 재미를 높이고 다양한 서사를 만들어 내면서 통속적인 독서물로 읽힐 수 있게 되었다고 생각되기 때문이다.

삼대록계 국문장편 고전소설 중 창작 시기가 가장 후대일 것으로 추정되는 작품이 바로 〈임씨삼대록〉과 〈조씨삼대록〉인데, 두 작품은 보조 인물의 숫자와 역할이 전편들에 비해 대거 늘어났다는 면에서는 비슷한 경향을 보인다. 하지만 〈임씨삼대록〉에서는 여성들의 영웅적 활약상에 초점을 맞추어 비현실적이고 말초적인 흥미를 자극하는 방향으로 서사가 진행되고 환상적인 분위기가 강화되었다면, 〈조씨삼대록〉에서는 다양한 부부 갈등에 집중하면서 인물에 대한 다면적인 이해를 위한 심리 묘사나 사건의 현실적 개연성을 높이는 방향으로 서사가 진행되고 통속적이고 일상적인 재미가 강화되었다. 이러한 통속성은 후대로 갈수록 강화되어 파생작 〈양문충의록〉으로 가면 악인들의 모해가 더욱 자극적이고 환상적으로 설정되어 현실적 개연성은 약화되는 쪽으로 진행된다.

본고에서 살핀 〈조씨삼대록〉의 보조 인물에 대한 연구 결과는 이 작품의 특성일 뿐만 국문장편 고전소설의 서사화 원리로도 수용될 수 있을 것으로 보인다. 많은 수의 국문장편 고전소설은 일정한 공통 서사의 근간 위에서 부수적 서사의 다양한 변주가 이루어지는 것이 가장 중요한 특성이자 대중적 인기 요인이었는데 이때에 긴요한 역할을 하는 것이 보조 인물들이기 때문이다.

제2부

국문장편 고전소설의 생활문화

고전소설 속 여성 생활문화의
교육적 활용 방안

국문장편소설을 중심으로

1. 고전문학을 활용한 대학 교양 교육의 필요성

본고는 대학에서 교양 교육을 할 때에 고전문학을 적극적으로 활용한 교양 과목을 개설하여 학생들의 인문학적 소양과 사고의 확장에 도움을 줄 뿐만 아니라 고전문학에 담긴 정신과 미학 등을 온전히 전달할 수 있는 방안을 모색하는 것을 최종 목표로 한다. 대학생들이 고전문학을 통해서 문학의 아름다움을 느끼고 상상력을 키우며 궁극적으로는 새로운 창조의 힘을 기를 수 있도록 하는 것이 대학에서의 고전문학 교육의 기본 방향이 되어야 한다고 생각하기 때문이다.

오랜 시간 동안 많은 사람들에게 널리 읽히고 모범이 될 만하다고 인정된 문학 작품, 즉 '고전'을 교양 과목의 수업 대상으로 다룸으로써 우리 민족의 문학적 전통과 정체성을 파악하고 한국문화를 다층적으로 조망할 수 있게 되기를 기대한다. 고전문학을 교양 교육에 활용하는 일은 대학생들의 인문학적 소양과 사고의 확장에 도움을 줄 것이다. 또한 학생들이 스스로 읽고 생각하고 쓰는 학문적 소통 능력 및 표현력, 논리적 사고력을 함양하여 다양한 지적 활동과 전공 교육을 위한 기반을 마련할 수도 있을 것이다.

대부분의 대학에서는 고전문학 관련 과목을 주로 전공과목으로 개설하여 학문적 연구 성과의 전달과 학습 위주로 강의하는 데에 주력해왔다. 그래서 학생들이 전공 학점을 취득하기 위해 과목을 이수하기는 했지만 고전문학을 문학으로 감상하면서 감동받거나 현재의 우리의 문제에 적용하지는 못했던 듯하다. 하지만 이러한 경향이 점점 고착된다면 우리의 고전문학은 더 이상 '문학'으로 계승되지 못하고 '지식'으로만 전달될 수도 있을 것이다.

이에 필자는 지금의 학생들이 고전문학을 제대로 이해하고 감상할 수 있도록 안내하는 방법을 마련하고 이를 실현할 수 있는 교양 과목을 설계하려 한다. 그들에게 중요하게 인식되는 세부주제를 정하여 고전문학과 현대문학을 연계하여 이해하고 감상하게 한다든지, 고전문학을 통해 옛 사람들의 일상생활이나 풍속, 가치관과 예법 등을 재구해 보게 하여 문학과 삶을 접목할 수 있게 한다든지, 영화나 드라마·게임 등 매체들과 연계하여 현대적으로 재창조할 수 있게 하도록 교육하는 교양 과목의 개발이 시급한 시점이기 때문이다.

지금까지 고전문학 교육에 관한 연구는 심도 있고도 다각적인 방향으로 이루어졌다.[1] 하지만 대부분의 연구는 중·고등학교에서 국어와 문학 시간에 고전문학을 교육하는 방향과 방법에 대해 논의하는 것을 중심으로 하고 있다. 그리하여 고전문학 작품을 바라보는

---

1) 서유경, 「고전문학교육 연구의 새로운 방향」, 『국어교육』 123집, 2007. 6. 참조.

논의의 관점에 따라 이해론, 표현론, 문화론, 수용자론, 제도 및 실천론 등의 세부 영역으로 나눌 수 있을 정도로 체계적으로 연구되고 있으며, 이에 대한 비판적 검토와 새로운 방향 제시도 지속적으로 이루어지고 있다.

이에 비해, '대학에서의 고전문학 교육' 특히 '고전문학을 교양과목으로 활용하는 방안'에 대한 연구는 아직 미미하다. 한국고전연구학회의 기획 논문들[2]에서 대학에서의 고전문학 교육에 대해 다룬 적이 있지만 주로 전공과목으로 교육하는 데에 초점을 맞췄었다. 예를 들어 고전소설 분야의 경우 고전소설론, 고전소설강독 등의 전공과목을 교육할 때에 변화된 대학 교육 환경에 어떻게 발맞출 것인가를 고민한다든지, 고전시가 분야의 경우 고전시가를 교육할 때에 자기-중심적 틀에서 벗어나고 텍스트-중심적 틀에서 벗어날 수 있노록 하는 방안 등을 모색하였다.

이상과 같은 연구사적 흐름과 대학 교육 현장의 경향에 대해 문제의식을 가지고 좀 더 적극적으로 고전문학 교육에 대해 고민하고 연구할 필요성을 제기하게 되었다. 이에 논의의 방향을 '문학을 통해 보는 삶'으로, 구체적인 분야를 '국문장편 고전소설에서 드러나는 여성의 생활문화'로 설정하여, 이를 활용한 교양 과목 마련을 위한 논의를 해 보려 한다. 국문장편 고전소설은 주된 향유층이 여성이었고[3],

---

2) 정병헌, 「대학 고전문학 교육의 현상과 전망」, 『한국고전연구』 15집, 2007. 6; 권순긍, 「대학 고전소설교육의 지향과 방법」, 『한국고전연구』 15집, 2007; 신동흔, 「21세기 구비문학 교육의 한 방향—"신화의 콘텐츠화"수업 사례를 중심으로」, 『한국고전연구』 15집, 2007; 최규수, 「대학생을 위한 고전시가 '교육'의 몇 가지 키워드」, 『한국고전연구』 15집, 2007.

3) 장시광(「조선후기 대하소설과 사대부가 여성 독자」, 『동양고전연구』 29집, 2008.

내용에 있어서도 여성의 생활과 의식을 엿볼 수 있는 부분들이 많기4)
때문이다.

2. 국문장편 고전소설의 특성과 교육 제재로서의 의의

'국문장편 고전소설'은 '낙선재본 소설', '가문소설', '대하소설' 등
으로도 불리는데, 수천 권이 남아 있는 것으로 보아 상당히 많은 독자
를 확보했던 소설군이라고 할 수 있다. 또한 한 작품이 15권에서 40
권 이상 되는 대장편이고 등장인물이 수십 명에서 많게는 수백 명에
이를 만큼 무르익은 소설기법을 보여주면서 다양한 인생사를 담고
있는 훌륭한 작품들인데도 현대의 독자들은 이들이 장편거질이라는
이유, 현대역된 작품이 많지 않다는 이유로 인해 거의 접하지 못하고
있는 실정이다.

특히 본고에서 주된 대상으로 삼는 '삼대록계 연작형 국문장편소
설'은 3代라는 가족사 서술의 전범이 되면서 전·후편으로 연작이 지
어질 만큼 인기를 끌었던 작품들이다. 길이가 길고 고어古語로 필사
되어 있기에 독해의 어려움이 있어 현대의 독자들에게 많이 읽히지
않았지만, 최근에 현대역으로 출간된 서적들5)이 있기에 수업 시간의

6.)은 조선후기의 몇몇 기록들과 선행 연구를 증거로 들면서 국문장편 고전소설(대하
소설)은 사대부가 여성의 폭넓은 독서 경험과 수신(修身) 위주의 교육, 정표(旌表)
정책의 활성화 등의 생활환경을 담고 있다고 하였다.

4) 양민정, 「대하 장편가문소설에 나타난 여성인식과 의의」, 『연민학지』 8집, 2000;
이지하, 「조선후기 여성의 어문생활과 고전소설」, 『고소설연구』 26집, 2008. 12.

5) 정선희외 역주, 『소현성록』 1~4권, 소명출판, 2010; 김문희외 역주, 『현몽쌍룡기』
1~3권, 소명출판, 2010. ; 김문희외 역주, 『조씨삼대록』 1~5권, 소명출판. 2010; 한

교육 자료로 사용하는 것이 용이한 편이다. 물론 현대역본을 읽는 일도 결코 쉽지는 않지만, 이 과목을 통해, 서양의 고전 작품들만 독서했거나 우리 고전소설 중에서는 판소리계 소설이나 몇몇 영웅소설만을 읽어본 대학생들이 고전소설을 보다 폭넓게 읽어 그 문학적, 문화적 가치를 알고 감상할 수 있었으면 한다. 대상 작품은 〈소현성록〉·〈소씨삼대록〉, 〈유효공선행록〉·〈유씨삼대록〉, 〈성현공숙렬기〉·〈임씨삼대록〉, 〈현몽쌍룡기〉·〈조씨삼대록〉 등이다.

본격적인 논의에 앞서 국문장편 고전소설의 특성과 교육 제재로서의 의의를 정리한다.

먼저, 가족 서사의 전형과 서사 기법의 완숙미를 보여준다는 점에서 교육적 의의가 있다. 주몽 신화에서 천제天帝→해모수→주몽→유리로 이어지거나 단군 신화에서 환인→환웅→단군으로 이어지는 것과 같은, 할아버지-아버지-나, 또는 아버지-나-아들에 이르는 3대의 이야기를 근간으로 하여 4대, 5대로 확장되어가는 가족 서사의 전형을 보여준다는 점이다. 특히 〈소현성록〉은 주인공 소경의 아버지 소광이 일찍 죽어 아버지가 부재하는 상황이 신화 속 주인공과 같아서 어머니의 역할이 확대된다든지 가문을 세워가기 위해 노력한다든지 하는 이야기가 전개된다. 이러한 가족 서사를 읽음으로써 학생들은 자신의 존재에 대한 성찰의 기회를 가지게 될 것이며, 가족과 가문에 대한 관심을 제고하게 될 것이다.

아울러 국문장편 고전소설은 우리 서사문학의 기법적인 완성도와

길연외 역주, 『유씨삼대록』 1~4권, 소명출판, 2010; 김지영외 역주, 『임씨삼대록』 1~5권, 소명출판, 2010. 본고의 인용문들은 모두 이에 의거하지만, 출전은 고서 원문의 권과 면수를 표기함.

세련된 장편화 방식을 맛볼 수 있게 한다. 문무文武와 강온强穩을 조화롭게 설정6)한다든지 유사 형태를 반복적으로 병치하거나 상반된 내용을 대조적으로 병치7)하는 등의 서술 전략을 사용하였다. 아울러 요약 서술이나 사전 제시를 통해 독자의 이해를 돕거나, 대화를 나누는 가운데 두 사람이 서로 상대방을 공격하여 권위를 격하하는 서술 방법을 사용하여 웃음을 유발한다거나, 인물들의 과도한 행위를 간접적으로 제시하여 상황을 재현하거나, 다른 국문장편 고전소설의 인물과 서사를 차용하여 교차적으로 서술하는 등의 전략8)을 보여주었기 때문이다. 또는 서술자가 지향하는 의식을 담기 위해 어떤 상황이나 문구를 반복적으로 묘사하는 서술을 활용9)하기도 하였다.

둘째로, 다양한 인물들이 생생하게 묘사되고 선악의 대비, 주변 인물들의 활약을 통해 재미를 준다는 점이다. 이들은 주로 가문의 창달과 계승이라는 뼈대를 중심에 두고 주인공 부부와 그 자녀 부부의 혼인과 갈등 양상을 다양하게 보여준다. 특히 조선후기의 여성들은 남성들에 비해 가족 관계 속에서 생산적인 행위에 더욱 강하게 구속받거나 현실적인 역할에 의해 존재 의의가 규정되었기에 여러 가지 일상적인 의무에 지친 상황 속에서 부담 없이 즐길 수 있는 대상으로 소설을 읽었다. 따라서 소설에는 그들을 위로하거나 그들의 욕구를 반영하거나 또는 그들을 교육시키려는 내용과 시각이 들어 있는 등

---

6) 조용호, 『삼대록소설 연구』, 계명문화사, 1996.

7) 박일용, 「현몽쌍룡기의 창작방법과 작가의식」, 『정신문화연구』 26권 3호, 2003.

8) 김문희, 「〈조씨삼대록〉의 서술전략과 의미」, 『고소설연구』 26집, 2008. 12.

9) 조혜란, 「취향의 부상-〈임씨삼대록〉의 반복 서술을 중심으로」, 『고전문학연구』 37집, 2010. 6.

대중문화로서의 역할도 하였다.[10] 이러한 향유층의 욕구에 부응하기 위해 선악의 대비를 극단적으로 설정하거나 환상적인 도술이나 환약 등을 사용하기도 하고 도사나 유모, 시비 등 주변인물들을 총동원하여 서사의 흥미를 높였다.[11]

셋째로, 독서한 경험과 지식을 활용하여 독자들의 지적인 호기심을 만족시켜 준다는 점에서 의의가 있다. 조선후기 사대부가의 여성들은 『소학小學』, 『내훈內訓』, 『내칙內則』, 『여사서女四書』, 『열녀전列女傳』 등의 수신서修身書를 비롯하여, 『논어論語』, 『예기禮記』, 『상서尚書』 등 경서經書와 『십팔사략十八史略』 등 역사서를 읽었다.[12] 여기에 더하여 사상서, 문집류, 시문류, 소설류 등을 두루 읽고 외었기에 그녀들이 주로 향유했던 국문장편 고전소설에도 이러한 독서 경험과 지식들이 녹아들어 있다. 따라서 소실을 독서하는 과정에서 이를 재확인하고 작품의 상황과 문맥에 맞게 다시 해독하면서 더욱 흥미롭게 읽어나갔을 것이며, 여성의 부덕과 내조를 갖춘 여성이 가장 이상적인 여성임을 단어나 어구를 반복적으로 읽음으로써 학습하기도 했을 것이다. 그러나 같은 전고典故라 할지라도 현실적 상황 논리를 강조하기 위해 인용한다거나 여성의 욕망을 인정하는 근거로 인용하기도 하는 등의 변주를 통해 중층적인 의미를 드러내어 여성 독자들에게 더욱 흡입력 있게 읽혔을 것이다.[13] 현대의 소설 독자들도 마찬가

---

10) 이지하, 앞의 논문, 319~324면.

11) 정선희, 「〈조씨삼대록〉의 악녀 형상의 특징과 서술 시각」, 『한국고전여성문학연구』 18집, 2009. 6.

12) 조혜란, 「조선 시대 여성 독서의 지형도」, 『한국문화연구』 8집, 2006.

13) 김문희, 「장편가문소설의 전고와 독서 역학적 연구」, 『한국고전연구』 21집, 2010. 6.

지로 이러한 지식들을 아울러 습득할 수 있을 것이다.

넷째로, 삶의 다양한 국면들이 반영되거나 굴절되면서 당대인들의 생활과 욕구를 보여준다는 점이다. 17~18세기의 국문장편소설들은 당대의 문학적 산물이기에 당시의 풍속이나 생활과 같은 일상의 모습을 보여준다. 물론 소설이 창작 당시의 역사적 사건이나 사실을 그대로 반영하는 것은 아니기에 직접적인 사료로 활용될 수는 없다. 하지만 공적인 역사서 등에서는 드러나지 않는 삶의 다양한 양상들과 보다 솔직하고 정확한 정보들을 얻을 수도 있을 것이다. 구체적으로는 여성들의 의생활과 주거 생활은 어떠했는지, 집안에서 주로 담당했던 일은 무엇이었는지, 여가는 어떻게 활용했는지, 자녀들을 교육할 때에 중요하게 여겼던 바는 무엇이었는지, 부부간의 예의나 갈등 상황, 부모–자식 간의 관계는 어떠했는지 등 일상적인 생활이나 문화에 대한 중요한 정보를 추출할 수 있을 것이다.

이상과 같이 국문장편 고전소설은 학생들이 옛 여성들의 일상생활과 문화를 간접적으로 경험할 수 있게 하고, 가족 내에서의 자기 존재의 가치와 위상을 진지하게 생각해 보게 할 것이다. 또한 다양한 인물들 간의 갈등과 해결 양상을 통해 인간관계를 배우게 되며, 긴장과 이완이 교직되면서 진행되는 서사의 완숙미 감상, 작품에 녹아 있는 여러 가지 문학 작품과 경전 구절들을 통한 독서 경험의 확충 등의 면에서 문학 교육의 제재로서 충분한 가치와 의의가 있을 것으로 사료된다. 다음으로는 실제로 학생들에게 교육할 수 있는 내용과 목표에 대해 상술하도록 한다.

3. 국문장편소설 속 여성 생활문화의 교육 내용과 목표

3.1. 일상적 의무와 의·식·주 – 옛 여성들의 일상생활 경험

조선후기 사대부가 여성의 일상생활은 어떠했을까? 여성의 생활을 비교적 핍진하게 담고 있다고 평가되는 국문장편 고전소설들에서도 이를 친절하게 안내해 주지는 않는다. 하지만 단편적인 서술들을 모아보면 어느 정도 재구할 수 있을 것으로 기대한다.[14]

조선시대의 상층 양반계층 여성의 일은 하층 양반 여성이나 평민 여성들이 했던 직조織造나 농업 노동과는 거리가 멀었고, '봉제사奉祭祀', '접빈객接賓客'이 가장 대표적인 일이었다.[15] 그런데 소설에서는 제사를 준비하거나 모시는 장면은 거의 등장하지 않는다. 다만 혼인이나 과거 급제 시에 사당에 참배한다는 서술은 간략하나마 종종 등장한다. 손님을 접대하기 위해 음식을 장만하는 장면도 거의 등장하지 않고,[16] 악한 여성이 선한 여성을 모해하기 위해 어르신의 음식에

---

14) 이지영(「조선후기 대하소설에 나타난 일상–〈완월회맹연〉을 중심으로」, 『국문학연구』 13호, 국문학회, 2005.)은 〈완월회맹연〉에 서술된 조선시대 사대부 남성과 여성의 일과를 고찰한 바 있다. 이 소설에서는 주로 아침저녁 문안 인사를 드리는 장면이 서술되었는데 이는 당대인들이 이상적이라고 여기는 가족 간의 관계와 생활의 모습을 반영한 것이라고 하였다. 총 180권이나 되는 〈완월〉에도 하루 일과에 관련된 유의미한 서술이 많지는 않다. 아침에 일어나 세수하고 문안 인사를 드리며 낮에는 남자는 독서를, 여자는 웃어른 봉양과 음식 만들기를 하였고 밤에는 부모님 이불을 깔아드리고 인사를 드렸다는 정도의 간략한 서술들이 반복된다.

15) 이순구, 「조선시대 여성의 일과 생활」, 한국여성연구소 여성사 연구실 저, 『우리 여성의 역사』, 청년사, 1999.

16) 음식 만들기가 집안의 안주인인 양반 여성들의 중요한 임무 중 하나였지만, 실제 요리는 하인들이 하고 주부는 비법을 전수하는 등의 책임자 역할을 했기에 소설에서는 음식을 만드는 장면이 등장하지 않는 듯하다.

독을 넣는 장면이 묘사될 뿐이다.

또 가정 경제의 운영은 가장家長의 부인인 주부가 총괄하였다고 하는데, 이는 남편들은 관직 때문에 바빴고 가정 경제는 사소한 집안일이라 여겼기 때문이다. 여성들이 맡은 경제 관리는 토지와 농사 관리, 노비 관리 두 분야가 주된 것[17]이었다고 하는데, 소설 속 여성들은 가정 경제 활동도 그리 활발하게 하지 않는다. 주로 글을 짓고 시사詩詞를 화답하며 바둑으로 소일하는 시인의 풍모를 지닌 여성(〈소현성록〉의 소월영), 각종 서적 수만 권을 둔 서재를 가지고 있는 여성(월영), 만 권의 시와 글을 욀 줄 아는 남편 김현과 시 짓기 내기를 하여 이길 수 있는 여성(〈소현성록〉의 소수빙), 여자 중의 군자라고 칭송되면서 천문天文까지 해독해내는 여성(〈조씨삼대록〉의 조자염)의 모습이 더 자연스럽게 묘사된다.[18] 다만 몇 가지 서술을 통해, 누에치기를 중요한 일로 생각했다거나,[19] 시어머니 봉양과 식사 준비를 살피는 일[20]을 했음이 드러난다.

하지만 실제에서는 여성들에게 '부지런함'과 '치산治産'이 강요되었다고 한다. 특히 『내훈內訓』에서는 부지런해야 할 것, 베 짜는 일에

---

17) 이순구, 앞의 논문, 201면.

18) 이 여성 인물들에 대해서는 제1부의 첫 번째 글인 「17세기 후반 국문장편소설의 딸 형상화와 의미-〈소현성록〉연작을 중심으로」를 참조할 것.

19) 한가한 때를 타 소·윤·석 세 부인과 더불어 후원을 보면서 산수(山水)의 성함을 보고 내년의 누에치기를 상의하려 한 것…. 〈소현성록〉 4권 117면.

20) 석씨가 승상이 그와 같음을 보고 마음을 더욱 겸손하고 안정되게 하여, 아침 몸단장을 마친 후에는 취성전(시어머니의 처소 : 필자 주)으로 들어가 날이 저물도록 식사 준비를 살피고 석파와 이파 두 사람이 하는 바를 도왔다. 하지만 집안일에 간섭하지는 않고 말단 시녀에게도 좋지 않은 말을 하지 않으니, 사람마다 사랑하고 공경하여 시비(是非)를 가리는 일에 오르내리지 않았다. 〈소현성록〉 4권 120~121면.

힘쓸 것을 강조하면서 게으르고 나태한 것은 죄악이라고까지 말하였다. 또한 여성의 행장이나 묘지명에 의하면, 상층 여성들도 음식 마련하기, 제사 모시기, 농사 관리, 베 짜기, 집짓기까지 해내야 하는 경우가 많았다고 한다. 또 집안이 가난할 때에는 방적하고 농사지어 가업을 일으키고 집안을 이끌어가야 했다. 묵재 이문건의 아내 안동 김씨는 양잠 농사를 지휘하고 집안에서 생산한 명주를 높은 가격에 거래하여 수입을 올리기도 했다고 한다.[21]

한편, 소설에서는 집안의 가장인 남성이 총괄하는 일과 부인이 맡은 일이 철저히 분리되어 있으며, 외당의 일은 부부가 함께 상의하지 않고 승상이 어머니나 누이들과 상의[22]하는 것으로 되어 있다. 〈소현성록〉에서는 집안을 다스리는 총책임자가 양부인 즉 소승상의 어머니이다. 다음의 예문을 보자.

> 양부인이 5대손까지 보았어도 집안일을 놓지 않으니, 화부인과 석부인이 또한 예의와 법도를 넘지 않아 방 안의 작은 것도 사사로운 재물과 그릇이 없이 모두 양부인께 드려 창고 안에 넣었다가 승상과 자기에게 쓸 곳이 있으면 아뢰고 얻어 썼다. 또 비단을 얻어도 다 창고에 넣어 쓸 데가 있으면 고한 후에야 마음에 맞게 내어 쓰니 집안사람들이 다 변함없는 일로 알아 사재私財를 집에 두면 시녀라도 무례하다

---

21) 김경미, 「숨은 일꾼, 조선 여성들의 노동현장」, 규장각한국학연구원편, 『조선 여성의 일생』, 글항아리, 2010, 108~127면. 참조.
22) 내외(內外)의 일을 통하지 않게 하였으며 엄숙함이 지극하였다. 그리하여 심부름하는 아이나 종 등 내당(內堂)의 시녀들은 부인의 명령을 받들지만 부인의 호령이 중문 밖으로 나가지 못하게 하였다. 승상도 또한 스스로 내당의 일을 알지 못하였으며, 외당에 어떤 큰 일이 있어도 모친과 두 누이하고만 의논하여 결정하고 자기 부인에게는 전하여 묻지 않았다. 〈소현성록〉 4권 120면.

고 여겼다.

그래서 양부인이 네 계절에 맞게 두 며느리와 두 딸을 불러, 석파에게 창고를 열고 이파에게 좋은 비단을 가려내게 하였다. 눈앞에서 네 부인에게 부부의 옷을 마름질하고 손자들의 옷 지을 것을 준비하여 시녀에게 지으라고 맡겨 짓게 한 후 주었는데, 반 마디 터럭만큼도 차이가 없었다. 다만 윤씨는 친가가 없고 사사로운 재물도 없어 대접해 주는 사람이 없기에 더 거두어 한 단계 더 주시니, 거룩한 덕이 이와 같았다.

네 부인이 몸이 한가하고 여력이 있었으나 의복에 간여하지 않으며, 손님 대접할 수를 헤아려 양부인 앞에서 석파 등과 더불어 술과 안주를 도울 따름이었다. 소씨와 윤씨 부인도 자기 남편의 손님맞이를 시녀에게 맡기고 아는 것이 없었으며 단지 장복章服23)과 관복官服을 시녀가 잘못 준비할까 하여 스스로 짓는 일 외에는 종일토록 시사詩詞를 화답하여 읊고 바둑으로 소일하여 시인詩人의 모습과 풍류 있는 거동이 있었다. 유독 석씨만은 손님을 대접하는 것을 알지 못하고 바느질에도 간섭하지 않았다. 비록 양부인이 시절에 맞는 옷을 마름질해 주시지만 시녀에게 맡겨 완성하게 하고 스스로는 양부인 식사를 받들며 의복을 몸소 맡아 처리하여 신임을 받으면서 모셨다.24)

〈소현성록〉에서 집안의 일, 살림을 어떤 식으로 하는가에 대해 비교적 상세하게 서술해 놓은 부분이다. 소승상의 어머니인 양부인이 말년까지도 집안일에서 손을 놓지 않고 주관하면서 창고의 물건들을 관리하고 계절에 맞게 며느리와 딸들에게 비단을 나눠준다는 것이

---

23) 장복(章服) : 직품(職品)을 가진 부인의 예복.
24) 〈소현성록〉 4권 124~126면.

다. 자녀들은 사사로운 물건 하나도 마음대로 쓰는 법 없이 허락을 받고 쓰며 의복을 만드는 일에 직접 관여하지는 않고 시녀들에게 맡긴다. 다만 남편의 관복과 자신의 예복은 스스로 만드는데, 특히 남편이 둘째 부인이나 셋째 부인을 맞아들이는 혼인 예식에 입을 길복吉服은 첫째 부인이 만들어야 하는 것으로 되어 있어 있다. 또 며느리들은 서모를 도와 손님을 접대해야 하는데, 주로 첫째 며느리인 화씨가 맡고 있으며 작은 며느리인 석씨는 시어머니의 식사나 의복을 책임지며 봉양하기를 주로 하므로 여타의 손님 접대나 바느질에는 관여하지 않는다. 만약 시어머니가 긴 여행을 떠난다면 큰며느리가 집안의 큰일을 관장하고 물품을 나누어 준다.25) 〈유씨삼대록〉에서도 부인네들은 대체로 바느질, 손님 접대 정도의 집안일을 하면서 시詩를 읊조리며 책을 읽는 것으로 소일하는 것으로 되어 있다.26)

그렇다면 평상시에 직접 집안일을 관장하는 사람은 누구일까? 주로 서모庶母가 노비들을 거느리고 하는 것으로 되어 있다. 〈소현성록〉의 석파 등 서모의 주된 역할은 집안 물품의 출납 관장과 손님 접대 절차 총괄, 노비 단속이었다.27) 여성들이 모여 다과를 먹으며

---

25) (화부인이) 집안의 큰일을 쥐고는 내외를 호령하며 원인 모를 일도 굳이 알아내어 꼬투리를 잡았다. 석파와 석부인 소속 사람들에게는 반드시 제철에 알맞은 옷과 물건을 부족하게 주어 자신의 친속들과 차등 두는 것을 명백히 했다. 〈소현성록〉 11권 21~22면. / "…태부인이 강성으로 가신 후 화부인이 난의에게 서를 대신하라 하고 매달 주는 옷감을 줄여서 다섯 달에 비단 한 필씩을 주니, 대략 비단 두 필을 얻었으나 다 저에게 적당하지 않았습니다. 그러나 일일이 말하기 번거롭고 폐가 될 것 같아 헌 옷을 입었습니다." 〈소현성록〉 12권 17~18면.

26) 양한림 부인 현영이 아우인 사어사 부인 옥영과 더불어 중당(中堂)에서 바느질을 하면서 시사(詩詞)를 보고 있었다. 〈유씨삼대록〉 6권 29면.

27) "… 부인께서 저를 깊이 믿으시어 집안의 일용하는 물건들의 출납과 손님맞이 절차를 맡기시니 밤낮으로 조심하여 조금이라도 차질이 있어 부인의 밝으심을 저버릴까

약간의 술을 마시는 장면이나 자제들이 모여 술을 마시는 장면에서
도 서모의 허락이나 명으로 종들이 음식과 술을 내어 온다.

　여성들의 '의복'은 어떠했을까? 부인들은 붉은 비단 치마와 푸른
적삼을 주로 입었는데[28], 소씨 가문에서는 소박하게 입기를 권장하
여 비단에 수를 놓거나 금사金絲를 더하거나 진주로 장식하거나 칠보
七寶를 얽지 못하게 하였고 노리개도 옥패玉佩 한 줄만 하게 하였다.
원래 유생儒生의 아내는 향패香佩 한 줄만 하게 되어 있어 감히 더하는
일이 없었고, 젊은 며느리 중에서 봉호封號를 받은 부인들 즉 명부命婦
가 된 사람들은 봉황 문양을 새긴 관을 쓰고 두 줄 옥패를 맸다.[29]
　혼인 같은 집안의 큰 행사에는 금색실로 꾸민 붉은 비단 옷과 수
놓은 비단 치마를 입고 쌍봉관雙鳳冠을 쓰고 명월패明月佩를 차거나,
월나라 비단으로 만든 적삼을 입고 푸른 깃을 댄 꽃무늬 치마를 입고
면류취봉관冕旒翠鳳冠을 쓰고 두 가닥의 백옥 띠에 명월패를 찬다.[30]
신부도 채봉구화관彩鳳九華冠을 쓰고 구름과 안개를 수놓은 치마와

전전긍긍하였습니다. 또한 큰 권한을 받아 부인의 가르치심을 받들어 종들을 단속한
지 60년이 되었습니다. 창고 안의 금은과 비단들이 하늘같이 많으나 조금도 범하지
않아 계절에 맞는 의복과 때마다 있는 행사 외에는 감히 반 마디도 마음대로 쓰지
않았습니다. 제가 먹고 입는 것에 있어 창고 물건을 맡았고 또 부인께서 주신 것을
받들었기에 십만 재산을 임의로 가질 수도 있었겠지만, 조금도 범하지 않은 것은
제갈공명의 염치를 기꺼이 본받은 것입니다. 제가 죽은 후 상자에 남은 금이 있거
나 방 안에 한 자의 천이라도 있어 부인께서 제게 맡기신 마음을 저버리는 일은 없을
것입니다." 〈소현성록〉 15권 37~38면.

28) 네 부인이 비단 치마와 푸른 적삼을 입고 자리를 정해 앉았다. 이렇게 양부인 앞에
　　붉은 치마에 푸른 적삼을 입은 여자와 …… 〈소현성록〉 5권 113면.

29) 〈소현성록〉 6권 37~38면. 8권 93면 등.

30) 〈소현성록〉 12권 120면.

저고리를 입고 달 모양의 진주로 만든 노리개인 명월패옥明月佩玉을 찬다.31) 이때에 첫째부인과 둘째부인의 위계가 의복에서 드러나는 데, 첫째부인은 쌍봉관과 두 줄의 옥으로 만든 허리띠를 했고 둘째 부인은 봉관鳳冠을 쓰고 꽃신만을 신는다.32) 한편, 훌륭한 부인에게 는 천자가 봉호와 함께 의복을 하사하는데, 칠보로 장식한 쌍봉관과 붉은 비단으로 만든 적의翟衣와 무우리無憂履, 옥대玉帶 등을 준다.33)

참고로, 기혼 남성의 하루를 보면, 밤늦게까지 어머니를 모셨다가 친히 이부자리를 펴드리고 베개를 바르게 해드려 어머니께서 누우신 후에야 물러나와 아내 방에서 잔다. 그리고 새벽을 알리는 북이 울리 면 일어나 세수하고 아침 문안을 드리고 대궐에 가서 조회에 참석한 후 어머니께 하루 세 때 문안하고 서당으로 가서 향을 피우고 옷매무 새를 바르게 하여 종일도록 단정하게 있어 사서를 공부하고 예법을 연구한다.34) 한 달의 열흘은 첫째부인에게 가 있고 열흘은 둘째부인 에게 가 있고 열흘은 서당에 있는데, 엄숙하고 단엄함을 유지한다.35) 의복은 오사모烏紗帽와 자줏빛 두루마기, 옥으로 만든 허리띠를 하고, 붉고 목이 있는 신발을 신고, 손에는 아홀牙笏을 잡는다.36)

'식생활'37)에 대해서는 자세하게 서술되어 있지 않다. 다만 며느리

---

31) 〈유씨삼대록〉 1권 54면.
32) 〈유씨삼대록〉 9권 80면.
33) 〈소현성록〉 12권 39면.
34) 〈소현성록〉 1권 53면.
35) 〈소현성록〉 2권 57면.
36) 〈소현성록〉 2권 75면.
37) 식생활에 대한 조선후기의 기록들을 참고로 하면, 당시의 사람들은 대체로 아침과 저녁 두 끼를 7홉 정도씩 먹었고, 일 년 중 몇 달은 낮밥을 3홉 정도 먹기도 했다고 한다. 다만 상층인들은 아침 일찍 죽을 먹거나, 끼니와 끼니 사이에 점심(點心)을

가 시어머니 식사 봉양을 극진히 했다거나 잔치 음식을 성대하게 차
렸다는 정도로 나오며, 그러는 와중에 악한 여성인물이 독약을 음식
에 넣어 선한 여성을 모함하는 화소가 종종 등장할 뿐이다.

여성의 '주거 공간'에 대한 묘사를 보기 전에, 가문 전체의 주거
공간을 먼저 보도록 한다. 다음은 〈소현성록〉의 주동 가문인 소씨
가문이 거처하는 '자운산'이라는 공간이다.

> 변汴땅 남문 밖 40리 되는 곳에 있는 자운산은 둘레가 3백 리나
> 되었다. 산의 모습이 여덟 폭 휘장을 꽂은 듯하였는데, 앞뒤로 폭포
> 가 솟는 곳이 70여 군데였다. 물줄기가 잔잔했고 산 앞면으로 흘러들
> 어 맑은 못이 되었다. 못의 둘레는 10여 리였고 깊이는 1천 척이었으
> 며 와룡담이라고 불렸다. 못과 산을 남북으로 두르고 그 가운데 장현
> 동이라는 마을이 있었다. 둘레가 백 리에 달하는 그 마을은 마치 유
> 리로 밀어놓은 듯 평평한 땅에 자리하고 있었다. 사면에는 울창한 푸
> 른 대나무와 아름드리 큰 소나무가 둘러있었으며 그윽한 경치와 범
> 상치 않은 풍광은 무릉도원 같은 별천지였고 봉래산蓬萊山이나 방장
> 산 같았다.
>
> 자운산의 높이는 천여 길이고 봉우리가 열둘이나 되었다. 천지가
> 처음 생겨날 때 맑은 정기와 영험한 기운이 서려 있었고 그 가운데
> 와룡담과 자운산이 잠겨 있었기에 다른 산천에 비해 매우 기이하였다.
> 골짜기 가운데 한 처사가 살았는데 성은 소이고 이름은 광이었으며
> 그 집은 큰 나무같이 대대로 내려온 가문이었고 오랫동안 번성한 집안
> 이었다.[38]

먹기도 하였으니 최대 다섯 끼를 먹은 이들도 있었다. 또 중국이나 일본에 비해 먹는
양이 매우 많아 대식가라고 부를 만했다고 한다. 정연식, 『일상으로 본 조선시대
이야기 2』, 청년사, 2003, 77~106면.

도성에서 40리 정도 떨어진 거리이므로 하루 안에 출퇴근이 가능하면서도 속세와 격절된 청정한 공간이라는 분위기를 조성하기 위해 70여 개의 폭포와 이것이 흘러들어 만들어진 와룡담, 열두 개의 봉우리로 둘러싸인 둘레 3백 리의 거대한 산인 자운산을 주거 공간으로 설정하였다. 이 산 안에 있는 소씨 가문의 집은 산 속 깊은 곳에 있는 큰 못을 지나 '자운산 와룡담 장현동'이라고 쓰인 돌비석을 지나 '소처사 은성문'이라는 판액이 쓰인 문으로 들어가게 되어 있으며 화려하고 한가로운 것이 마치 신선의 집 같다.[39)]

국문장편 고전소설의 공간적 배경은 비록 중국으로 설정되어 있지만 이는 실재를 허구로 느끼게도 하고 허구를 실재로 느끼게도 하는 공간 설정의 묘妙[40)]일 뿐, 소설에서 드러나는 일상생활의 모습은 우리나라 즉 조선후기의 것과 서의 일치한다. 주택 공간의 구성에 있어서도 내외법內外法을 엄격히 지켜 내당內堂과 외당外堂을 분리하고 그 사이에는 중문中門을 두어 서로의 시선이나 발길을 차단하게 했던 것은 한국적인 모습이다.[41)] 하지만 외당과 내당 사이에 남녀가 모이거나 손님을 접대하기도 하는 중당中堂을 두는 등 중국의 가옥 구조[42)]

---

38) 〈소현성록〉 1권 4면.

39) 〈소현성록〉 1권 32~33면. 〈소현성록〉의 공간에 대해서는 지연숙, 「〈소현성록〉의 공간 구성과 역사 인식」, 『한국고전연구』 13집, 2006, 52~68면 참조.

40) 탁원정, 「17세기 가정소설의 공간 연구-〈사씨남정기〉, 〈창선감의록〉을 대상으로」, 이대 박사논문, 2006, 14~19면 참조.

41) 한옥공간연구회, 『한옥의 공간문화』, 교문사, 2004, 42~93면 참조.

42) 중국의 가옥 구조는 주로 집의 가운데에 마당을 두고 건물이 그 주변을 둘러싸고 있는 형태였으며 거주 공간의 남녀 구분은 있었지만 별침하지는 않았고 방위나 세대에 따른 위계적 배치를 했다고 한다. 손세관, 『깊게 본 중국의 주택』, 열화당, 2001 참조.

를 참조한 부분도 있다.

한편, 부인들은 각각 '~~루'라는 당호堂號가 붙은 거처가 있는데 소씨 집안의 최고어른인 태부인의 거처는 마치 궁전인 것처럼 '취성 전'이라는 당호가 붙어 있다. 사가에서는 '전'을 붙일 수 없고 궁궐에 서도 왕과 왕비, 왕의 어머니나 할머니가 쓰는 건물에만 붙이는 칭호 이니, 작품 내에서의 태부인의 높은 위상을 보여주는 작명이다. 부인 들의 거처가 구체적으로 어떤 모습인지는 묘사되지 않았지만, 운성 등 형제들이 자신의 친모인 석부인의 거처 '벽운루'가 화부인의 거처 에 비해 작다고 하면서 새로 단장한 것에 대한 묘사를 보면 그 대강을 알 수 있다.

석부인이 계시는 벽운루가 협소하다고 말하며 높은 루에 아름답게 단청한 누각을 100간間 되는 크기로 세우고 붉은 옥으로 난간을 꾸몄 다. 그리고 가운데에 50간 되는 누각을 세워 남북으로 두 방을 나누고 북루北樓는 더위를 피하게 하고 남루南樓는 추위를 피하게 하였다. 넓 게 두 곳을 나눠 시녀를 50인씩 두고 모친을 모시니 석부인이 비록 자녀의 효도하고자 하는 뜻을 알지만 모든 면에 있어 취성전과 같은 것을 편하지 않게 여기고는 시녀의 수를 줄이고 의복을 검소하게 하 였다.43)

가장家長의 어머니인 태부인이나 그의 첫째부인 화부인의 처소는 100여 간에 이르는 큰 규모인데다 붉은 옥으로 장식하는 등 화려한 곳임을 알 수 있다. 시집간 딸 월영이 거처하는 곳은 운취각, 그녀

---

43) 〈소현성록〉 12권 40면.

의 서재는 선적루이며, 서모 석파의 처소는 일희당이라고 하는 등 각각 처소를 부여 받았으며 어느 정도 독립된 생활공간으로 보장된 곳이다.

이상에서 〈소현성록〉연작, 〈유씨삼대록〉, 〈조씨삼대록〉 등 국문 장편 고전소설을 통해 알 수 있는 조선후기 여성들의 일상적인 의무 와 의식주 생활을 고찰하였다. 현대를 살고 있는 학생들이 고전소설 을 독서하면서 이러한 삶의 모습을 간접 경험함으로써 자신의 뿌리 가 되는 옛 여성들의 일상생활에 대해 더 잘 이해할 수 있게 될 것이 다. 이는 문학 교육을 통해 문학작품의 사회·역사적 맥락을 이해하 여 그 문학이 산출된 당대인들과 대화하고 공유할 수 있는 토대를 체득하게 해야 한다[44]는 목표에 부합할 수 있다. 또한 문학은 구체적 인 사실에 대한 체험을 기반으로 형성되는 사상과 감정을 다룸으로 써 이 세상의 다양함, 인간 삶의 다양함을 알게 하고 깨닫는 경험을 확충하여 결과적으로 개인의 정신적 성장을 이루게 한다[45]는 문학 교육의 일차적 목표를 달성할 수 있을 것이다.

3.2. 가족 내 인간관계 - 자기 존재 성찰과 가족 의식 제고

소설 속의 거의 모든 사건은 인간관계에 얽혀 있기에 어느 한 부분 만을 특별히 분리하여 말하기는 힘든 것이 사실이다. 그렇기는 하지 만 이 절에서는 여성 인물과 관련하여 부녀간, 모녀간, 부부간, 남매 간이 일상적인 생활 속에서 어떤 관계를 유지했는지, 어떤 관계를

---

44) 김대행외, 『문학교육원론』, 서울대 출판부, 2008, 246~259면.
45) 김대행외, 앞의 책, 45~46면.

지향했는지 등에 대해 고찰하기로 한다.

기존의 논의에서는 사건과 갈등의 양상을 분석하면서 부부관계나 부모-자녀 간 관계를 살폈다. 부부간의 갈등 양상이 단연 부각되면서 악한 아내의 계책에 휘말려 선한 아내를 남편이 내치거나 오해하는 내용,[46] 폭력적으로 아내를 대하는 내용,[47] 남편과 동등한 관계를 맺기를 원하는 아내의 모습[48] 등이 고찰되었다. 부모-자녀 간 관계 양상도 아들에게 엄하지만 은근한 정을 표현하는 아버지, 아들 평가의 척도가 되는 어머니, 딸의 능력을 인정해주고 교육하는 아버지, 딸을 자신의 분신으로 인식하기에 더 엄격한 어머니 등의 부모상 父母像을 추출하는 방식으로 검토되었다.[49]

본고에서 주로 다루고 있는 삼대록계 국문장편 고전소설에서는 딸을 아들에 비해 덜 아낀다든지 교육을 소홀히 한다든지 하는 차별적인 면이 거의 보이지 않는다. 다만, 어머니의 경우 딸에 대한 애정과 더불어 생활의 면에서 잘 교육해야 한다는 사명감이 강해 오히려 더 엄하게 교육하는 모습을 보이기도 하고, 아버지의 경우 딸의 재능을 알아봐서 학문을 가르치거나 마음으로 아껴주는 모습[50]을 보인다.

---

46) 장시광, 「대하소설의 여성반동인물 연구」, 서울대 박사논문, 2004; 정선희, 「〈조씨삼대록〉의 악녀 형상의 특징과 서술 시각」, 『한국고전여성문학연구』 18, 2009. 6.

47) 정선희, 「〈소현성록〉에서 드러나는 남편들의 폭력성과 서술 시각」, 『한국고전여성문학연구』 14, 2007. 6.

48) 한길연, 「〈유씨삼대록〉의 '설초벽' 연구」, 『국문학연구』 19, 2009.

49) 정선희, 「17·18세기 국문장편소설에서의 부모-자녀 관계 연구」, 『한국고전연구』 21, 2010. 6.

50) 소소저(수빙 ; 필자, 주)와 더불어 백년해로하여 70여 년을 함께 지내다가 한 곳에 묻혔으며 여러 자손들이 다 번창하여 입신양명했고 효심이 깊었다. 이는 아버지 소승상이 지극한 의지로 규방안의 천금같은 딸아이를 아끼지 않았기 때문이다. 〈소현성

〈소현성록〉의 월영은 어머니와 가족의 신임을 받고 집안의 중대사 결정에 관여하는 딸인데, 수십 간 마루 가운데 산호珊瑚와 유리琉璃와 옥으로 된 책상과 문방구를 놓고 각종 서책을 수만 권이나 쌓아 놓은 '선적루'라는 서재를 갖고 있다. 그 중에는 그녀가 직접 필사하거나 정리한 것들도 있고, 자신이 그린 그림들과 옛 명화들도 몇 궤짝씩 있다.[51] 즉 그녀는 글이나 시 쓰기와 그림 그리기에 능했던 것이다.[52] 이렇게 재능도 있고 현명한 인물로 그려지기에 가장인 소현성은 집안의 대소사를 누나인 월영과 상의하여 결정한다. 또한 그녀는 1년 중 8~9개월을 친정에서 사니 남편 한생도 따라와서 함께 지내며,[53] 또 한 명의 딸인 윤부인도 강정에서 따로 살지만 한 달 중 10일

록〉 13권 136면.

51) 〈소현성록〉 12권 101~102면.
52) 이렇게 시서(詩書)에 능하고 공부를 잘하는 여성의 모습은 소현성의 딸들인 수빙, 수주 등에게서도 보이며 〈유씨삼대록〉, 〈조씨삼대록〉 등 다른 작품들에서도 종종 보인다. / 수빙 소저가 마지못하여 두어 수 화답시를 짓고는 즉시 일어나서 내당으로 들어갔다. 마침내 김현이 소저의 글을 보게 되었는데, 말마다 비단 같고 글자마다 옥구슬 같았다. 비록 사도온의 글 솜씨라도 이에 미치지는 못할 것이었다. 감탄을 참지 못하여 차마 손에서 글을 놓지 못하고 즉시 자신도 차운시(次韻詩)를 지어 함께 모인 사람에게 보였다. 〈소현성록〉 13권 98면. / 장씨가 마음 가운데 한 점도 원망하고 한하는 것이 없었다. 아침 세수를 한 뒤에는 정전에 나가 종일토록 시서와 예악을 진양공주에게 묻고 배우면서 의문 나는 점을 논하였으니 예전의 현인들의 풍모를 이었다. 〈유씨삼대록〉 4권 10면. / 여러 사람들이 일제히 그것(진양공주의 수석시(壽席詩) : 필자 주)을 보니 문체의 깊음이 상고(上古) 때와 같아 요순(堯舜)의 문장과 『춘추(春秋)』의 첨삭을 겸비하였고 필획이 종요(鍾繇)와 왕희지(王羲之)의 무리를 압도하여 용과 봉황이 한 곳에서 만나는 듯하니 만고에 비할 데가 없었다. 그러나 글이 적고 말뜻이 간절했어도 그 뜻을 아는 것은 어렵고도 어려웠다. 모든 사람들이 글을 보고 탄복하길 마지않았다. 시부모와 성의백은 더욱 흠모하고 존경하는 마음을 이기지 못하여 말했다. 〈유씨삼대록〉 7권 81~82면.
53) 〈소현성록〉 2권 19면.

씩은 친정인 자운산으로 와 즐긴다.

딸이 친정아버지의 제사를 지내는 경우도 보인다. 〈소현성록〉에서 소운명의 아내 이씨가 그러했고[54], 〈유씨삼대록〉에서 유세창의 아내 설초벽이 그러했다. 특히 설초벽은 자신만의 공간으로 떠나 살면서 부모의 사당을 짓고 자신의 둘째 아들을 데려다가 친정의 혈통을 잇게 하기까지 하는 등[55] 친정부모에 대한 효도를 다한다. 이런 모습이 당시 여성의 일반적인 모습은 아니었겠지만 이렇게 친정의 혈통을 잇기 위해서는 시댁을 나와야 할 만큼의 큰 대가를 치러야 한다는 점을 보여줌으로써 당시의 세태를 보여주는 것이라고 할 수 있다.[56] 친정아버지가 파직 당해 멀리 운남의 포정사로 가게 되자 시집간 지 4년 된 딸이 남편의 박대를 받고 사느니 차라리 아버지를 따라가야겠다고 생각하고는 시부모의 허락을 받고 따라가는 경우[57]도 있다.

---

54) 운명이 공역(工役)을 모아 이상서의 사당을 세우고 영위(靈位)를 봉안하자 이씨가 몹시 슬퍼하며 감격스러워 하였는데 부모의 제사에 소씨의 덕을 마침내 입은 것이었다. 〈소현성록〉 10권 77면.

55) 설씨는 다만 아들 하나, 딸 하나를 두어 마침내 곧은 마음을 지켜 설상서의 제사를 이었다. 설씨가 자녀가 있은 후에는 더욱 영릉후가 오는 것을 우습게 여겨 쓸쓸히 세상사를 잊고자 하였다. (중략) 시댁에 들어가 남편의 총애를 받기를 사양하고 물러나 부모의 사당을 지키니 효와 의(義)가 한가지로 빛나는 것이었다. 높은 이름을 명나라 조정에서 상대할 사람이 없었다. 〈유씨삼대록〉 6권 34~35면.

56) 한길연, 앞의 논문, 184~188면.

57) '…… 학사가 나를 박대하기를 1년이나 하면서 한 번도 나에게 물어보는 일이 없다가 시어머님께서 열 번 말씀하시면 한 번 나를 보러 오면서도 괴로워하고 증오하는 기색이 매번 더 심하여 언행이 어젯밤의 지경에까지 이르게 되었고 나를 욕함이 오늘에 미치게 되었다. 시부모님께서 나를 사랑하시므로 나의 신세가 더욱 편하지 못하고 학사가 괴로운 기색을 짓고 있구나. 부형이 엄하게 가르침이 지극하니 학사가 만일 순종한다면 내 몸이 구차하고, 고집과 객기로 부모의 명을 순종하지 아니한다면 시아버님의 노기를 돋우어 학사가 매를 맞기에 이를 것이니 그때 내가 어찌 편하리오? 마땅히 물러가 부모를 모시고 일생을 마쳐 저의 마음을 편하게 하고 나의 구차하게

한편, 서사의 중심이 되는 가문의 딸은 혼인한 후에도 친정 오빠들의 사랑과 비호를 받는다. 특히 자신보다 지위가 낮고 가난한 집안으로 시집갈 경우에 그 정도가 더욱 심한데, 〈소현성록〉의 소수빙의 경우를 보자.

> 운경 등 10인의 형제가 함께 들어와 자리에 앉았다. 예禮를 무사히 지낸 것이 다행이라고 말한 후 수빙 소저가 슬퍼하는 것을 보며 모두 위로하였다.
> "사람마다 부모를 떠나는 것은 일반적인 일이다. 게다가 우리가 아버님을 모시고 조회에 참여한 후에 날마다 와서 너를 보고 갈 것이다. 또 네가 3년에 한 번 근친覲親하는 것은 떳떳한 일이니 어머님의 가르침을 생각하고 부질없이 슬퍼하지 마라."
> 소저가 더욱 슬퍼 소리를 토하며 눈물을 흘려 우는 것을 그지지 못하니 눈물이 흘러 옷을 적셨다. 모든 형제들이 다 기쁘지 않아 두 번 세 번 위로하였는데, 운성은 특히 마음속으로 매우 애처롭고 불쌍하여 차마 보지 못하고 앞으로 나와 앉으며 온화하게 말하였다.
> "무슨 일 때문에 슬퍼하여 남이 이상하게 여기게 하느냐? 부모가 그리우면 기별을 해라. 그러면 와서 데려 갈 것이다."
> 그러고는 상에 놓여 있는 죽을 친히 들어 권하며 말하였다.
> "네가 오늘 아침을 먹지 않았는데 저물도록 고생하니 몸이 많이 상했을 것이다. 네가 이것을 마셔야 돌아가서 어머님께 말씀을 드려 염려를 더시게 할 것이다."
> 모든 형제들이 함께 권하니 소저가 마지못하여 죽을 마셨다.[58]

욕됨을 면하리라.' 〈유씨삼대록〉 6권 50면.
58) 〈소현성록〉 12권 128~129면.

비록 재능이 특별한 선비 김현에게 시집가는 것이지만 소씨 가문
처럼 혁혁한 가문의 딸이 가난한 집안과 혼인하는 것은 이례적인 일
이라 모든 식구들이 슬퍼하면서 혼인의 예를 치른 후, 사돈댁에 따라
간 형제들이 소저의 방에 들어와 위로하는 장면이다. 앞으로 조정에
드나들면서 날마다 찾아올 수도 있으니 슬퍼하지 말라고 다독이고
배고플 테니 죽을 먹으라고 권하는 살가운 모습을 보여준다. 그러다
가 신랑이 들어오자 오늘은 수빙이 피곤할 터이니 다른 방에서 자라
고까지 한다.59) 비록 다른 형제들의 만류로 그 날 합방하기는 했지만
오빠들의 마음을 잘 드러내 주는 대목이다. 결국, 수빙은 나중에 소
씨 집안과 가까운 곳에 따로 집을 지어 살게 되는데 이때에 형제들이
힘을 모아 집을 지어주고 월급을 모아 풍족하게 살 수 있도록 도와준
다.60) 월영 등과 마찬가지로 그녀도 한 달 중 열흘은 친정에 머무르

---

59) 갑자기 김현이 들어오니 소저가 일어섰으나 모든 형제들은 다 움직이지 않았다.
김현이 자리에 앉자 운성이 찡그렸던 미간을 펴고 웃으며 말하였다. "그대의 간절한
뜻이 금석(金石)같으니 우리들이 감격하였고 아버님께서도 연약한 동생으로 하여금
그대의 뜻을 밟도록 허락하셨습니다. 그러므로 일찍이 예가 아닌, 억지로 한 혼사는
아닙니다. 그러니 그대는 구구하게 후히 해주지 말고 다만 업신여기지나 않았으면
합니다. 내 누이가 본래 어려서부터 병이 많았는데 오늘 혼례를 지내고 기운을 수습
하지 못하였습니다. 그대는 마땅히 나가서 자고 연약한 누이가 조리할 수 있도록
해야 합니다."라고 하고는 두 시녀와 유모를 돌아보며 말하였다. "소저를 조심하여
편히 모셔라." 〈소현성록〉 12권 129~130면.
60) 모든 생들이 사랑하는 누이가 수많은 고초를 겪은 후 집을 이루게 되었으니 재물을
내놓을 뜻이 끝이 없었다. 그러나 집안 법도가 엄숙하기에 사사로운 것이 아님을
승상께 말씀드린 후 겨울 석 달 동안의 월급을 보낼 수 있었는데, 여덟 사람의 녹봉이
후하였으므로 그것이 무수하여 받아 쌓을 곳이 없었다. 이를 통해 승상은 자녀들의
극진한 우애를 보았다. 소현성은 각별히 준 것이 없지만 석부인과 태부인이 공급하는
것이 언덕이나 산 같이 많고 소부인, 윤부인 두 숙모와 화부인이 또한 금과 은 그리고
재화와 천을 소저에게 주었다. 더욱이 운성은 자신의 식읍 다섯 곳에서 오는 것의
반을 나누어 누이에게 주니 소저의 풍요로움이 공주보다 못하지 않았다. 〈소현성록〉

며,[61] 남편의 말이 마땅하지 않으면 당차게 의견을 피력하니 남편은 아내가 자신을 경시한다고 느낄 정도로 도도한 태도를 보인다.[62] 이런 태도도 자기 가문에 대한 자부심과 친정 식구들의 든든한 보호에서 나온 것이다.

부부간의 관계는 어떠한가? 국문장편 고전소설에서는 일부다처一夫多妻의 혼인 제도를 수용하고 있기 때문에 보통 서너 명의 아내를 두고 있고 때에 따라서는 일곱 명까지 두며 서녀庶女나 기녀妓女인 첩도 둔다. 당시 조선에서는 첩은 여럿 둘 수 있었지만 아내를 여럿 둘 수는 없었다. 하지만 소설에서는 부부간 힘겨루기의 긴장감, 처처妻妻 갈등의 긴박함을 위해 작중 배경인 중국의 풍속을 따른 듯하다. 조선 사회에서 처와 첩의 위상은 너무나 현격하게 달랐[63]기 때문에 갈등이 첨예화되기 힘든 까닭이다.

아내가 여럿인 상황에서 남편은 공정하게 아내들을 대해야 하며 그렇지 않을 경우 조신한 아내에게 책망을 받기도 하고 처처갈등을 야기하기도 한다. 하지만 첫째부인을 특별히 배려하여 다른 부인들에 비해 더 많은 날을 함께하고 첩은 훨씬 적은 날을 함께하는 식으로[64] 차등을 둔다. 또한 부인들과 늘 함께하는 것이 아니라 한 달의

13권 79~80면.

61) "······ 부인은 친정에 가서 한 달 중 열흘은 머무니 나 혼자 빈 방 지키는 것이 괴롭습니다." 〈소현성록〉 13권 114~115면.

62) 김현이 다 듣고는 어이없어 마지못해 웃으며 말했다. "부인이 나를 어리석은 사나이라고 깔보고 이렇게 방자하게 구니 부끄러울 따름입니다. ······ " 〈소현성록〉 13권 121면.

63) 정연식, 『일상으로 본 조선시대 이야기 2』, 청년사, 2001, 159~172면.

1/3정도는 아버지를 모시고 외당外堂이나 서헌書軒에서 잔다.[65] 그
중 며칠은 조부를 모시기도 하는데 아버지를 모시고 자는 날에는 다
른 형제들과도 함께 지내면서 남자로서 지켜야 할 행실에 대해 배우
고 친목을 다지는 것이다. 그러니 한 명의 아내는 한 달 중 5일에서
10일 정도만 남편과 함께할 수 있는 것이어서 자연히 애정과 관련된
갈등이 종종 전개되는 것이다.

또 부부라도 낮에는 한 곳에 머무르지 않으며 자녀들이 함께 모여
있는 곳에서조차 서로 말을 걸고 웃어서는 안 된다. 간혹 젊은 부부들
이 그렇게 하지 않는 경우가 있으나 부모대의 바른 행실을 보고 스스
로 고친다.[66] 아내가 너무 기운이 강해 뻣뻣하게 대하거나 동침을
거부하면 남편은 그녀의 버릇을 고쳐주기 위해 냉대하거나 창기와

---

64) 집안의 법도가 삼엄하여 운성은 마음을 다잡아 15일은 형부인과 있고 5일은 소영과
즐기며 10일은 부친 곁에서 시중을 들었다. 한편, 소승상은 자식들이 자라고 나이가
많아지면서 여색(女色)을 더욱 우습게 여겼다. 지난날에는 10일씩 두 부인에게 들어
가던 것을 오히려 줄여 수개월이 지난 후 3, 4일씩 부인 숙소에 머물렀다. 〈소현성록〉
9권 7면.

65) 승상과 선생의 우애가 갈수록 두터워져 한 시도 떠나지 않고 서헌에서 모시고 여러
시사(詩詞)와 예도(禮度)에 대해 문답을 나누며 중요하거나 긴급한 사건이 아니면
안채를 찾지 않으니 서로 의지하는 것이 이처럼 각별했다. 여러 자제들 또한 감히
자기들의 처소에 전혀 머물지 못하고 십여 일씩 번갈아 가며 두 어른(아버지와 숙부
: 필자 주)을 모셨다. 〈유씨삼대록〉 7권 86~87면.

66) 자녀들이 모인 곳에서도 부인에게 말을 걸고 웃는 법이 없었다. 더욱이 낮에 한
당(堂)에 모이는 경우는 없었다. 여러 자식들은 소년의 허황됨이 심하여 처자(妻子)
를 중요하게 여기는 것이 무례할 정도였으나 부친의 행동을 보고는 자신들이 무례한
줄 알고 스스로 부끄러워하였다. 평상시에는 어렵고 꺼림이 심하여 낮에는 가볍게
한 당에 모이지 못하고 부부가 서로 공경하였다. 또한 부친이 밤낮으로 외당(外堂)에
서 지내기에 모든 아들들이 두 명씩 번갈아 숙직을 들면서 10일씩 모시고 지냈다.
진실로 부형(父兄)이 어지니 자제들이 본받아 수행하는 것이 이와 같았다. 〈소현성
록〉 9권 7~8면.

함께하기도 한다. 이런 남편을 다른 가족들도 두둔하는데 심지어 친
정어머니까지도 딸을 나무라면서 유순해지라고 한다.67) 〈유씨삼대
록〉의 옥영의 경우가 그러한데, 나중에는 잘못을 뉘우쳐 소박하고
온화한 성품이 되었는데도68) 남편 사어사가 계속하여 박대하자 마음
의 병이 나 거의 죽게 되기까지 한다. 진양공주의 침술로 살아난 옥영
이 날카로운 기운을 꺾고 아녀자의 도를 닦자 그제야 남편의 신의가
생긴다.69) 이렇게 유순한 성품의 아내이기를 바라기는 하지만, 그렇
다고 해서 유약해서는 안 된다. 남편이 6개월 정도 출전하게 되었을
때에도 눈물을 흘리거나 근심스러운 빛을 보여서는 안 되고 평소와

---

67) 사어사가 일어나 소저를 향하여 말하였다. "내가 머물러 밤을 지내고자 하나 부인이
   더럽게 여기니 물러가 두 창기로 개회를 위로하고 내일 나아와 문병하리라." 사어사
   가 풍월을 읊으며 두 여자와 더불어 외당에 나와 밤을 지냈다. 소저가 분하여 탄식하
   면서 말하였다. "저가 이제 나를 온갖 짓으로 희롱하고 놀리며 능멸하고 부모형제가
   한가지로 나를 용납하지 않으니 세상에 욕되게 목숨을 부지하는 것이 죽는 것만 같지
   못하도다." 〈유씨삼대록〉 5권 22면.

68) 소저가 조금이라도 순종하지 않으면 시비를 가리지 않고 사어사가 곤욕하고 질타함
   이 매우 심하였다. 세월이 자주 바뀌나 외당에서 희첩과 더불어 세월을 보내기에
   금슬의 즐거움이 끊기었다. 소저의 강한 기운은 날로 사라지고 사어사가 겉으로만
   흔쾌한 모습을 볼 때마다 그가 깊이 내외함을 깨달았다. 또 부부간에 친하다고 해서
   거만하고 무례하지 못할 줄 깨달아 부끄러워하고 조심조심하며 온순하게 몸을 낮추
   는 것이 도리어 자매 중에서 가장 심하였다. 〈유씨삼대록〉 5권 31~32면.

69) 어사가 본래 소년의 호방한 성품으로 소저의 하늘이 내린 빼어난 미모를 대하여
   정이 적지 않았으나 심지가 넓고 원대하므로 소저의 행동에 흠이 있다 여겨 정을
   끊어 수년간을 아내 없이 지내고, 온갖 방법으로 괴롭게 하여 그 날카로운 기운을
   꺾고 몇 개월 함께 지내면서도 마음을 열지 않았었다. 그러나 소저의 열렬한 성품으
   로 조금 강한 점이 있으나 본래 천성은 단아하며 남편을 위한 예법과 정성으로 목숨을
   끊으려 한 것을 보고 감격하였다. 이로부터 잡스런 뜻이 없고 소저를 향한 애정이
   태산 같았다. 소저가 비록 어사를 믿지 아니하나 또한 하릴없어 억지로 부녀자의
   도를 닦으니 자연 남편인 사어사가 신의 있게 되어 유소저가 마음의 안정을 찾았
   다. 〈유씨삼대록〉 5권 59면.

같이 행동해야 한다.[70) 의연하게 대처해야 하는 것이다.

이상에서 살펴 본 바와 같은 고전소설 속 가족 간의 관계 양상은 지금과 많이 다르며, 어쩌면 소설 속에서 만들어낸 특별한 경우일 수도 있다. 하지만 '성춘향'이나 '젊은 베르테르'가 부분적이면서 개별적인 어떤 것을 그대로 적어놓은 것이 아니라 인간의 인간다움이 무엇인가를 말하기 위해 그렇게 형상화해 놓은 것[71)이라고 생각하는 것처럼, 이들을 하나의 사건이나 인물로 보는 데서 그치지 않고 보편적인 의미를 찾을 수 있는 독서를 해야 할 것이다. 그렇게 한다면 학생들은 국문장편 고전소설 독서를 통해 포괄적인 안목을 기르고 이와 더불어 관점의 상대성과 개별성도 이해하는 방향으로 교육되어, 결국에는 자기 정체성을 갖추게 됨으로써 인격의 성장으로 이어지는[72) 문학 교육의 목표를 달성할 수 있을 것이다.

3.3. 놀이와 여가 생활 – 긴장·이완의 교직 통한 서사 진행의 완숙미 감상

국문장편 고전소설에서는 여성들이 모여 놀이를 하는 장면들이 나오는데 놀이 그 자체의 오락성보다는 어떤 서사적인 기능을 위해 등장하는 경우가 많다. 예를 들어 소현성과 석소저가 혼인한 후 1년이 지나서야 첫날밤을 보낸 것을 확인하기 위해 식구들을 모이게 하여 투호投壺나 쌍륙雙六을 하게 한다.[73) 주로 집안의 최고 어른이 딸과

---

70) 화부인은 맑은 눈물이 꽃 같은 뺨을 적셨지만 석부인은 행동거지가 평소와 같으며 조금도 근심스러운 빛이 없었다. 〈소현성록〉 11권 4면. / 석부인이 안색을 바르게 하고 단정히 앉아서 조금도 근심스러운 빛을 두지 않았다. 〈소현성록〉 11권 7면.

71) 김대행외, 앞의 책, 45면.

72) 김대행외, 앞의 책, 47~49면.

며느리를 불러 놀게 하는데, 투호와 쌍륙 모두 화살이나 주사위 돌을 던질 때에 팔을 걷고 하므로 처녀의 팔에 있는 앵혈의 유무有無를 확인할 수 있는 자리가 된다.

또는 정색을 하고 진지하게 말하기 어색한 내용을 자연스럽게 말하기 위해 놀이의 자리를 마련하는 경우들이 있다. 〈소현성록〉에서 소운성은 첫째부인 형씨와 혼인하기 전에 서모인 석파가 데려다 키우던 소영을 겁탈하여 석파가 장난으로 운성의 팔뚝에 찍어 놓은 앵혈을 없앤다. 그 이유로 소영을 운성의 첩으로 들이는데 이를 형씨가 좋아하지 않을 것이기에 평소에 투호를 잘하던 형씨의 기분을 좋게 하고 가족들이 화기애애한 분위기에서 모이게 하기 위해 투호 놀이 자리를 마련한다. 과연 형씨가 투호를 잘하자 이를 칭찬하면서 소영을 데려와 인사하게 한다. 소영에게 징실부인에게 끽듯이 하라는 딩부를 하고 절을 받은 형씨도 온화한 얼굴로 대하는 것으로 마무리된다.

　　하루는 화부인과 석부인이 세 며느리에게 투호投壺를 치게 하였는데, 모두 형씨에게 미치지 못하였다. 그러자 화부인이 웃으며 말하였다.
　　"형씨가 잡기雜技를 묘하게 잘 하니 진실로 운성의 배필이로구나."
　　말이 끝나기 전에 석파가 소영을 이끌고 나와 석부인께 아뢰었다.
　　"낭군의 사나움 때문이었지 이 아이가 무슨 죄가 있겠습니까?"
　　석부인이 낭랑히 웃으며 말하였다.
　　"이것도 하늘의 운수입니다. 서모는 어찌 운성을 꾸짖습니까? 하지만 어머님과 승상이 허락하셨으니 어찌 죄를 일컫겠습니까? 다만 정

73) 〈소현성록〉 2권 63~64면.

실正室을 공경하여 섬기고 마음을 공손히 하면 복을 받을 것입니다."

석파가 크게 웃고는 소영을 돌아보고 말하였다.

"이미 승상과 부인이 허락하셨으니, 너는 형소저를 뵈어라."

소영이 나아가 돗자리 앞에서 네 번 절하고 난간 밖에 앉았다. 형씨가 기색이 태연하여 흔쾌히 절을 받고 모든 동서와 함께 말씀하는데, 유순하고 편안하며 온화한 기운이 온 자리에 쏘였다. 그러니 태부인이 칭찬하고 석부인이 애중함은 비길 데가 없었다.[74]

〈조씨삼대록〉에서는 유현의 아내 강씨가 악한 행실을 했던 것을 뉘우치고 선한 사람이 되었는데도 유현이 좋게 대해주지 않자 태부인이 여러 손자며느리들을 불러 모아 바둑 두는 자리를 마련한다. 강씨가 바둑을 제일 잘 두고 맑은 목소리로 이야기를 하자 그 모습을 사랑스러워하면서 유현에게 그녀를 후하게 대접하라고 당부한다.[75] 그러자 그 후부터 유현이 그녀를 진정으로 받아들이게 된다.

여성의 지혜가 뛰어남을 보이기 위해 남편과 바둑 내기를 하게 하기도 한다. 〈유씨삼대록〉의 진양공주는 여러 면에서 뛰어난 인물인

---

74) 〈소현성록〉 5권 92~93면.

75) 하루는 태부인이 여러 손자며느리들에게 바둑을 두게 하였는데 강씨를 이기는 사람이 없었다. 어른들의 면전에서 청아하고 맑은 목소리로 꽃이 웃음을 머금고 옥이 향기를 뿜는 것 같으니, 태부인이 저 같은 기질로 어찌 예전의 죄과를 지었는지 몰라 하며 박명하고 애련함을 불쌍해 하였다. 유현이 들어와 태부인을 뵈었는데, 태부인이 자기 부인들과 여러 제수와 누이들이 가득한 중에 강씨를 애련해 하심이 정씨와 같았다. 유현이 모시고 앉아 있는데 태부인이 웃으며 말하였다. "오늘 네 부인 셋이 내 앞에서 바둑을 두는데 강씨가 제일이다. 예전의 잘못이 있지만 마음을 고쳤으니, 명랑하고 총명한 것이 진실로 내게는 효부다. 네가 어찌 계속 박정하게 대하여 부부의 은혜를 생각하지 않느냐? 내가 강씨를 불쌍히 여기니, 너는 내 청으로 강씨를 후하게 대우해라. 그러면 어찌 좋지 않겠느냐?"〈조씨삼대록〉 19권 102~104면.

데, 남편 진공과 바둑 내기를 하면 세 판을 두어 모두 이길[76] 정도로 비범하다.

서모와 딸들, 며느리들이 후원에서 꽃구경을 하기도 하고 간단한 술자리를 마련하기도 한다. 돌아가면서 술을 먹으며 자신의 옛 일들에 대해 이야기하게 하여 함께 웃기도 하고 안타까워하기도 하면서 돈독한 정을 나눈다.[77] 독자들에게는 지금까지의 서사를 일목요연하게 정리하게 하는 역할도 한다.

한편, 여성들이 집 밖으로 나가기도 하는데, 유산遊山, 천자의 행차 구경, 별장으로 여행가기 등이 행해진다. 〈소현성록〉에서 소승상은 자녀들을 모두 데리고 유산을 할 때에 태산泰山과 형산衡山으로 딸들도 데리고 가서 십 수 일을 유람하면서 돌아가며 글도 짓고 고하高下들 성하면서 즐긴다.[78] 어머니가 딸과 며느리를 데리고 천자가 사냥

---

76) 진공이 공주로 하여금 미처 손을 놀리지 못하게 요해처를 막았다. 그러나 공주가 얼굴빛을 변하지 않고 눈길을 낮추어 천천히 한 손으로 바둑을 어루만져 하늘의 별들이 365일 동안 운행하는 모습을 성대하게 박아 하도낙서(河圖洛書)를 판 위에 찬란하게 빛나게 하니 천지간에 풍운(風雲)을 다스리는 도사인 용과 호랑이가 왕래하는 듯하였다. 태을(太乙)의 단상에서 몸은 뱀이고 머리는 사람인 복희(伏希)로 하여금 하늘의 온갖 별들을 그리게 하여도 이에서 더 잘 하지 못할 것이었다. 진공이 눈이 아득하고 생각이 막히니 손을 움직이지 못하였다. 세 판을 두어 공주가 크게 이겼다. 〈유씨삼대록〉 4권 91면.

77) 소씨가 윤씨와 함께 백화헌으로 갔는데 상서가 마침 나갔기에 이곳이 고요하였다. 두 사람이 꽃들을 구경하다가 시녀에게 이·석 두 서모와 화부인과 석부인을 나오게 하였다. 네 사람이 모두 오니, 소씨가 좌우 시종들에게 소나무 정자 아래에 용문석을 깔라 하고 벌여 앉아 술과 안주를 내오게 하였다. 석소저가 술을 먹지 못하니 소씨와 윤씨 두 사람이 강제로 권하였다. 소저가 억지로 한 잔을 먹으니 아름다운 얼굴빛이 눈부시도록 어지러웠다. 석파가 기특하게 여기고 어여삐 여겨, 갑자기 주흥(酒興)이 솟아나 팔을 걷고 일어나 말하였다. 〈소현성록〉 2권 65면.

78) 아버지와 자녀 11명이 태산에 이르러 산수를 구경하였다. 산천경개(山川景槪)가 비할 데 없이 빼어나게 좋고 화려하여 가히 다섯 산 중에서 으뜸인 줄을 알만했다.

하고 활쏘기 연습하는 곳으로 구경 가기도 하는데, 비록 집과 가까운 곳이지만 쉴 수 있는 숙소를 정해놓는다. 이때에 우연히 다른 집안 부인네들과 같은 숙소를 쓰게 되기도 하는 점을 이용하여 사돈 될 사람과 첫 대면하는 자리로 설정하기도 한다. 소현성의 둘째부인이 되는 석소저와 그 어머니 진부인을 양부인과 소씨 등이 만나 인사를 나누게 되는 장면이다.

천자天子께서 남문南門 밖에 나와 사냥하시고 활쏘기를 연습하셨다. 이는 자운산에서 매우 가까운 거리여서 소씨가 양부인께 알려 말하였다.

"임금께서 사냥하시는 행사가 크게 열린다 하니 저는 화씨와 함께 마땅한 곳을 잡아 구경하려 합니다."

양부인이 말하였다.

"그것이 뭐 어렵겠느냐? 나도 과부로 지내게 된 후에는 마음을 호화로운 것에 두지 않았으나, 경과 한생이 반열班列에 참석하는 것을 보러 가봐야겠다."

소상서가 모친께서 가려 하시는 것을 보고 기쁨을 이기지 못하였다. (중략) 화씨는 처음에는 함께 가려 했으나 석파가 가는 것을 보고 병을 핑계로 물러나니 양부인이 구태여 권하지 않고 딸과 함께 숙소에 이르러 천자의 거동을 기다렸다. (중략) 석공의 부인 진씨가 천자의 사냥하심을 구경하려고 숙소를 잡아 숙난 소저와 함께 온 것이었다. 소저가 처음에는 즐겨 가지 않으려 하여 진부인이 우겨서 데리고 이곳에 이르렀는데 뜻밖에 소씨 집안 숙소와 같은 곳이 되니, 이미 돌아가지 못하

승상이 십 수일 동안 유람을 하며 좋은 경치를 대하면 스스로 글을 짓고 끝에 모든 자녀들이 연달아 구를 짓게 하여 고하(高下)를 정하며 즐기느라 돌아갈 줄을 몰랐다. 〈소현성록〉 12권 62면.

게 되었고 하물며 이전에 알고 지내던 사이여서 흔연히 들어갔다. 하지만 매우 불편해 하며, 여기에 온 것을 후회했다. 석파가 웃음을 머금고 맞이하여 중청中廳으로 들어왔다.[79]

놀이가 그랬던 것처럼 이 행사 구경도 실은 서사 전개를 자연스럽게 이어가고 집안에서만 진행되는 서사의 무료함을 없애기 위해 만들어낸 화소라고 할 수 있겠다. 그런데 이렇게 거리 행사를 구경하는 것은 당시의 양반 부녀들이 할 수 있는 즐거운 외출이자 놀이였다. 중국에서 사신이 오거나 왕이 행차할 때 그 행사를 구경했는데 미리 길가의 작은 집에 가서 머물며 하룻밤을 지내는 경우도 많았다.[80] 작품 후반부에서 또 한 번 양부인과 소씨, 석씨가 집을 비우는 일이 있는데, 이는 소현성과 운경, 운성이 몇 개월 출전한 사이에 적적해 하는 양부인의 마음을 달래려 '강정[81]'에 간 일이다. 이곳은 양부인의 의붓딸인 윤씨가 사는 곳인데 자운산과는 멀리 떨어져 있어 쉬러 가거나 잠시 피신하는 별장과 같은 기능을 하는 곳이다. 집안의 어른

79) 〈소현성록〉 2권 29면.

80) 정지영, 「금하고자 하나 금할 수 없었다」, 규장각한국학연구원, 『조선 여성의 일생』, 글항아리, 2010, 174~176면.

81) '강정'은 일종의 별장이며 도성에서 이십여 리 정도 떨어진 곳으로 보이지만 정확하지는 않다. 〈유씨삼대록〉에서는 유현이 아버지 진공에게 내쫓겨 가 있는 곳으로 나온다. / 유현이 강정으로 내쫓겼는데 이 강정은 도성 남문 밖 20리에 있었다. 앞으로 구교강이 있고 뒤로는 금화산이 있어 경치가 빼어나므로 진공은 이 경치를 사랑하여 이곳에 채색 단청으로 꾸며진 1천여 칸의 정자를 지어놓았다. 다락은 하늘에 닿을 듯하고 백옥 기둥은 붉은 모래 바위에 박혀 있었으며 푸른 박공과 아로새긴 기둥은 강물 가운데서 밝게 빛나고 있었다. 이미 궁관과 집안 일꾼이 이곳을 지키고 있었으나 진궁에서 50여 리 떨어진 곳이라 서로 거리가 멀고 산천이 길게 막혀 왕래가 드물었다. 〈유씨삼대록〉 11권 1면.

격인 여성들이 함께 떠난 이 여행도 실은 집안의 어른이 부재한 때에 집안의 큰며느리인 화씨가 현명하게 집안을 얼마나 잘 다스리는지, 혹은 제대로 다스리지 못해 어지럽게 만드는지를 보여주는 계기로서의 의미가 크다.

이상에서 본 바와 같이 국문장편소설에서는 인물간의 갈등이 고조되거나 긴장이 팽배해 있을 때 놀이나 여가 생활을 서사의 중간에 삽입함으로써 분위기를 이완시키거나 서사를 매끄럽게 진행해 나간다. 우리가 예술로서의 문학에서 배울 점은 미적 가치의 추구라고 할 수 있는데 문학의 미의식은 다시 숭고, 우아, 비장, 골계 등의 범주로 이야기할 수 있는 바[82], 소설에서의 서사 구조의 완숙미를 감상하고 인물들의 행위에서 느낄 수 있는 우아미, 골계미 등을 맛볼 수 있을 것이다.

4. 나오는 말

본고에서 필자는 우선 대학의 교양 교육에서 우리의 고전문학 작품을 읽히고 감상하게 해야만 하는 필요성을 제시하고, 그 일환으로 국문장편 고전소설을 수업의 제재로 활용할 것을 제안하였다. 국문장편 고전소설은 가족사 서술의 전형과 서사 기법의 완숙미를 보여주며 세련된 장편화 방식을 맛볼 수 있게 한다. 또 다양한 인물들이 생생하게 묘사되고 선악의 대비, 주변인물들의 활약을 통한 재미를

---

82) 김대행외, 앞의 책, 59~60면.

확보하고 있으며, 독서한 경험과 지식을 활용하여 독자들의 지적인 호기심을 만족시켜 준다. 아울러 삶의 다양한 국면들이 반영되거나 굴절되어 있기 때문에 당대인들, 특히 여성 향유층의 생활과 욕구를 보여준다는 면에서 교육 대상으로서의 의의를 지니고 있음을 이야기 하였다.

다음으로는 수업 시간에 구체적으로 무엇을 가르칠 것인가 하는 내용을 추출하였는데, 국문장편 고전소설에 담긴 여성의 생활문화를 일상적 의무와 의식주, 가족 내에서의 인간관계, 놀이와 여가생활의 항목으로 나누어 살폈다. 이러한 내용을 교육함으로써 학생들은 옛 여성들의 일상생활을 간접 경험하여 자신이 몸담고 살고 있는 거대한 공동체의 삶의 방식과 가치관을 이해하고 한 민족이라는 동질감도 느끼게 될 것이다. 또한 가족 내에서의 자기 존재의 위상에 대한 성찰을 하게 되고 가족 의식도 높이게 될 것이며, 아울러 소설 속에서 갈등이나 긴장이 고조되다가 놀이나 여가 생활 등의 화소가 삽입되면서 분위기가 이완되는 서사 진행의 묘미를 감상할 수도 있을 것이다.

하지만 본고에서 다루고 있는 국문장편 고전소설들은 대장편이기에 현대역본으로 읽더라도 독해에 어려움이 있어 학생들이 쉽게 좋아하기는 힘들지도 모른다. 그러므로 수업 시간에는 해당 예문들을 입력한 화면을 빔 프로젝터를 통해 보여주고 해당 장면이나 서사 전개를 도표화하거나, 이야기되고 있는 화소의 중요 인물을 중심으로 일정 부분의 서사를 재구성하여 보여준다거나, 현대의 소설이나 중국의 소설에서 유사한 대목을 함께 논의하는 등의 노력을 하여 학생들의 이해를 높여야 할 것이다.

이렇게 하여 이들 고전소설에 대한 흥미를 높이고 학생들이 작품과 능동적으로 소통하여 주체적으로 경험하고 의미화할 수 있는 계기를 마련한다면, 앞으로는 좀 더 폭넓게 읽힐 수 있을 것이다. 옛 여성들의 일상생활은 어떠했는지, 옷은 어떤 것을 입었고 어떤 곳에서 살았는지, 부모-자녀 간 관계는 어떠했고 부부간, 남매간 관계는 어떠했는지, 여가는 어떻게 즐겼는지 등에 대해 알 수 있게 해 주는 대목들을 읽으면서 자신 또는 가족 등 주변인들의 삶과 비교하거나 감정이입을 해보기도 하고 의복, 주거 공간, 장면 등을 연상하거나 재구성해봄으로써 고전문학에서 다루는 삶도 지금 자기 옆의 삶과 무관하지 않다고 생각하게 될 것이다. 물론 이들 국문장편 고전소설들에서 주로 다루어지는 것은 최상층 여성들의 생활이기는 하지만 이러한 생활문화가 비단 그 일부의 것만이 아니었고 수많은 독자들이 열독할 만큼 공감을 얻어내거나 향유층의 욕망과 염원을 담았던 것이기에 현대의 우리도 읽고 감상해볼 필요가 있는 것이다. 본고에서 설계한 과목을 통해 학생들은 실제 생활을 그대로 기록한 문서나 역사적 자료로 선인들의 생활을 보는 것과는 또 다른 면에서, 즉 삶의 진지함과 이야기의 흥미진진함을 동시에 맛보면서 옛 여성들의 생활에 대해 접근할 수 있을 것이다.

국문장편소설의
놀이 문화의 양상과 서사적 기능

1. 들어가는 말

본고에서는 국문장편소설에 나타나는 생활문화 중에서 특히 놀이 문화에 집중하여 그 양상을 살피고 기능을 고찰해 보고자 한다. '놀이' 는 어떤 고정된 시간과 공간의 한계 안에서 수행되는, 그리고 자유롭게 받아들여진, 그러나 절대적 구속력을 갖는 규칙에 따라 수행되는 자발적인 행위 또는 일로서, 어떤 긴장감과 즐거움이 따르며, '일상생활'과는 다른 것이라는 의식이 따른다. 따라서 힘과 기술의 놀이, 만들기, 알아맞히기, 온갖 종류의 전시와 공모 등을 포함시킬 수 있다. 산스크리트어에서 놀이를 의미하는 단어 중 하나인 '디뱌티divyati'는 농담이나 익살, 잡담, 조롱 등의 뜻으로서의 놀이를 의미한다. 일본어에서 놀이한다는 뜻의 '아소부'는 일반적인 놀이, 오락, 휴식, 여흥, 여행 또는 소풍, 도박, 빈둥거리기, 찻잔을 돌리며 칭찬 주고받기 등을 말한다. 게르만어에서는 갖가지 시합을 놀이라고 하며, 놀이가 투쟁이고 투쟁이 곧 놀이다. 즉 경기, 내기, 사냥 등이 모두 비슷한 의미로 사용되었다는 것이다. 또한 악기를 다루는 기술을 놀이라고 하기도 했는데, 그 이유는 연주가 청중과 연주자 모두 일상적인 생활을 벗어난 기쁨과 평안의 세계로 데려다 주기 때문이다.[1]

이상의 정의들을 종합해 보면, 놀이라는 것은 일상생활과는 달리 어떤 특별한 시공간에서 그 구성원들이 자발적으로 하는, 긴장과 즐거움이 있는 행위라는 의미를 지닌다. 그래서 협의의 놀이 외에 잡담이나 수다, 여흥, 여행, 시합, 연주 등을 포함시킬 수 있다. 우리나라의 경우에도 옛 사람들은 이렇게 넓은 의미의 놀이 문화를 즐겼던 것으로 보인다. 조선후기에 향유된 고전소설들에서 인물들이 여가에 친구나 가족들과 함께하는 놀이는 투호投壺나 쌍륙, 바둑 등 외에 뱃놀이, 유산遊山, 상연賞蓮, 행차 구경, 시 짓기 놀이, 술자리 한담 등 광의의 놀이에 포함될 수 있는 것들이 종종 등장한다. 따라서 본고에서도 이러한 놀이들을 모두 고찰하되, 특히 조선후기의 생활문화에 대한 사실적인 정보를 주는 삼대록계 국문장편소설을 대상으로 검토하기로 한다. 이들 소설에서는 놀이가 오락이나 긴장 완화의 분위기 조성뿐만 아니라 서사 내에서 어떤 사건이나 인물에 대해 중요한 정보를 준다든지 갈등을 조장하기도 하는 등의 기능도 한다는 면에서 의의가 있다.

지금까지 고전소설에서의 놀이에 대한 연구는 〈옥루몽〉이나 〈옥수기〉 등 19세기의 한문장편소설을 대상으로 진행되었다. 조혜란[2]

---

1) 호이징하, 『호모루덴스―놀이와 문화에 관한 한 연구』, 김윤수역, 까치, 2009, 47~70면 참조.

2) 조혜란, 「〈옥루몽〉의 서사미학과 그 소설사적 의의」, 『고전문학연구』 22, 한국고전문학회, 2002.

은 〈옥루몽〉의 서사미학을 밝히는 가운데, 상춘원에서의 가족 놀이 나 압강정에서의 기녀 놀이 등이 사건으로 설정되어 서사적으로도 중요하게 기능한다고 설명하였다. 김경미[3]는 〈옥수기〉가 가문의식 이나 이념적 지향이 작품 전반을 이끌어 가는 힘이 되지 못하는 대신 에 작품 전면에는 자유롭고 적극적인 결연 양상이 반복적으로 나타 나고 놀이가 중요한 관심사로 등장하고 있다고 파악하면서 특히 결 연과정에서의 놀이, 웃음을 유발하는 놀이에 주목하였다. 이러한 논 의들에 힘입어 고소설에서의 놀이의 역할에 대해 본격적으로 연구한 이민희[4]는 〈옥루몽〉에 삽입된 놀이들의 서사적인 역할을 박람강기 博覽强記·재학형 서사, 오락성의 강화, 서사적 갈등의 증폭 및 이완의 기제, 세태 및 현실의 반영과 비판 등으로 나누어 살핀 뒤 이는 19세 기의 유흥문화의 세태를 이해하고 이 시기의 소설사적 특질을 밝히 는 단서로도 유용하다고 하였다. 하지만 이 연구도 〈옥루몽〉 한 작품 에 집중하였기에 고소설 전반에 걸친 이해가 힘든 상황이었다. 이후 다시 37종의 고전소설 작품에 삽입된 놀이들을 대상으로 그 서사적 성격을 분석하였는데[5], 〈구운몽〉, 〈남원고사〉, 〈옥선몽〉, 〈숙향전〉 등 중단편소설들을 중심으로 하여 국문장편소설도 서너 편 다루었지 만 본고에서 분석하는 작품들 중에서는 〈소현성록〉만 포함되었을 뿐 이다.

---

3) 김경미, 「〈옥수기〉 연구—이념적 요소에 대한 해석과 새로운 모색을 중심으로」, 『고소설연구』 17, 한국고소설학회, 2004.

4) 이민희, 「고소설 삽입 '놀이'의 서사적 역할과 의미 연구—〈옥루몽〉을 중심으로」, 『고소설연구』 25, 한국고소설학회, 2008.

5) 이민희, 「고소설에 나타난 놀이의 서사적 성격과 놀이 문화」, 『열상고전연구』 30, 열상고전연구회, 2009.

본고에서 연구의 대상으로 삼은 삼대록계 국문장편소설에서는 '놀이'가 분위기를 전환하며 인물들에게 새로운 의욕을 불러일으킨다는 효용 외에도 서사 진행의 윤활유, 서사 전환의 기점 역할을 한다는 점에서 주목할 필요가 있다. 내기를 통해서 남녀 결연을 매개하거나, 앵혈을 노출하게 하여 동침 여부를 확인하게 하며, 등장인물의 인품이나 능력을 알아볼 수 있게 하기도 하고, 갈등을 야기하거나 해결하며 상황을 정리하는 기능을 하기 때문이다. 이 유형의 소설들이 모두 15권에서 40권에 이르는 장편 거질들인데도 불구하고 애독되었던 이유는, 독자들이 내용을 쉽게 이해하고 흥미를 느끼게 하기 위해 요약 서술을 했다든지, 반복과 병치를 통한 인물과 사건을 재배치하면서, 단약이나 도술 화소, 놀이 장면 등과 같이 재미와 긴장감을 줄 수 있는 화소들을 효과적으로 활용했기 때문이다. 따라서 서사 기법상의 묘미라는 면에서 놀이 관련 장면을 분석하고자 하는 것이다. 이를 위해 먼저 삼대록계 국문장편소설에서 보이는 놀이 문화를 전반적으로 살펴 본 뒤, 특히 서사적으로 중요한 기능을 하는 경우들을 몇 가지 항목으로 나누어 고찰하도록 하겠다.

2. 국문장편소설에서의 놀이 문화

국문장편소설의 작품 배경은 주로 상층가문이므로 행해지는 놀이들도 상층 양반들이 주로 하던 것들이다. 여성들의 경우에는 투호投壺6), 쌍륙雙六7), 바둑, 유산遊山, 연꽃 감상, 행차 구경, 수다 등이며,

---

6) 투호(投壺)는 화살같이 만든 청홍의 긴 막대기를 갈라 가지고 일정한 거리에 놓인

남성들의 경우에는 바둑과 뱃놀이, 춤추기 등이다. 그 외에 생신 잔치, 유가遊街 잔치 등이나 술자리 한담 장면 등이 등장한다.

먼저 여성들의 놀이를 보면, 꽃구경이 있다. 〈소현성록〉에서 소부인은 올케 둘과 서모들, 그리고 조카며느리 등 여인네들을 후원에 모이게 해서 연꽃 향을 맡으면서 이야기를 나눈다.[8] 〈유씨삼대록〉에서도 봄꽃이 만발한 후원에 모든 식구들이 나가 경치를 구경하는 장면[9]이 묘사되고, 〈조씨삼대록〉에서도 종종 등장하는 장면들이다.

병 속에 던져 꽂아 넣는 놀이이다. 주나라 『예기(禮記)』에 그 그림이 실려 있을 정도로 오래된 놀이로, 우리나라에서는 고구려와 백제 때부터 즐겼으며 조선시대에는 궁중에서 왕족들이 많이 즐겼다. 조선후기에는 명문 가문들에서 쇠가죽으로 만든 투호로 놀았다고 한다. 허경진, 『소대헌·호연재 부부의 사대부 한평생』, 푸른역사, 177~180면, 2003.

7) 쌍륙(雙六)은 여러 사람이 편을 갈라 차례로 돌을 던져서 나오는 사위대로 판에 말을 써서 먼저 궁에 들여보내는 내기 놀이이다. 주사위를 두 개 던지므로 쌍륙이라고도 하고, 다듬은 나무(말)를 쥐고 논다고 하여 악삭(握槊)이라고도 했다. 조선 초기부터 지배층에서 즐긴 놀이인데 아내의 병간호에 소홀할 정도로 푹 빠지기도 하였으며 남녀노소가 실내나 실외에서 1년 내내 즐길 수 있는 놀이였다. 앞의 책, 174~176면.

8) 소부인이 화·석 두 부인과 이파와 석파와 함께 모든 젊은 여자를 거느려 후원 부용당에 모였는데 모든 젊은 부인들의 아름다운 얼굴과 붉은 치마와 푸른 적삼이 해를 가릴 정도였다. 소부인이 며느리 네 사람과 조카며느리 등에게 못에 내려가 연꽃을 꺾어 향기를 맡으라고 말하자 모든 사람들이 말씀을 듣고는 못가를 배회하니 요지(瑤池)의 선녀가 모여 있는 듯하였다. 〈소현성록〉 9권 57면. 본고의 작품 인용은 모두 다음의 현대역본에 의거하지만, 서지사항은 고전 원문의 권과 쪽수를 밝히기로 한다. 조혜란·정선희·허순우·최수현 역주, 『소현성록』 1~4권, 소명출판사, 2010; 한길연·김지영·정언학 역주, 『유씨삼대록』 1~4권, 소명출판사, 2010; 김문희·장시광·조용호 역주, 『현몽쌍룡기』 1~3권, 소명출판사, 2010; 김문희·조용호·정선희·전진아·허순우·장시광 역주, 『조씨삼대록』 1~5권, 소명출판사, 2010; 김지영·최수현·한길연·서정민·조혜란·정언학 역주, 『임씨삼대록』 1~5권, 소명출판사, 2010.

9) 시절이 늦봄에 이르자 후원에 일만 꽃이 다투어 피고 1천 버들이 푸르러 금실을 드리운 듯 경치가 매우 빼어났다. 제비는 정원 들보에 들어 춤을 추고, 꾀꼬리는 꽃과 버들 사이에서 맑게 울었다. 존당(尊堂) 이부인이 모든 자손을 거느리고 후원

부부간에 서먹한 사이를 감소하고 친하게 하고자 놀이를 하게 하
는 경우도 종종 있다. 〈유씨삼대록〉에서 "양씨를 영주 형제와 한 곳
에 두어 공자가 문안할 때에 반드시 투호와 바둑 등으로써 저 부부가
친하도록 권하였다."10)라고 한 대목이나 〈소현성록〉에서 "여러 생들
이 모두 각각 자기 부인과 함께 독서도 하고 바둑도 두며 흥겨워하
니……"11)라는 대목을 보면, 부부가 바둑 두는 일은 아주 자연스러운
일임을 알 수 있다.

〈유씨삼대록〉에서는 진양공주의 남편 진공의 생일 잔치에서 여성
들이 모여 앉아 시詩 짓기 놀이를 한다.

> 진양공주가 감탄하여 말하였다.
> "…… (중략) …… 제가 어린 나이에 유씨 가문에 하가下嫁하여 여러
> 부인들의 두터운 정을 많이 받았습니다. 친밀히 저를 사랑해 주심이
> 친형제와 같아서 서로 거리끼지 않았고 제가 성품이 소탈하여 가슴에
> 다른 뜻을 두지 않았습니다. 제가 그윽이 보기에 여러 부인들의 자질
> 이 총명하고 미목眉目이 빼어나게 아름다워 모두 글재주가 있을 듯하
> 니 반드시 가슴 속에 배운 것이 적지 않을 것입니다. 원하건대 오늘
> 즐기는 것을 글의 제목으로 삼아 사운四韻을 하나씩 지어 오늘의 좋은
> 일을 기록하고 다른 날 자손으로 하여금 우리들의 자취를 알게 함이
> 옳을 것입니다. 여러 부인들의 고견은 어떠십니까?"
> 소부인이 옷깃을 여미고 대답하였다.

만화원에 나와 봄 경치를 구경하니 모든 자식들과 며느리들이 곁에서 모시고 담소를
나누었다. 〈유씨삼대록〉 18권 9면.
10) 〈유씨삼대록〉 9권 17면.
11) 〈소현성록〉 6권 74면.

"저희들이 재주가 비록 용렬하나 어찌 시 한 수를 지어 옥주의 가르
치심을 받들지 않겠습니까?"

　공주가 기쁜 빛을 얼굴에 띠며 좌우 사람들로 하여금 붓과 벼루를
내오게 하고 화전華箋을 펴고 일시에 시를 지었다. 온 하늘에 구슬과
옥이 어리고, 용과 뱀이 꿈틀거리며 춤을 추어 연기와 구름이 일어나
니 일곱 걸음을 채 넘기지 않아 여러 부인의 글이 벌써 이루어졌다.
각각이 뜻을 얻음이 귀신을 울릴 묘한 솜씨였다.[12]

　이렇게 하여 여성들이 시를 짓게 되었는데, 공주가 이 시들을 보고
각각의 특성을 품평한다. 소부인의 문체는 활달하고 설부인의 시는
호탕하고 시원시원한 격조가 있으며 양부인의 시는 그윽하고 품위가
있다고 하였다. 이어 공주가 그녀들의 시에 차운次韻하여 시를 짓는데
평범하거나 속되지 않았다. 이렇게 부인네들이 시를 지으며 즐기고
있는데, 공주의 남편인 진공이 지나가다가 들러 함께하고 싶어 한다.
그 형까지 합세하여 형수들과 여동생들이 지은 시를 구경하고 공주의
차운시까지 보게 되는데, 공주의 시를 보고서는 그 문체가 신명하다
고 감탄한다. 하지만 너무 고상하여 넓고 아득하나 느리고 무거운
것이 적으니 복이 길지 못할까 염려스럽다고 한다.[13] 공주의 요절을
예감하게 하는 장면이기도 하다. 시 짓는 놀이는 같은 문화권인 일본
에서도 평안 시대에 남성들이 많이 하던 놀이[14]인데, 국문장편소설
들에서는 남성들뿐만 아니라 여성들도 하는 것으로 되어 있다.

　한편, 여성들이 집 밖으로 나가기도 하는데, 유산遊山, 천자天子의

---

12) 〈유씨삼대록〉 8권 4~6면.
13) 〈유씨삼대록〉 8권 6~11면.
14) 호이징하, 앞의 책.

행차 구경, 별장으로 여행가기 등이 행해진다. 〈소현성록〉에서 소승 상은 자녀들을 모두 데리고 유산을 할 때에 태산泰山과 형산衡山으로 딸들도 데리고 가서 십 수 일을 유람하면서 돌아가며 글도 짓고 고하 高下를 정하면서 즐긴다.[15]

남성들의 놀이로는 바둑, 뱃놀이, 시 짓기 놀이, 생일잔치에서 노 래 부르기와 춤 추기, 유가遊街 등이 있는데, 이들은 대체로 서사적인 기능을 위해 삽입되어 있다. 따라서 본고의 3장 1절에서 바둑 놀이, 4절에서 뱃놀이와 시 짓기 놀이, 노래와 춤이 다루어지므로 여기서 따로 설명하지 않도록 한다. 다만, 유가 장면은 간략하게 묘사되어 있을 뿐 서사적인 기능을 하지는 않는다. "천동쌍개天童雙蓋와 금위영 禁衛營의 재인才人들이 재주를 겨루며 자운산에 돌아오는데, 따르는 축하객이 뒤를 좇아 와 풍류가 하늘까지 떠들썩하게 하고 노랫소리가 아름답게 길을 덮었다. 그러니 그 거룩함은 이르지 않더라도 세 사람 의 고운 얼굴과 뛰어난 풍모가 인간 세상에서 빼어나, 구경하는 이들 이 칭찬함을 마지않았고 부러워하는 이들이 무수하였다."[16]라는 구 절을 통해 분위기를 짐작할 수 있다. 임금이 내려 주신 예쁜 남자 아이를 들러리로 하고 청색과 홍색의 일산日傘을 받고, 나라에 고용 된 재인들까지 대동하여 집으로 돌아오는 행차의 성대함이 느껴진다. 〈유씨삼대록〉에서도 유씨 가문의 젊은이들이 과거에 급제하면 비슷

---

15) 아버지와 자녀 11명이 태산에 이르러 산수를 구경하였다. 산천경개(山川景槪)가 비할 데 없이 빼어나게 좋고 화려하여 가히 다섯 산 중에서 으뜸인 줄을 알만했다. 승상이 십 수일 동안 유람을 하며 좋은 경치를 대하면 스스로 글을 짓고 끝에 모든 자녀들이 연달아 구를 짓게 하여 고하(高下)를 정하며 즐기느라 돌아갈 줄을 몰랐다. 〈소현성록〉 12권 62면.
16) 〈소현성록〉 5권 99면.

한 장면17)이 연출되면서 가문의 혁혁한 번성을 느낄 수 있게 한다.

3. 국문장편소설에서 놀이의 서사적 기능

3.1. 내기를 통한 결연의 매개

국문장편소설에서 놀이는 놀이 그 자체를 위해서 행해지기 보다는 어떤 서사적인 기능을 위해 행해지는 경우가 더 많다. 그 중 가장 중요한 기능은 남녀의 결연을 매개한다는 것이다. 〈조씨삼대록〉에서 조무의 딸 월염의 남편인 양인광이 둘째부인을 맞게 되는 이유가 바로 임금과 바둑 내기를 하여 이겼기 때문이다. 곽후의 딸 곽씨가 인광의 모습을 몰래 엿본 뒤 혼인하고 싶어 아버지를 졸랐고 이에 곽후가 임금께 사혼賜婚을 청한다. 그러자 임금이 인광에게 이유 없이 혼인하라고 할 수 없으니 바둑 내기를 하게 된 것이다.

> 즉시 병부상서 인광에게 바둑판을 내오게 하니 부드럽고 온화하면서도 즐겁고 유쾌하였다. 어주御酒를 섞어 승부를 결정하는데, 임금과 신하가 서로 뜻이 맞아 잘 통하니 임금이 한편으로 웃으며 말하였다.
> "승부는 나게 되어 있으니 <u>경이 지거든 천하를 떠받칠 능력 있는 신하를 천거하고 짐이 지거든 숙녀를 사혼하리라.</u>"

---

17) 셋째 공자 혜와 다섯 째 공자 양이 한 과거 시험에 급제하고 영릉후의 장자 문과 각노공의 장자 만도 과거에 급제하여 방목(榜目)에 이름이 올랐다. 형제 네 사람이 황금 꽃을 드리우고 남빛 도포에 아홀(牙笏)을 갖추어 돌아오니 길 위에는 생황(笙簧) 과 통소(洞簫) 소리가 하늘을 진동할 정도로 요란하고 창부(倡夫)와 재인(才人)들이 구름같이 가득했다. 온 조정이 공경하고 부러워했으며 구경하는 사람들도 길을 메우 고 칭찬하며 말했다. 〈유씨삼대록〉 15권 62면.

기현과 유현은 천자의 뜻을 짐작하였고 인광은 공손히 명을 받들
었다.

"삼가 분부하신 대로 하겠습니다."

흥겨운 기운이 크게 일어나 세 판을 서로 겨루니 임금이 웃으며
"재주는 관계없는 일에도 나타나는구나."라고 하고 "짐이 신용을 잃어
서야 되겠느냐?"라고 하며 즉시 분부하여 곽후의 딸을 인광의 재취로
허락하였다.[18]

인광이 이기자 약속대로 사혼을 내리는데, 놀이 삼아 둔 바둑 때문
에 재취를 두게 된 인광이 거절해 보기는 하지만 임금의 뜻을 돌릴
수 없어 결국 혼인하게 된다. 이렇게 임금과 바둑 내기를 하여 사혼을
받는 경우는 〈임씨삼대록〉에도 보인다.

"경들 두 사람의 재주가 매우 비상하니 짐이 마땅히 재주를 겨루고
자 하네. 내기가 없으면 재미가 없으니 만일 짐이 지거든 아름다운
미인을 천거하겠네."

두 사람은 임금의 뜻을 의아하게 생각하였으나 다만 몸을 굽히고
바둑판 앞에 나아갔다. 상이 소매를 높이 거두시고 두 사람과 승부를
다투셨다. 천홍과 재홍 두 사람이 재주를 다하고자 하지 않았어도 본
래 타고난 재주를 다 감추지 못하는데 상께서는 일부러 지려고 하신
까닭에 두어 시각이 못 되어 두 사람이 각각 세 판을 크게 이기자,
두 사람이 황공함을 이기지 못하였다. 상이 판을 물리치고 기뻐하면서
크게 웃고 말씀하셨다.

"경들의 재주가 이와 같으니 어찌 기특하지 않겠는가? 그러나 천자

---

18) 〈조씨삼대록〉 15권 66~67면.

는 농담을 하지 않네. 짐이 이미 경들에게 언약한 바가 있으니 경들은
사양하지 말게. 어사 남경의 딸이 재주와 용모가 현숙하다 하니 재흥
의 빈실로 맞게 하고, 국구 곽모의 막내딸이 아름답다 하니 천흥의
빈실로 사혼하노라. "[19]

임금이 이름난 선비들 10여 명을 불러 글도 짓게 하고 투호와 바둑
놀이를 하게 했는데, 그 중에서 임천흥과 재흥이 특출하여 계속 이기
니 임금 자신과 내기를 하자고 하는 장면이다. 앞의 양인광의 경우와
마찬가지로 천흥이나 재흥이 이기면 미인을 천거하여 사혼을 하겠다
고 했는데, 그들이 세 판이나 이기니 각각에게 신부를 점지해주면서
사혼한다. 애써 사양하지만 듣지 않고 혼인할 가문에 교지까지 바로
내리는 것이다.

이렇게 임금의 힘을 빌려 억지로 혼인하려는 여성이나 가문은 혼
인 후 대제로 분란을 일으키는 경우가 낳다. 양인광이 사혼 받은 곽씨
도 〈조씨삼대록〉 전체에서 가장 악한 여성으로 서술되는 인물이다.
인광의 첫째부인인 조월염을 핍박하고 오해하게 만들어 조씨의 정실
직첩을 빼앗았으며, 거짓으로 임신한 체하면서 유모가 사온 남의 아
이를 자신의 아이인 양 행세하기도 하였다. 자신의 악행이 발각되어
친정으로 쫓겨난 후에는 또다시 성을 바꿔 이씨가 되어 소경수라는
사람의 셋째 부인이 된다. 그래서 또다시 경수의 둘째부인인 조자염
을 무고하고 경수와 조씨를 죽이려고까지 하는 악행을 저지르는 인
물[20]인 것이다. 이렇게 악한 인물이 혼인하고자 할 때 사혼을 이용하

---

19) 〈임씨삼대록〉 24권 24~27면.
20) 곽씨의 성품과 악행에 대해서는 제1부의 여섯 번째 글인 「〈조씨삼대록〉의 악녀

고 사혼의 계기는 바둑 내기이므로 이때에 바둑은 놀이 그 자체에
의미가 있기 보다는 결연을 매개하는 서사적 기능에 더 큰 의미가
있다고 하겠다.

〈소현성록〉에서 소운성은 서모 석파에게 투호 내기를 걸면서 자신
이 이기면 미인을 얻어 달라고 넉살을 부리기도 한다. 그런데 실은
새로운 여인을 얻어달라는 것이 아니라 그 전에 첩으로 두었으나 지
금은 석파의 처소에 거처하게 된 소영을 내놓으라는 말이다. 소영을
자신에게 보내라는 이야기를 직접 하는 것이 아니라 내기를 하자고
하면서 은근슬쩍 옆의 사람들이 이야기를 꺼내게 유도하는 장면인
것이다.

> 운성이 투호投壺를 가지고 나오며 웃으며 말하였다.
> "할미는 나와 함께 승부를 겨루게나."
> 석파가 운성의 말을 좇아 투호 살을 잡으며 말하였다.
> "승부에 무슨 내기를 하시렵니까?"
> 운성이 말하였다.
> "내가 이기면 할미가 절세미인을 얻어 주고, 할미가 이기면 내가
> 마땅히 삼 일 동안 큰 잔치를 벌려 먹을 수 있도록 하는데 만일 시행하
> 지 않으면 몹시 흉악한 마음을 지닌 것일세."
> 석파가 순식간에 생각지도 못하고 따르게 되었는데 이미 투호를
> 쳐서 운성이 두 판을 이기자 석파가 말하였다. (중략)
> 운경이 바야흐로 말하였다.
> "할미에게 미인이 없을 것 같으면 흔쾌히 소영을 운성에게 주게나.
> 운성도 기뻐하고 할미도 욕을 면할 것이네."[21]

형상의 특징과 서술 시각」을 참조할 것.

이렇게 하여 운성은 자연스럽게 소영과 다시 함께 할 수 있게 되고 부부간의 은정이 새롭고 화목하게 되었다고 서술되어 있다.

결연을 매개하는 놀이로 '행차 구경 가기'도 들 수 있다. 어머니가 딸과 며느리를 데리고 천자가 사냥하고 활쏘기 연습하는 곳으로 구경을 가는 것이다. 이때에 집과 가까운 곳에 숙소를 정해놓는데, 간혹 다른 집안 부인들과 같은 숙소를 쓰게 되기도 한다. 〈소현성록〉에서 소현성의 둘째부인이 되는 석소저를 시어머니와 시누이가 될 양부인과 소월영 등이 처음 대면하게 되는 장면22)이 바로 이러한 경우이다. 소현성이 여색에 전혀 관심이 없는 성인군자형 인물이기 때문에 이런 식으로 어머니와 누나에게 먼저 석소저의 모습이 노출되고 그녀를 좋게 생각한 모녀가 소현성에게 넌지시 혼인을 권유하는 빌미를 만드는 것이다. 바둑이나 투호와 마찬가지로 이 행사 구경놀이는 결연을 매개하기 위한 서사를 자연스럽게 이어가는 역할을 하며 아울러 집안에서만 진행되는 무료함을 없애주기도 하는 역할을

---

21) 〈소현성록〉 9권 59~60면.

22) 천자(天子)께서 남문(南門) 밖에 나와 사냥하시고 활쏘기를 연습하셨다. 이는 자운산에서 매우 가까운 거리여서 소씨가 양부인께 알려 말하였다. "임금께서 사냥하시는 행사가 크게 열린다 하니 저는 화씨와 함께 마땅한 곳을 잡아 구경하려 합니다." 양부인이 말하였다. "그것이 뭐 어렵겠느냐? 나도 과부로 지내게 된 후에는 마음을 호화로운 것에 두지 않았으나, 경과 한생이 반열(班列)에 참석하는 것을 보러 가봐야겠다." (중략) 화씨는 처음에는 함께 가려 했으나 석파가 가는 것을 보고 병을 핑계로 물러나니 양부인이 구태여 권하지 않고 딸과 함께 숙소에 이르러 천자의 거동을 기다렸다. (중략) 원래 석공의 부인 진씨가 천자의 사냥하심을 구경하려고 숙소를 잡아 숙난 소저와 함께 온 것이었다. 소저가 처음에는 즐겨 가지 않으려 하여 진부인이 우겨서 데리고 이곳에 이르렀는데 뜻밖에 소씨 집안 숙소와 같은 곳이 되니, 이미 돌아가지 못하게 되었고 하물며 이전에 알고 지내던 사이였기에 흔연히 들어갔다. 하지만 매우 불편해 하며, 여기에 온 것을 후회했다. 석파가 웃음을 머금고 맞이하여 중청(中廳)으로 들어왔다. 〈소현성록〉 2권 29면.

한다고 할 수 있겠다.

3.2. 놀이를 통한 앵혈의 확인

〈소현성록〉에서 소현성은 석소저가 12세에 혼인했기에 그녀가 너무 어리다고 하면서 혼인한 후 1년이 지나서야 첫날밤을 보내는데, 이것이 확인되는 자리가 바로 식구들이 모여 놀이하는 자리이다. 집안의 최고 어른인 양부인이 딸과 며느리를 불러 놀게 하는데, 투호를 하면서 석소저의 팔의 앵혈이 없어진 것을 이야기[23]하는 식이다. 투호나 쌍륙, 바둑 놀이 등은 화살이나 주사위 돌을 던질 때에 팔을 걷고 하므로 처녀의 팔에 있는 앵혈의 유무有無를 확인할 수 있는 자리가 되기 때문에 다른 작품들에서도 이런 장면이 종종 등장한다. 〈현몽쌍룡기〉에서도 주인공인 쌍둥이 형제 용홍(조무)과 용창(조성)이 혼인한 뒤에도 1년여 아내 정씨, 양씨와 합방하지 않았기 때문에 이를 두고 누나들이 놀리는 장면이 있다. 부부가 합방하지 않았음을 확인해 주는 자리가 바로 가족이 모여 바둑을 두는 때이다.

> 누나들이 크게 웃으며 용홍을 물리치며 말하였다.
> "염치없는 것은 사람의 눈치도 모르는구나. 네가 정소저와 친하려 해도 정소저가 여기서 너에게 그렇게 친하게 행동하겠느냐? 더욱이 양소저가 네가 보는 데서 바둑을 두고자 하겠느냐?"
> 용홍이 두 눈으로 정소저를 보니 그 아리따운 모습과 우아한 자태가 새로워 마음이 구름 밖에 떠 있는 듯하여 말하였다.

---

23) 〈소현성록〉 2권 63~64면.

"사람이 태어나서 부부의 도리가 고금古今에 떳떳한데도 나는 남자여서 그러한 생각이 드는지 모르겠지만 부인은 어찌하여 부부의 윤리와 도리를 모르고 다만 만나면 저리 괴로워하니 어찌 백년금슬이 좋기를 바라겠습니까? 내가 비록 사람이 변변하지 못하고 졸렬하나 부인여자에게 소박맞을 까닭이 없는데도 부인이 공연히 남편을 소박하니 할머니께 아뢰고 다시 아름다운 처를 취하여 정씨 보는 데서 화락하려 합니다."

앉아 있던 모든 사람들이 크게 웃고 석학사 부인이 낭랑하게 웃으며 정소저와 양소저의 옥 같은 팔을 빼며 말하였다.

"오늘 두 소저의 팔에 붉은 점을 서로 견주어 살펴보니 알 만한 일이 있구나."

석학사 부인이 두 소저를 보니 고개를 숙이고 부끄러운 기색을 나타냈다. 옥 같은 팔에 붉은 표시가 찬란하였다. 여러 소저가 크게 웃으며 말하였다.

"용흥은 정씨에게 소박을 맞아 붉은 점이 그대로 있다고 해도 용칭아, 너도 양씨에게서 소박을 맞았다고 하느냐? 어찌하여 두 아우가 다 한결같이 여자에게 박대를 당함이 이렇게까지 될 줄을 알았겠는가?"24)

혼인한 지 1년이 다 된 부부가 아직 잠자리를 같이하지 않았음을 드러내놓고 이야기하는 자리의 분위기가 엄숙하다면 매우 어색했을 것이다. 이런 어색함을 없애면서 자연스럽게 이야기하기 위해 놀이하는 장면을 넣었다고 할 수 있겠다. 아울러 조무와 조성 두 남성인물이 이에 대응하는 자세나 말이 확연히 다름을 보여줌으로써25) 둘의

---

24) 〈현몽쌍룡기〉 3권 53~56면.

성향의 차이를 느끼게 하기도 한다. 조무는 농담을 잘하고 약간의 허세가 있으나 조성은 침착하고 사리에 맞는 말만 하는 면을 부각시켜 주는 것이다.

〈임씨삼대록〉에서는 악한 여자로 설정된 옥선군주가 양왕 진숙과 사통한 사실이 밝혀지는 계기로 쌍륙 놀이 장면이 등장하기도 한다. 태부인이 옥선군주와 영주소저 등을 불러 쌍륙 놀이를 하게 하는데, 옥선군주가 잡고 있는 쌍륙을 달라며 떼를 쓰는 조카 때문에 팔찌가 빠지고 그 사이에 팔 위의 앵혈 자국이 없는 것을 다른 사람들이 보게 되는 것이다.

> 이때 군계부인의 딸 천혜소저가 4살이었다. 천혜가 옥선군주가 잡고 있는 쌍륙을 달라며 옥선군주의 손을 잡고 다투었는데, 이때 군주의 팔찌가 빠졌다. 옥선군주가 몹시 놀라 팔찌를 잡으려 하였다. 그러다 군주의 팔위에 앵혈의 흔적이 없는 것을 군계부인이 보게 되었다. 안색이 잿빛으로 변한 군계부인이 쓴웃음을 지으며 말하였다.
> "군주의 팔위에 앵혈이 없는데 시속의 풍속을 쓰지 않아서인지요?

25) 용홍은 짐짓 할머니의 마음을 돋우며 말하였다. "정씨가 괴물같이 이상하여 제가 마음이 맞지 않아 다시 아름다운 사람을 널리 구하여 처로 삼고자 합니다. 그러나 유생(儒生)이 두 번 장가들어 아내를 얻는 것이 옳지 않으니 아직까지는 출세하기를 기다리고 있습니다." 용창이 누이들을 보며 웃으며 말하였다. "누이들이 단정하고 정중하지 못하시니 제가 깊이 탄복하지 않습니다. 부부가 의기(意氣)가 합해지면 자연스럽게 서로 공경하고 화합하며 빈객의 예로 어진 사람을 대하듯이 할 것입니다. 우리 형제가 올해 겨우 14세이고 형수께서도 비녀를 꽂을 나이이고 제 아내인 양씨 또한 같습니다. 앞날이 남았으니 이제 부부의 사사로운 정을 말할 때이겠습니까? 또한 누이들은 부녀이므로 단정하고 정중해야 하는데 이런 천하고 경솔한 희롱이 부덕(婦德)에 해롭지 않겠습니까? 할머니께서 이 일로 염려하심이 더욱 옳지 않으니 오직 소년의 마음이 여색에 빠질까 염려하시고, 이 일로 염려하지 마십시오." 〈현몽쌍룡기〉 3권 56~57면.

아니면 임사인의 사랑이 군주의 팔위 앵혈의 흔적을 없애셨나요?"

옥선군주가 도무지 땀이나 무슨 대답을 하겠는가? 이윽고 잠잠한 채로 고개를 숙이고 있다가 두 눈의 독기가 어린 채 말하였다.

"팔위의 앵혈은 규수에게나 있는 것입니다. 제가 존귀한 가문에 들어와 세월이 흘렀으니 어찌 규수의 몸을 아직도 하고 있겠습니까?"[26]

옥선군주는 자신이 외간 남자와 사통하여 앵혈이 없어진 것을 숨기고 남편 임창흥과 잠자리를 같이하여 없어진 것으로 둘러대려 한다. 하지만 이를 이상하게 여긴 태부인이 창흥을 불러 대면하게 하여 다른 아내가 유배 가 있고 첩은 죽었는데 이런 상황에서 군주와 잠자리를 같이했을 리가 없다고 말한다. 이에 사실대로 말하려는 창흥을 옥선군주가 칼로 찔러 죽이려 하는 급박한 상황이 벌어진다. 결국 군주의 시비(侍婢)를 심문하여 군주의 음란한 행적을 모두 알게 되는 것으로 마무리된다. 놀이 장면으로 시작했지만 놀이가 이렇게 숨겨졌던 중요한 상황이 표면화되고 갈등이 고조되는 계기로 작용하는 경우도 있는 것이다.

3.3. 대결을 통한 능력의 발휘

놀이 장면을 통해 인물의 능력과 지혜가 드러나는 경우도 있다. 진공의 아내 장씨와 누이 현영이 바둑을 두는데 막상막하인 상태에서 진양공주가 장씨를 도와 훈수를 두어 이기게 한다. 이를 본 진공이 누이에게 몇 수를 가르치자 곁에 있던 어머니 이부인이 진공과 공주

---

26) 〈임씨삼대록〉 14권 63~64면.

부부가 서로 겨뤄보라고 청한다. 이에 시합을 하게 되는데, 공주가 내리 세 판을 이길 정도로 실력이 뛰어나다. 평소에 임금이나 선비들 100여 인과 겨뤄도 이길 정도로 뛰어난 진공이 맥없이 지는 것으로 그림으로써 진양공주의 비범함을 단적으로 보여주는 대목이다.

공주가 두 사람이 다시 바둑 두기를 기다려 승부가 바야흐로 정해질 즈음에 잠깐 한 곳 묘한 곳을 일깨워주었다. 장씨는 영리한 여자라 즉시 깨달아 한 수를 놓자, 조화가 어느 곳에서 벌어진 줄 모르게 현영이 대패하였다. 좌우 사람들의 모든 눈이 일제히 바라보나 아무래도 어떻게 판이 변한 것인 줄을 몰라 공주의 신기함과 장씨의 영리함을 탄복하였다. 현영이 또한 마주앉아 두면서도 그 곡절을 몰라 넋이 나간 듯하기를 한참 후에야 미소 짓고 말하였다.

"이는 장씨 형님이 능숙하기 때문이 아니라 옥주께서 지휘하신 때문입니다. 그러나 제가 이미 졌으니 언약대로 하겠습니다."(중략)

진공이 공주로 하여금 미처 손을 놀리지 못하게 요해처를 막았다. 그러나 공주가 얼굴빛을 변하지 않고 눈길을 낮추어 천천히 한 손으로 바둑을 어루만져 하늘의 별들이 365일 동안 운행하는 모습을 성대하게 박아 하도낙서河圖洛書를 판 위에 찬란하게 빛나게 하니 천지간의 풍운風雲을 다스리는 도사인 용과 호랑이가 왕래하는 듯하였다. 태을太乙 천제天帝의 단상에서 몸은 뱀이고 머리는 사람인 복희伏羲에게 하늘의 온갖 별들을 그리게 하여도 이보다 더 잘 하지 못할 것이었다. 진공이 눈이 아득하고 생각이 막히니 능히 손을 움직이지 못하였다. 세 판을 두어 공주가 크게 이겼다. 공주가 판을 밀어 놓은 후 현영을 돌아보고 미소 지으며 말하였다.

"바둑 세 판에 거의 부인이 치욕을 씻게 되고, 어머님의 명령을 요행히 욕 먹이지 않게 되었습니다."

좌중이 탄복하면서, 진공이 그토록 의기양양하다가 대패하고 부끄
럽게 물러난 것을 일시에 기롱하였다.[27]

그러나 이 바둑 두는 장면은 매우 심오한 의미를 담고 있다. 진양공
주의 비범함이 너무 지나쳐 요절할 운명임이 드러나는 대목이기 때
문이다. 예지력이 있는 시숙 유세기가 공주의 비범함을 두고 "이는
춘추의 어지러운 시대에 공자가 나시고, 기린麒麟이 때 아닌데 나 속
절없이 죽는 것과 같으니 공주가 반드시 오래 세상에 머물지 아니할
것입니다."[28]라고 하면서 하늘이 공주를 빨리 데려갈 것을 걱정하게
된다.

3.4. 놀이 자세를 통한 성품의 확인

놀이를 하면서 어떤 인물의 성품이 단적으로 드러나기도 한다. 〈소
현성록〉에서 남성들이 어울려 뱃놀이를 하면서 시 짓기 내기를 하는
장면이 대표적이다. 소현성의 셋째 아들이자 영웅호걸형 인물인 운
성은 자신감이 지나쳐 상대를 곤란하게 하거나 놀리는 경우가 있는
데, 형참정의 맏사위인 손생을 놀려주는 장면에서는 손생을 울리는
지경에까지 이른다. 손생은 상서의 아들로 비록 재상가 자제이지만
사람됨이 변변하지 못해서 문文으로는 천지天地 두 자를 알지 못하고
무武로는 화살이 열 걸음을 넘지 못하며 말은 일상적인 인사말도 하
지 못하는 사람이다. 그래서 자신감이 없어 남에게 보이기를 부끄러

---

27) 〈유씨삼대록〉 4권 87~91면.
28) 〈유씨삼대록〉 4권 92면.

워하는데 특히 운성 앞에는 나타나려 하지 않는다. 이런 행동을 기분 나빠하던 운성이 그와 장인, 처남들과 뱃놀이를 가서 시 짓기 내기를 하여 손생을 곤란하게 만든다.

운성이 말하였다.

"오늘 우리 7인이 장인 앞에서 <u>시를 짓는데 만일 지체하고 늦게 짓는 사람이 있거든 마땅히 변하 강물 열 그릇으로 벌칙을 할 것이다.</u>"

형한림 형제들이 손생을 돌아보니 손생의 안색이 흙빛과 같기에 역시 민망하여 말하였다.

"손형은 어려서부터 사람들 사이에서는 글을 짓지 않으니 우리 6인만 함께 짓는 것이 마땅하네."

…… (중략) ……

드디어 변하의 물 열 그릇을 떠오라고 하며 한편으로는 짓지 않은 사람을 찾자 형한림이 민망하여 초고를 지어서 손생을 주다가 운성에게 들키게 되었다. 운성이 짐짓 모르는 체하고 말하였다.

"이 중에서 성인군자가 있어 매우 침착하고 정직하여 남의 글을 얻어 사람을 속이고자 하는 뜻이 있으니 몹시 애통하구나. 마땅히 변하의 물 10사발을 또 떠와야 할 것이로다."

이어서 형참정을 향해 말하였다.

"장인이 사랑하는 침착하고 정직한 사위가 너무 사람을 업신여깁니다. 마땅히 벌칙인 물 20그릇을 마다하지 못할 것입니다."

곁에 있는 이를 재촉하여 물그릇을 가져다가 손생 앞에 놓으며 말하였다.

"정인군자正人君子여. <u>글짓기를 싫어하니 벌칙으로 물을 마시게.</u>" <u>여러 가지로 놀리자 손생이 부끄러움을 견디지 못하고 문득 소리를 지르며 울었다.</u> 주위에서 모두 놀라고 운성이 탄식하며 말하였다.

"천지의 조화가 손생에게 치우쳐서 모두 평범한 사람보다 특출하구나. 소리는 미친 개와 같고, 용모는 굶주린 말 같으며, 풍채는 잎 떨어진 나무 같고, 재주는 남의 글 도적하고, 사람으로서 해야 할 일에는 거짓말을 잘 하니 과연 영웅이라. 저렇거든 장인이 칭찬하지 않으시겠는가? 또한 모임 중에서 이상한 곡성을 내니 친척이 돌아가신 슬픔이 생긴 것이 아니겠는가? 놀랍구나. 형이 점복卜을 신기하게 해서 집에서 친척이 뜻밖에 죽은 줄 알고 이리 우는 것이 아닌가? 알지 못하겠구나. 어떤 사람이 죽었는가? 아직 탄식하는 것을 천천히 하고 급히 알아오라고 하는 것이 옳을 것이다. 죽고 사는 것이 어둠과 밝음 같은 것이니 설마 어찌 하겠는가? 너무 슬퍼하지 마라."

이야기를 마치고 형한림 형제들과 함께 크게 웃으니 손생이 더욱 울었다.[29]

형참정의 둘째 사위인 운성이 평소에 장인이 첫째 사위 손생이 겸손하고 군자답다고 칭찬했던 것을 비꼬면서 손생을 놀려주는 대목이다. 손위 동서를 몰아세워 벌 물 스무 잔을 줘야 한다고 하는 등 심하게 격하시키는 운성과, 이런 행동을 참지 못해 울음을 터뜨리고 마는 손생의 모습을 대조시키고 있다. 이 두 사람의 성품을 드러내는 계기가 바로 시 짓기 내기인 점에서 흥미가 배가되는 듯하다. 하지만 인물에 대한 평가는 작품에 따라 달라지는데, 이 작품에서는 운성이 가권을 잇는 중심인물이므로 그의 이러한 면을 호방함으로 평가하지만 이후의 파생작 〈영이록〉에서는 운성이 오히려 손생에게 모욕을 받는다는 식으로 내용이 역전되기도 한다.

남성 인물들의 경우 뱃놀이를 하면서 또는 아버지의 생신 잔치에

---

29) 〈소현성록〉 9권 73~76면.

서 노래를 부르는데, 그 소리를 들어보면 성품이 드러난다. 〈소현성
록〉에서 소현성의 여섯 아들들이 뱃놀이를 하는 장면에서 셋째 아들
운성이 읊조리는 소리는 사람을 즐겁고 상쾌하게 하는 반면, 첫째
아들 운경과 둘째 아들 운희의 노래 소리는 맑고 아름답지만 넉넉하
지 못해 멀리 가지 못한다고 평가한다. 그런데 그 노래 소리가 목숨과
도 연관이 된다고 하면서 소리가 멀리까지 못가니 목숨도 짧을 것이
라고 예언하는 것이다.[30] 실제로도 운경과 운희는 운성에 비해 일찍
죽는다.

〈조씨삼대록〉에도 진왕과 초공의 생일잔치에서 아들들이 노래 부
르고 춤추는 것을 보면서 품평하는 장면이 있다. 임금이 풍악을 내려
주기까지 하여 그야말로 보기 드문 장관을 이룬 잔치[31]이며 고관대

---

30) 이때 소승상이 단선생과 더불어 소매를 이끌고 한가히 걸어 앞동산에 올랐다. 완롱
담 가운데 작은 배 한 척을 띄우고 작은 동자가 삿대를 희롱하여 배를 젓는데 배
위에 여섯 소년이 늘어 앉아 있으니 옥같이 아름다운 모습과 영웅과 같은 풍모가
훌쩍 세상을 벗어난 신선의 무리인 것 같았다. 운성이 읊는 소리를 들으니 슬퍼하는
사람은 즐거워지고 근심하는 사람은 상쾌해졌다. 비록 무식한 행인이라도 걸음을
멈추거늘 단선생과 소승상이 이 소리를 듣고 어찌 아름다워하지 않으며 사랑하지
않겠는가. …… (중략) …… 이윽고 운성이 읊는 것을 마치고 운경, 운희가 〈채련가(採
蓮歌)〉를 부르니 아름다운 소리가 비록 맑으나 넉넉하지 못하고 또 들림이 분명하지
않아 한결같지 못하였다. 단선생이 탄식하며 말하였다. "안타깝군요. 단정하고 아담
한 옥 같은 문사(文士)로 의지와 기개가 호탕하고 시원하나 골격이 뛰어나지 못하며,
목소리가 절묘하나 멀리 가지 못하니 반드시 그 목숨이 길지는 못할 것입니다." 〈소
현성록〉 9권 8~10면.
31) 여러 아들이 의논하여 큰 잔치를 베풀었다. 구름과 안개 같은 담이 하늘에 닿아있는
것 같고 수놓은 장막과 깔개가 햇빛에 밝게 빛나는데 안과 밖의 손님이 그 수를 헤아
리지 못할 정도였다. 임금이 이 소식을 듣고 초공의 생일이라 잔치에 쓰이는 기구를
마련해주고 어전 풍악과 교방(敎坊) 풍물로 영광을 빛내며 오음육률(五音六律)의 특
전을 연주하게 하고 주는 것이 물과 같이 풍부하였고 각 도에서 나오는 물건을 보내어
잔치를 도왔다. 구름 같은 차일은 하늘에 솟았으며 하늘거리는 춤사위와 맑고 밝은

작들도 모두 참석하여 흥겹게 노는 풍류가 가득한 자리로 묘사되어 있다. 하지만 진왕의 맏이 기현과 초공의 맏이 유현 등 몇 아들들은 조신하여 술잔을 입에 대기만 하고 마시지는 않은 채 온화한 모습으로 부모를 공경하는 몸가짐을 보인다. 앉아 있는 모습을 하나하나 평하는 서술을 통해 각 인물의 성품을 다시 확인할 수 있으며, 그런 성품에 걸맞게 춤을 추는 것으로 되어 있다.[32)]

3.5. 놀이 자리를 통한 갈등의 해결

인물들의 갈등상황을 정리하거나 문제를 자연스럽게 해결하기 위해 놀이의 자리를 마련하는 경우도 있다. 〈소현성록〉에서 소운성은 첫째부인 형씨와 혼인하기 전에 서모인 석파가 장난으로 자신의 팔뚝에 찍어 놓은 앵혈을 없애기 위해 소영을 겁탈한 적이 있다. 이후에 소영을 접으로 들이려 하는데 이를 형씨가 좋아하시 않을 섯이기에 평소에 투호를 잘하던 형씨의 기분을 좋게 하여 말을 꺼낸다. 가족들이 화기애애한 분위기에서 모이게 하기 위해 투호 놀이 자리를

거문고 곡조가 사람의 흥을 도왔다. 온 조정의 대신과 제후, 공경(公卿)과 종친들이 모두 잔치에 참여하니 천고에도 없는 장관이었다. 〈조씨삼대록〉 14권 '55~56면.

32) 유현이 흔연히 기현과 마주 보고 춤을 출 것을 청하였다. 진왕이 웃으며 운현에게 명하고 기현과 광현에게도 명하여 마주 보고 춤을 추게 하였다. 광현의 기상은 지상의 신선과 같아 옥 같은 골격과 영웅의 풍모로 하늘거리는 춤추는 소매가 봄바람에 흩날려 떨어지는 백설에 복숭아꽃이 섞여 있는 것 같았다. 봉황 같은 눈이 가늘고 용마(龍馬)의 채색처럼 영롱하여 나가고 물러가며 춤추는 늠름한 기골이 소와 말 중에 기린이 있는 것 같았다. 허리에 금옥 띠를 두르고 어깨에 붉은 도포를 입고 연꽃 같은 흰 귀밑에 재상의 관을 쓰고 있으니 기특한 춤 솜씨가 일대에 대적할 사람이 없었다. 더욱이 유현과 운현의 신기한 놀이는 귀신이 돕는 듯 유희하니 온 자리에 있던 손님들이 바라보고 구경거리로 삼으며 노공과 진왕, 초공이 기쁨을 이기지 못하였다. 〈조씨삼대록〉 14권 57~60면.

마련한다. 과연 형씨가 투호에서 이기자 이를 칭찬하면서 소영을 데려와 인사하게 한다. 소영에게 정실부인에게 깍듯이 하라는 당부를 하고 절을 받은 형씨도 온화한 얼굴로 대하는 것으로 마무리되는 것이다.[33]

〈조씨삼대록〉에서도 어떤 문제적인 상황을 마무리하고 인물 간에 화해하게 하는 계기로 놀이를 활용한다. 유현의 아내 강씨는 다른 부인을 모해하고 유현에게 요약을 먹이는 등 악행을 했던 인물이다. 하지만 잘못을 뉘우치고 착한 사람이 되었는데도 유현은 그녀를 보려하지 않는다. 그러자 태부인이 여러 손자며느리들을 불러 모아 바둑 두는 자리를 마련하고, 여기서 강씨가 이기자 그 모습을 어여뻐하며 유현에게 그녀를 후하게 대접하라고 한다.

> 하루는 태부인이 여러 손자며느리들에게 바둑을 두게 하였는데 강씨를 이기는 사람이 없었다. 어른들의 면전에서 청아하고 맑은 목소리로 꽃이 웃음을 머금고 옥이 향기를 뿜는 것 같으니, 태부인이 저 같은

---

[33] 하루는 화부인과 석부인이 세 며느리에게 투호(投壺)를 치게 하였는데, 모두 형씨에게 미치지 못하였다. 그러자 화부인이 웃으며 말하였다. "형씨가 잡기(雜技)를 묘하게 잘 하니 진실로 운성의 배필이로구나." 말이 끝나기 전에 석파가 소영을 이끌고 나와 석부인께 아뢰었다. "낭군의 사나움 때문이었지 이 아이가 무슨 죄가 있겠습니까?" 석부인이 낭랑히 웃으며 말하였다. "이것도 하늘의 운수입니다. 서모는 어찌 운성을 꾸짖습니까? 하지만 어머님과 승상이 허락하셨으니 어찌 죄를 일컫겠습니까? 다만 정실(正室)을 공경하여 섬기고 마음을 공손히 하면 복을 받을 것입니다." 석파가 크게 웃고는 소영을 돌아보고 말하였다. "이미 승상과 부인이 허락하셨으니, 너는 형소저를 뵈어라." 소영이 나아가 돗자리 앞에서 네 번 절하고 난간 밖에 앉았다. 형씨가 기색이 태연하여 흔쾌히 절을 받고 모든 동서와 함께 말씀하는데, 유순하고 편안하며 온화한 기운이 온 자리에 쏘였다. 그러니 태부인이 칭찬하고 석부인이 애중함은 비길 데가 없었다. 〈소현성록〉 5권 92~93면.

기질로 어찌 예전의 죄를 지었는지 모르겠다며 그녀의 박명하고 애련
함을 불쌍해하였다. 유현이 들어와 태부인을 뵈었는데, 태부인이 자
신의 부인 셋과 여러 제수와 누이들이 가득한 중에 강씨를 애련해 하
심이 정씨와 같았다. 유현이 모시고 앉아 있는데 태부인이 웃으며 말
하였다.

"오늘 네 부인 셋이 내 앞에서 <u>바둑을 두는데 강씨가 제일이다. 예전
의 잘못이 있지만 마음을 고쳤으니, 명랑하고 총명한 것이 진실로 내
게는 효부다. 네가 어찌 계속 박정하게 대하여 부부의 은혜를 생각하
지 않느냐?</u> 내가 강씨를 불쌍히 여기니, 너는 내 청으로 강씨를 후하
게 대우해라. 그러면 어찌 좋지 않겠느냐?"[34)]

이 말을 듣고 유현은 강씨를 진정으로 용서하고 화목하게 지내게
된다. 한편, 시모와 딸들, 며느리들이 후원에서 꽃구경을 히기도 히
고 간단한 술자리를 마련하기도 한다. 돌아가면서 술을 먹이며 자신
의 옛 일들에 대해 이야기하게 하여 함께 웃기도 하고 안타까워하기
도 하면서 돈독한 정을 나눈다.

소씨가 윤씨와 함께 백화헌으로 갔는데 상서가 마침 나갔기에 이곳
이 고요하였다. 두 사람이 꽃들을 구경하다가 시녀에게 이·석 두 서모
와 화부인과 석부인을 나오게 하였다. 네 사람이 모두 오니, 소씨가
좌우 시종들에게 소나무 정자 아래에 용문석을 깔라 하고 벌여 앉아
<u>술과 안주를 내오게</u> 하였다. 석소저가 술을 먹지 못하니 소씨와 윤씨
두 사람이 강제로 권하였다. 소저가 억지로 한 잔을 먹으니 아름다운
얼굴빛이 눈부시도록 어지러웠다. 석파가 기특하게 여기고 어여삐 여

---

34) 〈조씨삼대록〉 19권 102~104면.

겨, 갑자기 주흥酒興이 솟아나 팔을 걷고 일어나 말하였다. (중략)

석파가 크게 웃고, 먼저 한 잔을 부어 소씨 앞에 가 치하하며 말하였다.

"부인이 열네 살에 한씨 집안에 들어가 어사의 방탕함을 만났으나, 기색과 행실이 맑고 여유로워 마침내 방탕한 사람을 감동케 하시고 옥 같은 자녀를 좌우에 벌여 계시니 태임, 태사와 같은 덕이라도 이보다 더하겠습니까?"

소씨가 웃으며 말하였다. "서모가 나를 어린아이 놀리는 듯하시는군요."

석파가 웃으며 답하였다. "제 진심입니다."

소씨가 기분 좋게 잔을 기울이니, 석파가 또 윤씨에게 나아가 위로하며 잔을 바치고 말하였다.

"부인은 하늘이 내신 우아한 자질을 지녀 보통 사람들보다 빼어나시니 윤평장의 천금같은 따님입니다. 그런데 가문의 운수가 좋지 않고 운수에 액이 있어 호랑이 굴 같은 곤경에 빠져 계셨습니다. 그러나 하늘의 도가 밝게 살피셔서 예전의 유하혜와 같은 소상서를 만나게 하시어 부모의 원수를 갚게 하고 소부의 양녀가 되어 은혜와 사랑을 철석같이 맺게 하셨습니다. 또 풍류 있고 총명한 유학사를 맞아 아름다운 공자를 연이어 낳으시고 부모 사당을 세워 제사를 이으시니, 효녀와 열부烈婦의 도리가 가득하심을 감탄합니다."(중략)

또 잔을 부어 화씨에게 나아가 말하였다.

"부인은 화평장의 사랑하시는 딸로 명문가 규방의 훌륭한 숙녀입니다. 나이 어려서 이 가문에 들어오시되 덕행이 마황후와 등황후를 압도하시고······"35)

---

35) 〈소현성록〉 2권 65면.

이런 술자리에서 하는 대화를 통해 독자들은 지금까지의 서사를 일목요연하게 정리할 수 있게 된다. 술자리의 연장자인 서모 석파가 술을 한 잔씩 권하면서 소씨 집안의 딸들인 소부인, 윤부인이 시집가서 겪은 일, 며느리 화부인의 내력 등을 차례로 이야기하고 이에 대해 당사자들이 한두 마디 대화를 나눈 뒤에 또 다른 식구의 이야기로 넘어가 이야기를 나누게 된다. 어떤 이는 울먹이며 자신의 인생을 돌아보기도 하고, 어떤 이는 그동안 오해했던 다른 가족과의 마음 속 앙금을 이야기하며 풀기도 하고, 어떤 이는 자신의 희생이 가족을 화목하게 할 수 있었다는 자긍심을 보이기도 한다.

이렇게 한 집안의 여인들이 모여 술을 마시는 자리는 잠시라도 부녀자의 규범에서 벗어나 자유로워지는 시간이 되니 실제로도 당시의 여성들이 가끔 가졌던 자리이다. 소대헌 송요화宋堯和의 아내 호연재浩然齋 김씨(1681~1722)가 지은 시를 보면, "취하고 나니 천지가 넓고, 마음을 여니 만사가 그만일세. 고요히 자리에 누웠노라니, 즐겁기만 해 잠시 정을 잊었네."[36]라고 하여 술을 마시고 난 뒤의 기분이 잘 느껴진다. 술자리가 남성들만의 전유물이 아니라 여성들에게도 흥취와 함께 마음을 나눌 수 있는 중요한 자리였음을 보여준다.

4. 나오는 말

이상에서 본 바와 같이 삼대록계 국문장편소설에는 조선후기 양반 가문에서 주로 했던 바대로 바둑, 투호, 쌍륙 놀이, 시 짓기 내기,

---

36) 醉後乾坤濶, 開心萬事平. 悄然臥席上, 唯樂暫忘情. 허경진, 앞의 책, 166면.

한담閑談, 유산遊山, 상연賞蓮, 행차 구경 등의 놀이 문화가 고루 등장하였다. 이들은 놀이 본연의 기능인 일상에서 벗어난 긴장과 즐거움을 주면서도 서사 전개에서 꼭 필요한 매개 역할을 한다든지 인물에 대한 중요한 정보를 제공하였다.

요컨대 이들 소설에서는 중요한 서사 전략 중의 하나가 놀이를 통한 이야기의 전개, 인물 성격의 표현이라고 할 수 있는 것이다. 예를 들어, 〈조씨삼대록〉의 서사 전략 중의 하나가 '과도한 행위의 보여주기적 서술'인데 이는 서술자가 사건을 일방적으로 설명하기보다는 인물의 말과 행동을 간접적으로 제시하여 상황을 재현하는 방식을 말한다. 그래서 과장되거나 희극적인 장면이 많은데 이런 장면을 통해 상층 사대부의 정형적인 생활과는 다른 생동감 있고 일상적인 삶의 단면을 보여주는 효과를 낸다.[37]

이런 효과는 놀이를 활용하면 배가 되는데, 어떤 인물의 성품을 설명할 때에 단정적으로 제시하는 것이 아니라 상황을 보여준다거나 놀이에 대처하는 자세를 보여줌으로써 독자가 판단하게 하는 것이다. 〈소현성록〉에서 운성과 손생 등의 시 짓기 내기 같은 장면이 대표적인데, 시 짓기 내기를 통해 운성의 작시作詩 능력뿐만 아니라 남 놀리기 좋아하는 성격, 다소 즉흥적이고 과도한 성품 등이 드러나는 대목이었다. 또한 이러한 대목은 전통적으로 다양한 문화권에서 남자들의 겨루기가 중요한 의미를 지녔던 것과 같은 맥락으로 해석될 수 있다. 힘, 기술, 용기, 지혜 등에 의해 사람의 덕이 증명되는데 말 시합이나 지식의 경쟁 즉 수수께끼 시합 등에서 상대를 능가하는

---

37) 김문희, 「〈조씨삼대록〉의 서술전략과 의미」, 『고소설연구』 26, 한국고소설학회, 2008, 158~159면.

것도 매우 중요했다. 심지어 허풍과 조롱의 경쟁들도 큰 위치를 점하고 있었는데 이러한 경쟁들이 모두 놀이의 성격을 지니고 있었다.[38] 놀이면서도 대결인 것인데, 이런 대결을 통해 인물의 비범한 능력이 발휘되고 증명되기도 하였다. 〈유씨삼대록〉에서 진양공주의 능력은 여러 가지 면에서 발휘되지만 특별히 바둑 두는 장면을 통해 단적으로 드러났다. 다른 사람들과 바둑을 두면 항상 이기는 진공을 내리 세 판이나 이길 만큼 뛰어난 실력을 보임으로써 비범성을 드러낸 것인데, 그녀의 탁월함은 요절로 이어질 것이 예언되기도 하는 중요한 장면이었다.

한편, 이들 국문장편소설에서는 놀이가 남녀 주인공들의 결연을 매개하기도 했는데, 둘째 부인을 두기 싫어하는 남성 인물에게 임금이 부인을 하사해 주는 빌미가 되는 것이었다. 바둑 내기를 해서 임금이 졌을 때에 부인을 내리는 경우가 〈조씨삼대록〉과 〈임씨삼대록〉에서, 할머니와 손자가 투호 내기를 해서 상으로 여자를 주는 경우가 〈소씨삼대록〉에서 보였다. 투호나 쌍륙 놀이를 할 때에 여인의 팔뚝이 살짝 드러나는 점을 이용하여 동침 여부를 확인하게 하기도 하였다. 유독 우리나라의 국문장편소설에 등장하는 '앵혈'은 처녀점과 비슷한 것으로 혼인 후에 잠자리를 가지면 없어지는데, 가족들이 모두 모인 놀이 자리에서 이것이 없어진 것이 확인되면 와자지껄 웃었고 아직 없어지지 않았으면 신랑을 놀리면서 책망하기도 하였다. 악한 여성의 경우에는 신랑과 잠자리를 가지기 전에 외간 남자와 관계를 맺어 앵혈이 없어진 것이 탄로 나는 자리가 되기도 하였다. 즉 다소

---

38) 호이징하, 앞의 책, 103면.

심각할 수 있고 중요한 사안이기도 한 결연에 관계된 일, 논리로 해결되지 않을 수 있는 사혼賜婚의 문제도 놀이 상황을 끌어들임으로써 자연스럽고도 재미있게 진행되게 한 것이다.

이상에서 살핀 국문장편소설들과는 다르게 판소리계 소설 〈변강쇠가〉에 나오는 놀이인 장기, 쌍륙 관련 장면은 유흥과 노름에 빠진 시정잡배의 모습을 보이기 위한 것이며 그 서술 방법도 놀이 이름만 나열하는 정도에 그친다. 〈이춘풍전〉, 〈무숙이타령〉 등에서도 마찬가지로 놀이의 종목들을 나열하여 민중적 놀이를 반영하는 정도이지 놀이를 묘사하거나 서사적으로 기능하게 하지는 않았다.39) 19세기의 한문장편소설 〈옥수기〉나 〈옥루몽〉에 이르면 놀이 장면이 길게 묘사되는 경우가 몇 번 있고 서사와도 깊은 연관이 있는 경우들이 있기는 하다. 하지만 본고에서 다룬 국문장편소설에서와는 차이가 있는데, 질탕하게 노는 분위기라든지 흥취가 도도한 분위기 등이 강화된다는 점이다. 같은 뱃놀이라고 할지라도 17~18세기의 삼대록계 국문장편소설에서는 한가로이 노닐면서 시 짓기 내기를 하는 것으로 묘사된다면, 19세기의 한문장편소설에서는 흥겹게 노는 유흥 문화를 보여주는 일환으로 묘사되는 것이다. 〈경화연〉 등 중국소설에도 각종 수수께끼, 벌주 마시기 놀이, 골패 놀이, 활쏘기, 투호 등이 소개되는데 서사 전개와는 다소 상관없이 박학다식함을 과시하는 의도로 장황하게 열거된다는 면에서 우리의 국문장편소설과는 차이가 있다.

---

39) 이민희, 앞의 논문, 261면.

삼대록계 국문장편소설에 나타난
상례喪禮 서술의 변모양상과 그 의미

1. 들어가는 말

국문장편소설의 하위 유형 중 하나인 연작형 삼대록계 국문장편소설은 내용이나 분량 면에서 국문장편소설의 본격적인 출현을 알려주고, 현대에까지 이어지는 가족 서사문학의 전통을 다양하게 보여주는 작품군이다. 삼대록계 국문장편소설로는 〈소현성록〉·〈소씨삼대록〉연작, 〈성현공숙렬기〉·〈임씨삼대록〉연작, 〈유효공선행록〉·〈유씨삼대록〉연작, 〈현몽쌍룡기〉·〈조씨삼대록〉연작이 있으며, 17세기 중반 이후부터 18세기 말까지 주로 향유되었다. 그런데 이 시기는 조선 초까지 불교적으로 행해지던 상례喪禮가 〈주자가례朱子家禮〉를 중심으로 한 유교적 예법 실천으로 정착되는 시기이기에 삼대록계 국문장편소설에서 그 서술의 양상을 고찰함으로써 소설에서의 수용 양상을 살필 수 있을 것이다.

본고는 삼대록계 국문장편소설에 나타난 상례喪禮[1] 서술의 변모 양상을 살펴보고 그 의미를 추출하는 것을 목표로 한다. 이러한 고찰

은 가문의 창달과 계승에 초점이 놓여 있는 이 작품군의 주제의식이
나 향유층의 지향을 구체적으로 알 수 있게 한다는 점에서도 의의가
있다. 당대인들의 상례 절차의 실제 적용의 한 사례를 소설을 통해
살핌으로써 그 적용 방식에서 감지되는 사생관死生觀, 효孝에 대한
의식과 실천 양태 등을 분석하게 되는 것이기 때문이다. 특히 삼대록
계 국문장편소설의 서술자들은 자신의 소설이 사실에 근거하여 쓰였
음을 강조하고 있고, 이를 읽는 독자들도 이 소설들을 단지 허구의
산물이라고 여기는 것이 아니라 자신들의 실생활이나 의식에 영향을
줄 수 있는 수신서나 교훈서의 하나라고 생각하여 애독하였다. 따라
서 이 소설들에 형상화된 삶의 양태를 통해 당대인들의 삶의 방식,
풍속, 사상 등을 고구하는 작업은 의미 있는 결과를 도출할 수 있을
것이다.2)

　이렇게 삼대록계 국문장편소설에 나타난 상례의 양상을 고찰하는
가운데 이 유형군 작품들 내부의 편차도 확연히 드러날 것으로 보인

---

1) 본고에서 '상례(喪禮)'라 함은 사람이 죽은 시점부터 탈상(脫喪)때까지 27개월에
　이르는 의식의 전 과정을 이른다. 자세한 것은 2장을 참조하기 바람.
2) 삼대록계 국문장편소설은 17·18세기의 문학적 산물이기에 비록 소설적 배경은 중
　국으로 설정되어 있지만 이를 통해 17·18세기 조선 사회의 풍속이나 생활과 같은
　일상의 모습을 확인할 수 있다. 당대인들의 일상적 삶의 모습, 풍속, 장례 절차를
　포함한 상례, 제례, 혼례, 법도, 가치관 등을 알 수 있으며 이는 기존의 사료를 보완
　할 수 있는 미시사 정보로도 활용 가능할 것이다. 이러한 시각을 보여주는 연구로
　다음과 같은 것들이 있다. 상기숙, 「〈玩月會盟宴〉의 여성민속 고찰」, 『한국무속학』
　5, 한국무속학회, 2002; 김경미, 「주자가례의 정착과 〈소현성록〉에 나타난 혼례의
　양상」, 『한국고전연구』 13, 한국고전연구학회, 2006. 6; 임치균, 「〈소현성록〉에 나
　타난 혼인의 양상과 의미」, 『한국고전연구』 13, 한국고전연구학회, 2006. 6; 이지영,
　「조선후기 대하소설에 나타난 일상-〈완월회맹연〉을 중심으로」, 『국문학연구』 13,
　국문학회, 2006. 6; 전진아, 「장편한문소설 〈청백운〉의 일상재현 방식의 의미」, 『이
　화어문논집』 24·25합집, 이화어문학회, 2007.

다. 본 연구의 대상작들은 국문장편소설 중에서 비교적 이른 시기에 창작된 작품들이지만, 내부적으로 보면 가장 먼저 창작되었다고 추론되는 〈소현성록〉연작과 가장 나중에 창작되었다고 추론되는 〈현몽쌍룡기〉연작 사이에는 약 100년 정도의 간극이 있다. 특히 두 작품은 화소나 서술 방식 등의 측면에서 비슷한 점들을 보이지만, 상례에 대한 서술 양상에서는 확연히 차이가 나므로 이를 집중적으로 검토함으로써 서술자의 의도, 주제의식 등에서의 변별점을 좀 더 효과적으로 설명할 수 있을 것이다. 그동안 몇몇 연구자들에 의해 삼대록계 국문장편소설의 문학사적 의의가 부각되기는 했지만 독해의 어려움 때문에 여러 작품들을 함께 연구하기에 힘든 면이 있었다. 그러나 이제, 동일 유형내의 변모양상에 대한 탐구 결과인 본고를 통해 작품군 내부의 편차와 역동성을 읽어낼 수 있을 것이다.

아울러 본고는 그동안 고소설 연구 분야에서 다루어지기 어려웠던 상례에 대한 고찰을 시도한다는 점에서도 의의가 있다. 소설은 장르의 특성상 인물의 탄생과 살아서의 행적을 중심으로 이야기가 전개되므로 죽은 뒤의 일인 상례에 대한 서술은 비교적 찾아보기 힘들다. 영웅소설이나 판소리계 소설[3] 등 거개의 국문소설은 물론이고 죽음이나 귀신이 중요한 소재로 등장하는 전기소설傳奇小說 등의 경우에도 상례에 대한 서술은 없다. 다만 〈유소랑전〉을 통해 17세기 중엽 이래 가부장제와 함께 상례 의식이 열절烈節 관념의 강화와 맞물려

---

3) 〈변강쇠가〉의 후반부에 강쇠의 치상(治喪)과정이 나오기는 하지만, 상례(喪禮)의 절차가 예법에 따라 제시되기 보다는 장례의 과정에서 옹녀가 겪는 일화들을 희화적으로 나열하는 방식(정하영, 「〈변강쇠가〉 성담론의 기능과 의미」, 『고소설연구』19, 한국고소설학회, 2005 참조)이므로 본고의 관심과는 차이가 있다.

여성에게 강요되고 있었음4)을 알 수 있는 정도이다. 가문의 계승이나 효의 실행을 강조하는 국문장편소설들에서도 상례에 대해서는 그다지 많은 지면을 할애하고 있지 않다. 완숙기의 작품인 〈완월회맹연〉에 상례의 적용에 대한 논의가 나오기는 하지만 소략하며, 상례의 절차가 소상하게 제시되는 것은 아니다. 그러나 삼대록계 국문장편소설에서는 연작의 후편 마지막 부분에서 주인공의 아버지나 어머니가 죽는 장면이 모두 등장하면서 비교적 소상하게 상례의 절차를 보여주는 작품이 있다. 작품마다 상례의 실행에 대한 서술 방식이나 서술의 비중, 인물들의 대응 방식 등이 다르기 때문에, 기존 연구에서 충·효·열 등 윤리를 탐구했던 결과나 이념적 성향을 논의했던 결과들과 종합하여 분석한다면 각 작품의 지향의식, 향유층 등의 동이를 선명하게 알 수 있을 것으로 기대한다.

2. 조선후기 상례喪禮의 절차와 〈주자가례朱子家禮〉의 실천

조선시대에 우리나라의 생활문화의 주류를 형성하던 유교적 의식 중에서 관혼상제冠婚喪祭는 매우 중요한 부분을 차지하고 있었다. 그런데 이들은 대체로 〈주자가례〉를 통해 정착되었다고 해도 과언이 아닐 정도로 〈주자가례〉의 영향력은 막강했다. 따라서 먼저 〈주자가례〉를 기본으로 한 예서禮書와 우리나라 예학자禮學者들의 문헌을 통해 조선후기의 상례에 대해 살펴볼 필요가 있다.

중국의 한漢나라 이전의 고대 유가사상을 대표하며 최초의 예禮 기

---

4) 정학성, 「전기소설 〈유소랑전〉 연구」, 『고소설연구』 16, 한국고소설학회, 2003.

록임과 동시에 예禮의 근간을 논한 자료라고 할 수 있는 『예기禮記』와 기타 예학禮學에 관련된 저술 안에 상례와 상복 관련 편장篇章이 많은 것을 보면5) 역대의 많은 학자들이 여러 가지 예법 중에서도 가장 중요하게 생각했던 부분이었음을 알 수 있다. 상례의 의식 절차에서 가장 중요한 것은 '애哀' 즉 슬픔을 표현하는 것이지만, 그러면서도 절제 없는 슬픔은 좋지 않은 것으로 여겼다. 절제하지 못해 건강을 해치거나 자식을 양육하지 못하는 것은 불효이기 때문이다. 그래서 '절애節哀'와 '순변順變'의 이치6)가 강조되었던 것이다. 이때의 순변이란, 슬픔의 커짐과 사라짐에 따라 슬픔이 점점 변하여 가벼워지는 것을 말하는데 이처럼 점진적으로 적응되어야 과도한 슬픔으로 인한 신체적 고통을 면할 수 있는 것이다. 즉 '상례'에서 중요한 것은 자신과 죽은 이와의 친소 관계 및 정감의 깊이에 따라 적절한 태도와 진실된 애도의 뜻을 표하는 것이므로 '發乎情발호정, 止於禮지어례'로 집약될 수 있다.7)

이렇게 '슬픔의 마음을 표현하기는 하되 예로써 절제해야 한다'고 했을 때에 그 합당한 정도를 가늠하고 규정하는 일은 어려운 일이다. 그래서 조선의 사대부들은 죽음의 의미에 관한 이해와 그 실천적 태도에서 일정한 특징적 방식들을 논의하고 합의하여 공유해 왔다. 특히 고려 말에 〈주자가례〉를 수용한 이후로 많은 성리학자들이 상례

---

5) 공병석, 「상례의 이론적 의의와 그 기능 – 예기를 중심으로」, 『동양예학』 14, 동양 예학회, 2005, 94면.

6) 喪禮, 哀戚之至也. 節哀, 順變也. 『禮記』檀弓 下. 이상옥 역, 『예기』 상, 명문당, 2003, 300면.

7) 공병석, 앞의 논문, 101~103면.

에 대해 논의하고 상세하게 다듬어 토착화시키려는 노력을 했는데, 조선후기에 이르러서는 옛 양식에 부합하면서도 조선의 현실에 용이하게 실천할 수 있는 의례로 변화시키는 학문적 노력도 진행되었으며 어떤 면에서는 중국에서보다 더 강한 예법의 적용을 실천하기도 했다.

조선의 유학자들은 가족 친지의 죽음을 대하는 문화적 양식을 중국의 고례古禮에 연원을 둔 상례喪禮와 제례祭禮의 규범으로 정착시켜 왔다. 특히 상례는 부모의 죽음을 존재의 완전한 소멸이 아니라 이동 또는 사라짐에 의한 이별의 문제로 인식하고 그 이별을 슬퍼하는 심정을 표현하며 떠나간 존재에 대한 효孝와 경敬을 지속하도록 규범화한 것이다.[8] 조선 건국 이전에는 불교적으로 행해지던 상·제례를 건국 이후에 유교적으로 바꾸기 위해 〈주자가례〉를 따르라고 하였고, 16세기 전반 중종조부터는 그 예법이 실제 생활에서 구현되기 시작했으며 17세기에는 정착되어갔다.

〈주자가례〉의 상례[9]에 준하여 그 절차를 정리해본다.

초종初終	돌아가시다
목욕沐浴	시신을 씻기다
습襲	시신을 염습하다
전奠	전제를 드리다
위위爲位	자리를 만들다

8) 유권종, 「유교의 상례와 죽음의 의미」, 『철학탐구』 16, 중앙대 중앙철학연구소, 6~8면.
9) 주희, 『주자가례』, 임민혁역, 예문서원, 2007, 197~426면.

반함飯含	시신의 입 안에 음식을 물리다
영좌靈座	죽은 이를 위해 전제 올릴 자리를 설치하다
혼백魂魄	흰 명주로 사람모양 혼백을 만들어 놓다
명정銘旌	죽은 이의 관직과 성명을 적은 깃발을 만들어 놓다
소렴小斂	죽은 다음 날. 19벌의 옷과 이불로 싸 묶는다
대렴大斂	소렴 다음 날 즉 죽은 지 3일째 되는 날. 30~50벌의 옷과 이불로 싸 묶음. 손발톱, 머리카락을 작은 주머니에 넣어 관 모서리에 채움. 얼굴을 덮으며 관 덮개를 덮고 못을 박음.
성복成服	대렴 다음 날, 죽은 지 4일째. 참최, 자최 등 상복을 입다
조석곡전朝夕哭奠	아침저녁으로 곡하며 전제를 드리다
상식上食	음식을 올리다
조전부帛奠賻	조상하고 전제하며 부의하다
문상聞喪	멀리서 상을 듣고 의례를 행하다
분상奔喪	상을 듣고 장사 지내러 가다
치장治葬	3개월 만에 장사 지낼 터를 조성하다
천구遷柩	영구를 옮기다
조조朝祖	조상을 뵙다
전부奠賻	술을 올리고 부의하다
진기陳器	제기를 진설하다
조전祖奠	조례에 술을 올리다
견전遣奠	상여를 떠나보내는 제사를 드리다
발인發引	발인하다
급묘及墓	묘소에 도착하다
하관下棺	관을 내리다
사후토祀后土	후토신에게 제사지내다
제목주題木主	나무신주에 글을 쓰다
성분成墳	봉분을 만들다

반곡反哭	집으로 돌아와 곡을 하다
우제虞祭	장사 지내는 날 안에 빈소에서 우제를 지내다
졸곡卒哭	아침, 저녁 이외의 곡을 그치다. 삼우三虞후 강일剛日
부祔	합장하다
소상小祥	사후 1년 만에(윤달은 계산하지 않으니 실제로는 13개월) 제사를 지내다
대상大祥	사후 2년 만에(실제로는 25개월) 제사를 지내다
담禫	대상을 지내고 2개월 후에 제사를 지내다 따라서 총 27개월이면 삼년상을 마침. 탈상

위의 절차들을 실행하는 것은 17세기 이후 점차 확고한 예법으로
자리 잡았지만 집안마다 조금씩의 차이가 있었으며, 경직되고 엄격하
게만 준수된 것은 아니었다. 예학禮學의 대가였던 송시열宋時烈의 경
우에도 이를 준수하는 것을 중심으로 삼되, 아끼던 외손녀의 상례를
치를 때에는 법도 밖의 인정人情에 따랐고, 아내 이씨의 상례를 치를
때에는 상충되는 예법을 절충하고 변례變禮를 적용하기도 하였다.[10]

또한 상례를 치를 때에는 친족 관계에서의 남녀·내외의 차별이 은
밀하면서도 확고하게 진행되었는데, 가장 많은 논쟁을 일으킨 것이
'아버지가 생존해 계신데 어머니의 상을 당했을 때의 복제服制'에 관
한 것이었다. 부모의 상은 삼년상이지만 아버지가 살아계신데 어머
니가 돌아가셨을 때는 기년상期年喪으로 하고 심상心喪한다고 했
다.[11] 퇴계도 이를 따라야 한다고 했으며, 아울러 부모상을 함께 당
했을 때는 장례는 선경후중先輕後重으로 어머니를 먼저 장례하지만

---

10) 김남이, 「17세기 사대부의 주자가례에 대한 인식과 상·제례」, 이혜순외, 『조선 중기
예학 사상과 일상 문화─주자가례를 중심으로』, 이화여대출판부, 2008, 213~220면.
11) 이혜순, 「16세기 주자가례 담론의 전개와 특성」, 이혜순외, 앞의 책, 39면.

어머니의 장례를 지내면서 슬픔을 펼 수 없다고 하였다.12)

위의 〈주자가례〉의 상례에는 들어 있지 않는 한국적 특색으로 '시묘살이(여묘살이)'를 더 넣을 수 있다. 묘 옆에 여막廬幕을 만들고 3년간 살았다는 이 풍습은 중국의 예서에도 없고 〈주자가례〉에서도 언급되지 않아 성리학자들도 정통적인 예제로 보지 않았다. 하지만 후한 것을 따른다는 원칙에 근거하여 조선초기의 신진 유학자들을 중심으로 확산되었으며 연산군대에는 사대부가에서 일반적으로 행하는 상·장례로 자리 잡았다. 즉 자식의 고행을 부각하여 효孝의 잣대로 삼는 시속時俗으로 정착되기 시작한 것이다.13) 조선건국이념에 따라 모든 의례와 의식을 유교식으로 교화해가는 차원에서 『국조오례의國朝五禮儀』에 시묘살이를 명문화하여 왕실과 사대부들이 본받도록 했으며 3년상을 치르고 이를 행할 경우에는 성려분을 세워주기도 하였다. 중종대 이후에는 사대부들 사이에서 일반화되어 이를 행하는 동안에 조석朝夕 상식上食과 곡哭을 하더라도 관직 생활을 하면서 서울 왕래를 하는 등 비교적 융통성 있고 자유롭게 운영되었다.14) 그리하여 조선후기에 오면 사대부들은 반드시 시묘살이를 해야만 효를 제대로 행하는 것이라고 생각했으며, 국문장편소설들에서도 이에 대해 종종 언급하고 있다.

---

12) 이혜순, 앞의 논문, 42면.

13) 남미혜, 「초려 이유태의 정훈을 통해 본 가례 의식」, 이혜순외, 앞의 책, 114면.

14) 김경숙, 「16세기 사대부가의 喪祭禮와 廬墓生活−이문건의 〈묵재일기〉를 중심으로」, 『국사관논총』 97, 2001, 117~121면.

3. 삼대록계 국문장편소설에서의 상례 서술의 양상

3.1. 어머니 잃은 슬픔 강조와 간략한 상례 서술 - 〈소씨삼대록〉

〈소현성록〉의 후편인 〈소씨삼대록〉의 경우, 죽음이라든지 상례 등
에 큰 관심은 없어 보인다. 마지막 권인 15권에서 태부인이 115세에
죽고 반함飯含, 습렴襲殮하여 입관入棺했다는 내용이 간략하게 서술15)
되는 것으로 그친다. 하지만 소현성의 지극한 효성은 충분히 표현되
는데, 어머니가 위독할 때에 단지斷指하여 먹인다든지, 상복을 입으
려 할 때에 너무 슬퍼 입에서 두어 말의 피를 토하고 정신이 혼미해질
지경이 되었다든지, 끊임없이 피눈물을 흘려 조문 온 황제가 놀랄
정도였다든지, 밤낮을 가리지 않고 빈소를 지키며 울면서 물도 마시
지 않을 정도였다고 서술되고 있는 것이다. 장사 지내는 날의 정황을
보자.

> 장일이 다ᄃᆞᆫ니 뎨휘 졔ᄒᆞ시고 녜장ᄒᆞ실ᄉᆡ, 승샹이 모친의 녕구ᄅᆞᆯ
> 니별ᄒᆞ긔 되니 ᄆᆞ음이 버히ᄂᆞᆫ 듯ᄒᆞ야 일월이 어둡고 하늘이 믄허딤

---

15) 수경말의 부인이 졸ᄒᆞ니 향년이 일빅 십오셰라 소부인과 화셕이 졔ᄌᆞ졔손을 더브러
툐혼ᄒᆞ야 발상ᄒᆞ니 곡셩이 하늘의 ᄡᅩ이고 승샹이 두어 소ᄅᆡᄅᆞᆯ 울고 혼졀ᄒᆞ야 업더디
니 졔ᄌᆡ 경황ᄒᆞ야 급히 약을 치며 브ᄅᆞ디져 씨오니 한샹셰 드러와 붓드러 통곡ᄒᆞ며
티샹ᄒᆞᆯᄉᆡ 소공이 졍신을 계유 출혀 일댱을 호곡ᄒᆞᆫ 후 우름을 그티고 졔ᄌᆞ졔손으로
더브러 샹슈ᄅᆞᆯ 다 친히 보며 잡드러 반함습념의 운경 운셩을 ᄃᆞ리고 입관ᄒᆞ고 셩빙ᄒᆞ
야 초샹을 ᄆᆞᄎᆞ매 일을 다스리믈 십분 졍슉히 ᄒᆞ야 부란ᄒᆞᆫ 일이 업고 밧긔 나가 됴긱
을 보디 아니ᄒᆞ며 입관 이젼은 신톄ᄅᆞᆯ 딕희여 방 밧ᄭᅴ 나디 아니ᄒᆞ고 곡읍을 ᄲᅢ로
ᄒᆞ여 지리히 우디 아니코 다만 시신을 붓드러 샹시 뫼심ᄀᆞ티 ᄒᆞ여 젼혀 곡읍이 과도티
아니〃 졔ᄌᆡ 깃거ᄒᆞ더니 밋 셩복을 일우고 소공이 기리 ᄒᆞᆫ 소ᄅᆡᄅᆞᆯ 디ᄅᆞᆯ고 입으로조차
피 두어 말을 토ᄒᆞ고 혼미ᄒᆞ야 인ᄉᆞᄅᆞᆯ 출혀 보야흐로 샹복을 ᄎᆞ자 닙고 샹막의 업더어
됴긱을 바드니, 〈소현성록〉 연작, 15권 57~58면.

굿트니, 다만 호텬호곡ᄒ야 상구를 붓드러 션산의 니르러ᄂᆞᆫ 공이 곡읍
을 긋치고 친히 디리를 슬펴 부친과 합장ᄒᆞᆯ시, 셩분을 일운 후 새로이
통곡ᄒ야 셩음이 쳐졀익창ᄒ야 군인과 힝뇌 눈물 아니 디리 업고 회장
빙긱이 감동ᄒ야 슬허 아니리 업더라. 이에 목쥬를 시러 도라올시16)

어머니를 장례지내니 마음이 베이는 듯하여 마치 해와 달이 어두
워지고 하늘이 무너지는 것 같다고 하였다. 봉분을 만든 후에 통곡하
는 소리는 지나가는 사람마저 눈물 흘리게 할 정도로 처절하고 슬펐
다고 되어 있다. 뿐만 아니라 소승상의 자녀들도 할머니의 죽음을
슬퍼하는 것이 부모의 죽음보다 덜하지 않을 정도로 애통해 하였기
에 이 집안의 거주지인 자운산을 '효를 숭상하는 마을'이라고 일컬을
정도였다17)고 한다.

소승상의 과도한 슬픔은 급기야 육체를 병들게 하여 위독한 지경
에 이르게 하시만, 끝내 _L는 육즙을 먹시 않았고 제사에 참여하는
것도 게을리 하지 않았다.18) 그리하여 결국 자신도 죽기에 이른다.
그런데도 그는 "인지 부모 은혜 갑흐미 삼년상의 잇거늘 나는 션친의

---

16) 〈소현성록〉 연작, 15권 60면.

17) 승상의 이훼홈은 니르도 말너니와 소시 십인의 슬허ᄒ미 부모상ᄉ의 디미 업고
소화석 삼부인이 졔ᄉ를 밧드러 이통ᄒ미 쟝ᄎᆞᆺ 보올ᄃᆞᆺ 일시 사롬이 소부의 효ᄌ효녀
효부효손이 ᄀᆞ죽이 나믈 일ᄏᆞ라 ᄌᆞ운산을 ᄉ효촌이라 ᄒ더라. 〈소현성록〉 연작, 15
권 61면.

18) 토혈을 만히 ᄒ고 물도 마시디 아니며 {듀야 호곡ᄒ야 석둘 혈누를 내여시니 엇디
쇠티 아니며 엇디} 패티 아니리오 졸곡을 디내고 고인ᄒ야 병이 듕ᄒ니 텬지 닉시를
보내여 육즙을 권ᄒ시나 소공이 듯디 아니ᄒ고 고통ᄒ되 ᄉᆞ시 참졔를 게어르디 아니
ᄒ며 병이 위틱ᄒ야 ᄉᆞ디 못ᄒ긔 되ᄃᆡ ᄆᆞᄎᆞ내 상복을 벗고 눕디 아니 ᄒᆞ더니 명이
ᄃᆞᆫᄒᄂᆞᆫ 날 모욕ᄌᆞ계ᄒ고 녕연의 드러가 크게 울고 부친ᄉ당의 허빈ᄒᆞᆫ 후 닉당의 드러
와 취셩뎐을 둘너보고 안쉬 비오ᄃᆞᆺᄒ여, 〈소현성록〉 연작, 15권 62면.

상수를 아디 못ᄒ고 ᄌ모의 초상을 겨우 ᄆ춘 후 삼년을 밋디 못ᄒ여 죽으니 부모의 호텬망극지은을 갑흘 일이 업스니 디하의 붓그러오미 되리로다."19)라고 하면서 어머니의 3년상을 못 지킨 것만 안타까워 한다. 『예기禮記』에서 경계하였듯이, 어버이의 상喪에 거할 때에는 물과 미음을 입에 대지 않는 것이 3일 정도가 한계20)이니 그 이상이 되지 않도록 해야 하는데, 그는 이를 지키지 않고 너무 슬퍼하여 몸을 상한 것이다.

소승상은 죽음에 임해 여러 아들, 손자, 며느리와 딸들을 불러 경계하는 말을 유언으로 하지만, 화씨와 석씨 등 두 아내는 부르지 않는다. 어머니 상 중에 있으니 자신은 죄인의 몸이므로 아내를 볼 수 없다는 이유에서였다. 그리하여 딸을 통하여 아내에게 유언을 전달하는 것으로 되어 있다.21) 모친상 중에는 아내를 만나지 않는 것이 예의를 지키는 일이었던 것이다. 승상이 죽고 나서 며칠 뒤에 첫째부인인 화부인이 죽고, 그 아들들인 운경과 운희도 죽는다. 그 후 3년 이내에 누나인 소부인(월영) 내외, 둘째부인인 석부인도 죽는다. 이후에는 나머지 자손들이 셋째 아들 운성을 중심으로 하여 화목하게 잘 살았다는 내용이 간략하게 서술되는 것으로 끝난다.

---

19) 〈소현성록〉 연작, 15권 65면.

20) 君子之執親之喪也, 水漿, 不入於口者三日, 杖而后能起. 『禮記』檀弓 上. 이상옥 역, 『예기』상. 명문당, 2003. 213면.

21) 승샹이 ᄉ녀 김참졍 부인으로 뎌어와 내 그ᄃ닉로 더브러 동듀ᄒ연 디 칠십년이라 됴셕의 샹ᄃ᎐여 얼골을 보고 말을 드러 품은 흔이 업고 그ᄃ 다 년고ᄒ야 내 뒤흘 ᄯ올오미 오라디 아니리니 보미 무익ᄒ고 심식 됴티 아닐 ᄯ름이라 ᄒ믈며 내 죄인의 몸으로 엇디 쳐ᄌ를 보리오 다만 ᄌ녀를 거ᄂ려 무양ᄒ쇼셔 ᄒ라. 〈소현성록〉 연작, 15권 66~67면.

3.2. 아내 잃은 슬픔 경계와 공주에 대한 성대한 상례 실행-〈유씨삼대록〉

〈유효공선행록〉의 후편인 〈유씨삼대록〉은 〈소현성록〉·〈소씨삼대록〉 연작에 비해 죽음의 역학이나 의미를 깊이 있게 서술[22]하고 있기는 하지만, 상례에 대한 언급은 마찬가지로 소략하다. 이 작품은 특이하게도 서사의 중간에 중심인물 중의 한 명인 진양공주가 죽는다. 〈소현성록〉에서 소현성이 어머니 태부인의 죽음을 슬퍼하다가 몇 개월 만에 죽은 것처럼, 공주도 어머니인 황후가 돌아가신 후에 슬픔이 커서[23] 죽는 것이다. 그녀가 죽은 뒤에 상례를 치르는 것이 나중에 작품 말미에서 남성 주인공이자 그녀의 남편인 진공 유세형이 죽을 때보다 자세하다는 면에서 그녀의 작품 내 중요도를 알 수 있다. 시아버지인 유승상이 아들들과 함께 상례喪禮를 지켜 초상을 치르는데, 진공은 이틀이나 혼절하였다가 깨어나 겨우 공주의 시신을 본다. 그리하여 염습殮襲하고 반함飯含하는 것부터 주재하는데, 아버지와 임금을 앞에 두고는 아내의 상喪에 지나치게 슬퍼하지 않아야 한다는 경계를 지키느라 남들 앞에서는 평상시와 같은 태도를 보인다.[24]

성복成服하는 날에는 공주의 오빠인 천자가 흰 옷을 입고 와서 곡哭

---

22) 한길연, 「〈유씨삼대록〉의 죽음의 형상화 방식과 의미」, 『한국문화』 39, 2007. 6.

23) 공쥐 최마를 벗디 아니ᄒᆞ고 스시 곡읍을 흔 즉 셩음이 쳐완ᄒᆞ여 사ᄅᆞᆷ이 ᄎᆞ마 듯디 못ᄒᆞ고 반드시 긔운이 진흔 후 곡읍을 그치ᄂᆞᆫ디라 흔 그릇 미음을 ᄒᆞ로 흔번 마시고, (〈유씨삼대록〉 8권 21면), 공쥐 빅셜 ᄀᆞᆺ흔 긔뷔 쇼삭ᄒᆞ고 일월 ᄀᆞᆺ흔 광치 감ᄒᆞ여 옥골이 드러나고 식믹이 실낫 ᄀᆞᆺ흐여 최복과 거적의 혈흔이 낭쟈ᄒᆞ여 ᄎᆞ마 보디 못홀디라. (〈유씨삼대록〉 8권 22~23면.)

24) 공이 졍신을 졍ᄒᆞ여 샤죄ᄒᆞ고 강잉ᄒᆞ여 반함ᄒᆞ고, 인ᄒᆞ여 관을 붓드러 태쳥뎐 명팀의 셩빙ᄒᆞ니, 공이 부형의 경계와 공쥬의 유언을 싱각ᄒᆞ여 쳔만 진졍ᄒᆞᄆᆡ 부야흐로 초상을 다ᄉᆞ려 셩복을 디낼시, 사ᄅᆞᆷ을 ᄃᆡᄒᆞ여ᄂᆞᆫ 담쇼 ᄌᆞ약ᄒᆞ니 모ᄅᆞᄂᆞ 니ᄂᆞᆫ 도로혀 인졍을 박히 넉이더라. 〈유씨삼대록〉 8권 50면.

을 하고 '지효진충문명여주공진양공주至孝盡忠文明女主公聖晉陽公主'라
는 시호諡號를 내린다. 또 하태후는 제문과 행장을 지으며, 이후에
제사를 지내고 삼년상을 치르는 것을 예禮로써 존대하게 한다.25) 보
통의 경우에는 죽은 지 3개월이 되었을 때에 장사 지내지만, 공주는
제후의 예로 하여 5개월이 되었을 때에 장사 지낸다. 특히 남편이
아내의 죽음을 매우 슬퍼하여 6면에 달하는 긴 제문을 지으며, 그녀
가 죽은 지 1년이 되었을 때에 지낸 소상小祥 때에는 슬픔이 더 커져
거동하기 힘들 정도가 되고 자주 기운이 떨어져 정신을 차리지 못할
정도가 된다. 그래서 급기야 아버지 유승상이 그가 죽을까 걱정하는
상황에 이르고 슬픔을 참으라고 경계한다. 슬픔 때문에 몸까지 아프
게 되었던 진공이 공주의 3년상이 지나자 원기를 회복하였지만, 그
후 3년이 더 지나서야 겨우 다른 부인의 처소에 들어갔다고 되어 있
다. 더 후대의 작품인 〈조씨삼대록〉에서는 아내의 죽음이 아버지의
상중에 일어난 상황이기는 하지만 그렇다 하더라도, 남편은 아내의
죽음에 슬픔을 내색하지 않아야 하는 것으로 되어 있기에 크게 차이
가 남을 알 수 있다.

작품의 말미에서는 진공의 어머니 이부인이 죽고 진공이 지나치게
슬퍼하자 그 아들들이 구호하며, 진공의 아버지인 유승상도 어미의
죽음에 아비의 마음을 헤아리지 않고 너무 슬퍼하지 말라고 타이른
다.26) 또한 〈소씨삼대록〉의 말미에서 그랬던 것처럼 이 작품에서도

---

25) 장스를 디내매, 하태휘 제문 지어 치졔ᄒ시며 뉵궁비빈이 ᄎ례로 치뎐ᄒ니 궐듕이
황〃ᄒ미 태후 상ᄉ의 다ᄅ미 업고, 하휘 친히 공쥬의 어려셔브터 츌궁ᄒ시던 일을
싱각고 힝장을 긔록ᄒ여 ᄂ리오시니 ᄉ싱의 거록ᄒ 영통이 죠곰도 감티 아니코, 진공
이 ᄯ호 공쥬의 유표와 고명인슈를 올니매, 샹이 더옥 통도ᄒ샤 상장의 녜존ᄒ시미
고왕금ᄂᆡ의 듯디 못ᄒ 배러라. 〈유씨삼대록〉 8권 50~51면.

식구 중 한 명이 죽고 나면 나머지 비슷한 연령대들이 따라서 죽는데, 이부인이 죽자 사이좋은 동서지간이던 조부인이 이를 과도하게 슬퍼하여 10여 일 만에 죽고, 이부인이 죽은 지 1년이 되는 기일忌日이 지나자 남편이 기운이 떨어지고 위독해져 죽는다. 하지만 이들의 치상治喪과정에 대한 서술은 거의 없다. 앞에서 공주의 경우에 비교적 자세히 서술되었기에 한 번 서술되었던 것을 다시 서술할 것까지는 없다고 생각했던 듯하다. 다만 가족들이 매우 슬퍼했으며 임금께서도 슬퍼했다는 점을 이야기하고 있다.

이후에 가족이 모두 검소하면서도 화목하게 지내고 진공이 공평하게 대하니 모두 아버지를 공경하며 살다가 작품의 말미에 가서 진공이 죽는다. 하지만 그 아내였던 진양공주가 죽었던 때와는 달리 매우 소략하게 인급27)하고 지나간다. 진공의 형제들이 지은 제문祭文이 6

---

26) 진공이 믄득 두어 말 피를 복바텨 토ᄒ고 혼졀ᄒ니, 졔지 망극ᄒ 듕 야〃 룰 보며 창황이 븟드러 구ᄒ고, 승상이 졔ᄌ의 과도ᄒ믈 칙ᄒ여 진뎡ᄒᆫ 후, 발상ᄒ여 곡벽ᄒ되 젼혀 녜로ᄡ 치상ᄒ여 습념과 관곽을 과도히 화미ᄒᆫ 거ᄉ 더으디 아냐 부인 ᄠᆮ을 좃고 ᄯᅩᄒᆫ 구〃히 톄읍ᄒ여 슬허ᄒᆞ미 업ᄉ니 힝지 평샹ᄒᆫ 듯ᄒ더니, 임의 셩복을 디낼ᄉᆡ, 샹이 녜관으로 됴샹ᄒ시고 부의를 두터히 ᄒᆞ샤 은권이 호탕ᄒ더라. 태ᄉ 형뎨 집상ᄒᄆᆞᆯ 녜예 넘게 ᄒ여 슈식을 입의 갓가이 아니ᄒ고 곡읍을 그치디 아니〃, 졔공의 나히 쇠년이라 긔질이 본ᄃᆡ 과히 쳥슈ᄒᄆᆞ로ᄡ 슈미 다 빅발이 되고 긔식이 엄〃ᄒ니 보ᄂᆞ 니 아니 감챵ᄒ 리 업고, 승상이 직삼 경계ᄒ여 글와디, 내 나히 님박셔 산ᄒ니 너희 만일 늙은 아비로ᄡ 셔하의 참쳑을 ᄭᅵ친즉 쳔고 죄인이라 결단코 ᄉ싱간 부ᄌ의 의를 ᄭᅳᆫ츠리니 너희 ᄯᅩᄒᆫ 쇼년치이 아니라 엇디 망모의 유교를 닛고 셩부의 경계를 져ᄇ리미 이 ᄀᆞᆺ흐리오. 셕년의 노뷔 부모를 수일 ᄉᆞ이의 여희와 형뎡으로 더브러 녀측의 업듸여 ᄒᆫ 번 죽고뎌 ᄒ더니 싱각ᄒ매 죽은즉 브회 더 듕홀디라, 스ᄉ로 심ᄉ를 강잉ᄒ여 금일ᄀᆞ디 니릇럿ᄂᆞ니 여등은 늙도록 부모를 봉양ᄒ여 부인이 비록 도라가나 내 오히려 이시니 엇디 당년의 나의 텬디 흠긔 문허디ᄂᆞᆫ 듯ᄒ 망극ᄒ매 비기리오. 어미를 위ᄒ여 아비를 ᄇ리미 대톄 아니라. 〈유씨삼대록〉 19권 11~12면.

27) 공이 눈을 드러 ᄒᆫ 번 보고 다시 말을 못ᄒ고 망ᄒ니, 쉬 ᄉ십팔셰오 가졍을ᄉ 츄구월 신튝일이라. 합가 닉외예 곡셩이 하늘의 ᄉ뭇ᄎ니 문무빅관과 공경태우 셔민

면 정도의 분량으로 서술[28]되어 있고, 진공의 형 성의백이 예부시랑 이몽양에게 쓰게 했다가 윤색한 행장行狀이 10면 정도로 서술[29]되어 있다는 점에서, 그의 인간됨에 대한 칭송은 충분히 이루어지고 있다고는 할 수 있다.

이렇게 〈유씨삼대록〉의 결말부에서는 주인공의 죽음 후에 장사 지내는 절차나 예법, 슬퍼하는 모습 등에 대해 소략하게 서술되지만, 제문이나 행장을 통해 그의 일생이 반추되면서 작품 전체의 서사가 요약되고 작품의 주지가 강조된다. 특히 형제들의 우애가 강조되고 있는데, 진공의 상사喪事 뒤에 우애가 더욱 두터워져 서로 잠시도 떠나지 않아 내당으로의 왕래는 끊어질 정도였다고 서술된다. 초상 후 5년이 지나서 성의백이 아우들에게 내당에 출입할 것을 권하지만 이때에도 아우들은 동기간에 잠시라도 떠나는 것이 매우 슬픈 일이라면서 사양한다.

진공이 죽은 지 10여 년이 되었을 때에 진공의 제사를 지낸 후 형제들이 눈물을 비같이 쏟고 피를 토하기까지 하다가, 동생들인 영릉후와 각로공도 병세가 악화되어 죽는다. 곧이어 영릉후의 부인 설씨가 남편의 죽음에 슬퍼하며 음식을 끊어 열흘 만에 죽으며, 각로공의 부인 박씨도 스스로 죽는다. 또한 진공의 아내인 장부인도 죽으니, 식구들이 슬퍼하면서 삼년상을 이전의 상례와 같이 하였다고 되어

군졸의 니르히 일시의 통곡호니, 우룸 소리 산천을 동호는디라. …… (중략) …… 녜대로 습념호고, 오일 만의 성복을 디내매, 관을 붓드러 녕하뎐의 셩빙호고, 묘셕졔스롤 일울식. 〈유씨삼대록〉 19권 53~55면.

28) 〈유씨삼대록〉 20권 1~7면.

29) 〈유씨삼대록〉 20권 10~19면.

있다. 연이어 형 성의백이 73세에 죽고, 누이들도 잇달아 죽은 뒤 아우 부풍후가 형제 중 마지막으로 죽는다. 이렇게 마지막 권에서 주동 가문의 형제, 부부 10여 명이 거의 동시에 죽는다고 하는 설정과 18면 밖에 되지 않는 지면 할애는 〈소씨삼대록〉과 같은 양상이다.

3.3. 과도한 슬픔 중재와 구체적인 상례 절차 제시 – 〈임씨삼대록〉

〈임씨삼대록〉은 앞에서 살핀 〈소씨삼대록〉이나 〈유씨삼대록〉보다 죽음에 대한 관심이 덜하다. 작품의 마지막 권인 40권의 44면에 가서야 태부인이 죽는데, 이 권이 총 72면임을 감안할 때에 가문의 삼대三代 중 제 1대가 지나치게 늦게 죽는 것으로 설정되었다고 할 수 있다. 1대 즉 태부인의 3년상이 53면에서 끝나니 양적으로는 매우 적은 분량이다. 하지만 〈소씨삼대록〉이나 〈유씨삼대록〉과 비교했을 때에 확연히 드러나는 차이는, 앞의 두 작품들에시는 슬픔을 강조하거나 제문이나 행장을 지어 행적을 기리는 데에 치중하는 반면, 이 작품에서는 상례喪禮가 시행되는 절차가 비교적 소상하게 서술된다는 점이다.

태부인의 병세가 악화되어 죽으려 하는 장면부터 보자. 위독한 태부인에게 아들인 상국 임한주와 선생 임한규가 애통해 하면서 단지斷指하여 먹인다. 이를 보고 태부인이 망령된 행동으로 몸을 상하지 말고 중도中道를 좇으라면서 본향本鄕으로 돌아가는 마음을 놀라게 하지 말라고 나무란다.30) 이후 발상發喪하고 예禮로써 초상初喪을 지내

---

30) 관틔부인 향년이 구십오 셰라, 임의 텬명이 다ᄒᆞ니 엇지 동방삭의 삼천갑ᄌᆞ롤 바라리오. 우연이 일질을 어더 상요의 침면ᄒᆞ니 빅약이 무회라, ᄌᆞ손졔뷔 황황망극ᄒᆞ더

고 성복成服을 마치는데 임한주 형제가 너무 슬퍼하여 그것이 병이
되어 숨이 끊어질 듯 기운이 약해진다. 물도 한 잔 마시지 않고 여막廬
幕에 엎드려 있으니, 꿈에 태부인이 나타나 몸을 상하지 않아야 효孝
라고 책망하기에 이른다.[31] 이에 감동한 형제가 그제야 슬픔을 억제
하여 몸을 보존하게 된다.

　이후 장사 지낼 날을 택하여 영구靈柩를 모셔 고향으로 가 묻는데,
죽은 이의 관직과 성명 등을 적은 깃발인 명정銘旌, 발인할 때에 영구
앞뒤에 세우고 가는 널판으로 부채가 그려져 있는 삽선翣扇, 죽은 이
를 슬퍼하는 글을 적어 기처럼 만든 만장輓章 등과 함께 상여가 나간
다.[32] 장례를 마치고 나서 상국 형제는 여막을 떠나지 않고 하루에
네 번 곡하였으며, 부인들은 아침저녁으로 증상蒸嘗(탈상하기 전까지 지
내는 제사)을 받드는데 상례喪禮를 어김이 없었다[33]고 되어 있다. 이후

　니 미급오일의 장춤 별셰ᄒ니, 상국은 흔곳 주위 슌을 밧드러 흐르ᄂ 누쉬 빅슈의
　니음ᄎᆞᆨ고 션싱의 이통ᄒᆞᆷ믄 츙냥치 못ᄒᆞᄂ 즁 급히 픠도록 ᄲᅢ혀 단지ᄒᆞ여 피로써 ᄂ오
　니, 좌위 황황ᄒᆞ여 급히 김으로 ᄡᅵᄆ고 능히 말을 못ᄒᆞ더니, 틱미부인이 믄득 눈을
　ᄺᅥ 좌우를 보니 냥ᄌᆞ를 ᄂ우오라 ᄒᆞ여 집슈탄왈, ᄌᆞ고로 일싱일ᄉᆞᄂ 인지상식라.
　고인이 유언 왈, 인싱칠십고릭희라 ᄒ니 노뫼 박덕으로 션군을 여희옵고 미망여싱이
　고고히 냥ᄌᆞ를 의지ᄒᆞ여 지닉더니 션군의 직텬지졍이 음슬ᄒᆞᄉ 여등이 슈쇼ᄌᆞ녀의
　손즁이 셩번고 작위 슝고ᄒᆞ여 위고금다ᄒ니 만시 과의오 노뫼 연과구십이라 쥭으
　미 늣부지 아니코 구원의 도라가 됴션의 고홀 말이 빗ᄂ니 무어시 슬푸리오. 오이
　망녕된 거됴로 유체를 혈우ᄂ뇨. 범스의 듕도를 됴ᄎ 도라가ᄂ 마음을 놀납게 말나.
　불연즉 구텬하의 셔로 보지 아니리라. 〈임씨삼대록〉 40권 41~44면.

31) 일야ᄂ 비몽ᄉ몽간의 틱부인이 운상무의로 표연이 ᄂ려와 냥ᄌᆞ를 칙왈, 불감훼상이
　효지시얘요 고인의 경계라. 여등의 힝싀 비록 셩효의 지극ᄒᆞ나 마츰ᄂᆡ 여모의 ᄠ이
　아니라 노뫼 명명 즁 한심ᄒᆞᆷ믈 니긔지 못ᄒᆞ리로다. 〈임씨삼대록〉 40권 46면.

32) 틱일 힝상홀식, 식벽 셔리 지ᄂ 달빗쳐 상구를 발ᄒᆞᆷ미, 불근 명졍과 그림 그린
　삽션은 압흘 인도ᄒᆞ고 만장은 평싱 슉덕을 긔록ᄒᆞ여 빅ᄉ장 십니의 버렷ᄂᆞᆫ듸, 인친고
　구와 친붕ᄀᆞ디 송별ᄒᆞᄂ 위의 문이 메엿시니. 〈임씨삼대록〉 40권 50면.

33) 상국 곤계 쥬야 녀ᄎᆞ를 ᄯᅥ나지 아냐, ᄉᆞ시 곡읍의 혼 ᄣᅵ 임타ᄒᆞ미 업고, 녀위 냥부인

만 1년 되는 때에 지내는 소상小祥 후에 서모인 소파가 병들어 죽고 세월이 흘러 태부인의 3년상을 마치게 된다.

그리고 나서 임희린과 세린의 아들들의 관직과 자손들의 관직, 인척 관계 등을 간단히 서술한 뒤, 임한주 등 주인공 부부가 차례로 죽는 것으로 작품을 종결시키고 있다. 임한주가 115세에 병 없이 세상을 뜨고, 이를 슬퍼해 통곡하다 아내인 여태부인도 연이어 죽는다. 아들 임희린과 유린이 피눈물을 흘리고 슬퍼하면서 모든 일을 같이 하던 중 장례를 마친다. 이 경우에는 슬픔에 대해 간단하게 서술할 뿐이다. 마지막에 임한규 부부도 한 자리에 누워 120세로 세상을 뜨는데, 발상發喪했다고만 서술되며 이후에는 노인들이 차례차례 죽었다고만 서술되었고, 성현공 부부도 백여 세를 누리다가 대낮에 승천했다고 하면서 끝난다.

3.4. 상례 관련 생활 예법 준수와 온전한 상례 구현 –〈조씨삼대록〉

〈조씨삼대록〉은〈임씨삼대록〉보다 상례의 절차에 대한 서술이 더욱 자세하다. 부모가 돌아가신 후 초종初終하고 반함飯含하며 영좌靈座를 모시고 명정銘旌을 쓰며 소렴小殮과 대렴大殮을 거쳐 성복成服하고 발상發喪하는 상례의 절차가 모두 서술되는 것이다. 주인공 진왕과 초공 형제의 아버지인 조공이 100세에 홀연 죽고,[34] 그 아내인

이 주부 손부 등을 거느려 넉스를 션치ᄒᆞ며, 됴셕증상을 밧들미 상녜의 어긔미 업고, 틱부인을 뫼셔 무우안낙던 바를 츄모ᄒᆞ여 감회ᄒᆞ믈 니긔지 못ᄒᆞ더라. 〈임씨삼대록〉 40권 52면.

34) 조노공 부뷔 주녀의 회혼을 다 보고 쉬 빅셰의 니르니 진초 이공이 셩회나 엄주의 나흘 엇지 붓들니오. 추년 춘삼월의 노공 환휘 블의의 위약ᄒᆞ여 주손을 경계 왈,

위 부인이 시체 곁에서 한바탕 통곡한 뒤 정신을 잃더니 그 날 밤에 죽는다.[35]

조공의 죽음에 대한 서술이 38권 마지막 부분에서 시작되어 60면 가량 할애되고 있는데, 초혼招魂하고 발상發喪한 후 성복成服 이전에 는 밤낮없이 곡을 하면서 죽도 먹지 않는다. 조문 온 임금이 진왕과 초공에게 과도하게 슬퍼하지 말고 중도中道로 상을 치르라고 할 정도 이고, 두 사람이 슬퍼하는 모습은 다른 이들을 감동시켜 같이 슬퍼하 게 만들 정도이다. 영궤靈几를 정침正寢에 모시고 여막廬幕을 이어 빈 청殯廳(장사지내기 전에 시신을 안치해 놓은 곳)을 지켰는데, 거적자리, 띠 이불, 풀 베개 같은 것들이 일흔이 다 된 노인들에게는 힘든 상황이 다.[36] 죽기를 각오하고 음식을 거의 먹지 않는데다 심하게 슬퍼하니 누나들이 과도히 슬퍼하지 말라고 타이르기에 이른다.

그러던 중 초공의 둘째 부인인 왕부인이 죽는데, 그녀는 남편 초공 의 얼굴도 보지 못한 채 죽는다. 부모님 상喪 중에 있을 때에는 아내 가 죽게 되더라도 내당에 가서 아내를 보지 않는 것이 예의에 맞는 것이었기에 초공이 가보지 않은 것이다.[37]

내 나히 구십의 부귀 셩만ᄒ미 과의라. 여등의 효양을 바다 긴 셰월 즐기믈 다ᄒ여시 니 도라가미 덧덧ᄒ지라. 여등은 과히 샹훼치 말고 봉샤치가와 ᄌ손계칙을 나의 싱시 와 갓치 ᄒ라. 언종의 ᄌᄂ 두시 누어 홀연 쟝셔ᄒ니, 〈조씨삼대록〉 38권 98~99면.
35) 이ᄶ 위부인이 졔부 녀ᄋ를 블너 후스를 부탁ᄒ고 샹측의 나아가 냥ᄌ를 붓들고 시샹의 일쟝을 통곡 왈, 쳡이 명공으로 더브러 흠긔 도라가믄 본 뜻이라 이졔 공이 도라가시니 쳡이 엇지 쌀오지 아니리오. …… (중략) …… 언파의 엄홀ᄒ여 긔믹이 위위ᄒ니 냥ᄌ이 젼도황황ᄒ여 좌우로 보호ᄒ여 침젼의 뫼시미 임의 엄연귀텬ᄒ여 겨시니, 〈조씨삼대록〉 38권 99~101면.
36) 령궤룰 졍침의 뫼옵고 녀막을 니어 냥ᄌ이 빈쳥을 직횔ᄉᆡ 거젹ᄌ리며 ᄯᅱᄂᆡ블이며 플버기 칠십 노인의 견딜 빅 아니오, 〈조씨삼대록〉 38권 106~107면.
37) 공이 쟝탄왈, 샹례ᄂᆫ 셩인의 지으신 빅라 내 몸이 초토 듕 엇지 부인으로 셔로

초공의 아들 유현도 조부모상의 상례를 다스리고 슬퍼함이 중도中
道에 합하였고 숙부와 아버지를 받드는 효성이 감동적이었으며, 의모
義母 왕부인의 상喪을 만나 여막에 거하는 것도 칭찬받을 만큼 잘 실
행하였다고 되어 있다. 그러나 '부친 앞에서는 온화한 낯빛으로 슬픈
빛을 감추고 지극한 고통을 참아 효행이 한결 같았다'라고 서술되어
있는 것으로 보아, 어머니상을 당한 아들은 살아 있는 아버지의 마음
을 편하게 해드리기 위해 슬픔을 감춰야 했음을 알 수 있다.

영구靈柩를 내는 날 자손들과 빈객들이 줄을 이었으며, 선영先塋에
장사 지낸 후 나무 신주神主를 받들어 반혼返魂한다. 이후 진왕과 초
공은 시묘侍墓하여 3년상을 마치고 싶어 했으나, 아들들과 조카들이
힘써 간하여 영위靈位를 받들어 집으로 돌아와 제사를 지낸다. 이후,
조우初虞, 재우再虞, 삼우三虞 등 우제虞祭를 마쳤는데도 초공은 하루
네 번 하는 곡을 그치지 않고 상복을 벗지도 않으며 느긋하게 쉬지도
않으니 감동하지 않는 이가 없다고 하였다.

또한 부모님 3년상을 마치고 한 해가 다 되어도 내당에 출입하지
않는 것으로 되어 있으며, 그때까지도 슬퍼하며 푸성귀와 죽만 먹으
니 누나 석부인이 일흔이 다 된 나이에 몸이 크게 상하면 그것이 바로
불효라면서 그만두라고 말리기에 이른다. 아울러 그 자녀들도 어머
니 왕부인의 3년상이 끝났는데도 푸성귀만 먹으니 이들을 걱정하여
온 식구가 수척해질 정도라고 함으로써 집안 식구들이 모두 상례를

보리오. 션휘 비록 다르나 부인이 망흐미 내 죽으미 쏘 오릭지 아닐지라 그 니별이
언마리오. 샹시의 화락흐여 주녜 갓고 숀이 션션흐여 여감이 업스니 병심을 평안이
흐고, 블힝흐여 회츈을 못하나 부인의 쉬 단명흐미 아니오 박복다 아니흐리니, 구원
텬대의 다시 볼지라 나의 힝스룰 거의 아릭실지라. 허믈치 마릭쇼셔.〈조씨삼대록〉
39권 7~8면.

제대로 지키면서 효孝를 다하는 모습을 보여준다.

그런데 이런 상황에서도 진왕의 악처로 설정되었던 금선공주는 상치르는 3년 동안 남편을 보지 못해 그를 사모하는 정이 간절해져 마음을 진정하지 못하고 슬퍼하며 그 이후에도 1년이나 그림자도 볼 수 없자 약간의 투정을 하는 것으로 묘사된다.38) 그녀를 두고 석부인은 이렇게 단정치 못하므로 남편이 싫어하는 것이라고 하면서 나무란다. 즉 부부간의 애정보다는 부모님에 대한 마음이 우선해야 함을 보여주는 대목이다. 석부인이 두 아우들에게 그만 슬퍼하고 중용中庸의 도를 지키라고 여러 차례 말하면서 육즙을 직접 먹게 한 뒤에야 나머지 식구들이 모두 고기를 입에 대게 된다. 진왕과 초공은 다음 해 봄이 되어서야 비로소 내당에 출입하고 집안일이나 자손들과 관련된 대화를 나눈다. 또 진왕은 금선공주의 '괴이한 행동을 어찌하지 못하여' 이따금 가서 부부의 도리를 행하기도 한다.

이와 같이 〈조씨삼대록〉에서는 상례 실행 과정이 비교적 자세하게 서술되는데, 예법에 맞게 하되 과도하게 슬퍼하여 부모님께서 주신 몸을 훼손하지 말라고 강조되고 있다. '중용中庸의 도道'를 말하는 것이다.

이후에는 초공의 정실正室인 양 부인이 죽는 장면39)이 묘사되어,

---

38) 금선공쥬 삼년을 왕의 그림즈도 보지 못ᄒ니 비록 됴셕 증상을 참ᄉ하나 내외 격절ᄒ여 곡셩이 셔로 들니나 면목을 어더 볼 길이 업스니, ᄉ상ᄒᄂ 졍이 간졀ᄒ여 능히 마음을 졍치 못ᄒ고 아득히 굴지계일ᄒ여 죵졔를 기다리믄 부뷔 샹대홀가 바랏더니, 싱각지 아닌 냥공의 집례 타인과 달나 이 히 마즈 가되 늬당의 죵셕이 림치 아니ᄒ니, 공쥬 착급ᄒ고 슬프믈 이긔지 못ᄒ니, 〈조씨삼대록〉 39권 42면.

39) 부인이 눈을 감고 엄연별셰ᄒ니, 즈녜 통흉운절ᄒ여 곡읍이 진동ᄒ고, 공이 신톄를 어루만져 실셩통곡ᄒᄆ 누쉬 오시 져즈니, 진왕월명 등이 초혼발샹홀ᄉ 향년이 칠십칠셰라. 〈조씨삼대록〉 39권 89면.

사대부가 아내 상을 당했을 때의 처신에 대해 알 수 있게 해준다. 초공은 이때에 자신이 슬퍼하는 것은 부부의 사사로운 정 때문이 아니라 부인을 지기知己로 생각하기 때문이라고 말한다.[40] 자녀들이 슬퍼하자 그렇게 너무 슬퍼하여 자신의 마음을 어지럽히지 않는 것이 살아 있는 아버지에게와 범사에 효도하는 것이라고 나무라면서, 아들들이 죽도 먹지 않으려 하자 친히 권하여 먹게 하는 자상함을 보인다. 하지만 상례喪禮의 법도는 정숙하고 엄숙했다고 서술되어 있다. 이 경우에도 3년상이 끝난 후에야 진왕과 초공의 생일에 비로소 식구들이 모여 잔치를 하는 것으로 되어 있다.

성인군자다운 인물로 설정된 초공은 자신의 죽음을 예견하고 유표遺表와 유서遺書, 명정銘旌까지 스스로 써 놓은 후 80세에 죽는다.[41] 초혼招魂하고 발상發喪하며, 대공복大功服, 시마복緦麻服 등 상복의 복제服制에 대해서도 언급된다.[42] 또 염습殮襲, 장사葬事 후에 손자 명윤이 지은 제문祭文이 제시되는데, 12면에 달하는 긴 글이다. 초공은 작품 내에서 가장 훌륭한 인물로 추앙되는 인물이기에 그의 생애와

---

40) 공이 쳑연 왈, 수싱이 지텬이오 홍쇠 유명이라, 싱이 냥친을 여희고 오히려 수라시니 일개 부인을 니르리오마는 지긔지우는 다시 만느기 어려온지라, 복이 여년이 언마 오리리오마는 미스지젼의 어렵도쇼이다. 〈조씨삼대록〉 39권 80면.

41) 공이 의관을 졍히 ᄒ고 셔헌의 도라오믹 필연을 나와 유표를 써노코 북궐을 향ᄒ여 스배ᄒ고 봉안의 슈향감루를 금치 못ᄒ니 그 뜻은 쥬샹을 뵈옵지 못ᄒ미라. 다시 혼 쟝 유서를 써 졔왕을 쥬고, 〈조씨삼대록〉 40권 7~8면.

42) 공이 졸ᄒ니 향년이 팔십이라, 모든 문싱이 난간의셔 앙텬비읍ᄒ더니, 말만혼 별이 광치 황황ᄒ여 남역히 써러지니 졔왕이 가슴을 두다려 실셩운졀ᄒ니 야식이 참담ᄒ며 비풍이 니는지라. 진왕이 일셩쟝통의 초공의 낫출 대ᄒ고 긔운이 엄식ᄒ여 인스를 모르니 졔지 황황이 붓드러 인스를 출히믹, 초혼 발상ᄒ여 일곱 샹인과 스십개복인이오 집샹문싱이 뉵십여 인이오, 녀셔 증손 외숀 아오로 대공싀마의 니르히 빅여인이라, 〈조씨삼대록〉 40권 18~19면.

업적을 기리는 것이다. 반혼返魂한 뒤 유현 등 아들들이 여막廬幕에 거처하며 정성으로 상례를 다한다.

이후에 또 다른 주인공이자 형인 진왕이 죽는다. 그는 유언遺言은 했지만 유표遺表를 쓰려다가 그만 정신을 잃는다.[43] 이어 그의 정실인 정부인도 죽지만, 이 부부의 상喪 치르는 과정은 거의 언급되지 않고 슬퍼했다는 정도만 언급된다. 삼대록계 국문장편소설에서 두 주인공 중 동생이 먼저 죽고 형이 나중에 죽는 것은 〈유씨삼대록〉에서도 그러한데, 두 경우 모두 작품 전체에서 동생이 더 나은 인간형으로 제시되었기에 그의 죽음에 대해서도 더 비중 있게 다루어진 것으로 보인다.

이상에서 본 바와 같이 〈조씨삼대록〉에서는 상례喪禮의 절차와 시묘살이, 우제虞祭 모시기 등이 비교적 상세히 서술되었으며, 아버지 상중喪中에는 둘째 부인의 상이 나더라도 얼굴을 보러 들어가지 않는다든지, 3년상이 끝나고 나서도 몇 년 후에야 내당 출입을 한다든지 하는 생활 예법도 언급되었다. 또한 부친상, 모친상 외에 조부상, 의모상義母喪, 아내상 등의 다양한 경우들도 제시되었다.

4. 국문장편소설에서 상례 서술 변모양상의 의미

지금까지 본 바와 같이 삼대록계 국문장편소설 중 초기작에 해당

---

43) 왕이 그 위인을 취치 아니하나 스싱 영결을 당하여 녀주의 예식라 하여 위로하여 드러가라 하고, 졔녀 계부를 불너 유언을 맛추미 유표를 쓰랴 하다가 긔운이 밋지 못하여 붓슬 더지고 버개의 누어 엄연이 훙하니, 향년이 팔십오 셰라. 〈조씨삼대록〉 40권 68~69면.

하는 〈소현성록〉연작에서는 상례의 절차에 대해 극히 소략하게 제시되고 거의 모든 주인공이 몇 년 내에 한꺼번에 죽는 등 인물들의 죽음에 대해서 주목하지는 않았다. 〈유씨삼대록〉이나 〈임씨삼대록〉에서는 죽음에 대한 관심이 조금 확대되어 있었는데, 〈유씨삼대록〉의 경우 진양공주의 요절과 그녀에 대한 추모 등에서 죽음의 문제가 심도 있게 형상화되면서 가문의 정치적 기반과 관련을 맺기도 하였다. 하지만 상례에 대해 서술되는 부분은 적었다. 그러나 후기작이라고 할 수 있는 〈임씨삼대록〉으로 가면 구체적인 상례 절차가 간략하게나마 서술되면서 과도하게 슬퍼하여 몸을 상하게 해서는 안 된다는, 훼애毁哀 금지가 중요시되었다. 〈조씨삼대록〉에서는 상례의 절차가 비교적 소상히 제시되면서 분량의 면에서도 타작품의 몇 배에 달하는 지면이 할애되었다. 그러면서 예법과 절자의 적용 문제, 중용中庸의 문제 등도 거론되었다. 이러한 구체적 서술들을 통해 소설에서의 상례에 대한 서술양상이 향유층의 삶과 의식에 밀접하게 닿아 있음을 확인할 수 있었다.

이렇게 상례 관련 예법의 절차나 적용 방법에 있어서는 작품마다 차이가 있기는 했지만, 조선후기에 실제로 실천되었던 〈주자가례〉에 의거한 상례 절차가 그대로 수용되어 있었던 것이 확인된다. 초종初終하고 반함飯含하며 영좌靈座를 모시고 명정銘旌을 쓰며, 소렴小殮과 대렴大殮을 거쳐 성복成服하고 발인發引하며, 나무 신주神主를 받들어 집으로 돌아와 반곡反哭하는 등 상례의 절차가 재현되는 것이다. 조선후기 사대부들이 효孝의 잣대로 삼았기에 유독 우리나라에서 중요하게 실행되었다는 시묘侍墓살이 3년도 종종 언급되었다.

그렇다면 삼대록계 국문장편소설들에서 상례에 대한 서술을 통해

서 궁극적으로 표현하려고 한 것은 무엇인가? 효, 우애, 애정 등 인간
으로서의 도리를 구체적으로 실천하는 모습을 보여주는 일이었을 것
이다. 〈소현성록〉의 소현성이나 〈유씨삼대록〉의 진양공주의 예를 통
해서는 작중 주인공들이 '효孝'를 실천하는 모습으로서의 상례 실천
을 보았다. 소현성이나 진양 공주는 어머니의 죽음을 슬퍼하고 지극
정성으로 상喪을 치르다가 몸이 상해 죽기까지 했다. 〈임씨삼대록〉
의 임한주와 임한규, 〈조씨삼대록〉의 초공과 진왕도 부모의 죽음에
거의 실신할 정도로 슬퍼하고 기운이 약해지며 예禮를 다하여 상을
치렀다. 그런데 형제가 주인공으로 설정된 〈임씨삼대록〉과 〈조씨삼
대록〉의 경우에는 부모에 대한 효와 더불어 형제에 대한 '우애'도 강
조되고 있다는 점이 달랐다. 삼년상을 마친 후 형제 중 한 명, 주로
더 추앙받는 동생이 먼저 죽으면 나머지 한 명이 그에 대한 무한한
애정을 표현하면서 자손들과 함께 제문과 행장 등을 지어 행적을 기
리고 추모하는 것으로 되어 있었다. 즉 상례에 대한 서술을 통해 작품
의 지향을 알 수 있는 것인데, 네 작품 모두 가문의 위상 정립과 계승
이라는 공통된 목표를 향하면서도 〈소현성록〉은 효를, 〈유씨삼대록〉
은 효와 더불어 부부간 애정과 신뢰를, 〈임씨삼대록〉과 〈조씨삼대
록〉은 형제간 우애를 지향하고 있음을 보여주는 것이다.

또한 죽음에 관한 초점화라든지 상례 서술의 상세함은 그 죽음의
대상이 서사 내에서 어떤 비중을 지니는가, 가문 내의 위상은 어떠했
는가, 가문 장악력은 어느 정도였는가에 따라 결정되었음을 보았다.
〈소현성록〉에서는 어머니 양부인, 〈유씨삼대록〉에서는 진양공주,
〈조씨삼대록〉에서는 초공 등이 바로 작품 내에서 가장 힘 있는 인물,
중요한 인물이었기에 그들의 죽음은 과도하리만큼 추모되거나 상례

가 상세히 서술되었던 것이다.

특히 상세한 상례 관련 서술을 통해서 서술자는 작품에서 미흡하게 표현되었다고 생각되는 덕목이라든지 윤리를 강조하기도 하였다. 〈조씨삼대록〉 같은 작품은 가문의 유지, 계승을 강조하면서도 부자간의 수직적 갈등 양상이 문면에 노출되지 않고 부부 윤리나 형제윤리가 강조되는 서사를 전개해나간 작품이다. 또한 초기 삼대록인 〈소현성록〉 연작에 비해 통속화되었다는 평가를 받을 만큼 흥미 위주의 화소가 많이 들어가 있다. 따라서 작품의 격을 높이고 부자간의 윤리를 강조·보완하기 위해 결말부의 부모의 죽음이나 상례 절차들에 대한 서술을 강화했다고 생각되는 것이다.

이렇게 상례에 관한 서술양상이 변모한 이유를 각 작품의 지향이나 서술방식의 차이에서 찾을 수도 있다. 앞에서 보았듯이 서사 전개의 초점이 가문의 창달에 있다면 주인공들이 살아 있을 때의 업적이나 활동에 대한 서술에 주력하면서 죽음이나 상례에 관한 부분은 소략하게 서술하는 것이 효과적이고, 가문의 지속과 번영에 초점이 있다면 상세하게 서술하는 것이 효과적이었을 것이다. 즉 아버지가 일찍 죽고 홀어머니와 아들이 가문을 일으키는 〈소씨삼대록〉과, 형제가 많은 자손들을 기르고 혼인시키면서 가문을 지속시키는 〈조씨삼대록〉의 경우는 서로 다를 수밖에 없다는 것이다. 작품 전체의 서술방식을 고려할 수도 있는데, 〈조씨삼대록〉은 상세한 서술과 병렬·대조의 방법으로 반복함으로써 장편화를 꾀하는 작품이기에 인물들의 죽음이나 상례 적용의 면에서도 여러 가지 경우를 다채롭게 들면서 서사적 재미를 배가시키는 흥미 요소로 이용했다고 볼 수 있는 것이다.

한편, 삼대록계 국문장편소설들에 나타나는 상례喪禮 서술의 양상은 초기작과 후기작44)에서 차이가 있었다. 이는 소설 향유자들의 상례에 대한 생각이 변화했거나 상례라는 의식의 절차 자체가 변화했다는 증거가 되는데, 두 경우 모두 당대인들의 사상과 생활문화를 알 수 있는 단서가 될 수 있다. 〈주자가례〉식 상례 절차가 17세기 중·후반 이후에 널리 보급되기 시작하여 정착되었다고 하는데, 17세기 후반 작품인 〈소씨삼대록〉에서는 아직 상례에 대한 서술이 거의 없다가 〈유씨삼대록〉에서 소략하게 언급되었고, 〈임씨삼대록〉에 가서는 상세해지기 시작해 〈조씨삼대록〉에서는 실제 상례가 거의 다 서술되었으며 여러 가지 상황에서의 예법 적용의 문제까지 언급되었다. 즉 실생활에서의 상례 관련 예법이 정착되었던 상황과 강도에 따라 소설 작품 내에서의 서술 양상도 달라졌던 것을 알 수 있었다.

이상의 논의를 통해 삼대록계 국문장편소설 작품들이 각 작품의 주제적 지향이나 서술 기법에 따라 상례 관련 서술 방식에 있어 어떤 차이가 있었는지, 창작 시기에 따라 실제 상례 적용과 실천의 추이가 어떻게 나타났는지 등을 조망할 수 있었다.

---

44) 기존의 연구들을 토대로 하여 정병설(「조선후기 장편소설사의 전개」, 『한국고전소설과 서사문학』 상, 집문당, 1998, 245~262면.)이 조선후기 장편소설사를 재구한 것을 참조하면, 〈소현성록〉·〈소씨삼대록〉 연작이 17세기 후반, 〈유효공선행록〉·〈유씨삼대록〉 연작이 18세기 초·중반, 〈성현공숙렬기〉·〈임씨삼대록〉 연작과 〈현몽쌍룡기〉·〈조씨삼대록〉 연작이 18세기 중후반에 창작되었으리라 추정된다.

참고문헌

1. 작품

〈소현성록〉 연작 15권 15책, 이화여대 소장본.
〈유씨삼대록〉 20권 20책, 국립중앙도서관 소장본.
〈현몽쌍룡기〉 18권 18책, 한국학중앙연구원 소장본.
〈조씨삼대록〉 40권 40책, 서강대 소장본.
〈임씨삼대록〉 40권 40책, 한국학중앙연구원 소장본.

조혜란·정선희·허순우·최수현 역주, 『소현성록』 1~4권, 소명출판, 2010.
한길연·김지영·정언학 역주, 『유씨삼대록』 1~4권, 소명출판, 2010.
김문희·장시광·조용호 역주, 『현몽쌍룡기』 1~3권, 소명출판, 2010.
김문희·조용호·정선희·전진아·허순우·장시광 역주, 『조씨삼대록』 1~5권, 소명
　　출판, 2010.
김지영·최수현·한길연·서정민·조혜란·정언학 역주, 『임씨삼대록』 1~5권, 소명
　　출판, 2010.

2. 논저

공병석, 「상례의 이론적 의의와 그 기능 - 『예기』를 중심으로」, 『동양예학』 14,
　　동양예학회, 2005. 93~124면.
권순긍, 「대학 고전소설교육의 지향과 방법」, 『한국고전연구』 15, 2007. 6. 27~
　　58면.
권정혜, 「〈위씨오세삼난현행록〉 연구」, 이화여대 석사논문, 2009. 1~158면
규장각한국학연구원 편, 『조선 여성의 일생』, 글항아리, 2010. 108~238면.
김경미, 「〈옥수기〉 연구 - 이념적 요소에 대한 해석과 새로운 모색을 중심으로」,
　　『고소설연구』 17, 한국고소설학회, 2004. 275~298면.
김경미, 「주자가례의 정착과 〈소현성록〉에 나타난 혼례의 양상」, 『한국고전연구』

13, 한국고전연구학회, 2006. 5~28면.

김경미, 「18세기 여성의 친정, 시집과의 유대 또는 거리에 대하여」, 『한국고전연구』 19, 한국고전연구학회, 2009. 5~30면.

김경숙, 「자하 신위의 아내와 딸에 대한 인식 고찰」, 『한국고전여성문학연구』 13, 한국고전여성문학회, 2006. 175~204면.

김경숙, 「16세기 사대부가의 喪祭禮와 廬墓生活-이문건의 〈묵재일기〉를 중심으로」, 『국사관논총』 97, 2001. 115~149면.

김대행 외, 『문학교육원론』, 서울대 출판부, 2008. 1~481면.

김문희, 「현몽쌍룡기의 서술 문체론적 연구」, 『고소설연구』 23, 2007. 69~96면.

김문희, 「〈조씨삼대록〉의 서술전략과 의미」, 『고소설연구』 26, 2008. 149~178면.

김문희, 「국문장편소설의 중층적 서술의식 연구」, 『한국고전여성문학연구』 18, 2009. 97~129면.

김문희, 「장편가문소설의 전고와 독서 역학적 연구」, 『한국고전연구』 21. 2010. 201~232면.

김용기, 「〈소현성록〉 인물 출생담의 특징과 서사적 기능」, 『어문연구』 39권 1호, 2011. 3. 223~251면.

김정녀, 「고소설의 '여성주의적 연구'의 동향과 전망」, 『여성문학연구』 15, 한국여성문학학회, 2006. 33~69면.

김정녀, 「가부장적 가족구조 속의 여성의 존재 방식」, 『한민족문화연구』 28, 2009. 33~61면.

김종덕, 「평안시대문학에 나타난 오락과 놀이문화 연구」, 『일어일문학연구』 71, 2009. 57~73면.

김종철, 「장편소설의 독자층과 그 성격」, 『고소설의 저작과 전파』, 아세아문화사, 1994. 433~471면.

김현주, 「'악처'의 독서심리적 근거」, 『한국고전연구』 22, 2010. 203~231면.

김홍백, 「이광사의 아내 애도문에 나타난 형식미와 그 의미 -제망실문을 중심으로」, 『규장각』 35, 2009. 185~218면.

박경열, 「가정소설에 나타난 악인의 형성조건과 그 의미」, 『겨레어문학』 39, 2007. 107~134면.

박무영, 「18세기 제망실문의 공적 기능과 글쓰기」, 『한국한문학연구』 32, 2003. 317~352면.

박영희, 「〈소현성록〉 연작 연구」, 이화여대 박사논문, 1994. 1~250면.

박영희, 「〈소현성록〉에 나타난 공주혼의 사회적 의미」, 『한국고전연구』 12, 2005. 5~35면.

박영희, 「17세기 소설에 나타난 시집간 딸의 친정 살리기와 '출가외인' 담론」, 『한국고전여성문학연구』 13, 2006. 251~289면.

박은정, 「'소운성'을 통해 본 〈소현성록〉의 성장소설적 성격」, 『어문학』 108, 2010. 6. 53~86면.

박일용, 「〈현몽쌍룡기〉의 창작 방법과 작가의식」, 『정신문화연구』 92, 한국정신문화연구원, 2003. 31~53면.

박일용, 「〈소현성록〉의 서술시각과 작품에 투영된 이념적 편견」, 『한국고전연구』 14, 2006. 5~37면.

백두현, 「조선시대 한글 편지에 나타난 제례와 상례」, 『선비문화』 8, 남명학연구원, 2005. 67~73면.

백순철, 「〈소현성록〉의 여성들」, 『여성문학연구』 1, 1999. 127~154면.

서경희, 「〈소현성록〉의 '석파' 연구」, 『한국고전연구』 12, 2005. 69~100면.

서경희, 「김씨 부인 상언을 통해 본 여성의 정치성과 글쓰기」, 『한국고전여성문학연구』 12, 2006. 39~58면.

서영숙, 「딸-친정식구 관계 서사민요의 특성과 의미」, 『한국고전여성문학연구』 18, 한국고전여성문학회, 2009. 171~206면.

서영숙, 「부모-자식 관계 서사민요의 구조적 특성과 향유층의 의식」, 『한국시가연구』 26, 한국시가학회, 2009. 403~435면.

서유경, 「고전문학교육 연구의 새로운 방향」, 『국어교육』 123, 2007. 131~157면.

서정민, 「삼강명행록을 통해 본 여성의 성장」, 『한국고전여성문학연구』 14, 2007. 361~382면.

송성욱, 「〈여와록〉과 조선조 대하소설의 관련 양상」, 『규장각』 20, 1997. 105~126면.

송성욱, 『조선시대 대하소설의 서사문법과 창작의식』, 태학사, 2003. 1~308면.

신동흔, 「21세기 구비문학 교육의 한 방향-"신화의 콘텐츠화"수업 사례를 중심으로」, 『한국고전연구』 15, 2007. 6. 59~87면.

양민정, 「대하 장편가문소설에 나타난 여성인식과 의의」, 『연민학지』 8, 2000. 131~166면.

양민정, 「소현성록에 나타난 여가장의 역할과 사회적 의미」, 『외국문화연구』 12, 한국외대 외국문학연구소. 2002. 101~125면.

염은열, 『고전문학의 교육적 발견』, 역락, 2007.

유권종, 「유교의 상례와 죽음의 의미」, 『철학탐구』 16, 중앙대 중앙철학연구소. 5~32면.

유미림, 「조선시대 사대부의 여성관-제망실문을 중심으로」, 『한국정치학회보』 39 집 5호, 2005. 29~51면.

유선영, 「〈바리공주〉를 통해 본 한국인의 죽음관」, 『한국의 민속과 문화』 13, 2008. 141~167면.

이민희, 「고소설 삽입 '놀이'의 서사적 역할과 의미 연구 - 〈옥루몽〉을 중심으로」, 『고소설연구』 25, 2008. 239~265면.

이민희, 「고소설에 나타난 놀이의 서사적 성격과 놀이 문화」, 『열상고전연구』 30, 2009. 261~301면.

이상옥역, 『예기』 상, 명문당, 2003. 1~600면.

이상옥역, 『예기』 하, 명문당, 2003. 1415~1482면.

이상익외, 『고전문학 어떻게 가르칠 것인가』, 집문당, 2007. 11~919면.

이순구, 「조선시대 여성의 일과 생활」, 한국여성연구소 여성사 연구실 저, 『우리 여성의 역사』, 청년사. 1999. 191~224면.

이승복, 『고전소설과 가문의식』, 월인, 2000. 1~436면.

이은봉, 『한국인의 죽음관』, 서울대학교 출판부, 2004. 1~270면.

이은영, 『제문, 양식적 슬픔의 미학』, 태학사, 2004. 1~308면.

이지영, 「조선후기 대하소설에 나타난 일상-〈완월회맹연〉 을 중심으로」, 『국문학연구』 13, 국문학회, 2005. 6. 33~56면.

이지하, 「여성주체적 소설과 모성이데올로기의 파기」, 『한국고전여성문학연구』 9, 2004. 137~166면.

이지하, 「고전장편소설과 여성의 효의식」, 『한국고전여성문학연구』 10, 2005. 171~199면.

이지하, 「조선후기 여성의 어문생활과 고전소설」, 『고소설연구』 26, 2008. 303~ 331면.

이창재, 「한·중·일 영웅신화의 공통성과 차이성에 대한 정신분석적 비교」, 『비교민속학』 30, 2005. 117~167면.

이혜순외, 『조선 중기 예학 사상과 일상 문화 -주자가례를 중심으로』, 이화여대출판부, 2008. 1~287면.

이희재, 「한국 전통상례의 윤리적 의미」, 『비교한국학』 6, 2000. 169~187면.

임민혁역, 『주자가례』, 예문서원, 2007. 1~494면.

임치균, 『조선조 대장편소설 연구』, 태학사, 1996. 1~268면.

임치균외, 『장서각 낙선재본 고전소설연구』, 태학사, 2005. 91~120면.

임치균, 「〈소현성록〉에 나타난 혼인의 양상과 의미」, 『한국고전연구』 13, 2006. 29~43면.

장시광, 「대하소설의 여성반동인물 연구」, 서울대 박사논문, 2004. 1~202면.

장시광, 『한국고전소설과 여성인물』, 보고사, 2006. 157~308면.

장시광, 「조선후기 대하소설과 사대부가 여성 독자」, 『동양고전연구』 29, 2008. 147~176면.

장시광, 「〈소현성록〉 연작의 여성수난담과 그 의미」, 『우리문학연구』 28, 2009. 131~165면.

장시광, 「현몽쌍룡기 연작에 형상화된 여성수난담의 성격」, 『국어국문학』 152, 2009. 365~410면.

장하열·강성경, 「한국의 전통상례와 죽음관 연구-임종을 전후한 죽음의 인식」, 『종교교육학연구』 10, 한국종교교육학회, 2000. 265~283면.

전진아, 「장편한문소설 〈청백운〉의 일상 재현방식의 의미」, 『이화어문논집』 24·25합집, 2007. 63~82면.

정길수, 「17세기 장편소설의 형성경로와 장편화 방법」, 서울대 박사논문, 2005. 1~265면.

정병석, 「논어와 장자에 보이는 죽음관」, 『동양철학연구』 55, 2008. 45~77면.

정병설, 「장편 대하소설과 가족사 서술의 연관 및 그 의미」, 『고전문학연구』 12, 1997. 221~248면.

정병설, 「조선후기 장편소설사의 전개」, 『한국고전소설과 서사문학』 상, 집문당, 1998. 245~262면.

정병설, 『완월회맹연 연구』, 태학사, 1998. 1~325면.

정병설, 「옥원재합기연의 여성소설적 성격」, 『한국문화』 21, 1998. 45~62면.

정병설, 「17세기 동아시아 소설과 사랑 -〈구운몽〉, 〈옥교리〉, 〈호색일대남〉의 비교」, 『관악어문연구』 29, 2004. 111~125면.

정병헌, 「대학 고전문학 교육의 현상과 전망」, 『한국고전연구』 15, 2007. 131~157면.

정선희, 「〈소현성록〉 연작의 남성 인물 고찰」, 『한국고전연구』 12, 2005. 37~68면.

정선희, 「〈소현성록〉에서 드러나는 남편들의 폭력성과 서술 시각」, 『한국고전여성문학연구』 14, 2007. 453~487면.

정선희, 「〈조씨삼대록〉의 악녀 형상의 특징과 서술 시각」, 『한국고전여성문학연구』 18, 한국고전여성문학회, 2009. 389~419면.

정선희, 「삼대록계 국문장편소설에 나타난 상례(喪禮) 서술의 변모양상과 그 의미」, 『고소설연구』 28, 2009. 147~178면.

정선희, 「17세기 후반 국문장편소설의 딸 형상화와 의미–소현성록 연작을 중심으로」, 『배달말』 45, 배달말학회, 2009. 425~460면.

정선희, 「국문장편 고전소설의 망자 추모에 담긴 역학과 의미–서모, 아내, 아우 제문 분석을 중심으로」, 『비평문학』 35, 한국비평문학회, 2010, 361~383면.

정선희, 「고전소설 속 여성 생활문화의 교육적 활용 방안 연구–국문장편소설을 중심으로」, 『한국고전연구』 22, 2010. 83~121면.

정승모, 「성재 신응순의 『內喪記』를 통해 본 17세기초 喪葬禮 풍속」, 『장서각』 10, 2003. 53~80면.

정연식, 『일상으로 본 조선시대 이야기 2』, 청년사, 2001. 15~247면.

정창권, 「〈소현성록〉의 여성주의적 성격과 의의」, 『고소설연구』 4, 1998. 293~328면.

정창권, 『홀로 벼슬하며 그대를 생각하노라 –미암일기』, 사계절, 2003. 1~279면.

정하영, 「심청전에 나타난 악인상」, 『국어국문학』 96·97, 1987. 5~29면.

정하영, 「〈변강쇠가〉 성담론의 기능과 의미」, 『고소설연구』 19, 한국고소설학회, 2005. 167~198면.

정학성, 「전기소설 〈유소랑전〉 연구」, 『고소설연구』 16, 한국고소설학회, 2003. 101~129면.

정형지외 역주, 『17세기 여성생활사 자료집』 1, 보고사, 2006. 1~350면.

정환국, 「17세기 소설에서 악인의 등장과 대결구도」, 『한문학보』 18, 2008. 557~587면.

조광국, 「〈소현성록〉의 벌열 성향에 관한 고찰」, 『온지논총』 7, 2001. 87~113면.

조용호, 「조씨삼대록 연구」, 서강대 석사논문, 1988. 1~141면.

조용호, 「삼대록소설 연구」, 서강대 박사학위논문, 1995. 1~230면.

조재현, 『고전소설의 환상세계』, 월인, 2009. 1~369면.

조현우, 「사씨남정기의 악녀 형상과 그 소설사적 의미」, 『한국고전여성문학연구』 13, 2006. 319~348면.

조혜란, 「조선 시대 여성 독서의 지형도」, 『한국문화연구』 8, 2006. 30~56면.

조혜란, 「〈소현성록〉 연작의 서술과 서사적 지향에 대한 연구」, 『한국고전연구』 13. 2006. 91~129면.

조혜란, 「소현성록에 나타난 가문의식의 이면」, 『고소설연구』 27. 2009. 73~107면.

조혜란, 「취향의 부상-〈임씨삼대록〉의 반복 서술을 중심으로」, 『고전문학연구』 37, 2010. 135~173면.

주명준, 「조선시대의 죽음관」, 『한국사상사학』 14, 2000. 185~261면.

주재우, 「고전기행문학과 경험 교육」, 『고전문학과 교육』 15, 2008. 89~111면.

지연숙, 「〈소현성록〉의 주변과 그 자장」, 『한국문학연구』 4, 2003. 29~63면.

지연숙, 「〈소현성록〉의 공간 구성과 역사 인식」, 『한국고전연구』 13, 2006.

차충환, 「고전 국문장편소설 향유자들의 작품 수용의식 연구 -발췌본에 대한 분석을 통해」, 『국어국문학』 149, 2008. 473~501면.

최규수, 「대학생을 위한 고전시가 '교육'의 몇 가지 키워드」, 『한국고전연구』 15, 2007. 6. 89~112면.

최기숙, 『17세기 장편소설 연구』, 월인, 1999. 1~490면.

최수현, 「현몽쌍룡기에 나타난 친정/처가의 형상화 방식」, 『한국고전여성문학연구』 15, 2007. 326~360면.

최수현, 「〈임씨삼대록〉 여성인물 연구」, 이화여대 박사논문, 2010. 1~185면.

최영갑, 「유교의 상장례에 담긴 죽음의 의미」, 『양명학』 19, 2007. 389~412면.

최운식외, 『설화·고소설 교육론』, 민속원, 2002. 1~966면.

최호석, 「옥원재합기연의 남과 여」, 『고전문학연구』 23, 2003. 275~300면.

탁원정, 「17세기 가정소설의 공간 연구 -〈사씨남정기〉·〈창선감의록〉을 대상으로」, 이대 박사논문, 2006. 1~180면.

한국고문서학회, 『조선시대 생활사』 2, 역사비평사, 2002. 1~341면.

한국고소설학회, 『고전소설 교육의 과제와 방향』, 월인, 2005. 9~431면.

한길연, 「대하소설의 '일상서사'의 미학 -일상과 탈일상의 줄타기」, 『국문학연구』 14, 국문학회, 2006. 125~149면.

한길연, 「〈도앵행〉의 재치 있는 시비군 연구」, 『한국고전여성문학연구』 13, 2006. 349~382면.

한길연, 「장편고전소설에 나타나는 어머니의 존재방식과 모성」, 『한국고전여성문학연구』 14, 한국고전여성문학회, 2007. 223~264면.

한길연, 「〈유씨삼대록〉의 죽음의 형상화 방식과 의미」, 『한국문화』 39, 2007. 1~30면.

한길연, 「몸의 형상화 방식을 통해서 본 고전대하소설 속 탕녀 연구-〈쌍성봉효록〉의 교씨와 〈임씨삼대록〉의 옥선을 중심으로」, 『여성문학연구』 18, 2008. 197~232면.

한길연, 「〈유씨삼대록〉과 〈임씨삼대록〉의 비교 연구-환상성의 구현양상을 중심으로」, 『어문연구』 148호, 2010. 225~252면.

한옥공간연구회, 『한옥의 공간문화』, 교문사, 2004. 10~261면.

허경진, 『소대헌·호연재 부부의 사대부 한평생』, 푸른역사, 2003. 25~290면.

허순우, 「현몽쌍룡기 연작의 소현성록 연작 수용 양상과 서술시각」, 『한국고전연구』 17, 2008. 317~359면.

허순우, 「현몽쌍룡기 연작 연구」, 이화여대 박사논문, 2009. 1~196면.

허용호, 「전통 상례를 통해서 본 죽음」, 『한국고전연구』 6, 2000. 307~333면.

허원기, 「『곤범』에 나타난 여성 독자의 양상과 의미」, 『한국고전여성문학연구』 6, 2003. 231~257면.

호이징하, 『호모루덴스-놀이와 문화에 관한 한 연구』, 김윤수역, 까치, 2009. 9~323면.

황수연, 「17세기 '제망실문'과 '제망녀문' 연구」, 『한국한문학연구』 30, 2002. 37~72면.

황수연, 「17세기 사족 여성의 생활과 문화-묘지명, 행장, 제문을 중심으로」, 『여성문학연구』 6, 2003. 161~192면.

찾아보기

정선희(鄭善姬)

이화여자대학교 국어국문학과를 졸업하고 동 대학원에서 문학박사학위를 받았다. 이화여대 국어국문학과 강의전담교수, 한국문화연구원 학술연구교수를 역임하였고, 현재는 목원대학교 국어국문학과 교수로 재직 중이다. 조선후기의 한문소설과 문학담당층에 관한 연구, 소설론과 소설비평론의 발전과정에 관한 연구를 해왔으며, 최근에는 국문장편 고전소설의 인물형상과 서술시각, 작품에서 드러나는 여성들의 생활과 문화 등에 대해 탐구하고 있다. 고전소설의 현대역과 주해 연구에 지속적인 관심을 갖고 있으며, 국문장편 고전소설『소현성록』,『조씨삼대록』역주 및 현대역본(공역)을 출간하였다. 저서로『19세기 소설작가 목태림 문학 연구』,『17·18세기 조선의 외국서적 수용과 독서문화』(공저),『고전소설의 인물과 비평』등이 있으며, 그 외 다수의 논문이 있다.

국문장편 고전수설의 인물론과 생활문화

2012년 8월 20일 초판 1쇄 펴냄

지은이 정선희
펴낸이 김흥국
펴낸곳 도서출판 보고사

책임편집 황효은
표지디자인 윤인희

등록 1990년 12월 13일 제6-0429호
주소 서울특별시 성북구 보문동7가 11번지 2층
전화 02) 922-5120~1(편집), 02) 922-2246(영업)
팩스 02) 922-6990
메일 kanapub3@chol.com
http://www.bogosabooks.co.kr

ISBN 978-89-8433-988-0 93810
ⓒ 정선희, 2012

정가 18,000원